David Yallop

Unheilige Allianz

David Yallop

UNHEILIGE ALLIANZ

EIN TATSACHENROMAN

Aus dem Englischen von
Hans M. Herzog

Kiepenheuer & Witsch

2. Auflage 1999

Titel der Originalausgabe: *Unholy Alliance*
Copyright © 1999 by Poetic Products Ltd.
Zuerst veröffentlicht 1999 von Bantam Press
Aus dem Englischen von Hans M. Herzog
Lektorat: Andreas Graf, Köln
© 1999 by Verlag Kiepenheuer & Witsch, Köln
Umschlaggestaltung: Rudolf Linn, Köln
Umschlagmotiv: Bavaria Bildagentur
Gesetzt aus der Garamond Stempel (Berthold)
bei Kalle Giese Grafik, Overath
Druck und Bindearbeiten:
Graphischer Großbetrieb Pößneck, Pößneck
ISBN 3-462-02847-2

Inhalt

Religion ist das Opium des Volkes
Karl Marx

Opium ist die Religion des Volkes
Andrew Sinclair

Fiktion deckt Wahrheiten auf, die von der
Realität verdeckt wurden
Jessamyn West

Prolog

Selbst an sehr kalten Tagen geriet Richard Nixon leicht ins Schwitzen. Immerhin hatte der frischgewählte Präsident der Vereinigten Staaten im Jahr 1960 die schmerzhafte Erfahrung gemacht, wie gräßlich so was im Fernsehen aussah. Nur deshalb hatte er damals die Debatten gegen den immer coolen Jack Kennedy verloren. Seither überließ Nixon nichts mehr dem Zufall, und während er jetzt die Rede für die Zeremonie wieder und wieder durchlas, betupfte er sein geschminktes Gesicht mehrmals mit einem nach Salmiak duftenden Taschentuch.

Der Inhalt seiner Rede war eingängig und geläufig: Ehrenhafter Friede in Vietnam ... für ein großes Ziel Opfer bringen ... als Präsident betonen, wie stolz die Nation auf einen amerikanischen Helden ist ... Doch er hatte (wie üblich) Schwierigkeiten, sich den Namen des toten Helden zu merken. Von Mr. Haldeman und Mr. Ehrlichman unterstützt, wiederholte er ihn unermüdlich: »Gefreiter Stanley Kubieski.«

Und der Name des verstorbenen Gefreiten war tatsächlich von nicht unerheblicher Bedeutung. Er lieferte den Hauptgrund dafür, daß der Präsident der USA den Sarg auf dem windgepeitschten Luftwaffenstützpunkt in Empfang nahm; der Name und der Wahlbezirk.

Der Präsident hatte sich, ohne lange zu fackeln, entschlossen, eine Wahlkampfschuld aus dem Jahre 1968 zu begleichen. Der Kongreßabgeordnete des Staates hatte Mr. Nixon eine eindrucksvolle

Zahl Wählerstimmen zugeführt, genug, um den Bundesstaat vor Hubert Humphrey zu gewinnen und die schmachvolle Erinnerung an Illinois bei der Wahl von 1960 zu tilgen. Und nun, sozusagen mit der ersten Zeremonie seit seiner Amtseinführung, wollte der neue Präsident einen toten Soldaten aus dem Wahlbezirk des Abgeordneten ehren. Gefreiter Kubieski wurde – auf Bitten von Mitarbeitern des Abgeordneten – aus einer Liste mit drei Kandidaten ausgewählt, weil er Weißer war und einen polnischen Namen trug.

Bei den für die Heimführung der sterblichen Überreste des Gefreiten Kubieski verantwortlichen Behörden hatte diese Entscheidung einige Irritationen ausgelöst. Sie waren gezwungen gewesen, seinen Sarg im letzten Augenblick aus einem zivilen CIA-Flugzeug der Air America in eine reguläre Air-Force-Maschine zu schaffen, die das Siegel des Präsidenten trug. Man hatte keine Zeit mehr gehabt, die gelben Aufkleber mit der Aufschrift »Öffnen verboten! Lebensgefahr! Typhus!« zu entfernen; es wurde lediglich eine amerikanische Flagge darübergelegt.

Zum letztenmal übte der Präsident den Namen »Kub-ieski« und betrachtete die anderen Teilnehmer an dieser Zeremonie, die bibbernd auf der Rollbahn standen.

Um elf Uhr vormittags war der Kongreßabgeordnete bis an die Halskrause mit Bourbon abgefüllt. Seine Mitarbeiter trichterten ihm schwarzen Kaffee ein; der kräftigste wich nicht von seiner rechten Schulter, um sofort zupacken zu können, falls er die Vertikale verlassen sollte.

Kardinal Cody, ein Mann mit fleischigem Gesicht und Schweinsäuglein, der aussah, als hätte er den Borgia gute Dienste leisten können, unterhielt sich mit den Herren Haldeman und Ehrlichman. Auch er konnte es kaum erwarten, daß eine Wahlkampfschuld beglichen wurde, und erinnerte die beiden Präsidentenberater an die zündende Predigt, die er am letzten Sonntag vor der Wahl gehalten hatte.

Die stellvertretenden Stabschefs der drei Waffengattungen bewachten einander mißtrauisch. Sie hatten die anderen nicht eine Sekunde lang aus den Augen gelassen, folglich war es keinem der drei Männer gelungen, eine Privataudienz beim Präsidenten zu ergattern und ihm weiszumachen, daß ausgerechnet die eigene Waffengattung über das Patentrezept für den Sieg in Vietnam verfüge.

Wichtiger als die hochrangigen Militärs war der unscheinbare Zivilist im dunklen Anzug mit den dicken Brillengläsern. William Colby von der CIA war für die »Befriedung« Vietnams verantwortlich. In dieser Funktion leitete er eine Reihe verdeckter Operationen in die Wege, die ausnahmslos schwerste Strafen nach sich gezogen hätten, wären sie in den Vereinigten Staaten durchgeführt worden. Mr. Colby hatte keine Skrupel, bei seiner Arbeit Bestechung, kriminelle Geschäftsmethoden, Rauschgift und sogar Mord einzusetzen, und alles in dem unerschütterlichen Glauben, der Zweck heilige die Mittel. Ein von Natur aus charmanter und liebenswürdiger Mensch, war er als einziger der anwesenden Honoratioren so höflich, mit der Familie des Gefreiten Kubieski zu reden.

Vater Kubieski war Frührentner und ehemaliger Stahlarbeiter, Mutter Kubieski eine müde unscheinbare Frau, die als Kassiererin in einem Supermarkt arbeitete. Sie waren verdutzt gewesen, als man sie zur Ehrung ihres toten Ältesten herbeizitiert hatte; genaugenommen hatte es sie erleichtert, als man ihn nach einem problembeladenen Leben nach Vietnam einberief. Ihr zweiter Sohn war bei weitem vielversprechender: klug, pflichtbewußt und Ministrant in der Kirche St. Saviour's. Begeistert hatten sie erlebt, wie ihn der Kongreßabgeordnete, der Kardinal und der Präsident in den Mittelpunkt der offiziellen Fotos zerrten, und sie hegten die vage Hoffnung, daß sich diese für seine spätere Laufbahn noch einmal als nützlich erweisen könnten.

Für alle drei war der Präsident eine große Enttäuschung. Er war hölzern und nuschelte ihre Namen. Er war ein absolut glanzloser Mensch, der zu ihrer Überraschung wie ein Schauspieler, fast wie ein Clown geschminkt war und stark nach Salmiak roch.

Sobald das Flugzeug gelandet war, brachten kräftige erfahrene Träger den in eine Flagge gehüllten Sarg langsam auf die Rollbahn. Als die Kapelle die Nationalhymne anstimmte, legte der Präsident die rechte Hand auf sein Herz.

Seine Rede kam sehr gut an, sah man davon ab, daß er den Helden konsequent »Stanley Kowalski« nannte, nach Marlon Brandos Kinorolle in »Endstation Sehnsucht«. Das Fernsehen schnitt den Fehler heraus, so daß der Präsident ihn einfach nur noch »Stanley« nannte, was einen Eindruck von Wärme und Vertrautheit vermittelte.

Die Trauergäste vertagten sich in die Messe des Luftwaffenstützpunktes, während der Sarg in eine kleine, abseits gelegene Kapelle gebracht wurde, wo etwas ausgesprochen Seltsames passierte.

Zwei Männer, der eine in der Uniform eines Obersten des Heeres, der andere ein Zivilist im Anzug, bauten sich vor dem Hauptmann der Ehrenwache auf. Sie hielten ihm ein von Mr. William Colby unterschriebenes Dokument unter die Nase und verlangten die Herausgabe des Sarges. Der Hauptmann wandte ein, dieser Sarg sei soeben vom Präsidenten der Vereinigten Staaten geehrt worden und werde nun der Familie des Toten übergeben.

Daraufhin erklärten der Oberst und der Zivilist, es liege ein Irrtum vor. Kurzum, der Präsident habe dem falschen Sarg die letzte Ehre erwiesen. Sie wiesen den Hauptmann auf die Typhus-Warnschilder hin, die besagten, genau dieser Sarg dürfe erst nach der Durchführung weiterer medizinischer Tests freigegeben werden. Dann machten die beiden Männer den Hauptmann darauf aufmerksam, wie förderlich es seiner Laufbahn wäre, wenn er dem Befehl nachkäme und den Mund hielte. Der Hauptmann befahl der Ehrenwache, den Sarg einer in weiße Kittel gekleideten Abteilung Soldaten zu übergeben, die wenige Minuten später mit einem zweiten, in eine Flagge gehüllten Sarg zurückkamen, der genauso wie der des Gefreiten Kubieski aussah, aber keine Warnhinweise trug. Die Ehrenwache formierte sich neu, ohne den Austausch bemerkt zu haben, während der erste Sarg verschwand, von dem Oberst, dem Zivilisten und den Weißkitteln begleitet, um in ein spezielles Beerdigungsunternehmen gebracht zu werden.

Gefreiter Kubieski, der seine High-School-Ausbildung abgebrochen hatte, hätte nie damit gerechnet, nach seinem Tod fast vier Millionen Dollar wert zu sein, geschweige denn, daß ihm sein Kongreßabgeordneter, sein Kardinal und sein Präsident die letzte Ehre erwiesen.

Er war nicht zur Armee gegangen, um reich zu werden oder sich auszuzeichnen, sondern weil es selbst in Vietnam besser zu sein schien als zu Hause. Als ihn auf seinem ersten Patrouillengang im Zentralen Hochland die Mörsergranate erwischte, war er gerade im Begriff gewesen, diese Meinung zu ändern. Die Granate zerfetzte den größten Teil seines Oberkörpers und die Erkennungsmarke.

Was von ihm übrigblieb, wurde eingesammelt und in einen nur ausgewählten CIA-Mitarbeitern zugänglichen Bereich des Luftwaffenstützpunktes Tan Son Nhut gebracht. Seine Überreste legte man in einen silbrigen Aluminiumsarg, genau wie insgesamt fünfzehn Kilo Heroinpäckchen. Der Sarg war mit gelben Aufklebern übersät, auf denen »Öffnen verboten! Lebensgefahr! Typhus!« stand, und wurde in ein ziviles CIA-Flugzeug der Air America verfrachtet.

Aufgrund des Sonderauftrags vom Weißen Haus war keine Zeit mehr gewesen, die Aufkleber oder den geheimen Sarginhalt zu entfernen. Man warf eine Fahne über den Sarg und übergab ihn der Ehrenwache in dem Air-Force-Jet mit aufgemaltem Siegel des Präsidenten. Ein zweites Exemplar wurde – in Begleitung eines Obersten und eines Zivilisten – von der Air America zu jenem Luftwaffenstützpunkt geflogen, wo der Präsident die Zeremonie durchführte, und dann gegen den Gefreiten Kubieski ausgetauscht. Anschließend traf dieser in seiner vorgesehenen Ruhestätte ein, dem speziellen Beerdigungsunternehmen, wo man das Heroin im Wert von fast vier Millionen Dollar an seinen nächsten Bestimmungsort weiterleitete.

Dieses Arrangement erwies sich für alle Beteiligten als ausgesprochen zufriedenstellend. Besonders für Präsident Richard Nixon, der nie erfuhr, daß er seine Ehrenbezeugungen gegenüber einer Ladung Rauschgift gemacht hatte.

1. Kapitel

Vorschlag

»Brüder und Schwestern, wollt ihr geliebt werden?«

»Ja!«

»Wollt ihr von Jesus Christus geliebt werden?«

»Ja!«

»Wollt ihr gerettet werden?«

»Ja!«

»Wollt ihr von Jesus Christus gerettet werden?«

»Ja!«

»Dann sagt es dem Herrn!«

»Ja!«

»Der Herr kann euch nicht hören! Er hört zwar eure Lippen, aber nicht eure Herzen! Sagt es also dem Herrn von ganzem Herzen!«

»JA! JA! JA!«

Der Evangelist stimmte in den Aufschrei mit ein und reckte beide Arme in die Höhe. Er war über einsachtzig groß, und die Geste unterstrich seinen massigen Brustkorb und den athletischen Körperbau. Die Scheinwerfer richteten sich auf sein Gesicht – makellose Zähne, breiter Mund, tiefliegende Augen, hohe Stirn –, folgten dann den erhobenen Armen. Ihre Lichtkegel zeichneten ein Kreuz auf den Nachthimmel. Das Orchester und der Chor stimmten einen gewaltigen E-Dur-Akkord an. Die immer noch »Ja!«

rufenden zahlreichen Gemeindemitglieder sprangen auf und reckten die Hände gen Himmel.

Adam Fraser drückte auf seine Fernbedienung und löschte Himmel und Erde aus. Der gewaltige Akkord ging in das leise Hupen von einem der vielen Londoner Taxis über.

Er konnte sich fast mit dem entschwundenen Evangelisten messen: zwei stattliche Männer, die sehr gut in Form waren und ebensogut fünfzig wie fünfunddreißig Jahre alt hätten sein können. Beide hatten eine markante Kinnpartie und ebenmäßige Gesichtszüge. Doch während das Gesicht des Predigers einfach nur nett aussah, war Adam ausgesprochen attraktiv, wie ein Leinwandidol, und daß sein Gesicht nicht allzu glatt wirkte, dafür sorgten die Fältchen um seine Augen.

»Reverend Patrick Collins«, sagte er zu dem anderen Mann im Vorführraum. »Acht Millionen Anhänger allein in den USA. Hat seinen eigenen Kabelkanal und eine Sendung in einer großen Fernsehanstalt. Er vermarktet Gott, und mit diesem Geschäft setzt er Milliarden Dollar um.«

»Wie kommst du auf die Idee, du könntest nicht einen, sondern gleich zwei neunzigminütige Dokumentarfilme über ihn drehen? Und warum sollte der Sender Geld dafür ausgeben?«

Adam sah seinen alten Freund und Förderer an. Mitch trug sein übliches Jackett, das sich über dem Wanst nicht zuknöpfen ließ und das nie modern oder elegant gewesen war, auch nicht bevor es die Brandflecken und die Nikotinpatina bekommen hatte. Seine Person war der einzige Beleg für die Existenz intelligenten Lebens unter den leitenden Mitarbeitern von Network Television Enterprises.

»Weil du dir soeben eine ungeschnittene Dreiviertelstunde Patrick Collins angesehen hast, ohne eine Zigarette zu rauchen.«

In einem winzigen Raum in dem riesigen Footballstadion betrachteten zwei Männer und eine Frau die verzückte Gemeinde. Die beiden Männer trugen Geschäftsanzüge und eine Marke, die sie als Sicherheitsleute auswies.

Die Frau hatte ein kurzes weißes Kleid an, das ihre Beine und Schultern betonte und alles dazwischen erahnen ließ. Wenn sie aufstand, bewegte sich das Kleid mit ihr und umschmeichelte ihren makellosen Körper wie das auf weichen Sand schwappende Meer. Sie war erst zweiundzwanzig, aber schon ein alter Filmhase. Ihre besten Werke konnte man im Internet bewundern, nachdem man zahlreiche Paßwörter eingegeben hatte. Der Bildschirm gab nur ihre konventionelle Schönheit preis, aber live war sie ein Naturereignis, nach dem sich die Köpfe umdrehten und das die Gehirne in seinen Bann zog. Sie verführte zum Seelenstriptease.

Jetzt drückte sie dem Reverend Patrick Collins einen langen Kuß auf, ehe sein Bild auf dem Schirm verblaßte.

»In einer Stunde lernst du ihn persönlich kennen. Wir sollten jetzt aufbrechen«, sagte der eine Mann.

»Willst du gerettet werden, Schwester?« fragte sein Begleiter.

»Ja, ja, JA!«

»Und ist er wirklich ohne Sünde?« fragte Mitch.

»Wenn man Heuchelei nicht mitzählt«, antwortete Adam. »Er predigt Armut von einer Kanzel auf einem Anwesen in Florida aus, das vierzehn Millionen Dollar wert ist. Er redet davon, wie schwer es einem reichen Mann fällt, in den Himmel zu kommen, ehe er nach Boston fliegt und in Brookline ein kleines Paradies betritt, das auch gut und gerne seine sechs Millionen wert ist. Er predigt ›Gesegnet sind die Sanftmütigen‹ und ist dafür verantwortlich, daß sich die führenden Politiker der Welt nach einem Auftritt in seiner Sendung drängeln. Weißt du noch, wie er letztes Jahr den Premierminister erst nach einem Bauchredner auftreten ließ?«

»Das fällt unter Hochmut. Jetzt gib mir Wollust.«

Bis der letzte Gottesdienstbesucher zuließ, daß Patrick Collins seine Hotelsuite aufsuchte, vergingen fast zwei Stunden. Die Frau in dem weißen Kleid hatte auf seinem Sofa Platz genommen, so daß ihre Beine optimal zur Geltung kamen und man ein Stückchen von ihrem schwarzen Slip sah. Sie las in der Hotelbibel. Als er das Licht anknipste, zuckte er zusammen. Er blieb auf der Schwelle stehen und runzelte die Stirn. Sie legte die Bibel beiseite. »Ich möchte gerettet werden, Reverend.«

Er lächelte kurz. »Für Privatbußen bin ich nicht zuständig. Aber die Kirche ist rund um die Uhr geöffnet, und man wird keinen abweisen, der gerettet werden will und seine Sünden ernsthaft bereut.«

Sie legte sich lang auf das Sofa und räkelte sich. »Aber meine Sünden sind so zahlreich, Reverend. Solange sie auf meiner Seele lasten, kann ich keine Kirche betreten. Ich muß Ihnen meine Sünden beichten.« Er ging in Richtung Telefon. »Interessieren Sie meine Sünden nicht, Reverend? Ich habe mehr Sünden, als in der Bibel stehen. Ich habe in Pornofilmen mitgearbeitet; ich habe zugelassen, daß Männer ihre schlimmsten Phantasien durch mich auslebten. Machen Sie mich wieder rein, segnen Sie mich. Segnen Sie mich und heilen Sie meine Seele, legen Sie mir Ihre Hände auf. Ich will von Ihnen getauft werden.«

Er nahm den Telefonhörer ab. »Hier spricht Pat Collins, geben Sie mir Mr. Podesta im Zimmer 1343.«

Sie stand vom Sofa auf und warf sich ihm zu Füßen. »Ich will Ihnen wie Maria Magdalena die Füße waschen. Aber sie konnte bestimmt keine Fußmassage. Ich kann Füße massieren, da träumen Sie von, und nicht nur Füße ...« Sie nestelte erfolglos an den Doppelknoten seiner Schnürschuhe, ehe sie ihre Aufmerksamkeit höhergelegenen Regionen zuwandte.

»Wenn Sie meine Seele nicht haben wollen, Reverend, wie wär's dann mit meinem Körper?« Sie erhob sich und baute sich vor ihm auf. »Was meinen Sie, wozu Gott mich erschaffen hat? Und wozu hat er Sie erschaffen? Sie sind dreiundfünfzig Jahre alt, aber warum hat Gott Ihnen den Körper eines Dreißigjährigen geschenkt? Warum hat er Sie so gemacht, daß Frauen von Ihnen angezogen werden wie die Motten vom Licht? Ich brauche dich, Pat, ich will dich.« Sie nahm seine Hände, doch er riß sich sofort los und sprach ins Telefon.

»Jack, würden Sie und Chuck umgehend herkommen?«

»Das ist keine Falle. Es gibt keine versteckte Kamera. Ich habe keine Wanze am Körper. Fühlen Sie selbst. Bringen Sie mich, wohin Sie wollen. Geben Sie mir eine Nacht, eine Stunde. Ihre grippekranke Frau ist dreitausend Kilometer weit weg. Sie wird es nie erfahren, ich schwör's, sonst will ich in der Hölle schmoren … Leg dir keine Fesseln an, Pat. Hör auf deine innere Stimme …«

»In diesem Zimmer gibt es eine Wanze, weil ich eine anbringen ließ. Und jetzt sage ich dieser Wanze, daß ich Sie nicht aufgefordert habe hierherzukommen, und daß Sie nicht bleiben werden. Sicherheitsleute werden Sie in Kürze aus diesem Hotel entfernen. Wenn Sie möchten, wird man Sie in die Kirche bringen. Und jetzt werde ich bis zu ihrem Eintreffen das Vaterunser beten; ich schlage vor, daß Sie sich mir anschließen. Vater unser, der du bist im Himmel …«

Jack Podesta und Chuck Talbot trafen wie aufs Stichwort ein, als der Reverend bei »und führe uns nicht in Versuchung« angelangt war. Die Frau begleitete sie ruhig hinaus, ohne sich anmerken zu lassen, daß sie die beiden Männer kannte. Die beiden machten nicht bei einer Kirche halt, sondern brachten sie zu einer schwarzen Limousine, wo sie ihr einen großen braunen Umschlag in die Hand drückten. Dann kehrten sie ins Hotel zurück und sahen sich einige Fotos der Frau an, die sie soeben begleitet hatten, auf denen diese sich mit einem bekannten Erzbischof nackt in einer Sauna einer ungewöhnlichen Variante der Taufzeremonie hingab.

»Seit achtundzwanzig Jahren mit Teresa verheiratet, zwei erwachsene Kinder. Kein Gerücht, kein Hinweis darauf, daß er jemals eine andere auch nur angesehen hätte, was mich nicht überrascht: Sie ist eine Schönheit und gilt als intelligent. Sie hat drei Ratgeberbücher geschrieben und verfaßt eine landesweit gedruckte Ratgeberkolumne in Zeitungen; offenbar ist sie zufrieden, ihn auf seinen Reisen zu begleiten, das Podium zu betreten und seine Hand zu halten. Letztes Jahr hatte sie einen Virus und fiel zum erstenmal bei einem Glaubensfeldzug aus – er hätte ihn fast abgesagt. Ihr zu Ehren schrieb er ein Kirchenlied; dafür gab's eine Platinschallplatte ...«

»Es reicht.« Endlich zündete sich Mitch eine Zigarette an. »Also, wo bleibt die Schattenseite, die verborgene Wahrheit, das Markenzeichen eines Fraserschen Dokumentarfilms?«

Der Patient traf in einem Krankenwagen ein, wurde auf einer Trage in Jacks und Chucks Hotelzimmer gebracht, er war in Verbände gewickelt und hatte einen großen Umschlag dabei, den die beiden öffneten und deren Inhalt sie rasch überprüften. Dann hingen sie das »BITTE NICHT STÖREN«-Schild an die Tür und machten es dem Patienten bequem. Sie weckten ihn sehr früh und brachten ihn an eine nicht allzu weit vom Hotel gelegene Stelle im Wald.

Pat Collins bekam einen Mordsschrecken, als er bei seinem frühmorgendlichen Jogging Schritte hinter sich hörte. Er sah sich um und war beruhigt, als er sah, daß ihm ein Jugendlicher folgte. »Reverend, warten Sie!«

Collins joggte auf der Stelle, bis der Junge ihn einholte. Er war schlank, hatte strähnige blonde Haare und trug Shorts sowie ein Muscle-Shirt. Sein recht hübsches Gesicht zeigte keinerlei Spuren von Haaren oder Pickeln.

Er war fünfzehn und schon ein alter Filmhase. Auch seine besten Werke fand man im Internet.

»Puh, Sie sind aber schnell, Reverend. Vom Hotel bis hierher bin ich hinter Ihnen hergejagt. Im Fernsehen hieß es, Sie seien ein Läufer ... Ich habe die ganze Nacht auf Sie gewartet.« Er zog das Muscle-Shirt aus, um sich damit übers Gesicht zu wischen, und lockerte seine Shorts, so daß man einen Blick auf die schwarze Unterhose werfen konnte.

Collins blieb stehen. »Wir sollten dich wohl besser nach Hause bringen, mein Junge.«

»Nein! Ich bin weggelaufen. Ich hab kein Zuhause, bloß das Heim. Schicken Sie mich nicht wieder zurück. Da lassen sie einen ... Sachen machen.« Der Junge schaute weg und errötete. »Anschaffen. Sie haben ja keine Ahnung, was man da tun muß.« Er sah Collins flehend an. »Ich hab Sie im Fernsehen gesehen. Ich hab gewartet und gewartet, bis Sie in die Stadt kamen. Ich will bei Ihnen sein, Reverend. Ich würde Ihnen nicht zur Last fallen, ich würde alles für Sie tun.«

»Wie heißt du, mein Junge?«

»Tommy.«

»Tommy, ich persönlich kann mich nicht um dich kümmern, aber das macht die Kirche. Wir sorgen für Tausende von Kindern, die weggelaufen sind und bei uns bleiben, bis wir ganz sicher sind, daß sie anderswo gut aufgehoben sind und geliebt werden. Und jetzt läufst du zum Hotel zurück, während ich mit meinem Handy ein wenig herumtelefoniere. Geh zum Empfang und warte auf eine Mrs. Erzen, sie zeigt dir ihren Ausweis; sie ist bei uns für Kinder zuständig und wird sich um dich kümmern.«

»Ich ... ich glaube, mein Bein tut weh. Würden Sie sich mein Bein ansehen, Reverend?« Der Junge rieb sich den Oberschenkel und sah Collins über die Schulter an.

»Einen Krampf kriegt man am besten durch Laufen weg«, sagte Collins bestimmt und zog ein Handy aus seinem Trainingsanzug. »Den Empfang. Mrs. Erzen.«

Tommy zog sein Hemd wieder an und trabte in Richtung Hotel. Doch er ging weder zum Empfang, noch suchte er Mrs. Erzen auf. Er bog in eine Seitenstraße ein, wo Jack und Chuck in einem Mietwagen auf ihn warteten. Sie gaben ihm etwas zum Anziehen und einen braunen Umschlag, setzten ihn in der Nähe des Greyhound-

Busbahnhofs ab und sagten ihm etwas, was ihn erbleichen ließ. Dann fuhren sie weg.

Sie sahen sich den Inhalt des Umschlags genauer an, den der Junge ihnen mitgebracht hatte. Ein Foto war unscharf, doch auf den anderen fünf sah man einen nackten Tommy auf dem Schoß eines völlig kahlköpfigen Mannes sitzen. Der ließ sich auch ohne sein Markenzeichen, die schwarze Perücke, eindeutig als der neue Sprecher des Repräsentantenhauses der Vereinigten Staaten identifizieren.

»Jetzt denken Sie bitte an Ihre großartigen Kinder, Mr. Sherborne. Sie müssen einfach glauben, wenn Sie nicht ein paar Dollar in der Woche für diese Lexika ausgeben, könnten Ihre Kinder, intellektuell betrachtet, sterben. Ihr Verstand bekäme keine Nahrung ...«

Obwohl es zwanzig Jahre her war, konnte sich Andrew Sinclair noch gut an seinen ersten Verkaufserfolg erinnern. Lexika. Haustürgeschäfte. Das beste und härteste Verkaufstraining. Er hatte es überstanden und Macht und Hochstimmung genossen.

Er hatte gelernt, wie man Menschen eine Anschaffung schmackhaft machte, ihnen das Gefühl vermittelte, ohne den Kauf nicht leben zu können. Dank dieser Entdeckung hatte er seine Flucht aus einem Arbeiterhaushalt in Memphis finanziert, seine Flucht vor einer Mutter, die sich betrank, bis sie einen Wutanfall bekam, und dem Vater und den Brüdern, die sich vor ihr versteckten.

Er verkaufte genügend Lexika, um sein gesamtes Studium an der Universität Stanford zu finanzieren. Danach verkaufte er die Universität. Sie hatten ihm dort eine Stellung als Geldbeschaffer angeboten, also lud er reiche Ehemalige zum Essen ein. »Wir sind gerade dabei, eine illustre Liste der ›Freunde und Förderer Stanfords‹ zu erstellen. Die Aufnahmegebühr ist recht hoch ...«

Er verlangte eine Gebühr von einer halben Million Dollar für etwas, das weniger wert war als ein großes Lexikon. Doch das Prinzip war das gleiche. Sorge dafür, daß der Käufer die Anschaffung zu schätzen weiß; daß er glaubt, in seinem Leben fehlte etwas, wenn sein Name nicht auf der illustren Liste steht.

Einer der »Freunde und Förderer Stanfords« erwarb noch etwas: Er kaufte Andrew Sinclair. Und er gab Sinclair eine gutdotierte Stellung in seiner Unternehmensberatungsfirma. Ein paar Jahre später machte er ihn zum Juniorpartner. Ein knappes Jahr darauf nahm der frisch gebackene Juniorpartner dem Senior die besten Mitarbeiter und zehn seiner größten Kunden weg; der ehemalige Freund und Förderer Sinclairs befand sich mittlerweile in einer Nervenklinik.

Andrew Sinclair hatte sich sein jungenhaftes Aussehen und seine hilfsbereite umgängliche Art auch mit Ende Vierzig bewahrt, nach über zehn Jahren in Macht und Reichtum. Mittlerweile war er Chef der größten Unternehmensberatung der Vereinigten Staaten. Sie bezeichnete sich nicht einmal mehr als Beratungsfirma, sondern nannte sich – ebenso arrogant wie zutreffend – Corporate America. Sie beriet nicht nur Großunternehmen, die ersten Firmenadressen der USA, sondern betreute sie und strukturierte sie um. Sinclair riet seinen Klienten ganz selbstverständlich, andere Firmen für Milliarden von Dollar zu übernehmen. Und seine Verkaufstechniken beruhten noch auf genau demselben Prinzip wie damals, als er sein erstes Lexikon an den Mann brachte.

Heute nun mußte er seinen wichtigsten Klienten überreden, eine bedeutende Übernahme zu tätigen. Der Klient war der Öffentlichkeit kaum bekannt, beanspruchte aber weit mehr von Sinclairs Zeit als jeder andere. Der Übernahmekandidat war sehr bekannt, ein weltweit operierendes Unternehmen von internationalem Rang. Falls die Transaktion stattfand, würde sie den größten Transfer von Vermögenswerten in der Menschheitsgeschichte darstellen. Während Sinclair auf seinen Klienten wartete, sah er Mr. Sherbornes Gesicht vor sich.

Adam Fraser verließ Mitchs Büro. Er blieb stehen, atmete einmal tief durch und holte dann zu einem triumphierenden rechten

Haken ins Leere aus. Einundzwanzig Filme in fünfundzwanzig Jahren, und immer noch, mit Ende Vierzig, spürte er dieselbe Spannung, wenn ein neuer Film grünes Licht bekam.

Er rannte den Korridor entlang in sein Büro, auch »Die Telefonzelle« genannt. Als er eintrat, drehten sich drei Köpfe um und sahen ihn stumm an.

»Grünes Licht. Vorausgesetzt, der Prediger gewährt uns seine volle Unterstützung.«

Susanna, seine auch für Recherchen verantwortliche persönliche Assistentin, klatschte in die Hände. Sein Kameramann Leon und Barry, der Tontechniker, nahmen die ausgefallensten Posen ein, die der knapp gemessene Platz gestattete.

Leon, die Arme ausgebreitet, fragte: »Willst du gerettet werden?«

Der auf einem Bein kniende Barry antwortete mit einem inbrünstigen: »O ja!«

»Mein Sohn, du kannst heute noch gerettet werden.«

»Verrat mir wie, Reverend, bitte, verrat mir wie.«

»Nimm dein Portemonnaie, öffne es weit, und sprich mir nach: ›Bediene dich.‹«

Susanna beteiligte sich an dem Spiel: »Benehmt euch anständig, sonst wirft der Prediger Adam aus dem Garten Eden.«

Adam sah den dreien zu. Weder diesen noch irgendeinen anderen Film würde er ohne sie drehen. 1979 (vor Susanna) hatte Barry sie in Hanoi vor dem Gefängnis bewahrt, indem er einen Zollbeamten mit einer gefälschten Rolex bestach. 1989 in Beirut (nach Susanna) war es Leon, der sie gerettet hatte, als er einem Hisbollah-Milizionär, der sie unbedingt entführen wollte, sein Manchester-United-T-Shirt schenkte. Lang lebe die Konsumgesellschaft. Und Susanna liebte *ihn* ...

Sie beendete das Herumalbern mit einer ernsten Frage: »Wer oder was könnte ihn davon abhalten, uns seine volle Unterstützung zu gewähren?«

Adam antwortete, ohne mit der Wimper zu zucken: »Nur der liebe Gott.«

»Ich bin Ihnen sehr verbunden, Andrew, daß Sie erst zu mir kommen, ehe Sie sich an den Hauptvorstand wenden.« Der auf einem Drehstuhl sitzende Victor Rodriguez wandte sich Sinclair zu, als dieser sein Büro betrat. Verglichen mit Sinclairs hoch oben im World Trade Center gelegenen Büro war es klein und unscheinbar, genau wie sein Bewohner – verglichen mit Sinclair.

Und doch hatte Rodriguez Macht – die Macht zu kaufen, was Sinclair ihm dringend empfohlen hatte. Rodriguez hatte es nicht eilig. Geduldig hörte sich Sinclair den Bericht über ein Vogelschutzgebiet an, das Rodriguez gerade aufbaute, und welche rigorosen Maßnahmen er ergriffen hatte, um Wilderer und Chemikalien fernzuhalten. Genauso geduldig hörte er sich noch einmal an, was er ohnehin schon längst über die Lebensgeschichten der Kinder seines Gastgebers wußte: Harvard, Yale und Princeton, ihre harmonischen Ehen, ihre beruflichen Erfolge in den Sparten Jura, Buchhaltung und den schönen Künsten ...

»Ihr Fax war zwar vielversprechend, doch sein Inhalt mußte wie immer diffus bleiben.« Rodriguez hielt sich das Fax vor die Nase und las: »Der Ruf des Produkts ist hervorragend und makellos. In einem überfüllten Markt hat es eine deutlich führende Stellung inne. Kürzlich wurde getestet, wie das Produkt unter Extrembedingungen auf unterschiedliche Einflüsse reagierte. Das Produkt zeigte keinerlei negative Reaktionen.« Rodriguez legte das Blatt auf seinen Schreibtisch. »Könnten Sie diese Tests näher erläutern?«

»Unsere bei Collins beschäftigten Sicherheitsleute führten ihm eine überaus reizvolle – und teure – junge Dame zu. Er lehnte ihr Angebot ab und ließ sie ohne viel Federlesens entfernen. Anschließend führten wir ihm einen hübschen – und sogar noch teureren – Knaben zu. Auch er wurde problemlos entfernt. Übrigens interessierte sich Collins mehr für die Frau als für den Jungen. Ich könnte noch weitere Tests veranlassen, bin mir aber sicher, daß ihm keine sexuellen Skandale unterlaufen werden, und wenn ich das gesamte Tierreich durchprobiere. Collins ist clever. Er hat sogar seine eigene Hotelsuite verwanzen lassen. Nach dem zweiten Test hat er unsere beiden Sicherheitsleute rausgeschmissen, und jetzt steigt er in keinem Hotel mehr ab, wenn er unterwegs ist, sondern immer bei einem Kirchenmitglied, wo loyale Anwesende sein Verhalten bezeugen.«

Einen Moment lang betrachtete Sinclair Rodriguez' ausdruckslose Miene, als er fortfuhr:»Unsere Mitarbeiter haben seine Firma überprüft. Sie wird ausgesprochen kompetent und absolut ehrlich geführt. Der äußerst fähige Mitarbeiterstab wird von seinem guten Kumpel John Reilly geleitet. Collins zahlt seine Steuern, gibt auch den letzten Cent ab, und an seinen Fingern bleibt kein Spendengeld kleben.«

Sinclair wurde ein wenig lauter und sprach etwas schneller.»Beim Geldsammeln hat er nie miese Tricks verwendet, weder verspricht er Wunder noch Heilung oder Seelenheil. Er bringt die Leute auch nicht mittels Gehirnwäsche dazu, ihm ihr Geld zu überschreiben. Victor, wir haben hier keinen Elmer Gantry vor uns. Auch keinen Oral Roberts, Jimmy Bakker, Jimmy Swaggert oder sonst irgendwelche dubiosen Handelsvertreter ... Collins ist ein Amerikaner mit herausragenden Eigenschaften! Er hat die Kraft, das Jahrtausend nachhaltig zu verändern. Er ist unser Mann, Victor.«

Victor Rodriguez rutschte kurz auf seinem Sessel hin und her. Andrew Sinclair sah die Bewegung und atmete durch. Er stand kurz vor dem euphorischen Augenblick eines Geschäftsabschlusses. Als er das Lächeln aufsetzte, mit dem er so viele Freunde und Förderer Stanfords um den Finger gewickelt hatte, wirkte er um Jahre verjüngt.

»Und er war Ihre Idee, Victor. Sie haben gesagt: Finden Sie den Mann, der unseren Markt rettet. Er ist es.«

»Aber warum sollte er uns anhören? Er ist ein Gottesmann.«

»Eben darum, Victor. Das ist ja das Phantastische daran. Gott würde nie zulassen, daß er unseren Markt ruiniert. Jeder andere könnte eines Tages vernünftig werden. Aber dieser Mensch wird immer Gott folgen ... und den Markt retten.«

Als ihm einfiel, daß Victor Rodriguez ebenfalls ein tiefreligiöser Mensch war, brachte Sinclair rasch noch ein anderes Argument vor. »Außerdem haben wir natürlich eine gewaltige Rückversicherung. Jeder hat etwas, das sich nicht erklären oder entschuldigen läßt. Im Falle Patrick Collins haben wir es gefunden – und für uns behalten. Falls er den Markt in Gefahr bringen sollte, können wir ihn vernichten und haben gleichzeitig etwas in der Hand, womit wir seinen Nachfolger kontrollieren.«

Nachdenklich massierte Rodriguez sein Kinn mit einem Fingerknöchel. »Ich habe immer konventionellere Kontrollmethoden vorgezogen. Sie haben uns Erfolg beschert bei geringen Kosten und geringem Risiko. Aber Sie haben uns manches beigebracht, Andrew. Jedes Unternehmen muß zur Innovation bereit sein. Unternehmen überleben, wenn sie den richtigen Moment zur Veränderung erkennen. Das ist nun der Moment, Andrew. Ich werde Ihren Plan dem Hauptvorstand unterbreiten.«

»Weihnachten in Florida. Paßt dir das?« Adam Fraser lächelte Susanna an. Er kam sich vor wie ein Elternteil, das ein besonders begehrtes Geschenk in der Hand hält.

»Ich packe meine Schwimmflügel ein. Aber trotzdem sollst du mich jedesmal festhalten, wenn ich ins Wasser gehe ...« Sie rollte sich unter dem Federbett auf ihn drauf und führte seine Hände an die richtige Stelle. »Brustschwimmen ...« Kichernd bewegte sie sich auf seinem Körper. Gleich darauf sagte sie: »Im Flachen anfangen.« Und ein wenig später: »Tiefer. Führ mich in die Tiefe.«

Rhythmisch tauchten sie durch das imaginäre Meer, bis sie beide gleichzeitig die ans Ufer schlagende Welle erwischten und keuchend auf dem Sand zur Ruhe kamen.

Eine Weile lagen beide eng umschlungen da, bis sie sagte:»Weswegen bist du nicht bei mir? Wegen des Projektes?«

Bei dem»Wegen des Projektes« empfand er wieder große Zärtlichkeit für sie: Noch beim Liebesspiel achtete sie auf grammatikalische Feinheiten. Sie war nun mal eine Perfektionistin. Seit sie für ihn arbeitete, hatte keiner seiner Dokumentarfilme auch nur den kleinsten Irrtum enthalten. Wenn nötig, blieb sie die ganze Nacht auf, um auch nur einen einzigen gespaltenen Infinitiv zu eliminieren. Er umarmte sie lange und ausgiebig.

»Irgendwie bist du immer noch abwesend.«

»Tut mir leid. Der übliche Bammel vor einer neuen Produktion. Bei jeder Dokumentation, die wir zusammen gemacht haben, hatte ich das Gefühl, es gäbe noch eine verborgene Wahrheit, die wir finden könnten, wenn wir nur hart genug arbeiteten. Aber diesmal stellt sich das Gefühl nicht ein ... Ich glaube wirklich, bei Pat Collins sind die verborgene und die äußere Wahrheit deckungsgleich. Manches an ihm mißfällt mir, vor allem das Geld und die Vermarktung, darauf können wir Kamera und Mikro richten, aber es gibt nichts, was wir nicht schon zu Anfang gewußt hätten. Und das jagt mir eine Heidenangst ein.«

El Gordo bewachte sie.

Der Ort für die zweitägige Konferenz war sehr sorgfältig ausgewählt worden. Für Victor Rodriguez war es natürlich bequem, seine Zentrale im kolumbianischen Cúcuta benutzen zu können, und für seine Besucher war es bequem, daß sie aus San Cristóbal unbemerkt die venezolanische Grenze überqueren konnten. Doch ein Faktor machte diesen Tagungsort geradezu unwiderstehlich: El Gordos Anwesenheit.

El Gordo, der Dicke, war ihr Kosename für einen Computer, den sein Konstrukteur als»nicht von dieser Welt« bezeichnete. Eine treffende Beschreibung für ein auf dem Netzwerk der NASA basierendes System. Niemand telefoniert in Cúcuta oder San Cristóbal, schickt ein Fax oder benutzt einen Computer, ohne daß der Dicke in seiner Leitung hängt. Kein Auto trifft in den beiden Städten ein oder verläßt sie wieder, ohne daß El Gordo dessen Halter kennt. Der Dicke ist mit seinen Brüdern in Medellín, Cali, Bogotá, Caracas, Lima und La Paz verbunden. Er hat sofortigen Zugriff auf sämtliche Informationen, die in kolumbianischen oder venezolanischen, peruanischen und bolivianischen Polizei- und Geheimdienstcomputern stecken: die Vorstrafenregister, die persönlichen Daten, den aktuellen Stand sämtlicher Ermittlungen.

Alles.

El Gordo könnte der Grund dafür sein, daß in Cúcuta keinerlei Neugier aufkommt, wenn ein Fremder im Ort eintrifft. Zumal wenn die Andino Incorporated, Lateinamerikas erfolgreichster Multi, ihre jährliche Hauptversammlung abhält.

Die Andino Inc. verkörpert alles, was im südamerikanischen Geschäftsleben gut ist. Was *nicht* mit Drogen zu tun hat. Das Positive. Der Hauptgeschäftszweig von Andino ist die Bauindustrie. Andino baut nicht nur für andere, sondern auch für sich selbst. In Italien gehören der Firma siebzehn der exklusivsten Hotels des Landes, dreiundzwanzig größere Büro- und Geschäftszentren sowie elf Industriebetriebe. In Frankreich baute Andino einen riesigen Bürokomplex an der Avenue des Champs-Élysées, einen anderen an der Rue de Pontieu und einen dritten an der Rue de Berry, um sie anschließend zu verleasen. In Kanada gehören ihr drei der höchsten Wolkenkratzer der Welt, die Three Towers in Montreal; außerdem der Harbor Tower, ein Wohnblock mit dreihundert Apartments, ein riesiger Wohnkomplex in Toronto, dazu ein Jachthafen in Vancouver und über eine Million Hektar Wald bei Edmonton. In den USA besitzt sie fünf riesige Wohnblocks in Washington, einschließlich des Hotels Rutherford, sowie ein hundert Hektar großes, an der Oyster Bay gelegenes Wohngebiet. Im brasilianischen Mato Grosso gehört Andino eine komplette Satellitenstadt, Santa Maria. In Großbritannien hat der Konzern beträchtliche Besitzungen in

Canary Wharf, Belgravia, Mayfair, Hampstead und in der Londoner City. Er verfügt über Anteile am Kanaltunnel, am japanischen Hochgeschwindigkeitseisenbahnnetz, an dem Geschäftsviertel von Sydney, an zwei Jachthäfen in Auckland ... Diese Liste umfaßt nicht einmal zwanzig Prozent der Vermögenswerte von Andino Inc.

Der Reichtum dieses Multis beruht größtenteils auf lediglich drei Grundpfeilern: Personal, Papier und das Produkt – illegale Drogen. Alle drei sind unerschöpflich, ohne Einschränkung verfügbar. Das Produkt, sei es nun Kokain, Opium, Heroin, Marihuana oder die zahlreichen synthetischen Drogen wie Amphetamine, PCP, LSD, sorgen für das »Papier«, nämlich die Dollars, Eurowährungen, Pfund Sterling sowie die vielen kleinen anderen Währungen, mit denen wiederum das Personal, die Maschinerie, geschmiert wird.

Mit jedem Kilometer, den sich Heroin, Kokain und Marihuana von ihren Produktionsstätten entfernen, schießen die Marktpreise in die Höhe. Würde man den jährlichen Kokainausstoß in 1,5-Kilo-Tüten füllen, wäre die aufeinandergestapelte Kokainlieferung allein in den USA viermal so hoch wie der Mount Everest. Würde man aus dem Kokainbedarf der gesamten Welt einen ähnlichen Tütenstapel errichten, wäre er dreizehnmal so hoch wie der Everest. Die Opiummenge wäre sogar zweiundfünfzigmal so hoch wie der höchste Berg der Erde.

Die Welt des Rauschgifts hat einen harten Kern. Der Dealer, der auf der Straße für einen kleinen Profit Drogen an den Mann bringt, stellt in dieser Branche die unterste Ebene dar. Auf der Kartell-der-Kartelle-Ebene steht die Unternehmensführung von Andino Inc. Nur zwischen diesen beiden Polen existiert alles andere, was diese spezielle Welt bevölkert, von den schlichten Drogenkurieren, den Mulis, bis hinauf zu den großen Bossen: dem verstorbenen Pablo Escobar, den Brüdern Rodriguez-Orejuela aus Cali, Präsident Assads Bruder Rifaat, dem burmesischen Kriegsherrn Khun Sa oder den sizilianischen Mafiafamilien Inzerillo und Spatola. Sie alle sind den Geheimdiensten der Welt bekannt. Die Mitglieder des Vorstandes dagegen, des Kartells der Kartelle, gelten, sofern sie den Geheimdiensten überhaupt bekannt sind, als ehrbare Geschäftsmänner, die sich den angenehmen Seiten des Lebens verschrieben haben.

Vom weltweiten Rauschgiftumsatz her würde das Unternehmen, legt man das Bruttoinlandsprodukt zugrunde, die elftgrößte Wirtschaftsmacht der Welt sein: noch vor den Niederlanden, Australien, Rußland und Indien. Allein der Profit eines Jahres reichte aus, die vier größten Privatunternehmen der Welt aufzukaufen.

Die zwölf Mitglieder des Vorstandes begrüßten einander bei Getränken und Häppchen wie auf einem Familientreffen. Markov aus Rußland umarmte Sullivan aus den Vereinigten Staaten, Victor Rodriguez aus Kolumbien scherzte mit dem Italiener Pietro Pecolli. Jeder der vier war, wie alle anderen Vorstandsmitglieder, für einen bestimmten Bereich der Welt zuständig. Ihre Hauptaufgabe war, dafür zu sorgen, daß Andinos Geschäftsphilosophien sich durchsetzen konnten.

Dem brasilianischen Vorstandsmitglied zuliebe wurde bei der Simultanübersetzung eigens ein zweisprachiger Gebärdendolmetscher eingesetzt. Eine Satellitenverbindung schaltete nicht nur Beiträge leitender Kartellmitglieder zu, sondern auch Live-Übertragungen aus dem Goldenen Dreieck – Burma, Laos, Thailand –, aus dem Goldenen Halbmond – Afghanistan, Iran, Pakistan – sowie aus dem Beekaa-Tal, aus Taschkent, von der Wall Street und aus der Londoner City. Der Satellit war Andinos Privateigentum. Er war 1994 in den Weltraum geschossen und von einem Konsortium führender Firmen aus dem Kommunikationssektor im Auftrag der kolumbianischen Regierung in den USA gebaut worden. Seine angebliche Aufgabe: die Geschäftsverbindungen zwischen Kolumbien und dem Rest der Welt mittels enorm verbesserter Kommunikationswege zu stärken.

Genau wie die Börsen der Welt arbeitete diese Industrie auf einem vielsprachigen Markt, wo rund um die Uhr Betrieb herrschte. Ein jährlicher Bericht wurde in dreiunddreißig Sprachen herausgegeben, darunter auf hebräisch, dem israelischen Vorstandsmitglied Rabbi Goldberg zuliebe.

Vor Beginn der ersten Sitzung schlenderte jener Mann durch die plaudernden Grüppchen, dem Cúcuta diese technischen Errungenschaften der ersten Welt verdankte: Andrew Sinclair, *Consigliere* für das Kartell der Kartelle, den Konzernvorstand. Zwar war er jünger als die meisten Anwesenden, doch wurde er respektvoll, beinahe ehrerbietig begrüßt. Als Chef einer ungeheuer erfolgreichen Unternehmensberatung waren Sinclairs Meinungen und Ratschläge für das stete Wachstum Andinos von zentraler Bedeutung.

Victor Rodriguez eröffnete die Sitzung und bat ihn auf das Podium. Ein Großteil von dem, was Sinclair in seinem Jahresbericht vortrug, unterschied sich nicht von dem, was man auf der Jahreshauptversammlung einer ganz normalen, regulären Firma hören würde.

»Zur Zeit haben wir in Europa hundertdreißig Tonnen Produkt eins gelagert. Die Lagerhäuser befinden sich aus strategischen Gründen in Polen, den Niederlanden und der ehemaligen Tschechoslowakei. Vierundfünfzig Tonnen Produkt zwei lagern an denselben Orten. Diese Vorräte – sie übersteigen Nachfrage und Angebot eines Jahres – sind direkte Folge der neuen EU-Gesetzgebung, die verminderte Grenzkontrollen mit sich gebracht hat. Gern möchten wir zu Protokoll geben, wie sehr wir die intensive Lobbyistentätigkeit zu schätzen wissen, die Signor Pietro Pecolli auf den Brüsseler Regierungsfluren geleistet hat. Sein ständiger Einsatz für eine einheitliche europäische Währung wird Andino in Kürze gewaltige Handelsvorteile verschaffen. Mit einem Streich werden viele unserer Bankprobleme ausgeräumt und unsere Profite auf dem europäischen Markt um mindestens zwanzig Prozent steigen.«

Die Vorstandsmitglieder applaudierten ihrem italienischen Kollegen, der aufstand und sich verbeugte.

Obwohl Sinclair persönlich die elektronische Sicherheitsüberprüfung des Konferenzsaales beaufsichtigt hatte, bewirkte die reine Macht der Gewohnheit, daß er dennoch teilweise verschlüsselt sprach. Produkt eines war Kokain, Produkt zwei Heroin, Produkt drei Marihuana. Bankprobleme bezogen sich auf die Schwierigkeiten des Drogenhandels, seine Profite zu waschen. (Unter den zahlreichen Beteiligungen von Andino befindet sich keine Bank. Der Vorstand ist der Ansicht, der direkte Besitz einer Bank würde eine potentielle Achillesferse schaffen.)

»Ich möchte die Aufmerksamkeit des Vorstandes auf zwei Anlagen lenken. Anlage A enthält Einzelheiten über die mit dem russischen Banken- und Firmenkonsortium erzielten Übereinkünfte hinsichtlich der Handelswege und Bankverbindungen.«

Sinclair schaute auf, betrachtete die in dem Raum Versammelten, und einen Moment lang huschte der Anflug eines Lächelns über sein Gesicht. »Vor hundertfünfzig Jahren tat Karl Marx den berühmten Ausspruch: ›Religion ist das Opium des Volkes.‹ Angesichts der im Anhang enthaltenen Informationen kann man feststellen, daß heute Opium die Religion des Volkes geworden ist.

In Anlage B finden Sie die gegensätzlichen Erfahrungen in Mexiko und Panama.

Im letzten Jahr haben wir uns mit Versuchen der chinesischen Regierung befaßt, unsere Kollegen in Burma daran zu hindern, Produkte in die südwestliche Provinz Jünnan zu schaffen. Unser Vorstand empfahl, die Zwei-oder-zwei-Lösung anzuwenden.«

Die »Zwei-oder-zwei-Lösung« – »*plata o plomo?*«, »Silber oder Blei?« – wurde von den Kartellen überall in Südamerika mit einer Erfolgsquote von praktisch hundert Prozent angewandt. Sie bedeutete, daß man einem Grenzposten oder Zollbeamten die einfache Frage stellte: »Willst du lieber zweitausend Dollar oder zwei Kugeln haben?«

Sinclair trank noch einen Schluck Orangensaft; die Früchte stammten von Bäumen, die Victor Rodriguez gehörten, der garantierte, daß sie keinerlei Chemikalien enthielten. Dann trug er eine detaillierte Analyse des größten Marktes ihrer Branche vor.

»Der Bruttoumsatz aller unserer Produkte in den Vereinigten Staaten beträgt für das am dreißigsten September endende Geschäftsjahr einhundertsiebzig Milliarden Dollar.«

Als spontaner Beifall aufbrandete, schlug Sinclair verärgert mit der Faust aufs Podest.

»Zur Selbstzufriedenheit besteht kein Anlaß. Die Verkäufe von Produkt eins stagnieren bei dreihundert Tonnen. Die Verkäufe von Produkt zwei haben erneut nicht den zweistelligen Bereich erreicht und verharren bei neun Tonnen. Die Anzahl des harten Kerns der User beider Produkte hat sich seit 1988 kaum verändert und steigt nicht nennenswert über drei Millionen. Wer von Ihnen sich gern selbst auf die Schulter klopfen möchte, sollte diese Zahl mit den über siebzig Millionen Verbrauchern vergleichen, die laut offiziellen Zahlen der US-Regierung irgendwann einmal unsere Produkte probiert haben. Mithin haben wir es mit siebenundsechzig Millionen potentiellen Kunden zu tun. Mit weiteren siebenundsechzig Millionen potentiellen regelmäßigen Usern. Unser Vorstand wünscht, daß dieses Potential ausgeschöpft wird. Unser Vorstand wünscht beispielsweise, daß der Preis von Produkt eins wieder auf seinen Höchststand aus dem Jahr 1990 steigt, als ein Gramm zweihundert Dollar kostete, und nicht wie gegenwärtig bei unter einhundertfünfzig Dollar pro Gramm verkümmert.«

Sinclair hielt inne, ließ seine Aussagen einsickern, um dann die von ihm aufgebaute Spannung zu entschärfen.

»Nun wollen wir uns den positiveren Entwicklungen innerhalb der Vereinigten Staaten zuwenden. Dem Drogenvertrieb. Die Anzahl der Dealer auf allen Ebenen hat sich beträchtlich erhöht, sowohl bei den Dealern erster als auch zweiter und dritter Klasse. Für jeden Dealer erster Klasse, der von Regierungsbehörden vom

Markt genommen wird, tauchen sofort sechs potentielle Nachfolger auf, die ihn um jeden Preis ersetzen wollen.«

Ein Dealer erster Klasse setzt pro Woche mehr als zweihundert Kilo Kokain um.

Sinclair wollte gerade fortfahren, als ihm ein Nachsatz einfiel.

»Womöglich sind diese Dealerstellen deshalb so attraktiv, weil man weiß, daß die zuständigen US-Regierungsbehörden demoralisiert und völlig desorientiert sind. Was übrigens unvermeidlich ist, wenn man bedenkt, daß sie ausnahmslos chronisch unterfinanziert sind und aneinander vorbeiarbeiten. Mindestens fünf Regierungsstellen der Vereinigten Staaten arbeiten gegen unsere Industrie, und glücklicherweise verbringen die CIA, die US-Drogenbehörde DEA, das Außenministerium, Zoll und Finanzministerium mehr Zeit damit, sich gegenseitig als uns zu bekämpfen.

Und doch haben die Vereinigten Staaten im Lauf der letzten zwölf Monate schwere Sanktionen gegen unsere Mitglieder aus Cali verhängt. Ihre Infrastruktur, ihre Vermögenswerte, darunter ihre Drogeriekette *Drogas La Rebaja,* haben allesamt unter Schikanen durch das Weiße Haus gelitten. Daher ist es für mich eine Quelle tiefer Befriedigung, Ihnen mitteilen zu können, daß trotz dieser örtlichen Schwierigkeiten der Jahresumsatz dort viermal so hoch wie der von General Motors ist. Vielleicht sollte man die alte Maxime, was gut für General Motors ist, ist auch gut für das ganze Land, umschreiben – oder General Motors sollte ebenfalls dafür sorgen, daß seine Unternehmensleitung aus dem Gefängnis heraus agieren kann.«

Sinclair schwieg, bis das Gelächter verstummte, und ließ dann eine Zeitlang Ruhe einkehren, um die Bedeutung seiner nächsten Bemerkungen hervorzuheben.

»Allerdings bin ich aufgrund der Erfahrungen mit Cali der Ansicht, daß Unternehmungen der US-Regierung unbedingt vorhersehbarer und kontrollierbarer werden sollten. Um dies zu erreichen, wird Ihnen der Vorstandsvorsitzende nun einen Vorschlag unterbreiten.«

Rodriguez erhob sich, von freundlichem Beifall begleitet. Er machte keine Anstalten, zum Podium zu gehen, weshalb sich nun alle Blicke auf ihn richteten. Der kleine gütige Mann Anfang Fünfzig sah aus wie jedermanns Lieblingsonkel. Mit ein Meter siebenundsechzig erreichte er die Durchschnittsgröße eines Kolumbianers. Er war auf bestem Wege, den Kampf eines Mannes dieses Alters mit seinem Bauchumfang zu verlieren. Von einem goldenen Hochzeitsring und einer Cartier-Uhr aus rostfreiem Stahl abgesehen, sah man ihm nicht an, welch gewaltigen Reichtum er kontrollierte. Das einzige andere Schmuckstück, das er trug, ein schweres goldenes Kruzifix, hing hinter seinem Fifth-Avenue-Hemd.

Victor Rodriguez wartete, bis der Beifall verebbte, wobei er allen Anwesenden ein gütiges Lächeln schenkte.

»Im letzten Jahr belief sich unser weltweiter Umsatz auf fünfhundert Milliarden Dollar. Meine Herren, wir haben die magische fünf erreicht.«

Den erneut aufbrandenden Beifall erstickte Rodriguez sofort, und sein Lächeln verschwand.

»Meine Herren, das ist nicht der Zeitpunkt für Selbstzufriedenheit und Glückwünsche. Wirtschaftsunternehmen können nur überleben und wachsen, wenn sie erkennen, wann der Zeitpunkt für Veränderungen gekommen ist. Das ist jetzt der Fall. Was wir geleistet haben, sollte uns immer daran erinnern, welche Verantwortung wir für den Markt tragen.«

Die strenge Ermahnung erzielte den gewünschten Effekt. Rodriguez sah in ernste und aufmerksame Gesichter.

»Der Motor unseres Marktes sind die Vereinigten Staaten. Sie steuern nicht nur den größten Teil unseres Umsatzes bei, sondern bewirken auch eine stabile Preisstruktur für unsere Produkte in allen anderen Märkten.

Obwohl es uns gelungen ist, jede einzelne amerikanische Regierungsbehörde zu unterwandern und zu schwächen, läuft der amerikanische Markt ständig Gefahr, eliminiert zu werden. Meiner

Ansicht nach kann man diese Bedrohung jedoch ausräumen. Ich habe der Lösung einen Namen gegeben. Einen Namen, der keine ungebührliche Aufmerksamkeit erregen wird: Das Kolumbienprojekt. Es soll sicherstellen, daß unser Vorstand nicht mehr über dem Gesetz steht, sondern selbst das Gesetz *wird*.

Gentlemen, ich schlage vor, daß wir die Vereinigten Staaten von Amerika kaufen.«

2. Kapitel

Partnerschaft

In der First National Bank an der LaSalle Street Ecke Jackson Boulevard in Chicago herrschte reger Betrieb. Die mittägliche Kundenmenge schlurfte langsam voran. Die Stimmung war entspannt, Gesprächsbrocken schwirrten durch die Luft. Das Wochenende stand bevor, einzelne Grüppchen beredeten ihre jeweiligen Pläne. Den zahlreichen geplanten Unternehmungen war gemein, daß man vorher ein wenig Bargeld abheben mußte. Niemand beachtete ein großes, in der Mitte des Schalterraums abgestelltes Paket. Niemand wußte, wer es dort abgestellt hatte. Ein paar Büroangestellte stützten sich noch darauf, als die Rohrbombe explodierte.

Es hatte keine Warnung gegeben. Auch fünf Stunden später hatte niemand die Verantwortung für den Anschlag übernommen; die Zahl der Toten lag bei dreiundfünfzig und stieg immer noch.

Wenn er aus seinem New Yorker Büro nach Hause kam, fühlte sich Andrew Sinclair so wohl wie sonst nie in seinem Leben.

Sein Zuhause lag Hunderte von Meilen und Millionen Dollar von seiner Kindheit in Memphis entfernt. Es war groß und luxuriös: ein im georgianischen Kolonialstil erbautes Anwesen in der Mustergemeinde Hamilton-on-Hudson, im Mustercounty Westchester im Bundesstaat New York. Sein Grund und Boden. Mit seiner privaten Bootanlegestelle am Hudson, seinem Tennisplatz, seinem Swimming-Pool, seinem Gartenhaus. Mit seinem künstlich angelegten See, seinen sanft gewellten Rasenflächen, Bäumen, Büschen und Blumenrabatten (auf denen keine Pestizide geduldet wurden). Mit seiner Voliere, einem Geschenk von Victor Rodriguez.

Mit seinen Kameras, die jeden Zentimeter seiner Grundstücksgrenze überwachten.

Nach Hause zu seinen hübschen Kindern, endlosen Freuden, absoluter Sicherheit und seiner wunderschönen Frau Mary. Mary war das einzige, was ihm an seinem herrlichen Zuhause nicht ohne Einschränkung zusagte ...

Bei dem Gedanken an sie blieb er auf dem Weg von der privaten Anlegestelle stehen. Er schlenderte durch den Wald, um seine Heimkehr ein wenig länger auszukosten; um den Augenblick hinauszuschieben, wenn er mit ihr reden mußte.

Er öffnete sich selbst die Tür in das herrliche Haus, rief dazu spöttisch: »Schatz, ich bin da!« Doch nur der Butler antwortete. Beach war ein Original, Engländer und würdevoll. Sinclair verdiente viel mehr als der Earl von Emsworth, ein Unterschied, der sich auch in den Löhnen widerspiegelte, die er zahlte. »Mrs. Sinclair befindet sich im Gartenhaus, Sir.«

»Und die Kinder?«

»Meines Wissens im Souterrain, mit Miss Keeble, Sir.«

Wäre er allein gewesen, hätte sich Sinclair vielleicht umgehend nach unten begeben, doch die ausdruckslose Miene des Butlers erinnerten ihn an die Macht der Konventionen. Er kehrte um und ging ins Gartenhaus.

Es war noch warm genug, daß sie einen Bikini trug, und ihre Figur war gut genug, daß es ein sehr knapp geschnittener sein konnte. Und doch irritierte ihn, daß sie nicht angezogen war. Bestimmt war sie den ganzen Tag lang so herumgelaufen, hatte nichts mit den Kindern unternommen oder sonst etwas getan, außer sich zu sonnen.

42

»Hattest du einen angenehmen Tag im Büro, Liebling?« fragte sie
mit dem gleichen trägen schiefen Lächeln, das ihn so bezaubert
hatte, als er noch jung und leicht zu beeindrucken gewesen war.

Mary war Überraschungsgast bei einem Essen gewesen, auf dem
Andrew Sinclair vorgehabt hatte, aus ihrem Vater einen Freund und
Förderer Stanfords zu machen. Er ertappte sich dabei, daß er Sätze
verbockte, Stichworte verpaßte. In seiner gesamten Laufbahn war
sie die einzige Frau, die ihm je einen Geschäftsabschluß vermasselt
hatte.

Nicht genug, daß Daddy ihn mit einer gesalzenen Rechnung sit-
zenließ, Andrew mußte sie auch noch in einem Taxi mit in die
Innenstadt nehmen.

Da hatte ihn seine Wut ehrlich sein lassen. »Ich werde nicht mein
Leben lang Stanford anpreisen. Ich werde mich, und zwar nur mich,
für ein Heidengeld verkaufen, und eines Tages werde ich damit aufhören und selbst kaufen.« Sie hatte daraufhin gar nichts gesagt, sondern die Hand unter seinen Hosenbund geschoben und in seine
Boxershorts gesteckt, einfach so, auf dem Rücksitz des Taxis.

Das machte sie immer noch, wann und wo er es am wenigsten
erwartete; früher einmal hatte ihn das erregt, doch in letzter Zeit
fand er es irritierend.

Während ihrer Ehe war er ständig herumgereist, und sie hatte
sich nicht vom Fleck gerührt. Sie war schön, liebenswürdig, eine
ausgezeichnete Gastgeberin, bei den Gattinnen wichtiger Klienten
beliebt, saß in vielen Ausschüssen und belegte viele Kurse, in denen
sie nichts lernte, was ihn auch nur ansatzweise interessierte.

»Und, hattest du einen angenehmen Tag im Büro, Liebling?« Ihre
erste Frage hatte er überhört, was ihn beunruhigte: Sein Autopilot
hatte versagt.

»Es gab ein Problem mit U.S. Cola.«

»Das ist schade.« In letzter Zeit war er froh gewesen, daß sie sich
so wenig für seine Arbeit interessierte. Er investierte so viel Zeit in
das Kolumbienprojekt, daß es ihm schwergefallen wäre, mit ihr

über die normalen Geschäfte in seiner Unternehmensberatung zu sprechen. Die Erwähnung von U.S. Cola war ein Fehler gewesen, schließlich hing auch dieses Problem mit dem Kolumbienprojekt zusammen. Doch zu seiner Erleichterung bohrte sie nicht nach.

»Ich bin fix und alle«, verkündete sie. »Ich würde gern früh zu Bett gehen.« Sie griff nach seinem Hosenbund, doch er trat beiseite, um sich einen Orangensaft einzugießen.

»Ich auch«, antwortete er automatisch.

»Und morgen möchte ich gern spät aufstehen. Die Kinder sind den ganzen Tag unterwegs auf einem Picknick.«

»Den ganzen Tag? Mit wem?« fragte er mit grimmigem Interesse.

»Mit den McKays.«

»Aha.« Er runzelte die Stirn. Die McKays waren alter Geldadel; er hielt sie für dekadent und überflüssig. Sie ließen ihre Kinder allen möglichen Chemiekram essen.

»Ich würde nur allzugern morgen spät aufstehen ...« Er lächelte. »Aber ich muß nach Omaha.«

»Aber natürlich.«

Er rutschte unbehaglich umher. Er wußte gar nicht genau, ob er wirklich nach Omaha mußte, aber sie hatte ihn dazu gebracht, daß er sich festlegte. Die Kinder würde er wohl kaum sehen. Er stellte das Glas Orangensaft, den er nicht angerührt hatte, auf den Tisch.

»Ich geh mit den Kindern zum See.«

»Eine nette Idee.«

Er wandte sich ab, ohne ihr schiefes Lächeln abzuwarten.

Der Butler hatte recht. Die Kinder waren im Toberaum im Keller, wo sich der größte Fernsehschirm des Hauses befand. Sie sahen sich mit Miss Keeble Zeichentrickfilme an, dümmliche Cartoons, schlecht gezeichnet und voller Gewalt. Er spürte, wie in ihm Wut über die teure englische Erzieherin aufstieg, die diesen Müll in die Köpfe seiner Kinder eindringen ließ. Immerhin war es keine Nachrichtensendung. Das war ein strikter Punkt der Hausordnung: Keine Nachrichten vor den Kindern. Er war wild entschlossen, sie möglichst lange vor den Realitäten des Lebens abzuschirmen. Als sie »Daddy!« kreischend in seine Arme sprangen, ließ seine Anspannung etwas nach ...

Peter war zehn und groß für sein Alter, Kathy acht und eher klein geraten. Was das Äußere anging, schlugen beide nach ihrer Mutter, aber Kathy hatte die Energie ihres Vaters. Er vergötterte sie beide, sie sollten nichts als Liebe und Geborgenheit erfahren, eine Kindheit, wie er sie nur aus dem Fernsehen gekannt hatte. Er war Architekt und Aufseher ihres kleinen Paradieses.

»Hier drin ist es zu heiß«, verkündete er, als die Umarmungen beendet waren. »Am See hätten wir viel mehr Spaß.«

»Au ja!« riefen beide Kinder, ließen den Bildschirm aber nicht aus den Augen.

Während Miss Keeble ihnen half, ihre Badesachen anzuziehen, packte Sinclair Badetücher und Schwimmwesten ein, ehe er sie mit einem natürlichen, organischen Insektenmittel einrieb. Er ging voran zum See.

»Kommt Mami nach?« fragte Peter.

»Vielleicht«, antwortete Sinclair. »Sie bereitet das Abendessen vor.«

Einen Teil des Sees hatte man so angelegt, daß eine Badebucht für die Kinder entstanden war, geradezu paradiesisch, mit lauter Tauen, Rutschen, Flößen. »Schwimmwesten anziehen«, befahl er automatisch. Da gab es keine Diskussionen, obwohl die Badebucht sorgfältig entworfen worden war und die Kinder teuren Schwimmunterricht genossen hatten. Wie üblich protestierte Kathy schwach, aber Peter hatte seine Schwimmweste schon umgeschnallt, bevor sein Vater mit allen Anweisungen fertig war. Eigentlich, fand Sinclair, müßte es andersherum sein. Er sah sie als Erwachsene, wie Kathy eine neue Firma gründete und Peter von seinem Treuhandfonds lebte.

Er beobachtete die beiden nassen Köpfe, wie sie sicher über dem Designer-Schwimmbecken auftauchten, und ließ sich dann selbst ins Wasser gleiten. Sofort verließen die Kinder ihre Badegeräte, um von Daddy aus in den See zu springen.

Als Adam Fraser einen Blick auf die Terrasse warf, sah er Laura im Mittelpunkt einer Gruppe stehen. So war es immer. Und wenn Laura mitten in der Wüste Gobi stünde, hätte sie in Kürze wieder eine Gruppe um sich geschart.

Fast so groß wie er, hochgesteckte rote Haare, eine üppige Figur – sie war immer leicht zu finden, sogar auf Partys wie dieser, wo es von Fetenhaien und Nassauern nur so wimmelte. Der Gastgeber war ein Schauspieler, ein Klient, den sie aus der Gosse geholt hatte und der unversehens angesagt und profitabel war.

Sie löste sich von ihrer Gruppe, stürzte sich auf Adam, hob ihn ein wenig hoch und umarmte und küßte ihn demonstrativ. Wegen inkompatibler Zeitpläne hatten sie sich seit Wochen nicht gesehen, und die Party paßte in eine seltene Lücke beider Terminkalender. Nachdem sie sich vergewissert hatte, daß man ihr immer noch zuhörte, fragte sie: »Wie geht's meinem Göttergatten?«

Auf einer ähnlichen Party hatten sie sich vor fünfundzwanzig Jahren kennengelernt. Er war frisch von der Schauspielschule gekommen, sie hatte gerade erst als Agentin angefangen. Von ihr hatte er viel mehr gelernt als auf der Schauspielschule: ein wenig Selbstsicherheit und Eleganz, die zu seinem unverschämt guten Aussehen paßten, und wie man nicht nur seinen Mund, sondern auch seinen Geist öffnete. Sie hatte ihm die Rolle in dem Theaterstück am West End verschafft, wo er über Nacht groß herauskam.

Die Öffentlichkeit nahm regen Anteil an ihrer Hochzeit, auf der neidische Gäste lästerten, er habe sie nur geheiratet, um ihren Anteil seiner Honorare zu behalten. Das Stück lief unendlich lange, was die beiden so reich machte, daß sie sich ein großes Haus in Camden Town kaufen konnten. Laura arbeitete viel und machte sie noch reicher, verschaffte ihm Werbeauftritte und eine Rolle in einer Fernsehkrankenhausserie. Dann fand sie den perfekten Kinofilm für ihn. Sie gab ihre anderen Klienten auf und fing an, über Kinder zu reden.

Doch plötzlich, aus heiterem Himmel, sagte er in ihrem gemütlichen Haus in Camden: »Ich will, daß die Welt für Menschen realer wird, nicht irrealer.« Er gab alle Schauspielerei auf. Statt die Hauptrolle in einer romantischen Filmkomödie zu übernehmen (die später hundertfünfzig Millionen Dollar einspielte), verkündete er seine Absicht, einen Dokumentarfilm über brasilianische Elendsviertel zu drehen.

Mittlerweile hatten seine Dokumentarfilme zwar zahlrciche Auszeichnungen gewonnen, aber auch Laura zur Haupternährerin gemacht. Sie baute ihre Agentur wieder auf, und statt gemeinsame Kinder zu bemuttern, bemutterte sie ihre Schauspieler, befaßte sich mit den Tränen, Wutanfällen und Ängsten, die Versagen und Alter mit sich brachten. Sie hielt das Haus in Camden in Schuß, staubte Adams Filmpreise ab und kümmerte sich um den Garten, auch wenn er bei Dreharbeiten monatelang außer Landes war.

Susanna war ein fester Bestandteil seines Filmteams und dann seines Lebens geworden, in ihrer Wohnung hielt er sich häufiger auf als in seinem Haus. Doch er blieb mit Laura verheiratet. Sie wollte es so, und es war das mindeste, was er für sie tun konnte, nachdem er ihr den reichen Schauspieler genommen hatte, der einmal ihr Ehemann gewesen war.

»Bring mich heute abend weg hier«, befahl sie, »bevor dir Reverend Patrick Collins alle deine Sünden austreibt.«

Als sie mit ihm – vorsichtiger als gewöhnlich – von der Party wegfuhr, befragte sie ihn nach dem neuen Dokumentarfilm, nach seinem Erfolg bei Mitch, der erstaunlichen Unterstützung, die ihm der Prediger und sein Gefolge versprochen hatten, nach Adams Plänen, sich nicht nur die naheliegenden Themen wie Collins' Geld und die Kommerzialisierung seiner Kirche vorzuknöpfen, sondern das dunkle Geheimnis des Predigers zu finden, sein verborgenes Leben ...

Sie trat auf die Bremse. »Adam. Wie viele Menschen glauben an diesen Mann? Du sagst acht Millionen, ich schätze achtzig Millionen. Diese Leute wollen Patrick Collins nicht verlieren. Sie werden es dir nicht danken, daß du ihnen sein verborgenes Leben, das dunkle Geheimnis zeigst. Für einen Agenten des Teufels werden sie dich halten ... Adam, ich will einen Ehemann haben! Ich habe eine neue Laufbahn für dich in Planung. Ich möchte, daß du Naturfilme über niedliche kleine Pelztierchen machst.«

Sie schwammen bis zum Einbruch der Dunkelheit, und dann setzte sich Andrew Sinclair über Miss Keebles Einwände hinweg und entführte die Kinder zu einem gemeinsamen Abendessen mit Mary. Die Speisen waren köstlich und natürlich frei von chemischen Zusätzen; Andrew Sinclair hatte die örtliche Lebensmittelkette gekauft, den Lieferanten.

Er trug ein Kind nach dem anderen ins Bett und las noch eine ganze Weile laut aus »Der Wind in den Weiden« vor, nachdem beide eingeschlafen waren. Schließlich konnte er den Augenblick nicht länger hinausschieben, jetzt mußte er mit seiner Frau ins Bett.

Er hatte gehofft, sie würde schon schlafen, doch plötzlich packte sie ihn von hinten und griff in seine Boxershorts.

»Mein großer reicher Lover«, sagte sie und schob ihm die Hand zwischen die Beine. »Mein großer reicher Lover, der mich so gut behandelt, der so hart arbeitet, so *hart, hart, hart ...!*«

Sie zog ihn auf sich rauf und schob ihn in sich rein, knetete seine Hinterbacken. Während sie für den Rhythmus sorgte, schaltete er auf Autopilot und murmelte die passenden Worte, während seine Gedanken beim Kolumbienprojekt blieben. Es hatte ein kritisches Stadium erreicht. Am nächsten Morgen in seinem Büro brauchte er zwei Antworten ...

»Ja, *ja!*«

Wie gewohnt wachte Sinclair um sechs Uhr morgens auf, ohne daß ein Wecker geklingelt hätte. Er glitt aus dem Bett, ohne Mary zu wecken, duschte, zog sich an und ging dann seine noch selig schlummernden Kinder betrachten. Nachdem er zwei heruntergefallene Teddybären in die Betten zurückgelegt hatte, schlich er leise nach unten, wo er sein übliches Frühstück einnahm – Orangensaft und Vollkorntoast.

Unterwegs zur Anlegestelle blieb Sinclair diesmal nicht stehen, um stolz sein Anwesen zu betrachten. Er stieg in sein Powerboot, verdrängte das Kolumbienprojekt aus seinem Kopf und griff nach den Morgenzeitungen, während der Kapitän ablegte. Zum erstenmal registrierte sein Bewußtsein den entsetzlichen Bombenanschlag in Chicago. Der hatte sich am Vortag ereignet, während sein Boot gerade auf dem Heimweg gewesen war. Während er sich die gräßlichen Fotos auf der Titelseite ansah, sah er sich in seinem weisen Entschluß bestätigt, zu Hause ein Verbot von Nachrichtensendungen zu erlassen.

Das Boot brauste stromabwärts, vorbei an Dobbs Ferry, vorbei an Hastings-on-Hudson. Nach fünfundzwanzig Minuten machten sie an seinem privaten Liegeplatz fest, direkt gegenüber dem World Trade Center an der Spitze Manhattans.

Samstag morgens war der Sicherheits-Check viel lockerer. An Wochentagen rief der Wachmann Sinclairs Empfangsdame im hundertsten Stockwerk an, die daraufhin in sämtlichen Büroräumen von Corporate America über die Lautsprecheranlage warnte: »Es ist jetzt neun Uhr vier, und Andrew Sinclair hat soeben das Gebäude betreten.«

Doch an Sonnabenden war diese Durchsage überflüssig. Er verbot seinen Angestellten sogar, an Wochenenden im Büro zu arbeiten, falls er es nicht ausdrücklich verlangte. Er erzählte ihnen, wie wichtig es für sie sei, auch einmal abzuschalten, ihr Privat- und Familienleben zu pflegen … und Montagmorgen ideensprühend wiederzukommen. Sie hielten ihn für einen ausgesprochen aufgeklärten Chef – und ließen ihn zwei Tage lang in Ruhe, damit er die vielen Büroräume allein genießen konnte.

Auf seinen einsamen Wochenendtouren durch die Büros hatte er viele wertvolle Informationen über seine Mitarbeiter aufgeschnappt, doch diesmal war keine Zeit zum Spionieren.

Clare, seine Privatsekretärin, erwartete ihn bereits. Nach der Begrüßung unterhielten sie sich kurz über die furchtbaren Ereignisse in der Chicagoer First National Bank. Dann begab er sich in sein Büro und setzte sich an den Schreibtisch, ohne sich Zeit zu nehmen, die Aussicht über den Fluß auf die Skyline von Staten Island zu genießen.

Er runzelte die Stirn und nahm sich vor, mit Clare über das Putzpersonal zu sprechen. Offenbar war seinem Büro jemand Neues zugeteilt worden. Er rückte den Tischkalender fünf Zentimeter nach rechts. Eine kleine Uhr, die die aktuelle Zeit in verschiedenen Gegenden der Welt angab, bekam ihren alten Platz zurück, genau wie ein paar Füllfederhalter und die beiden hölzernen Untersetzer. Zufrieden entnahm er seiner inneren Jackettasche einen Schlüssel. In der obersten linken Schublade stand ein privates Faxgerät, zu dem nicht einmal Clare Zugang hatte. Mit etwas Glück war darauf eine Nachricht von dem einzigen Menschen der Welt, der die Nummer hatte: Victor Rodriguez.

Sinclair schloß die obere linke Schublade auf. Obwohl er allein im Büro war und wußte, daß seine Sekretärin Clare nur nach Aufforderung eintrat, war seiner Miene nichts anzumerken. Ebensogut hätte er in die Schublade greifen können, um eine Büroklammer herauszuholen. Das Faxgerät hatte tatsächlich ein einzelnes Blatt Papier ausgespuckt. Für das unkundige Auge war auf dem Blatt nur ein willkürliches Muster aus schwarzen Punkten zu erkennen, als lägen winzige schwarze Würmer auf dem Papier. Kein Text war zu sehen.

Sinclair legte das Fax flach auf den Schreibtisch, griff erneut in die Schublade und holte eine Spezialplastikfolie heraus, die er auf das Blatt Papier legte. Es war eine Dechiffrierschablone, und als Sinclair sie sorgfältig mit dem Fax zur Deckung brachte, bewegten sich die

schwarzen und weißen Punkte plötzlich und ergaben einen einzelnen zusammenhängenden Satz. Beim Lesen machte sich auf
Sinclairs Gesicht ein seltenes spontanes Grinsen breit. Da stand:
»Das Kolumbienprojekt hat nun Phase eins auf dem Weg zu seinem
endgültigen Abschluß hinter sich gelassen. Die von Ihnen vorgeschlagenen Teilnehmer werden gebilligt, einschließlich des Not-
plans, falls sich jemand als ungeeignet erweisen sollte.«

Sinclair griff nach einem Block Faxpapier, verschlüsselte eine
Nachricht, tippte die passende Nummer ein und sah zu, wie
das Stück Papier seine Abfolge von Punkten übermittelte, nicht an
Victor Rodriguez, sondern an ein anderes Mitglied des Vorstandes
von Andino, nämlich Signor Pietro Pecolli in Mailand. Sinclair
nahm das Blatt heraus, faltete es zweimal sorgfältig und steckte es in
seine Brieftasche. Er drückte auf einen an seinem Schreibtisch ange-
brachten Knopf, stand auf und ging im Büro auf und ab.

Dann drehte er sich um und blickte über den Hudson, nicht auf
das andere Ufer, sondern viel, viel weiter. Es klopfte an der Tür. Er
antwortete, drehte sich aber nicht um.

»Kommen Sie herein, Clare.«

Die Hüterin des Vorzimmers trat ein, in den Händen ein mit
frisch gefiltertem koffeinfreiem Kaffee und Orangensaft beladenes
Tablett. Während sie alles vorsichtig auf die beiden hölzernen
Untersetzer stellte, drehte er sich um, weil er sichergehen wollte,
daß er die Faxschublade auch wirklich zugeschoben und verschlossen hatte. Er lächelte seine Sekretärin an, einen der vielen Aktivposten, die er sieben Jahre zuvor seinem ehemaligen Arbeitgeber
gestohlen hatte. Nicht einmal Clare, die mehr wußte als die meisten
anderen, hatte auch nur die leiseste Ahnung, daß er den größten
multinationalen Konzern der Welt beriet.

Sie goß ihm Kaffee und Saft ein.

»Clare, haben wir in den Akten über U.S. Cola eine Direktwahl-
nummer zum Vorstandsvorsitzenden?«

»Zu Leonard Meredith? Ja. Möchten Sie mit ihm reden?«

»So ist es. Und noch etwas, Clare, je nach Verlauf des Telefonats fliege ich eventuell übers Wochenende nach Omaha. Reservieren Sie mir doch bitte Flüge und ein Hotel, ja?«

Ein paar Minuten später ergoß sich die rauhe Stimme des Chefmanagers von U.S. Cola wie zäher Beton in Sinclairs linkes Ohr. Nach Austausch der üblichen Höflichkeiten äußerte Sinclair eine ungewöhnliche Bitte.

»Leonard, ich möchte Ihnen etwas Material faxen, das ausschließlich für Sie bestimmt ist. Haben Sie einen privaten Faxanschluß?«

Sinclair notierte die Nummer. »Ich werde Ihnen das persönlich übermitteln, und zwar in den nächsten fünf Minuten. Jetzt sage ich nichts mehr. Ich erwarte Ihre Antwort.«

Eine Viertelstunde später klingelte auf Sinclairs Schreibtisch das Telefon. Leonard Meredith war dran.

»Andrew, ich habe das Material gelesen. Ich muß Ihnen fünf Fragen stellen. Möchten Sie am Wochenende mein Gast sein? Das ist keine der Fragen.«

»Es wäre mir ein Vergnügen. Ich lasse meine Sekretärin einen Flug buchen, dann teile ich Ihnen mit, um wieviel Uhr ich in Omaha eintreffe.«

Wieder das Geräusch flüssigen Betons: »Nicht nötig. Ich schicke Ihnen den Firmenjet. Packen Sie Ihre Tennisausrüstung ein, und ich erteile Ihnen eine Lehrstunde.«

Kaum war alles besprochen und das Telefonat beendet, tauchte Clare wieder auf. Sie trug eine Reisetasche und eine Sporttasche, aus der mehrere Tennisschläger ragten.

»Die hat Ihr Bootskapitän gerade heraufgebracht, Andrew.«

»Danke. Die Reservierungen können Sie stornieren. Der Vorsitzende schickt mir sein Privatflugzeug. Rufen Sie meine Frau an, und sagen Sie ihr, ich müsse einen wichtigen Termin in Nebraska wahrnehmen. Ich bleibe bis Sonntag abend weg. Während meines Aufenthalts dort werde ich sie anrufen, aber richten Sie ihr bitte meine Entschuldigung aus, und sagen Sie ihr, wie leid es mir tut, daß ich unsere heutige Verabredung nicht einhalten kann.«

Clare notierte sich die Anweisungen, zeigte aber keinerlei Reaktion.

»Sie haben ja hellseherische Fähigkeiten entwickelt, was das Wochenende angeht. Die Taschen bereits gepackt.«

»Oh, nur für alle Fälle, Clare. Für alle Fälle.«

Später am selben Tag startete ›Cola One‹ mit einem Passagier vom New Yorker Kennedy-Flughafen. Die Stewardeß Tammy brachte Sinclair etwas U.S. Cola und ein paar Zeitschriften. Sie hatte keine Ahnung, daß ihm U.S. Cola zuwider war und er es von seinem Haus und seinen Kindern fernhielt. Voller Abscheu las er die Liste der Inhaltsstoffe. Aber das Kolumbienprojekt brauchte U.S. Cola. Sinclair schloß die Augen, dachte an seine Mission und nahm einen großen Schluck.

Nachdem sie Sinclair bedient hatte, stolzierte die lange Blondine hüftenschwingend durch den Gang nach hinten. Von ihrer Küchenecke aus warf sie einen verstohlenen Blick auf Sinclair. Den kleinen Auftritt hätte sie sich sparen können, er las bereits eine Zeitschrift. Leonard hatte das gemeinsame Wochenende mit ihr abgesagt, um es mit diesem Mann zu verbringen. Tammy schüttelte den Kopf. Sie würde die Männer nie verstehen.

Sinclair grinste, als er das Titelbild von *Time* sah. Welch ein Omen. Das Titelbild zeigte den Mann, um den es in seinem vertraulichen Fax an Meredith gegangen war. Den Mann, um den es sich auch an diesem Wochenende drehen sollte.

»Was für Kreaturen begehen so einen Anschlag, Andrew?«

»Solche, die einem Menschenleben keinen Wert beimessen. Solche, die glauben, sie könnten ihrer Ideologie zum Sieg verhelfen, indem sie vernichten, was sie als ›weiche Ziele‹ bezeichnen.«

Leonard Meredith und sein Gast sahen die Frühabendnachrichten. Inzwischen zählte der Reporter auf, wer wohl als Verantwortliche für das Gemetzel in Frage käme. Die Libyer. Die Iraner. Islamische Fundamentalisten. Radikale »Milizen« aus den Vereinigten Staaten. Die Liste war lang. Meredith knurrte.

»Ich setze auf die Libyer.«

»Vorsicht, Leonard. Vergessen Sie nicht das Federal Building in Oklahoma City. Lange bevor feststand, daß es hundertachtundsechzig Tote gegeben hatte, ging ein Aufschrei durchs ganze Land. Bombardiert Libyen! Es stellte sich dann als hausgemachte Greueltat heraus. Mich beunruhigt, daß auch diesmal niemand die Verantwortung übernommen hat. Genau wie beim Bombenanschlag auf das World Trade Center und dem Absturz des TWA-Flugzeugs über Long Island. Wie bei dem Pan-Am-Flugzeug über Schottland. Welchen Sinn haben diese Anschläge, wenn sich niemand dazu bekennt?«

Meredith nickte. »Eins steht jedenfalls fest, das unterstreicht nur die Bedeutung des Projektes, über das wir miteinander reden werden.«

Nach dem Abendessen machten es sich Sinclair und Meredith in der Bibliothek gemütlich. Die Drinks waren eingegossen, der Butler war gegangen. Beifällig registrierte Sinclair, wie sein Gastgeber eine Schreibtischschublade aufschloß und ihr das Bündel Faxseiten entnahm. Sinclair mochte es, wenn jemand auf elementare Sicherheitsmaßnahmen achtete. Meredith stand immer noch an seinem Schreibtisch und schwenkte die Blätter.

»Mir ist noch eine sechste Frage eingefallen, Andrew, und damit würde ich gern anfangen. Ich bin einer von mehreren Personen, denen Sie diesen Vorschlag unterbreiten wollen. Sie haben nicht erkennen lassen, wer in dieser Phase die anderen sind. Aber gehe ich recht in der Annahme, daß ich der erste bin?«

Sinclair vermittelte ganz stark den Eindruck, absolut und völlig entspannt zu sein. Jemand, der nach dem Dinner mit einem guten Freund einen Cognac genoß. In Wirklichkeit registrierte er alles mit absoluter Aufmerksamkeit. »Ja, Leonard, Sie sind der erste.«

Meredith wirkte nachdenklich, als er herüberkam, immer noch die Blätter in den Händen, und, nachdem er sie Sinclair gegeben hatte, auf einem in der Nähe stehenden Sessel Platz nahm. Er trank einen Schluck, ehe er fortfuhr. »Warum?«

»Weil Sie der Vorsitzende von U.S. Cola sind. Wenn ich ein Produkt, ein Unternehmen wählen müßte, das dem Herzen dieses Landes am nächsten steht, das sogar das Herz *ist,* dann wäre es U.S. Cola. Sehen Sie, Leonard, ehe dieser Plan umgesetzt und zu einem erfolgreichen Abschluß gebracht wird, werden etliche der wichtigsten Wirtschaftsführer dieses Landes mitarbeiten. Gegenwärtig bemühe ich mich nur um vier.«

Meredith nickte. »Ich verstehe. Und welcher dieser vier werde ich sein?«

Sinclair hatte schon vor langer Zeit gelernt, daß man am besten den Mund hielt, wenn man nicht genau wußte, woran man war. Er wartete.

Meredith fuhr fort. »Bin ich Frühling, Sommer, Herbst oder Winter?«

Sinclairs Antwort kam wie aus der Pistole geschossen und klang ein wenig pathetisch. »Sie sind der Winter. Ohne ihn kann sich kein neues Leben Bahn brechen, gibt es keine Regeneration.«

Leonard Meredith hatte im Leben viel erreicht. Einen undurchdringlichen Panzer gegen Schmeichelei hatte er sich nicht zugelegt. Er schlug sich auf die Oberschenkel und brüllte vor Lachen. Sinclair lächelte. Er wußte, jetzt hatte er Meredith im Sack. Diese Gewißheit versetzte ihn in gelinde Euphorie.

Außerdem war er erleichtert, daß Meredith kein Filmfan war. Den Satz über den Winter hatte Sinclair aus »Willkommen, Mr. Chance« mit Peter Sellers geklaut.

Wieder hatte er einen Verkauf getätigt. Das erste Puzzleteil lag fest an seinem Platz. Sinclair hatte die Lage von Anfang an richtig eingeschätzt. Meredith teilte ihm mit, er stehe hundertprozentig hinter dem Plan. Er füllte die Gläser auf, nahm wieder Platz und fuhr fort.

»Meine zweite Frage, Andrew. Sie dreht sich um den Schlüssel zum endgültigen Erfolg. Wieso sind Sie so sicher, diesen Mann überreden zu können, daß er tut, was Sie von ihm erwarten?«

Meredith deutete auf einen auf dem Tischchen zwischen ihnen liegenden Zeitschriftenstapel. Ganz oben lag die aktuelle Ausgabe des Nachrichtenmagazins *Time*. Auf dem Umschlag prangte ein Foto mit der Aufschrift »Amerikas beliebtester Prediger«. Der Tele-Evangelist Patrick Collins.

3. Kapitel
Paranoia

Adam stieg die Treppe aus der U-Bahnstation Eppendorfer Baum hoch, warf einen Blick auf seine Uhr und beschloß, noch ein Weilchen am Isebek-Kanal entlangzuschlendern, weil er merkte, daß er zu früh dran war. Es war Nachmittag, und direkt unter ihm auf dem Wasser glitzerte die bleiche Sonne. Zu Fuß war das Puppenhaus in ein paar Minuten erreichbar. Er hatte Zeit, in den Erinnerungen an eine bisher äußerst erfolgreich verlaufene Reise zu schwelgen.

Bevor er nach Deutschland kam, hatte er australische und neuseeländische Fernsehsender für seine geplanten Dokumentarfilme über Patrick Collins gewonnen. Jetzt, nach einem Termin bei Kurt vom ZDF, war der größte deutsche Fernsehsender auf jeden Fall dabei. Damit machte das Produktionspaket einen wirklich sehr soliden Eindruck. Nächste Woche hatte er einen Termin mit Bruce Clay im Network Centre. Da die Beteiligung der Deutschen jetzt feststand, würde sich vermutlich nicht einmal der Bastard Bruce Clay – oder BBC, wie man ihn in Fachkreisen nannte – der Sache verschließen. Dann, dachte Adam, während er die Enten beobachtete, könnte er noch während der Produktion mit einem Rohschnitt bei den drei großen amerikanischen Sendern vorstellig werden, dem Heiligen Gral aller Fernsehfilmer. Susanna hatte er geschworen, damit diesmal nicht bis zur Endfassung zu warten. Er war zuversichtlich, daß die Networks wenigstens dieses eine Mal die

Bedeutung des Projektes erkennen und ihn sich für einen Vertrag greifen würden. Seine innere Stimme blieb zwar realistisch und flüsterte immer wieder, daß es ganz so leicht nicht werden würde, doch an einem Tag wie diesem hörte man nicht auf Einflüsterungen – es sei denn von dem Mann, zu dem er gerade unterwegs war.

Adam verließ das Kanalufer und nahm eine Abkürzung durch den nahe gelegenen Park in Richtung Puppenhaus. Im Zweiten Weltkrieg waren dieser Gegend die schlimmsten Bombenangriffe der Alliierten erspart geblieben, laut Oscar kein Zufall. Er behauptete steif und fest, daß zu der reichen Mittelklasse – die damals wie heute in den schönen großen Häusern wohnte – auch führende Mitarbeiter der Krupp-Firmen gehörten. Und wie gewisse Industrieanlagen des Krupp-Konzerns, so hatte das Bomberkommando – als Teil der alliierten Strategie für die Nachkriegszeit – auch diese herrlichen hanseatischen Villen verschont. Das klang weit hergeholt, wie so vieles, was ihm Oscar im Laufe der Jahre erzählt hatte. Doch Adam wußte, daß sich das, was Oscar erzählte, unweigerlich als wahr herausstellen würde. Das war eigenartig für einen Mann, der jahrzehntelang allgemein als der führende Desinformationsexperte der CIA galt.

Adam hatte es schon immer ausgesprochen passend gefunden, daß einer der besten Fachleute der CIA ausgerechnet in der Martinistraße wohnte. Er blieb stehen und drückte den Klingelknopf am Tor zur Nummer 5a. Es dauerte zwar, aber er klingelte nicht noch einmal, sondern stand nur geduldig da und wartete.

»Könnten Sie ein bißchen nach links zur Seite treten?«

Adam gehorchte, obwohl er die Stimme noch nie gehört hatte.

»Danke, Adam. Schön, dich zu sehen.«

Diesmal war es unverkennbar Oscars Stimme. Die Stahltür ging auf, und er betrat einen kleinen Hof. Wenige Meter vor ihm befand sich eine identische Stahltür. Er wartete, bis die Tür hinter ihm ins Schloß fiel. Erst als sie ganz zu war, öffnete sich die Tür direkt vor ihm. Dieses System hatte Oscar zuerst in einem Hochsicherheitsgefängnis in Kentucky gesehen. Nicht bei einer Besichtigung, sondern als unfreiwilliger Gast der Anstaltsleitung.

Sobald Adam die zweite Tür durchschritten hatte, stand er vor einer konventionellen Tür aus Holz und Buntglas. Mehrere Schlüssel drehten sich in den Schlössern, was ebenfalls darauf hindeutete, daß der Bewohner keinen gesteigerten Wert auf überraschenden Besuch legte. Die Haustür ging auf. Oscar Benjamin war ungeheuer dick. Er rollte nach draußen und schüttelte Adam herzlich die Hand, nachdem er wieder einmal bei dem Versuch gescheitert war, einen willkommenen Gast zu umarmen.

»Komm doch rein, Adam. Gute Reise gehabt?«

»Ausgezeichnet, Oscar. Wer hat mich vorhin aufgefordert, nach links zu gehen?«

»Bloß ich. Die ferngesteuerte Kamera hatte dich nur teilweise im Bild.« Oscar wies auf einen Lautsprecher an der Wand. »Dieses kleine Wunderding verzerrt automatisch die Stimme.« Neben dem Lautsprecher sah man auf einem Bildschirm einen von oben aufgenommenen Straßenausschnitt.

Oscar machte kehrt und watschelte zurück in seinen Flur. Er sah aus, als hätte jemand vergeblich versucht, eine Buddhastatue herzustellen. Der Rumpf war eine mächtige Kugel, für die das meiste Material draufgegangen war, so daß für Beine und Kopf kaum noch etwas und für den Hals gar nichts mehr übriggeblieben war. Seine Kleidung ließ vermuten, daß sich der Mann im Kriegszustand mit seinem Schneider befand – die Knöpfe schienen jeden Moment abzuspringen, ein Reißverschluß stand ein gutes Stück weit offen, und überall gab es Falten ... außer an den Stellen, wo sie normalerweise hingehören. Oscar wirkte, als würde er in einem permanent unaufgeräumten Schlafzimmer ständig zu spät aufstehen.

Oscar schlurfte voraus durch einen runden Flur und in einen Innenhof. Dann legte er einen Finger auf die Lippen, bedeutete Adam stumm, er solle sich auf einen Stuhl setzen, und goß ihm aus einer bereits geöffneten Flasche ein Glas Wein ein. Geräuschlos hievte sich Oscar auf seinen Stuhl und nahm, nachdem er sein eigenes Glas gefüllt hatte, ein Fernglas zur Hand, das er auf den Garten richtete. Wieder war Adam beeindruckt, daß sich ein Mensch mit einer derartigen Leibesfülle so elegant und anmutig bewegen konnte. Langsam suchte der den großen, nicht einsehbaren Garten mit dem Fernglas ab. Er wirkte angespannt.

Adam sprach leise. »Oscar, sollten wir nicht besser ins Haus gehen, wenn da draußen jemand ist?«

Der Buddha schüttelte stumm den Kopf, ehe er einem verwirrten Adam das Fernglas reichte.

»Direkt unter der Dachrinne der Hütte da drüben. Rechte Ecke.«

Wortlos setzte Adam das Fernglas an die Augen und richtete es auf eine am unteren Ende des Gartens stehende Holzhütte. Er sah, wie eine Schwalbe scheinbar direkt in die hölzerne Wand flog. Als Adam schärfer einstellte, entdeckte er das kleine Loch, durch das der Vogel in die Hütte gelangt war. Kurz darauf erschien er wieder am Eingang und erhob sich steil in die Lüfte. Als Adam sich umdrehte, grinste Oscar ihn an.

»Verrückte Geschichte, Adam. Letzten Oktober wollte diese Schwalbe nicht gen Süden ziehen. Ich hatte sie den ganzen Sommer über beobachtet. Vier Junge hat sie ausgebrütet. Drei sind Ende September nach Afrika geflogen. Das vierte war ein kleiner Idiot, ist immer wieder ins Nest zurückgekehrt.«

Adam sah ihn fasziniert an. »Was ist mit dem Vogelmännchen?«

»Das blieb bei seiner Gefährtin«, antwortete Oscar. »Wochenlang habe ich alle drei beobachtet. Wenn sie ihren Sprößling aus dem Nest stupsten, ist er jedesmal ein paar Minuten lang herumgeflogen und dann wieder in den Schuppen geflüchtet.«

»Wie haben sie den deutschen Winter überlebt?«

Wieder grinste Oscar. »Das haben sie nicht. Ich hab' sie mit dem Netz gefangen, beringt und von der Lufthansa nach Nairobi bringen lassen. Vor drei Wochen kamen das Weibchen und sein Gefährte hier in meinen Garten zurück, um den Sommer über zu nisten.« Während er beide Gläser füllte, glich Oscar einem frischgebackenen Vater, der Zigarren verteilte.

Adam wandte sich wieder dem Garten zu. Es war paradox, daß ein Mann, der praktisch in einem Gefängnis wohnte, so von Zugvögeln fasziniert war, die sich nur zeitweilig in dem riesigen Areal des Gartens niederließen. Aber andererseits war vieles an Oscar Benjamin paradox.

Während Adam den Wein und den Nachmittag genoß, dachte er über das Leben Oscar Benjamins nach, der als David Guilderstein zur Welt gekommen war. Als fünfjähriger Jude in Dachau konkurrierte er 1938 mit allen anderen jüdischen Kindern im Lager um eins der hundert vom amerikanischen Judentum angebotenen Spitzenstipendien. Der Preis war ein neues Leben in den Vereinigten Staaten. Er gewann. Aber achtzehn seiner Familienmitglieder starben in den Lagern der Nazis. Jetzt, Jahrzehnte danach, hatte sich Benjamin selbst ein Gefängnis in Hamburg geschaffen – um sicherzustellen, daß er am Leben blieb.

»Du solltest dich schämen, mein Sohn. Klammerst dich immer noch ans erste Glas.«

Die Stimme war so nah, daß Adam aufschreckte. Oscar war leise zurückgekommen, frisch geduscht, neu eingekleidet, mit einer vollen Weinflasche in der Hand.

»Und was hast du in letzter Zeit so getrieben?«

»Och, Franzosen und Japaner bespitzelt.«

»Für die Firma?«

»Natürlich für die Firma«, sagte Oscar. »Für wen sonst? Auch wenn ich interne Mißstände anprangere, bin ich noch lange kein Verräter.«

Adam war verwirrt. »Aber du hattest doch Schwierigkeiten mit deinen Freunden in Langley. Darum der Schutz, deine Vorsichtsmaßnahmen.«

Oscar redete wie mit einem Schüler. »Adam, du meinst die Europa-Abteilung. Ich arbeite inzwischen für die Wirtschaftsabteilung. Da geht's um Industriespionage.« Als er weitersprach, tat er dies mit einem leicht spöttischen Unterton. »Kein wirklich intelligenter Mensch macht noch Militärspionage. Die Militärs glauben, sie bräuchten keine erstklassigen Geheimagenten mehr, nur noch Techniker. Ist natürlich ein Irrtum, genau wie sich die Europa-Abteilung irrt. Die Leute in der Europa-Abteilung begehen den Fehler, in der Vergangenheit zu leben. Sie sind bloß sauer auf mich und andere, weil ihnen die liebgewonnenen Feinde ausgegangen sind.«

Die Europa-Abteilung der CIA hatte Oscar davon überzeugt, daß er nicht nur »verbrannt« war, sondern daß sie ihn auch gern geröstet hätten, deshalb das Puppenhaus. Dessen ehemaliger Eigentümer war ein hoher KGB-Offizier gewesen. Die genauen Umstände, unter denen Oscar das Puppenhaus erworben hatte, lagen im dunkeln. Für einen Paranoiker wie Oscar lag der Reiz dieses Hauses auf der Hand: es gab Flure, die nirgendwohin führten, und Türen, hinter denen nackte Wände lagen.

Als Oscar aus der Dusche gekommen war, hatte Adam einen Kassettenrecorder angestellt. Das war eine uralte Angewohnheit. Falls Oscar sich vertraulich äußern wollte, sagte er gar nichts, sondern deutete nur mit dem Finger auf den Recorder, so wie jetzt. Adam schaltete das Gerät ab.

»Hast du mittlerweile etwa Hemmungen, deinem eigenen Team den Schwarzen Peter zuzuschieben, Oscar?«

»Nein. Ich bin nur vorsichtig. Ich nenne dir jetzt ein paar der Firmen, die mit den Sowjets zusammen Desinformationskampagnen ausgeheckt haben. Weißt du, dieses ganze Geschwätz, die USA hätten den kalten Krieg gewonnen, das steht mir bis hier. Keiner hat den kalten Krieg gewonnen. Sie sind pleite gegangen, und wir sind die größte Schuldnernation des Planeten geworden. Und wir machen immer so weiter. Häufen immer höhere Schuldenberge auf, die dann die nächste Generation bezahlen muß. Heutzutage begründet der CIA natürlich seinen Jahresetat mit einem Hinweis auf die Bedrohung durch Terroristen. Der CIA-Direktor redet von der im Lauf des nächsten Jahrzehnts bevorstehenden gewaltigen Zunahme des weltweiten Terrorismus. Das hat er bloß aus dem Hut gezaubert, um seinen Etat zu rechtfertigen.« Oscar wies auf den Kassettenrecorder, wartete kurz, bis Adam den Aufnahmeknopf gedrückt hatte, und fuhr dann fort: »Im letzten Jahr betrug der offizielle Etat für die US-Geheimdienste siebenundzwanzig Milliarden Dollar. Der wirkliche Geheimdienstetat belief sich aber auf vierundsechzig Milliarden Dollar, also mehr als doppelt soviel. Ein Großteil dieses Geldes ist für die verdeckte Finanzierung geheimer Operationen. Mit denen es beispielsweise *nicht* gelang, Saddam Hussein zu eliminieren, oder Gaddhaffi, die iranischen Mullahs oder Fidel Castro. In den letzten fünfzig Jahren war die Agency in diesem Bereich nur viermal ›erfolgreich‹: bei Patrice Lumumba, Präsident Allende, General Zia und dem schwedischen Ministerpräsidenten Olof Palme.«

Oscar schüttelte angewidert den Kopf.

»Es gab mal eine Zeit, da war die Arbeit als Geheimagent einfach. Damals hatte man den Auftrag, Umstürze herbeizuführen, man mußte für Gott und Vaterland lügen, betrügen, stehlen und morden. Solche Arbeit erforderte ein Höchstmaß an persönlicher Integrität. Das ist vorbei. Heutzutage sollen wir Geheimnisse klauen. Aber welche Länder sind unsere Feinde, welche die Freunde? Dem ganzen Scheißladen fehlt die moralische Führung. Heutzutage haben in Langley Buchhalter das Kommando. Im letzten halben Jahr wurden tausend Agenten gesägt. Nur um die Personalausgaben zu verringern.«

»Agenten gesägt?«

Oscar riß die Arme hoch. »Zu Exagenten gemacht. Gefeuert. Freigesetzt. Geschaßt. Aufs Altenteil geschoben. Eliminiert. Such dir was aus.«

Da Adam wußte, daß Oscar bei einem seiner Lieblingsthemen angelangt war, schob er ihm einen Riegel vor.

»Wer sind denn jetzt die neuen Feinde?«

Oscar grinste. »Nicht so sehr die neuen Feinde, eher altbekannte, die in der Hackordnung aufgerückt sind. Eigentlich müßte mein Firmengehalt aus Detroit statt aus Langley kommen. Schließlich habe ich die letzten fünf Monate damit verbracht, die französische und japanische Autoindustrie zu infiltrieren.«

»Irgendwelche Erkenntnisse?« fragte Adam.

»Ja. Kauft deutsche Autos. Und noch was. Der kalte Krieg ist noch nicht ganz vorbei. Auch wenn der KGB mittlerweile Bundessicherheitsdienst heißt, in der Industriespionage ist er aktiver als wir.«

Oscar stand auf, nahm eine Flasche und sein Glas und wandte sich dann Adam zu. »Laß uns etwas Zeit im Nervenzentrum verbringen, bevor wir essen gehen.«

Sie gingen wieder ins Haus und durch den kreisförmig angelegten Flur, an den ersten beiden Türen vorbei, durch eine dritte hinein in einen weiteren Flur. Diesmal bog Oscar links ab und ging voran ins Innere seines Heiligtums, das als kombiniertes Schlaf- und Arbeitszimmer diente. Gewöhnliche Schlafzimmermöbel waren rar, den meisten Platz nahm eine breite Palette elektronischer Geräte ein, unter anderem eine ganze Batterie von Computern. Einige der technischen Spielereien in diesem Zimmer existierten bislang offiziell nur als Prototypen, andere galten als geheim, und wieder andere gab es theoretisch überhaupt nicht.

Sollte das Internationale Olympische Komitee Computerhacken jemals als Sportart anerkennen, hätte Oscar die Goldmedaille sicher. Mit Hilfe einer gewaltigen Datenbank, einem extrem leistungsfähigen Programm zur Informationsablage und -wiedergewinnung, konnte Oscar sogar die von Sicherheitssystemen geschützten, streng geheimen nachrichtendienstlichen Datenbanken mancher Regierungen knacken. Wenn Wissen wirklich Macht ist, dann war dieser ölige Buddha einer der mächtigsten Männer der Welt.

Als Oscar sich vor dem Computer niederließ, fiel Adam ein früherer Aufenthalt in diesem Privatgemach ein, bei dem Oscar Adam damit unterhalten hatte, daß er zwanzig Millionen Dollar von einem Konto der CIA nahm, sie über Nacht auf ein Konto der amerikanischen Vogelschutzorganisation National Audubon Society überwies, damit dieser die Zinsen gutgeschrieben wurden, und die Millionen am Morgen danach zurücküberwies.

Das Geräusch von Oscars über die Tasten flitzenden Wurstfingern, die dem Gerät ein paar Befehle eingaben, holte Adam in die Gegenwart zurück.

»Was ist das, Oscar? Sieht russisch aus.«

»Ist es auch. Eine abgefangene Botschaft zwischen dem Moskauer Außenministerium und der russischen Vertretung in Syrien.«

Wieder huschten Oscars Wurstfinger über die Tasten, und als sie innehielten, sah man eine Unmenge japanischer Schriftzeichen.

»Das ist das Protokoll einer Vorstandssitzung des Mitsubishi-Konzerns, es wurde an das New Yorker Büro geschickt.«

Oscar holte immer mehr verlockende Informationsfetzen auf den Schirm. Ein Telefonat zwischen einem in Brüssel tätigen britischen Diplomaten und seiner Geliebten in Holland; ein Gespräch zwischen einem Spitzenberater des deutschen Kanzlers und dessen Kokainlieferanten; technische Details über den neuen russischen Superjet.

Während Oscar tippte, redete er.

»Das verdanke ich alles Echelon. Das ist ein ganz besonderes, weltweites elektronisches Überwachungssystem. Es arbeitet vollautomatisch und ist mit geheimen Abhörstationen auf der ganzen Welt verbunden. Das Echelon-Wörterbuch durchsucht abgefangene Nachrichten automatisch anhand von Themen und Personen auf Ziellisten. Die Wörterbuch-Computer halten Listen verschiedener Kategorien abgefangener Nachrichten im System verfügbar, die nach einem Code identifiziert werden, und je nachdem, zu welchem Code man Zugang hat, werden einem Informationen verschiedener Geheimhaltungsstufen verfügbar gemacht. Das wirklich Beängstigende daran ist aber, daß die ganze verdammte Chose automatisch arbeitet. Kein Minister oder Staatssekretär muß eine Berechtigung erteilen. Das Ding führt sozusagen ein Eigenleben. Es verarbeitet zwei Millionen abgefangene Nachrichten in der Stunde, und seine Operateure haben kaum eine Ahnung, welche nackten Informationen Echelon genau weitergibt und an wen. Ich dachte, das könnte dir gefallen.«

» *Gefallen* ist das falsche Wort. So was turnt dich an, stimmt's?«

»Jedenfalls ist mir Echelon behilflich, immer schön auf dem Teppich zu bleiben, was Langley angeht.«

In Langley saß das Hauptquartier der CIA.

Oscar kramte in einer Schublade. Er holte etliche Tablettenfläschchen heraus, entnahm jedem zwei Pillen und schluckte sie mit Wein herunter. Oscar, der einen Großteil seines Lebens in der High-Tech-Welt der Datenbanken, anderer Leute Datenbanken, verbrachte, glaubte fest an die Wirksamkeit homöopathischer Heilmittel. Rhus tox nahm er für seine geschwollenen Gelenke, Bryonia gegen Schmerzen im Steißbeinbereich. Wenn er Schmerzen hatte, die von einem Ort zum anderen wanderten, nahm er Pulsatilla; für seine roten geschwollenen Gelenke schluckte er Apis mel. Es gab kein Körperteil, dem Oscar nicht mit irgendeiner Arznei beistand. Er nahm Medikamente zur Senkung des Cholesterinspiegels und hielt seit über fünfundzwanzig Jahren immer irgendeine Diät. Er konnte als weltweit führende Kapazität für Themen wie nachmittägliche Schlaffheit, Altersflecken, übermäßige Flatulenz, Körpergeruch und Verstopfung gelten. Laut Selbstdiagnose litt er an dreiunddreißig verschiedenen Allergien.

»Glaubst du nicht, daß dein Verhalten etwas leicht Widersprüchliches hat, Medikamente mit einem großen Glas Rotwein einzunehmen?«

»Adam, der Rotwein gehört zur Behandlung. Vor deinem Rück-flug nach London gebe ich dir die Kopie eines vom Gesundheits-minister der USA erstellten Berichtes, der zu dem Schluß kommt, frühere Spekulationen über den gesundheitlichen Nutzen von Rot-wein seien durchaus fundiert. Er verringert das Herzinfarktrisiko erheblich. Gib mir dein leeres Glas.«

Oscar wußte genau, warum Adam ihm einen Besuch abstattete, und zu gegebener Zeit würde er sich damit beschäftigen. Im Lauf der Jahre hatte Adam gelernt, daß man das genaue Gegenteil erreichte, wenn man ihn zur Eile antrieb. Dieser Mann verbrauchte soviel Zeit in selbstauferlegter Einzelhaft, daß er, wenn er mal Gele-genheit bekam, mit Besuch zusammenzusein, von diesem reichlich Zeit und Aufmerksamkeit beanspruchte.

Später saßen sie im Ristorante il Posto, seinem italienischen Lieb-lingsrestaurant in Hamburg, und waren gerade beim Hauptgang, als Oscar endlich auf den Grund für Adams Besuch zu sprechen kam.

»Adam, ich habe für dich alles überprüft. Ich habe die CIA-Akte der betreffenden Person, seine FBI-Akte, sein Pentagon-Dossier, alles. Ich bin sehr besorgt.«

Adam beugte sich interessiert über den Tisch. »Was hast du über ihn gefunden? Was gibt's zu melden?«

»Du meinst negative Dinge? Die Leichen im Keller?«

»Ja, Oscar, genau das meine ich.«

»Nichts, Adam. Gar nichts.«

»Nichts?«

»Nicht das geringste. Nicht einmal ein Verkehrsvergehen. Und genau das macht mir Sorgen. Es ist unglaubwürdig. Es ist einfach nicht plausibel, daß jemand eine so saubere, so reine Weste hat.«

»Du bist der Superspion, Oscar. Was bedeutet das?«

»Zwei Möglichkeiten. Entweder hat sich jemand ganz weit oben diese Akten vorgenommen, sie gesäubert und manipuliert, die Daten verändert. Das ist zwar möglich, kommt aber sehr selten vor.«

Adam hatte jedes Interesse an seinem Essen verloren. Oscar, was bei ihm ungewöhnlich war, ebenfalls.

»Ganz weit oben, Oscar? Wie weit oben genau?«

Oscar überlegte kurz, wer in Frage kam.

»Wahrscheinlich höchstens ein Dutzend Leute. Der Direktor der Allgemeinen Aufklärung, der Leiter des Nationalen Sicherheitsrates und der Präsident. So weit oben. Verstehst du, Adam, es geht hier nicht nur um Vertuschen oder die Unterdrückung eines Gerichtsurteils. Das ist Kleinkram. Passiert andauernd. Aber wenn es passiert, bleiben bestimmte Dateien in der Datenbank, die immer noch Einzelheiten über dieses Individuum enthalten. Kurt Waldheim ist ein Beleg dafür. Die USA, die Briten und die Sowjets kannten die Wahrheit über seine Kriegsakten, *bevor* Waldheim Generalsekretär der Vereinten Nationen wurde.«

»Und alle haben geschwiegen, weil sie glaubten, den Generalsekretär mit ihrem Wissen manipulieren zu können?«

Oscar strahlte. »Ganz genau. Waldheims Akten wurden für den öffentlichen Gebrauch gefälscht, aber CIA, KGB und MI-6 behielten die wahren Fakten für einen ausgewählten Personenkreis zurück.«

Adam beugte sich näher in Richtung Buddha und lotste ihn zum Hauptthema zurück.

»Gibt es eventuell Akten, zu denen du keinen Zugang bekommen hast?«

»Eventuell, aber dann *wüßte* ich trotzdem von der Existenz solcher Daten. Über die fragliche Person gibt es keine anderen Geheimdienstakten.«

Adam wartete ein Weilchen, ob Oscar noch etwas ergänzen würde. Der Amerikaner blieb stumm und starrte wortlos auf sein nicht angerührtes Abendessen.

»Was wäre denn die andere Möglichkeit, Oscar?«

Oscar sah auf.

»Daß dieser Mann, für den du dich so interessierst, einzigartig ist. Daß Patrick Collins ein lebender Heiliger ist.«

4. Kapitel

Präsidentschaftskandidat (1)

Victor Rodriguez war ein Gewohnheitstier durch und durch. In jedem anderen Beruf wäre er zweifellos eine Art Phileas Fogg geworden, der allmorgendlich zur selben Zeit aufstand und den ganzen Tag nach einem präzisen Ritual ablaufen ließ.

Zu den Opfern, die Rodriguez seiner Arbeit zuliebe brachte, gehörte es, regelmäßig unregelmäßig zu sein. Unter der Woche bewohnte Familie Rodriguez samt Gefolge eine Suite im Hotel Tequendama in Bogotá. Victor, das Familienoberhaupt, bestand auf einem gemeinsamen Frühstück. Diese erste Mahlzeit des Tages fand jeden Morgen in einem anderen Raum des Hotels statt. Der Eßbereich wurde erst Minuten vor dem Frühstück von Victor bestimmt. Danach bekamen die Familie und sein spezieller Zimmerservice ihre Anweisungen.

Der Vorsitzende des Kartells der Kartelle war es gewohnt, auf dem Weg zur Arbeit für eine kurze Andacht eine Kirche aufzusuchen. Erst wenn Victor im Auto saß, erfuhr sein Fahrer Ernesto, in welches Gotteshaus es ging. Es konnte die Kirche San Augustin sein, San Ignacio oder irgendein anderes von acht Gebäuden. Victor gab die Strecke von der Kirche zu seinen Büroräumen in Bogotás Centro Internacional erst bekannt, wenn er von seinem morgendlichen Zwiegespräch mit Gott zurückgekehrt war. Oft setzte er außer Ernesto noch bis zu drei andere Fahrer ein, ließ einen Wagen unvermittelt anhalten und stieg in einen anderen um. Seiner Familie hatte er beigebracht, Geburtstage an falschen Tagen zu feiern. Besondere Feiertage wie Weihnachten wurden gemeinsam entweder Wochen vor oder nach dem eigentlichen Datum begangen. Von der Suite im Tequendama abgesehen, hatte Rodriguez noch Hotelsuiten in fünf anderen Häusern Bogotás gemietet. Er dankte Gott inständig für dessen Schutz, war aber auch der Meinung, Gott in diesen schwierigen Zeiten ein wenig behilflich sein zu müssen.

Von den Vorstandsmitgliedern des Kartells abgesehen, war er innerhalb der Rauschgiftindustrie praktisch unbekannt. Im Leben dieses ruhigen Kolumbianers kamen Steckbriefe, Auslieferungsanträge oder Beschattungsoperationen nicht vor. Als Pablo Escobar der Regierung den Krieg erklärte, wußte Rodriguez schon lange vor der Explosion der ersten Bombe, daß das Ganze für die Familie Escobar ein tränenreiches Ende nehmen würde. Escobar hatte den tödlichen Fehler begangen, nach politischer Macht zu streben. Für Rodriguez stand fest, daß das Erfolgsgeheimnis der Rauschgiftindustrie darin bestand, politische Macht zu *manipulieren*. Als der Cali-Clan dem Kartell von Medellín den Krieg erklärte, ließ der Vorsitzende beide Gruppen vorübergehend aus dem Kartell der Kartelle ausschließen. Rodriguez war überzeugt, daß jede Art Publicity für die Rauschgiftindustrie schlechte Publicity sei. Sämtliche Polizeiakten, Geheimdienstunterlagen, Akten der US-Rauschgiftbehörde DEA und CIA-Computerdateien enthielten keinerlei belastendes Material über ihn. Den offiziellen kolumbianischen Unterlagen zufolge war Victor Rodriguez nichts weiter als ein äußerst erfolgreicher Geschäftsmann, der einem ebenso erfolgreichen Finanz- und industriellen Mischkonzern vorstand und sich für wilde Tiere und die Umwelt einsetzte.

Auch die anderen Direktoren des Vorstandes waren über alle Zweifel erhabene Bürger, die ein unbescholtenes Leben führten: das italienische Mitglied war ein hochangesehener Industrieller und der Russe ein führender Berater der Zentralbank seines Landes. In einem bemerkenswerten Aspekt unterschied sich Rodriguez allerdings von den anderen Direktoren der Andino Inc.: Seit über einem Jahrzehnt führte Victor allem Anschein nach einen hingebungsvollen Kampf gegen die Drogen. Ja, er hatte sich auf diesem Gebiet sogar international einen Ruf erworben – wie umsichtig er sein Leben organisierte, legte davon ein beredtes Zeugnis ab. Daher stand er für viele der im Drogengeschäft Tätigen, die ihn als Todfeind betrachteten, ganz oben auf der Abschußliste. Das Nachrichtenmagazin *Time* hatte Rodriguez zweimal als den Mann auf sein Titelbild gesetzt, der das Gute Kolumbiens verkörperte, die positive Seite des Landes.

In Kolumbien, wo Steuerhinterziehung als Volkssport gilt, waren die Konten von Andino Incorporated ein Muster an Offenheit: kein einziger Bolivar war nicht versteuert worden. Es gab keine fiskale Schönfärberei, keine kreative Buchhaltung. Rodriguez kannte sich sowohl in der Geschichte aus als auch mit Menschen. Er wußte, daß die Fehler von gestern morgen wiederholt würden, wenn man sich nicht heute an sie erinnerte. Ihm war klar, daß Al Capone nicht ins Gefängnis marschiert war, weil er so viele Morde begangen hatte, sondern wegen Steuerhinterziehung. Wie der verblichene Meyer Lansky war Rodriguez der Auffassung, Geld sei erst erfolgreich gewaschen, wenn man es der ordnungsgemäßen Besteuerung durch die zuständigen Behörden unterworfen hatte.

Diese Fassade, dieses perfekte Image unternehmerischer Legimität hatte Andrew Sinclair so gefallen, als Rodriguez das erstemal an ihn herangetreten war. Bevor Sinclair zusagte, als Berater für das Kartell der Kartelle zu arbeiten – eine Position, in der er in Sachen Macht und Einfluß Platz zwei hinter Victor Rodriguez einnehmen würde –, hatte er Unmengen von Fragen gestellt und Einsicht in alle nur denkbaren Unterlagen verlangt. Im Endeffekt hatte er sich genauso verhalten wie seine Unternehmensberatung, wenn es um juristisch einwandfreie Produkte und eine gesetzestreue Firma ging. Er war sehr beeindruckt gewesen von den soliden Geschäftspraktiken, die

Rodriguez, wenigstens auf höchster Führungsebene, in der Rausch-giftindustrie eingeführt hatte. Obwohl sich einzelne Kartellmitglie-der – der verstorbene Pablo Escobar war ein klassisches Beispiel – immer wieder kontraproduktiv verhielten, stellte das Kartell der Kartelle ein Muster an moralischer und ethischer Rechtschaffenheit dar. Falls das Kartell einmal außerhalb des Gesetzes agierte, dann in absoluten Ausnahmefällen. Rodriguez, Sinclair und ihre Vorstands-kollegen achteten peinlich genau darauf, daß immer ein Schutzwall zwischen ihnen und dem Inferno stand.

An eben diesem Freitag hatte Rodriguez für seine Morgenan-dacht die Kirche San Ignacio ausgewählt. Unauffällig saß er in einer hinteren Reihe, während der Priester die Acht-Uhr-Messe been-dete. Es war eines von Victors Lieblingsgotteshäusern. Herrliche bunte Glasfenster, Mahagonischnitzereien und drei Ausgänge.

Nachdem Rodriguez Gott eine gute halbe Stunde seiner Zeit geschenkt hatte, begab er sich in die Bogotáer Büros von Andino Inc., um dem Mammon zu huldigen. Sobald er das stark befestigte Gebäude betreten hatte, konnte Victor sich in aller Ruhe seinem Bedürfnis nach Ritualen widmen. Sein Arbeitstag begann mit einem allmorgendlichen Gang durch den Börsensaal. Devisen-markt, Aktien, Warenhandel, Terminkontraktmarkt – in kleinerem Maßstab war hier alles vertreten, was der Investor auch an den Bör-sen der Wall Street, der Londoner City oder Tokios fand. Compu-ter- und Telefonleitungen verbanden diesen Raum mit diesen und den Börsen in fünfzehn weiteren Ländern. Es gab jedoch einen wichtigen Unterschied zwischen dem Börsensaal in Bogotá und den Wertpapierbörsen weltweit. Dieser hier arbeitete nur im Auf-trag eines einzigen Kunden: Andino Incorporated. Da die Firma dank Andinos Präsident Victor Rodriguez Zugriff auf die Kartell-finanzen hatte, die offene und unbegrenzte Kreditrahmen garan-tierten, erwartete – und erhielt – ein Mitglied oder Mitarbeiter von Andino eine Vorzugsbehandlung im Börsensaal, wenn er mit einem Gegenüber an einer ausländischen Börse sprach. Die Märkte legten sich nicht mit einem Konzern an, der im Milliarden-Dollar-Bereich handelte.

Nachdem sich Victor die Eröffnungskurse in New York, die Schlußnotierungen in Tokio und die letzten Werte aus London angesehen hatte, brachte ihm sein Chefbroker das Fax einer New Yorker DEA-Quelle. Dort standen der aktuelle Verkaufspreis für Kokain auf den Straßen von New York, Washington, Chicago und Miami. Victor sah sich die Preise an, gab dem Händler das Fax zurück und beobachtete, wie der die Informationen in ein computergesteuertes Wertentwicklungsdiagramm eingab. Durch die Mitte des Schaubilds verliefen zwei parallele Linien. Victor lächelte, als er merkte, daß die Preisfunktion trotz der neuen Daten keine der beiden Linien durchbrechen würde.

Hätte der Preis die obere Linie erreicht, wäre das Indiz für einen Mangel des Produkts auf den Straßen Amerikas gewesen. Kokainknappheit in den USA wiederum war ein Zeichen für Dollarknappheit in Kolumbien und markierte den Zeitpunkt, an dem man Dollars abstoßen mußte. Hätte der Preis dagegen die untere Linie durchstoßen und damit das Auftauchen einer größeren neuen Produktquelle auf den Straßen angezeigt, hätte Victor zwei Anweisungen erteilt: Dollars zu kaufen, die nun billig ins Land zurückströmten; und zweitens die neue Quelle zu finden und zu vernichten.

Während der Verkauf von Victors wichtigstem Produkt in den Verbraucherländern beträchtliches Elend verursachte, hatte er in Kolumbien und den anderen lateinamerikanischen Produzentenländern durchaus Gutes bewirkt. In zwanzig Jahren war die legale Wirtschaft Kolumbiens real doppelt so schnell gewachsen wie die Wirtschaft nicht rauschgiftliefernder Länder. Im selben Zeitraum sanken die Arbeitslosenzahlen in Gegenden wie Medellín oder Cali dramatisch. Kolumbiens Zentralbank hatte sich offiziell damit abgefunden, daß Kokain einen Kollaps der Zahlungsbilanz verhindert hatte. Doch der Preis wirtschaftlicher Stabilität war hoch. Die Kartelle hatten Millionen Hektar bester landwirtschaftlicher Nutzfläche aufgekauft. Mindestens dreißig Prozent des besten kolumbianischen Agrarlandes gehörten inzwischen den Kartellen. Es wurden keine traditionellen Produkte mehr angebaut, nur noch Koka-, Mohn- und Hanfpflanzen.

Eine weitgehend landwirtschaftlich ausgerichtete Gesellschaft, die jahrhundertelang ernährungswichtige Feldfrüchte angebaut hatte, war sozusagen über Nacht auf den Anbau exportorientierter Pflanzen verlegt worden, die niemand essen konnte. Und diese Produkte forderten einen weiteren Preis: alle zwanzig Minuten starb in Kolumbien ein Mensch eines gewaltsamen Todes. Über vierzigtausend solcher Tode machten es zum gewalttätigsten Land der Erde (und kosteten es fünf Prozent seines Nationaleinkommens).

Zufrieden, daß an der Finanzfront alles wunschgemäß verlief, machte Victor kehrt und betrat sein Büro. Andrew Sinclair mochte sich aus seinem Büro im World Trade Center ein atemberaubender Blick auf den Hudson und weiter bis nach Staten Island bieten. Victor Rodriguez hatte sich für eine eher nüchterne Aussicht entschieden: sein Blick fiel auf den Börsenraum, den er soeben verlassen hatte. Von seinem Büro in der Etage darüber konnte er gelegentlich zum Fenster schlendern und nachsehen, ob das Herz dieses bemerkenswerten Imperiums noch kräftig genug schlug.

Die Büroeinrichtung war spartanisch. An den Wänden hingen Fotos von Vögeln, eines von Victor Rodriguez, wie ihm der Prince of Wales gerade eine Auszeichnung überreichte, außerdem Familienfotos von Hochzeiten, Taufen und Universitätsabschlußfeiern seiner Kinder und der seiner Brüder Alberto und José – jedes einzelne eine Zierde für den Clan.

Kein Kind der Familie Rodriguez hatte die Produkte seiner Väter je angerührt. Das wagten sie nicht. Schon zu Beginn ihrer Karrieren hatten die drei Brüder den Drogen abgeschworen. Abstinenz war gut fürs Geschäft und die Einnahme von Drogen womöglich sogar eine Todsünde.

Victor nahm hinter seinem Schreibtisch Platz und schaltete die Gegensprechanlage ein. Er drückte zweimal auf den Summer, und kurz darauf betrat seine Sekretärin das Büro, in einer Hand eine Tasse Kaffee, in der anderen den täglichen Computerausdruck von El Gordo.

Victor lehnte sich zurück, nippte an seinem Kaffee und studierte die Abschriften aller Telefonate der US-amerikanischen Botschaft in Bogotá, Details sämtlicher Anrufe, die im Büro des amerikanischen Präsidenten eintrafen oder von dort geführt wurden, wörtliche Protokolle aller von den Leitern der diversen Geheimdienste, der Polizei und der Streitkräfte gemachten Telefonate. Rodriguez kannte die Macht von Informationen. Oft wurden Menschen wegen etwas umgebracht, was sie wissen. Aber wie Oscar Benjamin in seinem Hamburger Puppenhaus blieb Rodriguez am Leben, *weil* er soviel wußte.

Rodriguez grinste, als er las, daß sich die Amerikaner wieder einmal damit beschäftigten, die Korruption des kolumbianischen Präsidenten nachzuweisen. Wann begriffen sie endlich, daß man ihm nur erlaubte, sein Amt auszuüben, weil er käuflich war. Die Kartelle hatten acht Millionen Dollar »investiert«, um sicherzustellen, daß »ihr Kandidat« die Wahlen gewann. Dank El Gordo wußte Victor Rodriguez, daß dies der US-Botschaft bekannt war, und daß die Nordamerikaner dem kolumbianischen Präsidenten mit diversen wirtschaftlichen Sanktionen gedroht hatten, falls er sie nicht bei ihrem Kampf gegen die Kartelle unterstützte.

Penibel faltete Rodriguez den Computerausdruck zusammen, legte ihn in den Korb für die ausgehende Post und las die Überwachungsberichte der vergangenen Nacht durch. Bei einem runzelte er die Stirn und schüttelte den Kopf. Er las den Bericht ein zweitesmal durch und schloß dann die Schublade zu seinem Chiffrierfaxgerät auf.

Keine fünf Minuten später verließ Andrew Sinclair sein Büro und nahm einen Fahrstuhl zu den öffentlichen Telefonzellen im Erdgeschoß des World Trade Centers.

»Guten Morgen, Victor«, sagte er in die Muschel.

»Guten Morgen, Andrew. Wir haben ein Problem.«

Sinclair hörte Rodriguez zu, als der, wenn auch verklausuliert, ausführlicher wurde. Nur Victor wußte, wie sorgfältig und gewissenhaft Leonard Meredith, der Chef von U.S. Cola, als Beteiligter am Kolumbienprojekt ausgewählt worden war. Nur Victor konnte die eiserne Selbstbeherrschung wirklich würdigen, mit der Sinclair nun das Todesurteil verhängte.

»Ich schlage vor, Victor, daß Sie die Sache abschließen.«

»Für beide?«

»Ja.«

»Nun zu etwas Angenehmerem, Andrew: Wie ich höre, wartet die von Ihnen bei unserem Kollegen in Italien bestellte Lieferung darauf, von Ihnen abgeholt zu werden. Soll ich ihre Weiterleitung an die sechs Adressen veranlassen?«

»Ja, und danken Sie unserem Kollegen bitte für die prompte Erledigung.«

Nachdem Victor zwei weitere Anrufe erledigt hatte, packte er das Mobiltelefon zur Vernichtung in eine Plastiktüte und betätigte seine Gegensprechanlage. Es war kurz vor zehn Uhr und Zeit für die Sprechstunde. Die Tür ging auf, und seine Sekretärin Carlotta führte den ersten Besucher herein, den Abgeordneten Vasquez.

Vasquez, ein schlanker Mitdreißiger, sah so aus, als hätte er eben noch bei der Tanzolympiade einen flotten Tango aufs Parkett gelegt. Ölig-glänzende schwarze Haare, dunkler Anzug und weiße Schuhe, ein Salonlöwe, der Politiker geworden war, weil er entweder den Ruf seines Landes oder das Klingeln einer großen Registrierkasse gehört hatte. Bei den letzten Wahlen war er mit einer Riesenmehrheit gewählt worden, er gehörte der neuen Generation an, die sich geschworen hatte, die Liberale Partei zu reformieren. Kürzlich war er zum Stellvertretenden Generalstaatsanwalt ernannt worden und steckte beruflich in großen Schwierigkeiten. In seiner Begleitung befand sich ein Mitglied des Cali-Clans, Fernando Salazar, ein vierschrötiger Mann mit breitem Brustkorb, dessen Säbelbeine seinen Beruf verrieten: er war Muli, Drogenkurier.

»Victor, Abgeordneter Vasquez braucht Ihre Hilfe. Er ist der Meinung, nur Sie könnten ihn retten und dafür sorgen, daß er seine wichtige Arbeit für dieses Land fortsetzt.«

Weiter erklärte der Muli, die Geliebte des Abgeordneten, Maria Elba, sei innerhalb wie außerhalb des Schlafzimmers sehr anspruchsvoll. Sie sei von der Idee besessen, selbst reich zu werden, und obwohl ihr Liebhaber zweifellos eines Tages mächtig und wohlhabend sein würde, lag das doch in der Zukunft. Maria Elba ging es aber um die Gegenwart. Sie hatte ein kleines Privatunternehmen gegründet. Sie wollte eine gewisse Menge Kokain nach Großbritannien schmuggeln und verkaufen. Einfach so.

In Kolumbien konnte man leicht ein wenig Schnee auftreiben, aber Maria Elba war eine habgierige Frau. Wäre sie weniger habgierig gewesen, hätte sie es wahrscheinlich geschafft. Außerdem war sie wählerisch bei dem, was sie schluckte. »Ich verschlucke keine Kondome voller Kokain«, hatte sie zu Vasquez gesagt. »Wofür hältst du mich, für ein billiges Flittchen?«

Und so nahm das teure Flittchen in einem Flugzeug erster Klasse und die zehn Kilo Kokain nahmen in ihrer Gucci-Tasche Platz. Für beide war Heathrow Endstation. Maria Elba war stumm geblieben, als man sie zu zehn Jahren verurteilte. Mittlerweile hatte sie dem Abgeordneten Vasquez mitteilen lassen, falls er nicht dafür sorgte, daß sie aus dem Holloway-Gefängnis freikam und umgehend nach Bogotá zurückkehrte, werde sie mit Scotland Yard reden. Sie werde Namen nennen und Orte. Sie habe Tonbandaufnahmen gemacht, die den Abgeordneten und mehrere Mitglieder des Cali-Kartells belasteten.

Victor sah den Abgeordneten unverwandt an. »Warum sind Sie zu mir gekommen, Señor Vasquez?«

Der Tangotänzer wedelte nervös mit den Händen, in Rodriguez' Gegenwart fehlten ihm die Worte. Er stammelte ein paar Sätze. »Sie sind doch als ein sehr einflußreicher Mann bekannt, Señor. Der Präsident hält große Stücke auf Sie, auch das ist allgemein bekannt. Ich flehe Sie an, setzen Sie sich für mich ein.«

Rodriguez rieb sich nachdenklich übers Kinn. »Aber der Präsident hält doch bestimmt auch große Stücke auf *Sie?* Schließlich hat er Sie letztes Jahr zum stellvertretenden Generalstaatsanwalt gemacht. Sicherlich könnten Sie ihn bitten, hinter den Kulissen bei den Briten für Sie zu intervenieren.«

Wieder fuchtelte der Abgeordnete mit den Händen herum. Der Mann schluckte schwer.

»Nicht der Präsident hat mich eingesetzt. Eine kleine, aber ständig wachsende Fraktion innerhalb der Partei hat im Kabinett meine Ernennung durchgedrückt.«

Victor bewegte den Kopf nicht, aber sein Blick wanderte zu dem Muli, der kaum merklich nickte. Innerlich gab sich Victor einen Tritt. Es war unmöglich, daß dieses Arrangement El Gordo entgangen war. Er mußte es auf den Ausdrucken überlesen haben.

Victor erhob sich und streckte die Hand aus. »Danke, daß Sie mich aufgesucht haben, Señor Vasquez. Ich werde darüber nachdenken, wie ich Ihnen am besten helfen kann.«

Er hatte nicht auf den Summer gedrückt, aber Carlotta stand schon in der Tür, um den Abgeordneten hinauszubringen. Der Muli blieb. Victor setzte sich wieder und bedeutete Fernando, er solle seinem Beispiel folgen. Er rieb sich erneut übers Kinn.

»Hat der Abgeordnete das Zeug zum Präsidenten?«

Fernando Salazar grinste, wobei er eine eindrucksvolle Reihe Goldfüllungen bloßlegte, ein deutlicher Kontrast zu seinen unrasierten Wangen. »Wenn Sie beschließen, ihm zu helfen, dann durchaus.«

Victor konnte nicht anders, er brüllte vor Lachen. Salazar war ein köstlicher Zyniker. Ja, wenn der Abgeordnete kompromittiert und dem Kartell verpflichtet war, hatte er wirklich das Zeug, in den Präsidentenpalast einzuziehen.

»Eins noch, Fernando. Angenommen, ich kann den Präsidenten überreden, und der überredet wiederum die Briten, Maria Elba freizulassen, dann veranlassen Sie alles Nötige, sobald sie nach Bogotá zurückkehrt. Ich will sämtliche Kopien ihrer kleinen Bandaufzeichnungen. Und dann lassen Sie sie umbringen.«

Obwohl die Sprechstunde gerade erst begonnen hatte, ließ Victor Fernando nicht gehen. Er beneidete den Muli. Aufgrund ihrer Tätigkeit waren die Mulis immer in der Nähe des Produkts und also dort, wo etwas los war. Der fast nur noch am Schreibtisch tätige Rodriguez dachte wehmütig an die späten siebziger Jahre, bevor die Rauschgiftbranche im Eiltempo ein multinationaler Konzern geworden war. Er sehnte sich nach den Exkursionen in die Wildnis, um das Wachstum der Kokapflanzen zu kontrollieren, nach den langen Nächten in den Dschungellabors von Guaviare, wo die Paste in Hunderte, Tausende, Millionen, Milliarden Dollarscheine verwandelt wurde; nach dem fauligen Geruch von in Benzin fermentierten Kokablättern – die erste Stufe bei der Kokainherstellung; nach der Freude, wenn aus jedem Zwanzig-Gallonen-Faß mit Benzin und Blättern nach achtzehnstündiger Fermentierung ein Kilo Kokain geworden war. Ihm fehlte die schweißtreibende Erregung der illegalen Grenzüberquerungen nach Venezuela, Ecuador und Peru. Wie so vielen, die sich allmählich bis an die Spitze ihres Berufs emporgearbeitet hatten, waren Victor Rodriguez seine Anfänge in angenehm nostalgischer Erinnerung geblieben.

»Was machen die Mulis so, Fernando?«

»Die arbeiten immer noch schwer für ihre zweihundert Dollar teuren Möhren. Die polnischen Mulis sind ein wenig teurer, aber dafür kommen von denen mehr durch. Hab' in Krakau eine Frau sitzen, die über fünfzig Flüge nach London oder New York hinter sich hat. Der Trip nach New York ist ihr lieber, sie wird richtig stinkig, wenn wir andere Mulis einsetzen.«

»Warum New York?«

»Die vielen zusätzlichen Flugmeilen. Sie hat schon genug gesammelt, um sechs ihrer Familienmitglieder gratis in die Staaten fliegen zu lassen.«

»Und die Nigerianer?«

»An denen herrscht kein Mangel, Victor. Zwar werden ständig mehr festgenommen, aber in Heathrow und den anderen europäischen Flughäfen kommen immer noch viele durch. Die USA riegeln sich immer mehr ab, aber natürlich machen wir trotzdem unseren Schnitt.«

Tatsächlich machte das Kartell immer seinen Schnitt. Wenn nur einer von fünfzig durch den Zoll kam, stimmte der Gewinn. Zweihundert Dollar bekam, wer hundert oder mehr mit Kokain gefüllte Kondome oder Finger von Latexhandschuhen verschluckte. Ein, vielleicht zwei Kilo weißes Pulver mit einem Straßenverkaufswert von über hunderttausend Dollar pro Kilo.

Fernando hatte dafür zu sorgen, daß dem Cali-Kartell die Mulis nicht ausgingen. Diese Arbeit verschaffte ihm große Befriedigung. In den Gefängnissen Europas und den USA saßen zahlreiche Frauen, die bezeugen konnten, welchen Spaß Fernando Salazar aus diesem Aspekt seiner Tätigkeit zog.

Sonntags gingen die Bewohner von Cali und Medellín und vieler anderer Städte gern spazieren. Zum Park, zum Springbrunnen, zu den innerstädtischen Plätzen. In Cali waren auch Fernando und sein Team unterwegs. Eine der jungen Frauen, die er eines Sonntags ansprach, hieß Mónica.

Fernando sah sie auf dem Platz sitzen, auf einer Bank, wunderschön, aber offensichtlich tief bekümmert.

»Warum siehst du so traurig aus?«

»Meine Probleme machen mir Kummer.«

Fernando sah sie besorgt an.

»Wie kann eine so schöne junge Frau Probleme haben?«

Mónica erklärte, aus Geldmangel kämen sie, ihre Mutter, ihr Vater und ihre Tochter kaum über die Runden. Es gebe nicht genug zu essen. Ihr Mann sei vor eineinhalb Jahren verschwunden. Sie wisse nicht, ob er noch am Leben oder tot sei. Sie habe kein Geld für Kleidung. Die Litanei nahm kein Ende. Fernando hatte einen regelrechten Dammbruch bei ihr verursacht. Dann machte er die junge Mónica sprachlos.

»Sieh mal, es ist ein herrlicher Tag. Ich ertrage es nicht, wenn eine junge Schönheit solche Schwierigkeiten hat. Hier sind hundert Dollar. Bezahl damit deine Schulden. Kauf Lebensmittel, Kleidung. Gib deinen Eltern etwas ab. Keine Entbehrungen mehr.«

Mónica war überwältigt. In ihrem ganzen Leben hatte ihr noch nie jemand solche Güte erwiesen. Sie gelobte, sofort in die Kirche zu gehen und Gott zu danken. In Fernando meldete sich der Zyniker.

»Nein, mein Kind, laß das. Es würde bedeuten, jemandem einen Platz wegzunehmen, der weniger Glück hatte. Einem, der Gott nicht dazu bringt, ihn anzuhören. Gibt mir einfach nur deine Adresse, dann lauf nach Hause zu deiner Familie.«

Drei Tage später suchte Fernando um sechs Uhr früh Mónica auf.

»Ich hole das Geld, das ich dir geliehen habe.«

Die halbwache Frau war verstört.

»Aber ich habe doch gemacht, was Sie gesagt haben. Etwas habe ich meinen Eltern gegeben und unsere Schulden bezahlt. Ich habe Essen und Kleidung für meine Familie gekauft. Es sind nur noch ein paar Dollar übrig, Señor Salazar. Sie haben mir nie gesagt, daß die Rückzahlung so rasch erfolgen sollte.«

»Leider muß ich die Schuld jetzt einfordern. Ich organisiere gerade den Transport gewisser wertvoller Dinge nach Großbritannien. Wenn du einverstanden bist, diese Dinge für mich nach England zu bringen, streiche ich die Schulden. Wer weiß, vielleicht gebe ich dir sogar noch ein wenig mehr Geld. Vielleicht noch mal hundert Dollar.«

Später in der Woche kam Fernando wieder um sechs Uhr morgens mit Dutzenden kleiner Päckchen und Unmengen von Einweghandschuhen zurück. Sie schnitten die Handschuhfinger ab, füllten sie mit Kokain, verschnürten sie, tauchten sie in Öl, und Mónica begann, sie zu schlucken. Als sie sechsundzwanzig verschluckt hatte, wurde ihr schlecht, und sie kotzte fünf der Finger wieder aus. Als Mónica sich weigerte, sie noch mal zu schlucken, richtete Fernando eine Pistole auf sie.

»Runterschlucken. Und zwar alle.«

Bevor er sie dann durch den Zoll schleuste, hatte er ihr erzählt, man würde sie in Heathrow in Empfang nehmen. Sie sprach nur Spanisch, doch er versicherte, sie werde von einer spanischsprechenden Person in Empfang genommen. Was auch stimmte. Nämlich von einem zweisprachigen Mitarbeiter der Zollbehörde. Die Kabinenbesatzung meldete dem Zoll immer alle Passagiere aus rauschgiftproduzierenden Ländern, die während des Fluges weder aßen noch tranken.

Im Holloway-Gefängnis machte sich das Personal einige Sorgen um Mónica, die dort eine siebenjährige Gefängnisstrafe abzusitzen hatte. Die traute und liebevolle Familie, von der sie Fernando bei ihrer ersten Begegnung am Brunnen in Cali erzählt hatte, erwies sich bei Nachforschungen als Wunschvorstellung.

Als Mónica zwei gewesen war, starb ihre Mutter. Ihren Vater hatte sie nie gekannt. Sie wuchs bei einer älteren Tante auf, für die sie nur eine weitere lästige Bürde war. Mónica war zehn, als ein »Onkel« auftauchte. Zwischen »Onkel« und »Tante« wechselte Geld den Besitzer. Schon am ersten Tag wurde sie von ihm vergewaltigt. Er vergewaltigte sie, bis sie sechzehn war und weglief. Nach ein paar Wochen hatte sie einen Mann kennengelernt und geheiratet, der kaum besser war als ihr »Onkel«. Lange vor der Begegnung am Springbrunnen hatte sich ihr Mann in die Berge verzogen. Als sie den charmanten Fernando kennenlernte, war ihre Tochter zwölf. Vor allem dieser Aspekt beunruhigte das Gefängnispersonal in Holloway. Die Achtundzwanzigjährige sah sehr genau, welche Zukunft ihrer Tochter bevorstand. Das konnte sie kaum ertragen.

Verschlimmert wurde ihre Lage durch den Spott ihrer Zellennachbarin, die ständig mit ihren »einflußreichen Freunden« angab. Eine tägliche Litanei: »Lange bleibe ich nicht mehr hier. Meine Freunde haben schon alles Nötige in die Wege geleitet, um mich hier raus und zurück nach Kolumbien zu bringen.«

Rodriguez hatte Mónicas nur allzu übliche Geschichte gelesen, als er das letztemal Salazars Akte durchsah. Er war mit den sexuellen Aktivitäten des Mulis wohlvertraut. Er fällte kein Urteil darüber, vergaß aber auch nichts.

Die »Lieferung« aus Italien, die Rodriguez in dem Gespräch erwähnt hatte, saß in einer Washingtoner Hotelsuite. Ihr Chef war soeben von einer Besprechung zurückgekehrt, die nach etlichen Telefonaten mit verschiedenen Kontaktleuten zustande gekommen war. Diese wiederum hatte der Anruf ausgelöst, den Rodriguez in Sinclairs Auftrag getätigt hatte. So funktionierte dieses System. Es gab so viele Umwege, daß man die Telefonkette unmöglich bis zu dem Vorstandsvorsitzenden zurückverfolgen konnte. Die »Lieferung« – drei Männer mittleren Alters – hörten zu, als ihnen Roberto von seiner Besprechung erzählte.

»Glauben diese Leute etwa, Männer wie wir hätten keine Berufsehre? Uns wurde versichert, dies sei der wahrscheinlich wichtigste Auftrag unserer Laufbahn. Und jetzt das! Wißt ihr, was sie wollen? Wir sollen in ein Büro in Gary, Indiana, einbrechen, in eine Garage im kalifornischen Berkeley und in einen Keller in San Francisco.« Roberto schmiß die Liste, die er in der Hand hielt, zu Boden. »Ich werde unseren Freund in Palermo anrufen und sagen, daß wir nach Hause kommen. Diese Amerikaner sind verrückt. Von einem Formel-eins-Ferrari verlangt man nicht, daß er beim Supermarkt haltmacht und die Wochenendeinkäufe abholt.«

Widerstrebend verabschiedete sich Victor von Fernando Salazar, einem Menschen, der seine Arbeit so offenkundig genoß.

Rodriguez stand auf, schlenderte zu den Fenstern hinüber und betrachtete die Szenerie unten in den Börsenräumen von Andino Inc. Die Makler unten spürten, daß Victor ihr Treiben genau beobachtete. Jeder arbeitete plötzlich noch ein klein wenig eifriger, konzentrierte sich noch ein wenig mehr. Doch Victor sah sie, ohne sie wahrzunehmen. Er starrte Löcher in die Luft und dachte über die Macht seiner Organisation nach.

In den letzten vier Jahren hatte der Jahresumsatz regelmäßig fünfhundert Milliarden Dollar betragen. Das Kartell der Kartelle war während des vergangenen Jahrzehnts so mächtig geworden, daß es nicht mehr zerschlagen werden konnte – zumindest nicht von demokratisch gewählten Regierungen, dachte Victor Rodriguez, während er verdrossen an seinen Schreibtisch zurückging. Von einer Ausnahme abgesehen, hatten nur die Mitglieder der Organisation die Macht, die Branche ernsthaft zu gefährden.

Diese Ausnahme wußte nicht, daß er eine Bedrohung für die Kartelle darstellte. In diesem Zustand seliger Ungewißheit würde er sterben.

Als »Cola One« in den Himmel über dem Flughafen Shannon stieg und Kurs auf La Guardia nahm, zeigte der mit der Bombe verbundene Timer noch sechs Minuten an. In der Kabine für die leitenden Manager ließ Leonard Meredith im Kreise seiner Kollegen eine äußerst erfolgreiche Woche in Dublin Revue passieren. Zum Abschluß der europäischen Verkaufskonferenz hatte man Meredith stehend applaudiert. Noch nie war er besser in Form gewesen, dynamisch und positiv hatte er eine Zukunft entworfen, die für »Amerikas Lieblingsgetränk« immer höhere Verkaufszahlen versprach.

Leonard lächelte anerkennend, als sich die Stewardeß hüftschwingend der Gruppe näherte, in den Händen ein Tablett mit der unvermeidlichen Cola. Meredith freute sich schon darauf, nach einem Flug über den Atlantik und einem Taxi zu ihrem Apartment in Queens von den beiden makellosen Beinen umschlungen zu werden, die soeben auf ihn zuschritten. Er sah zu ihr hoch.

»Vielen Dank auch, Tammy. Wie geht's Ihnen denn heute?«

»Ich fühl' mich großartig, Mr. Meredith. Freue mich wirklich aufs Wochenende.«

Seine Miene verriet nichts.

»Darauf stoße ich an.«

Meredith hob sein Glas U.S. Cola, um einen Toast auf die kommenden Freuden auszubringen, die er bald mit Tammy teilen würde. Die Managerkollegen folgten seinem Beispiel.

»Auf das Wochenende, meine Herren.«

Die Gläser waren noch nicht bei den Lippen angelangt, als die Semtex-Bombe explodierte und die sieben Personen an Bord in den Tod riß.

Die Bruchstücke der »Cola One« wurden erst nach oben geschleudert und stürzten dann unerbittlich in den Atlantik. Die Präzision des Timings war bemerkenswert. Die Syrer, von denen die Bombe stammte, hatten viel gelernt von der Bombe, mit der sie die Pan Am 103 in die Luft gejagt hatten. Damals hatte ein verzögerter Start dazu geführt, daß die Detonation über Land erfolgte und die Wrackteile auf Lockerbie stürzten. Wiederauffindbare Wrackteile. Die Syrer hatten Victors Observierungsteam darauf hingewiesen, daß man den Augenblick der Detonation um so genauer vorhersagen konnte, je später der Timer aktiviert wurde.

Sinclair las die Meldung der Presseagentur von der Explosion während des Fluges, als sie über den Ticker kam. »Keine Überlebenden. Wie von Fachleuten verlautet, lassen sich in derart tiefem Wasser wahrscheinlich weder die Opfer noch der Flugschreiber in der Black Box oder Flugzeugteile bergen.«

Der Presse fiel ein merkwürdiger Zufall auf, der auch nichts weiter war als das. Die Maschine war am Freitag, den 28. Mai explodiert. Die First National Bank in Chicago war genau zwei Wochen vorher, am Freitag, dem 14. Mai, in die Luft geflogen. Und wie bei dem Bombenanschlag auf die Bank, übernahm niemand die Verantwortung. Die Medien witterten ein System. Die Angriffe richteten sich gegen Großkonzerne. Offensichtlich war der Freitag für die Bombenleger von Bedeutung. Die Presse hatte ihr Schlagwort: Die Freitagsattentäter. Dem wollten weder Rodriguez noch Sinclair widersprechen. Wenn die Zeitungen einen Auftragsmord mit einem Bombenanschlag auf eine Bank in Verbindung setzten, war das ihre Sache.

Als Unternehmensberater für U.S. Cola wurde Sinclair sofort aktiv, sobald er den über den Ticker kommenden Bericht las. Umgehend nahm er Kontakt zu den Vorstandsmitgliedern auf, die nicht an der Verkaufskonferenz teilgenommen hatten, und schlug ihnen – nachdem er sich die Zeit genommen hatte, ihnen seine aufrichtige Anteilnahme auszusprechen – eine präzise Geschäftsstrategie vor, die sicherstellen sollte, daß sich der Kursverlust der U.S. Cola-Aktien in Grenzen hielt. Beispielsweise unterbreitete Sinclair Vorschläge für die Besetzung neuer Vorstandsmitglieder und für die Formulierung eines Pressetextes, der gebührende Trauer mit optimistischen Börsenprognosen verband. Am Ende dieses Börsentages wurden die Aktien von U.S. Cola sogar einen Dollar höher gehandelt als beim Börsenschluß am Donnerstag.

Nachdem Sinclair mit den Vorstandsmitgliedern von U.S. Cola beraten hatte, wie sie mit Leonard Merediths Verlust umgehen sollten, widmete er sich der gleichen Aufgabe, was das Kolumbienprojekt betraf.

»Paul, ich möchte Ihnen etwas Material faxen, das ausschließlich für Sie bestimmt ist. Haben Sie einen persönlichen Faxanschluß?«

U.S. Cola würde durch ATZ Oil ersetzt werden.

Victor mußte in der Sprechstunde nur noch einen Besucher empfangen. Er drückte auf seine Gegensprechanlage, und Carlotta brachte Alberto Ortega ins Zimmer.

Als Victor dem netten jungen Mann bedeutete, Platz zu nehmen, musterte er ihn traurig. Was hatte er sich für Alberto nicht alles erhofft, der für ihn fast wie einer seiner Söhne gewesen war, jene Söhne, die mit diesem Milieu nie etwas zu tun haben würden. Er hatte Albertos Laufbahn gefördert, voller Stolz miterlebt, wie er auf dem Börsenparkett immer weiter nach oben kletterte, bis der junge Mann zum wahrscheinlichen Nachfolger des Chefbrokers aufgestiegen war. Bis jetzt. Bis zu dem Bericht, der nun auf Victors Schreibtisch lag. Victor musterte seinen Protegé mit ausdrucksloser Miene.

»Ihr letzter Test ist positiv ausgefallen.«

Alberto quittierte das mit einer leicht resignativen Handbewegung. »Ich werde weder Sie noch das Labor mit der Behauptung beleidigen, es liege ein Irrtum vor.«

»Das höre ich gern«, sagte Victor.

»Nun, Sir, das wäre ziemlich sinnlos, stimmt's? Ich habe schließlich die Daten über solche Tests gelesen. Wenn ich mich recht entsinne, wurden dieselben Analysemethoden angewandt, um eine Haarlocke des britischen Dichters Keats zu untersuchen. Hundertsiebzig Jahre nach seinem Tod fand man noch Opiumspuren in den Haaren.«

Victor hatte zugehört, ohne eine Reaktion zu zeigen. Auch er hatte die Forschungsergebnisse über diesen Keats gelesen. Alles andere wäre eine Überraschung gewesen. Schließlich hatte er das Verfahren persönlich bei Andino eingeführt. Sämtliche leitenden Mitarbeiter mußten sich regelmäßig testen lassen, um sicherzugehen, daß sie sauber geblieben waren.

»Und Sie haben nicht nur Kokain genommen, sondern natürlich auch damit gedealt.«

Damit hatte Alberto nicht gerechnet.

»Aber wie ...?«

»Wie wir das wissen konnten? Also wirklich, Alberto.« Rodriguez pochte seufzend auf den Bericht, den er vorher gelesen hatte.

»El Gordo. Ihre Telefonate. Ihre Kreditkartenabrechnungen. Die kurzen Besuche, die Sie den *ventanillas siniestras* abgestattet haben.«

Bei dieser letzten Bemerkung, die sich auf die »Schalter an der linken Seite« bezogen, die man in ganz Kolumbien in den Banken eingerichtet hatte, erbleichte Alberto. Dort tauschte man seine Kokadollar gegen kolumbianische Pesos ein.

Rodriguez gefiel dieses Gespräch überhaupt nicht. Jede Form von Verschwendung war ihm zuwider, besonders wenn es um Talente ging.

»Warum, Alberto?«

»Die Tests werden nach dem Zufallsprinzip vorgenommen, das weiß doch jeder. Ich hab' gehofft, eine Weile nicht getestet zu werden.«

Rodriguez schüttelte den Kopf.

»Nein, nein. Ich will wissen, warum Sie überhaupt damit angefangen haben.«

»Ich habe es unter Kontrolle, Sir. Ehrlich. Es gefällt mir halt. Ich habe kein Problem damit. Sehen Sie, die meisten Makler, mit denen wir in London, New York und den anderen Börsen Geschäfte machen, die schnupfen alle. Damit schlagen wir die Zeit tot.«

Victor lief vor Wut rot an. »Die Zeit totschlagen. Die Zeit totschlagen! Niemand schlägt die Zeit tot, Alberto. Die Zeit schlägt uns alle tot.«

»Es tut mir leid, Sir, ehrlich. Was das Dealen angeht, auf der Straße laufen junge Männer herum, jünger als ich, die zwanzig Kilo transportieren und mit einem Schlag Millionäre werden. Das wollte ich auch.«

Als Alberto unter den wachsamen Augen des firmeneigenen Sicherheitsdienstes seinen Schreibtisch leerte und aus dem Gebäude begleitet wurde, war er enorm erleichtert. Er hatte gedacht, der Alte würde ihm härter zusetzen, ihm vielleicht sogar drohen. Gott sei Dank, daß Rodriguez eine Schwäche für ihn hatte.

Am selben Abend verließ Alberto Ortega seine Junggesellenwohnung in Bogotá, um sich mit seiner Verlobten zum Essen zu treffen. Er schob eine Kassette mit Salsamusik in das Autoradio und ließ den Motor an. Er lebte nicht einmal mehr lange genug, um den ersten Takt zu hören. Eine weitere anonyme Autobombe.

Eine Viertelstunde nach Albertos Tod saß Rodriguez immer noch an seinem Schreibtisch und arbeitete sich gerade in aller Ruhe durch das Medellín-Dossier, als er aus der abgeschlossenen Schublade das Surren eines Faxgerätes hörte.

Er entnahm dem Faxschacht ein einzelnes Blatt Papier und legte über die willkürlich angeordneten Punkte und Kringel die Dechiffrierfolie: »EIN NEUER WINTER HAT SICH ZU FRÜHLING UND SOMMER GESELLT.«

Victor grinste. Sinclair hatte also drei seiner Jahreszeiten wieder zusammen. Hoffentlich waren diese drei diskreter im Bett als Meredith mit seiner Stewardeß.

»Alles in allem«, dachte Victor, »war es ein zufriedenstellender Tag.«

5. Kapitel

Poker

Unter seinem stämmigen Körper und seinem groben Auftreten, seinem pseudoaustralischen Akzent und den freigiebig verteilten Flüchen war BBC, Bastard Bruce Clay, ein Feigling. In seinen Adern floß kein Menschenblut, sondern Bürokratentinte.

Da er in seinem ganzen Leben nie einen Dokumentarfilm gedreht hatte, trug er insgeheim eine Heidenangst vor seiner Verantwortung als Leiter der Ankaufsabteilung für Dokumentationen im Network Centre, London, mit sich herum. Die Angst nahm überhand, als Mitch, sein Untergebener, Adam grünes Licht für einen dreistündigen Dokumentarfilm über einen amerikanischen Prediger gegeben hatte. Das geplante Budget war schon Alptraum genug, aber drei volle Stunden? Am Ende müßte der Sender eine Gameshow streichen, um dafür Platz zu schaffen.

Seltsam, wie er Stanford noch immer als sein Zuhause ansah. Er befand sich jetzt etwa fünfzig Kilometer nördlich der Universität und entfernte sich immer weiter von ihr. Er fuhr durch die Stadt, in Richtung Golden Gate Bridge.

Sinclairs Ziel hieß Mill Valley, wo seine vierte Jahreszeit wohnte. »Wenn man Glück hat, kommt der Herbst vielleicht schon im Juni«, dachte Sinclair, als er von der Brücke auf die unter ihm liegende Bucht sah. Es war einer jener Tage, wie sie San Francisco im

Sommer mit leichter Hand hinzaubert. Strahlend blauer Himmel, schon vor neun Uhr morgens knapp zwanzig Grad. Es war ungewöhnlich, daß Sinclair sich selbst gegenüber etwas so Triviales wie einen schönen Tag eingestand, doch für ihn war diese Stadt schon seit Jahren etwas ganz Besonderes. Davon abgesehen, hatte er gerade eine Glückssträhne.

Drei hatte er bereits im Sack. Paul McCall, den Vorsitzenden von ATZ Oil, Rupert Turner, Vorsitzender des Medienkonzerns Network International, und Rick Forrest, den Vorsitzenden und Mehrheitsaktionär von Forrest Computers.

Sinclair war unterwegs zum Frühstück mit Nummer vier.

Er bog vom Highway 101 ab und hielt vor einem großen Eisentor mit zwei Flügeln. Eine metallische Stimme sagte: »Nennen Sie Ihren Namen und falls vorhanden Rang und Dienstnummer.«

»Andrew Sinclair, zu einem Frühstückstermin mit Edgar Lee Stratford.«

Wie jeder entscheidungsschwache Mensch hatte Bastard Bruce Clay eine Sitzung anberaumt. Adam und Mitch hörten ihm eine knappe Stunde lang zu, wie er einen gerade angesagten Regisseur runtermachte. »In der *Times* stand, Dean Coopers Arbeit erinnere an den jungen Orson Welles. Tunbridge Wells trifft es wohl eher. Schlafstadtmäßig, Mittelklasse und geistig mausetot.«

Adam und Mitch deuteten Zustimmung an. »Na los, ihr beiden«, sagte Bruce schließlich. »Sie sind doch wohl nicht zum Tratschen hergekommen. Adam, warum *zwei* Sendungen über diesen Patrick Collins? Dafür krieg' ich ein ganzes Jahr niedliche Tierchen beim Ficken.«

»Wir müssen etliche Themenbereiche ansprechen. Den familiären Hintergrund. Während der fünfziger Jahre, als Collins ein kleiner Junge war, gehörten General Franco und Senator Joseph McCarthy zu den Vorbildern seiner Familie. Sind es immer noch Vorbilder? Studium. Als frommer Katholik verzichtet er auf seine große Chance, einen Studienplatz in Harvard, und entscheidet sich statt dessen dafür, seine Ausbildung bei den Jesuiten vom Boston College fortzusetzen. Im Gegensatz zu vielen anderen seiner Generation hat er sich freiwillig nach Vietnam gemeldet, obwohl er das Recht hatte, sich zurückstellen zu lassen. Er bekämpft den gottlosen Kommunismus, verliert zwei gute Freunde, rettet aber einen dritten, John Reilly, der jetzt seine rechte Hand ist. Wieder zu Hause, tritt er aus der katholischen Kirche aus und studiert statt dessen an einem kleinen Bibel-College.«

»Na ja gut, Adam, ein faszinierendes Leben. Und jetzt nehmen Sie ein Taxi nach Hause und erzählen Sie diese Geschichte dem Fahrer. Erzählen Sie ihm, warum er nach einem schweren Arbeitstag, an dem er die Leute durch dieses Scheißlondon kutschiert hat, auch nur einen Scheißdreck auf einen prominenten Multimillionär und talkshow-erprobten Prediger geben soll, der Vietnam überlebt hat? Und zwar nicht irgendeinen Scheißdreck, sondern einen dreistündigen?«

Die Torflügel schwangen auf, und Sinclair sah ein makelloses weißes Pförtnerhaus mit einem zwanzig Meter hohen Fahnenmast, an dem das Sternenbanner wehte. Zur Linken des Fahnenmastes befanden sich acht Zwinger. Etliche glänzende schwarze Dobermänner musterten Sinclair interessiert, während ein bewaffneter Wachmann aus dem Pförtnerhaus trat.

»Guten Morgen, Mr. Sinclair. Die Eskorte ist unterwegs.«

Sinclair hob die Hand. »Ist nicht nötig, ich kenne den Weg zum Haus.«

»Reine Vorsichtsmaßnahme, Sir. Da sind sie schon.«

Zwei uniformierte Motorradfahrer rauschten die Auffahrt hinunter, wendeten und bezogen vor und hinter Sinclairs Wagen Position. Der Wachmann salutierte, und dann fuhr der Konvoi die Auffahrt hoch. Die angenehm gewundene Straße vom Vordertor zum Haupthaus war genau eine Meile lang.

Edgar Lee Stratford, Präsident des Ingenieur- und Baugiganten General Systems, der auf der vom Forbes-Magazin veröffentlichten Liste der hundert reichsten Amerikaner ziemlich weit oben stand, hatte sich sein Studium durch Pokerspielen finanziert. Während seiner Karriere hatte er immer den Wert eines Pokerblattes ebenso gekannt wie von den Aktien – und wann man sie einsetzen mußte. Aber sein Glück beschränkte sich keinesweges aufs Pokern oder die Börse. Als ihn seine Frau einmal bat, eine Modezeitschrift zu kaufen, erwarb er das Magazin und das restliche Verlagsimperium gleich mit. Als er es später wieder verkaufte, erzielte er einen Nettogewinn von zwanzig Millionen Dollar. Stratford war so zurückhaltend und schüchtern, daß er Hosen in verschiedenen Größen erstand, um sie nicht im Laden anprobieren zu müssen. Sinclair gehörte zu den nicht einmal zwei Dutzend Menschen im Land, die Stratfords Privatnummer kannten.

Sie kamen aus der baumbestandenen Allee und blickten nun auf eine genaue Kopie des Weißen Hauses. Auf dessen Treppe stand, von einem Ohr zum anderen grinsend, in seiner ganzen Lebensgröße von einem Meter fünfundfünfzig, Edgar Lee Stratford.

Clay machte es einen Heidenspaß, andere zu reizen, vor allem Leute, die etwas brauchten, was er ihnen geben konnte. Nachdem er das Taxifahrer-Argument erschöpft hatte, widmete er sich der Länge der Dokumentation.

Adam zauderte nicht lange, beantwortete den Lob mit einem Schmetterschlag und machte einen Punkt. »Hören Sie, Bruce, wir diskutieren diese beiden Dokus heute nachmittag schon geschlagene drei Stunden lang. Das Thema gibt drei Stunden her. Vor allem, wenn ich Ihren Beitrag durch solche von Collins ersetze.«

Mitch bekam unversehens einen Hustenanfall. Clay runzelte kurz die Stirn. Er wußte, daß man von Menschen wie ihm erwartete, Menschen zu bewundern, die Menschen wie ihm Paroli boten. Er merkte, wann es an der Zeit war, mit der Stichelei aufzuhören.

»Falls ich für die Sendungen grünes Licht gäbe, wann bekäme ich das fertige Produkt zu sehen?«

»Binnen zwölf Monaten.«

»Hm, das würde bedeuten, wir könnten einen Herbstsendeplatz fest einplanen?«

Adam witterte den Durchbruch. »Unbedingt, Lieferung im Herbst. Kein Problem, Bruce.«

»Ich werde das überschlafen. Ende der Woche lasse ich es Sie wissen. Sind Sie sicher, daß Sie Patrick Collins bekommen?«

Adam merkte, wie Mitch ihn nervös ansah. Er griff in eine Aktenmappe und holte einen Brief heraus.

Clay war ein schlechter Schauspieler. Es machte Spaß, ihn bei dem vergeblichen Versuch zu beobachten, sich vom Inhalt des Briefes nicht beeindrucken zu lassen.

»Unsere Einrichtungen stehen zu Ihrer Verfügung. Uneingeschränkten Zugang zu mir und allen meinen Mitarbeitern. Wäre entzückt, wenn Sie und Ihr Filmteam in Boston oder Florida meine Gäste wären.«

Adam konnte sich jetzt entspannen. Der Auftrag war im Sack. Typisch Clay, daß er die Leiden noch um ein paar Tage verlängern wollte.

In der Orangerie stellte Edgar Stratford Tasse und Untertasse auf das weiße Tischtuch.

»Andrew, ich habe Ihren Vorschlag sorgfältig geprüft. Ich habe ihn gewissenhaft abgewogen. Mein Entschluß lautet, Ihr Angebot zur Teilnahme am Kolumbienprojekt auszuschlagen. Meines Erachtens hat die Idee, dieser Plan, nennen Sie es, wie Sie wollen, viel für sich und ist brillant ausgedacht. Für mich ist er allerdings nicht das Richtige.«

Geplant hatte Sinclair das Kolumbienprojekt schon lange vor dem Tag in Cúcuta an der kolumbianisch-venezolanischen Grenze, als Rodriguez diesen Plan den anderen Kartellmitgliedern mitteilte.

Dieser kalifornische Napoleon gefährdete mit seiner Ablehnung die Arbeit von fünf Jahren, in die Unsummen von Geld und Engagement geflossen waren. Und doch verzog Sinclair keine Miene. Er sah weiter gelassen in die grauen Augen seines Gastgebers. Während ihn Edgar ebenso eindringlich musterte, antwortete er beinahe sanft.

»Ich danke Ihnen, Edgar, daß Sie die Idee so gründlich geprüft haben. Ich weiß sehr zu würdigen, daß Sie dem Projekt Ihre kostbare Zeit gewidmet haben. Natürlich respektiere und akzeptiere ich Ihre Entscheidung. Das Material, das ich Ihnen gefaxt habe, möchte ich gerne mitnehmen. Außerdem wäre ich Ihnen für die Zusicherung dankbar, daß Sie keine Kopien gemacht haben.«

Sinclair wirkte überhaupt nicht wütend oder frustriert. Er blickte sein Gegenüber immer noch an. Und nicht jeden Tag konnte er aus nächster Nähe erleben, daß einer der mächtigsten Männer des Landes dermaßen verblüfft war.

Edgar Stratfords Unterkiefer klappte herunter.

»Ich begreife das nicht.«

»Was begreifen Sie denn nicht, Edgar?«

Der schüttelte ungläubig seinen Kopf. »Mehr haben Sie nicht zu sagen? Danke sehr und auf Wiedersehen?«

»Aber ja. Sehen Sie, Edgar, es liegt doch wohl auf der Hand, daß das Kolumbienprojekt nur erfolgreich sein kann, wenn sich jede der Schlüsselfiguren voll einsetzt. Weshalb sollte ich Sie zur Mitarbeit überreden wollen? In einem halben Jahr haben Sie Ihre Meinung vielleicht schon wieder geändert.«

Edgar betrachtete seinen Serviettenring, schob ihn auf dem Tischtuch hin und her.

»Ich war also für Ihren Plan unverzichtbar?«

»Edgar, Sie waren von entscheidender Bedeutung.«

Plötzlich grinste Stratford. »Gut.«

»Wie bitte?«

»Ich bin dabei, Andrew. Schon als ich Ihr Fax gelesen hatte, war ich Feuer und Flamme. Ich gelte als einer der besten Pokerspieler weit und breit, und meine Neugier war geweckt. Ich wollte wissen, wie Sie reagieren würden, wenn ich alles in den Mülleimer schmeiße. Wenn ich entschlossen gewesen wäre, Ihren Vorschlag zu verwerfen und den Plan anschließend an die Öffentlichkeit zu tragen, wäre alles am Ende, noch bevor Sie in die zweite Phase eintreten könnten. Doch Sie blieben gefaßt. Ich bin schwer beeindruckt. Eine solche Selbstkontrolle braucht Ihr Projekt, um Erfolg zu haben. Gestern dachte ich noch, es *könnte* ein Knaller werden. Heute *weiß* ich es.«

Laura richtete mit Begeisterung Partys aus, besonders solche, auf denen sie ihren Mann und ihr Haus präsentieren konnte. Auf der Party zur Feier von Adams Sieg über Bastard Bruce Clay waren die Speisen- und Getränkerechnungen hoch und die Gäste handverlesen. Keine Promis, keine Presseleute außer Freunden. Selbstverständlich Mitch und seine Frau, Barry ohne seine Frau, Leon mit seinem festen Freund. Und Susanna. Susanna, vor der Laura solchen Respekt hatte, und die sie nur allzugern als Adams brillante Assistentin vorstellte ...

Clay hielt Wort. Am Freitag wurde sein Brief per Motorradkurier zugestellt. Adam lud gerade telefonisch ein paar Leute zur Party am nächsten Tag ein. Laura kam herein und schwenkte einen Umschlag wie einen Fächer.

»Vom Sender, Adam.«

Er riß den Briefumschlag auf. Er enthielt ein einziges Blatt Papier.

»Er hat es abgelehnt, Laura. ›Nach reiflicher Überlegung. Bin zu meinem Bedauern zu dem Schluß gelangt, daß die Idee und ihre Hauptperson für ein britisches Publikum nicht relevant sind. Bastard Bruce Clay.‹«

Laura packte ihn am Arm. »Dieser miese kleine Scheißkerl! Ich würde ihm die Eier abschneiden, wenn ich sie finden könnte ... Was ist mit der richtigen BBC?«

Adam lachte verächtlich. »Die haben es aus demselben Grund abgelehnt. Mangelnde Relevanz für ihre Zuschauerinteressen. Scheiß drauf.«

Laura legte ihm die Hand auf die Schulter. »Wir sagen die Party ab.«

»Kommt nicht in Frage, Laura. Schlimm genug, daß Bastard einen Sieg errungen hat, von dem er weiß. Noch einen Sieg gönnen wir ihm nicht, auch wenn es sich nur um eine Party handelt. Schenke deinen Feinden keine Siege, von denen sie nichts wissen.«

Mehr Gäste wurden eingeladen, mehr Getränke und Speisen herangeschafft.

Am Samstag morgen, nach ihrer dritten Exkursion in die Weinläden von Camden, machten sie bei ihrer Bank halt. Er überprüfte am Automaten seinen Kontostand. »Phantastisch! Noch keiner der Schecks, mit denen wir für die Party bezahlt haben, hat unser Konto belastet.« Sie antwortete nicht, hob aber eine Broschüre auf, auf der die Bank für ihre Leistungen warb, und schickte ihn dann wieder in die Läden zurück, er sollte noch mehr Champagner kaufen.

Die ursprünglich für etwa ein halbes Dutzend Leute geplante kleine Party war Samstag nachmittag zu einer Fete mit über fünfzig Personen geworden, die um Punkt sechs Uhr beginnen sollte. Um fünf waren sämtliche Vorbereitungen getroffen, Gastgeber und Gastgeberin hatten sich geduscht und umgezogen und gönnten sich eine ruhige Minute mit ihren ersten Drinks des Tages. Ein Zeitpunkt, den viele kennen, die schon einmal eine Party gegeben haben.

»Ich wünschte, es käme keiner. Du siehst zum Anbeißen aus.«

Laura schlug lachend die Beine übereinander und enthüllte dabei ein Paar lange, elegante, in schwarzen Nylonstrümpfen steckende Beine. Adam räkelte sich und hob dann sein Glas.

»Ein Trinkspruch.«

»Worauf stoßen wir an?« fragte Laura.

»Auf den Mann, der den Schlitz im Kleid erfunden hat.«

Laura hob kichernd ihr Glas und trank einen Schluck Wein, dann sah sie wieder Adam an.

»Also. Gegrübelt wird nicht.«

»Verzeihung, Liebes. Ich hab' nur noch mal über alles nachgedacht.«

Laura stand auf und nahm auf einem Sessel Platz, von wo aus sie ihn berühren konnte. Mit einem Finger strich sie ihm sanft übers Gesicht.

»Überlegst du, wie es weitergeht?«

»Ja.«

»Und?«

Geistesabwesend tätschelte er ihr das Knie.

»Mir fällt nichts ein. Ohne eine Beteiligung britischer Sender haut es nicht hin. Ohne die Briten fehlen fünfzig Prozent meines Etats. Film gestorben.«

Nervös fuhr er mit dem Finger über den Rand seines Glases, bis es quietschte. »Es wäre sinnlos, die ausländischen Koproduzenten um mehr Geld zu bitten. Bei denen habe ich schon das Maximum rausgeholt. Montag rufe ich sie an und sage, es wird nichts draus. – Nein, das kann ich nicht. Ich muß selbst umsetzen, was ich immer predige. Also darf ich Bastard Bruce Clay keinen Sieg gönnen, von dem er nichts weiß. Ich muß Kurt anrufen. Vielleicht kann ich das ZDF überreden, den Gesamtetat zu übernehmen.«

Er eilte aus dem Zimmer und versuchte noch einmal, das Projekt auf den letzten Drücker zu retten. Für Laura war das nichts Neues. Sie hatte den Eindruck, daß man mehr kreative Energie benötigte, alle Zusagen unter Dach und Fach zu bringen, als zur Herstellung des eigentlichen Films. Als er zurückkam, sah sie ihn fragend an.

»Er ist nicht da. Kommt in zwei Stunden wieder. Seine Frau sagt, er ruft zurück. Na dann, reich mir dein Glas.«

Sie entzog seiner ausgestreckten Hand ihr halbvolles Glas. »Dafür ist noch reichlich Zeit. Erzähl mir lieber von diesem Projekt. Verrat mir, warum es dir so wichtig ist.«

»Ich dachte, das hätte ich schon.«

Laura schüttelte kaum merklich den Kopf. »Hast du nicht, wie du sehr gut weißt. Ich habe alles gehört, was du Mitch und Clay vorgebetet hast. Worauf es dir wirklich ankommt, habe ich nicht gehört. Den wahren Grund. Wonach suchst du eigentlich?«

Adam stand auf, füllte sein Glas und ging auf den kleinen Balkon. Es war ein herrlicher Frühsommertag, und eine sanfte Brise wehte ins Zimmer. Er drehte sich um und sah zu Laura hinüber, stellte sein Getränk auf einen Tisch, schlenderte ins Zimmer und wieder auf den Balkon zurück. Dabei vollführte er mit beiden Händen rasche Bewegungen in der Luft, Karateschläge, gefolgt von sanften fließenden Tai-Chi-Bewegungen. Laura hatte solche Gesten schon oft gesehen. Sie zeigten, daß er bestrebt war, die richtigen Worte, die passende Antwort zu finden.

»Ich bin mir ziemlich sicher, daß Collins nicht zu den Leuten gehört, bei denen der erste Eindruck stimmt. Er ist ungeheuer mächtig, enorm einflußreich. Anders und einzigartig wird er jedoch dadurch, daß an ihm scheinbar nichts Fassade ist. Wenn man *ihn* fragte, worauf es wirklich ankommt, würde er garantiert antworten, auf das Seelenheil.«

»Höre ich da eine Spur Zynismus heraus?« fragte Laura.

»Jeder hat seine Schattenseite. Ich will die Facette seiner Persönlichkeit finden, die er vor seiner gläubigen Gemeinde und seinem verzückten Fernsehpublikum verborgen hält. Es muß irgendeinen Angriffspunkt geben. Den gibt's immer. Wenn es keine Schattenseite, keinen Angriffspunkt gibt – um so besser. Dann ist Collins Objekt für das, was ich seit meinem sechzehnten Lebensjahr gesucht habe.«

Laura wirkte verwirrt.

»Meinen Glauben«, sagte Adam.

Die Party wurde ein voller Erfolg. Sie ging gleich gut los, als Susanna, Barry und Leon allesamt halb betrunken ankamen, als sich Gastgeber und Gastgeberin noch immer auf dem Balkon befanden. Gegen halb acht war ein Großteil der anderen Gäste dann auf bestem Wege, Adams Team einzuholen. Das Haus war groß genug, um für jeden etwas zu bieten. Wer sich bewegen wollte, konnte tanzen, andere labten sich am Buffet oder plauderten gemütlich, auch Snooker-Billard wurde gespielt.

»Ich weiß, was ich mache, wenn ich im Lotto gewinne«, nuschelte Laura. Auch sie war dabei, das Team einzuholen. »Viel will ich nicht. Bloß genug für ein reetgedecktes Wochenendhaus auf dem Land. Höchstens eine Autostunde von London entfernt. Rosen um die Tür, ein paar Hektar Land, Tennisplatz, Swimmingpool und ...« Sie sah sich nach Adam um, doch der hatte das Zimmer gewechselt. »Und Adam würde ich das Geld geben, das er braucht, damit er seine Filme über Patrick Collins drehen kann.«

Das Telefon riß sie aus ihrer Träumerei. Sie redete eine Weile, dann sagte sie: »Schön, ich werd's ihm ausrichten« und legte abrupt auf.

Adam sprang ins Zimmer. »Na, mein Schatz, haben wir im Lotto gewonnen?«

Sofort wurde Laura nüchtern. »Nein. Aber du. Ich hatte eben Kurt vom ZDF am Telefon. Er ist bereit, die Genehmigung durch den Aufsichtsrat vorausgesetzt, aber da sieht er keine Probleme, den gesamten Etat für die beiden Dokumentarfilme vorzustrecken.«

Mitch war verblüfft. »Wie hast du ihn denn dazu gebracht, Adam? Das kriegt er über die Auslandsrechte doch niemals wieder rein.«

Laura drehte sich rasch zu ihm um. »Er hat eben Vertrauen in Adam! Du vielleicht nicht?« Sie überwand die Spannung. »Und jetzt schnappt sich jeder seinen Nebenmann und wiederholt: ›We're off to see the Wizard, the wonderful Wizard of Oz!‹ Und nun immer dem gelben Steinweg nach!« Sie schnappte sich Adam und führte die gesamte Gesellschaft tanzend auf die Straße.

Roberto war immer noch nicht schlauer als zuvor. Lange hatte er mit ihrem guten Freund in Palermo telefoniert. Anschließend hatte es mit dem Kontaktmann, der ihm den Auftrag übermittelt hatte, ein weiteres Treffen in Washington gegeben. Alle waren sehr bemüht, dem sensiblen Italiener und seinen Kollegen zu versichern, daß dieser Einsatz wirklich überaus bedeutend sei. Um dessen Bedeutung noch zu unterstreichen, wurde das vereinbarte Honorar vervierfacht.

Nachdem Roberto und sein Team schließlich in Indiana eingetroffen waren, nahmen sie den Einsatz ernst. Roberto war mitgeteilt worden, daß man ihnen in Gary eine sichere Unterkunft beschaffen würde, nicht weit von ihrem ersten Ziel entfernt. Die Büroräume im vierten Stock gehörten einer Firma namens Cyber World. Ihre neue Wohnung beeindruckte Roberto. Dort gab es alles, was eine Primadonna verlangen konnte, einschließlich eines römischen Kochs. Eine Stunde nachdem sie sich ihre ersten Saltimbocca alla romana hatten schmecken lassen, brachte ein Bote ein Paket vorbei. Es enthielt sämtliche nur denkbaren Details, damit die Einsatzgruppe auch wieder sicher aus dem Gebäude herauskam, ohne, wie es das nicht unterschriebene Begleitpapier formulierte, »die Ruhe des Wachpersonals zu stören«. Roberto zuckte betont theatralisch mit den Achseln. Die Amerikaner waren zwar immer noch verrückt, hatten aber offensichtlich gemerkt, daß sie es mit Profis zu tun hatten. Er sah sich die Grundrisse des Bürogebäudes an.

Die letzten Gäste waren vertrieben worden, auch einer, der im Badezimmer eingeschlafen war. Das Haus war eine Müllhalde. Adam verspürte Schuldgefühle: wenn er schon so selten zu Hause war, mußte er nicht auch noch dieses Zuhause ruinieren, das Laura für ihn so gut in Schuß hielt. Er hob ein mit Kippen gefülltes Glas hoch, doch sie nahm es ihm aus der Hand. »Laß das. Wir gehen jetzt ins Bett.«

Lange erkundeten sie den Körper des anderen, wie Kinder, die eine Zeitlang nicht zu Hause gewesen waren. Sie berührten einander, um sicherzugehen, daß noch alles an der richtigen Stelle war, bevor er in sie glitt, in aller Ruhe und mit den Gedanken voll bei der Sache. Irgendwann sagte sie:

»Ich liebe dich, Adam Fraser, was du warst, was du bist. Ich will mehr von dir! Und jetzt flieg nach Amerika und dreh einen sensationellen Dokumentarfilm über deinen Prediger.«

Er setzte sich auf. »Meine Güte! Ich muß Kurt anrufen!«

»Vergiß ihn, Adam. Er hat angerufen und abgelehnt. Ich war am Telefon. Aber ich wollte die Party trotzdem nicht ruinieren. Du hast das Geld.«

»Woher?«

»Ich habe eine Hypothek auf das Haus aufgenommen.«

Andrew Sinclair erhob sich vom Frühstückstisch und nahm seinen Kaffee mit hinunter auf den Rasen. Während er über das Gras zum Hudson River ging, schwelgte er in der Erinnerung an sein Gespräch mit Edgar Stratford.

Da nun der vierte und letzte der zentralen Mitspieler installiert war, war Sinclair zuversichtlich, daß auch Medientycoone wie Rupert Murdoch, Bill Gates, Ted Turner oder Michael Eisner mit an Bord kommen würden. Auch Industriekapitäne wie die Rockefellers, die DuPonts, George Soros und die Familie Mellon. Jetzt konnte er sich darauf konzentrieren, auch den wichtigsten Faktor noch zu gewinnen, das eine Element, das, anders als der aufgeblasene Stratford, tatsächlich unverzichtbar war und zur Zeit noch fehlte: Patrick Collins' Zustimmung. Ohne Collins war das Kolumbienprojekt zum Scheitern verurteilt. Sinclairs Adrenalinspiegel schoß in die Höhe, als er an das Treffen mit dem Evangelisten dachte. Ihm stand das wichtigste Verkaufsgespräch seines Lebens bevor.

Wieder dachte er amüsiert an den eingebildeten Stratford, der glaubte, er hätte das Projekt gefährden können. Lange bevor Sinclair Kontakt zu ihm aufgenommen hatte, war Stratford, genau wie Meredith und die anderen, rund um die Uhr überwacht worden. Sein Telefon, sogar sein geheimer Privatanschluß, wurde angezapft, seine Häuser und Büroräume verwanzt. Sinclair hatte von Rodriguez verlangt, daß jeder der vier sofort ermordet werde, falls er sich nicht voll und ganz für die Sache eingesetzt oder versucht hätte, Einzelheiten des Projekts weiterzugeben. Dieser Forderung war Rodriguez bereitwillig nachgekommen.

Aufgrund dieser umsichtigen Vorgehensweise hatte die Überwachungseinheit von Meredith erfahren, daß er sich im Bett mit der Stewardeß unterhalten hatte, und zwar auch über das Kolumbienprojekt.

Er hatte für seine Indiskretion einen hohen Preis bezahlt. Sinclair hatte seine Forderung nur noch in bezug auf Patrick Collins gestellt: falls der sein Angebot ausschlug, war auch er ein toter Mann.

»Ich komme, Kinder!« rief er seinen Sprößlingen zu, die darauf warteten, daß er sie zur Badebucht begleitete.

6. Kapitel
Prediger

»Himmlischer Vater. Wir danken Dir, daß du unsere Freunde Adam, Susanna, Barry und Leon sicher an unseren Tisch geleitet hast. Wir bitten Dich, über sie zu wachen und sie zu beschützen, während sie ihrer Arbeit nachgehen. Möge ihr Wirken Gnade finden vor Deinen Augen. Segne sie und ihre Familien und alle, die um diesen Tisch versammelt sind. Wir danken Dir, Herr, für diese Speisen und für die Gaben, die Du uns weiterhin so überreich zuteil werden läßt. Gelobt sei Jesus Christus, Dein einziger Sohn. Amen.«

Patrick Collins öffnete die Augen, hob den Kopf und sah sich am Tisch um.

»Teresa und ich freuen uns sehr, daß Sie hier sind. Solange Sie sich hier aufhalten, ist unser Haus auch Ihr Haus.« Der Prediger sah immer noch jung aus, auch ohne Make-up. Er warf seiner Frau Teresa einen kurzen Blick zu, wollte sich auch ihre Freude bestätigen lassen. Sie war zierlich und hatte scharfgeschnittene Gesichtszüge, kohlschwarze Haare, einen blassen Teint. Adam spürte ihren wachen Verstand, und ihm fiel auf, daß ihr Kleid zwar schlicht und für Collins' Gemeinde nicht bedrohlich, aber phantastisch geschnitten und sehr teuer war. John Reilly, Collins' rechte Hand und Chefmanager seines Geschäftsimperiums, war Adam bereits bekannt. Ein ehrliches, wenig bemerkenswertes Gesicht und ein kräftiger

Oberkörper, wie er häufig mit einem im Rollstuhl verbrachten Leben einhergeht.

Collins' Charme verfehlte seine Wirkung nicht. Adam beobachtete, wie sein Team ihm erlag. Mühelos schaltete Collins vom dynamischen Erweckungsprediger auf den weltgewandten Talkmaster um. Allmählich begriff Adam, wie der Mann zwei völlig unterschiedliche Karrieren erfolgreich unter einen Hut brachte. Er mußte an ein anderes Gespräch denken, das er kurz vor seiner Abreise mit Oscar Benjamin geführt hatte.

»Der Mann, zu dem du jetzt fliegen willst.«

»Ja, Oscar?«

»Ich habe wieder mal von meinen Freunden in der Zentrale gehört, die ihn für dich überprüft haben. Du solltest unbedingt wissen, daß noch jemand anderes deinen Prediger genauso gründlich überprüft hat wie wir.«

Während er zuhörte, hatte Adams rechte Hand Kringel gezeichnet. Jetzt erstarrte sie, genau wie der übrige Körper.

»Adam? Bist du noch dran?«

»Ja, ich bin noch da, Oscar. Wer? Wer überprüft den Mann?«

»Keine Ahnung.«

»Komm schon, Oscar. Die Zentrale muß es wissen.«

»Na klar. Natürlich wissen die's. Sie teilen mir ihre Erkenntnisse nur nicht mit. Erinnerst du dich? Als du das letzte Mal hier warst, haben wir doch darüber gesprochen, daß irgendwer heimlich eine Säuberung der Dateien deiner Zielperson durchgeführt haben könnte. Nun, als Antwort kommt jetzt dasselbe Dutzend Kandidaten in Frage. Paß in den Staaten bloß gut auf dich auf, mein Sohn.«

»Aber, wie Pilatus schon sagte, ›Was ist Wahrheit?‹ ...«

Adams Gedanken gesellten sich wieder zu seinem an Collins' Tisch sitzenden Körper.

»Tut mir leid, Pat. Klarer Fall von Jet-Lag. Apropos Pontius Pilatus, den größten Teil meines Lebens habe ich mich bemüht, die Antwort auf seine Frage zu finden: ›Und werdet die Wahrheit erkennen, und die Wahrheit wird euch frei machen‹, ist viel leichter gesagt als getan.«

Eine Stille entstand. Als Adam aufschaute, sahen ihn John Reilly, Collins und Teresa durchdringend an.

»Oh, tut mir leid. Am Eßtisch des berühmtesten Predigers der USA die Bibel zu zitieren, ist wohl ein wenig anmaßend.«

Collins strahlte. »Keineswegs, Adam. Ich bin begeistert, daß Sie den Apostel Johannes zitieren. Zufällig ist das eine meiner Lieblingsstellen in der Bibel.« Mit tiefer innerer Überzeugung sprach Collins weiter: »Wenn dich der Sohn Gottes befreit, dann bist du wirklich frei.«

Während Collins vorsichtig ein Stück Braten abschnitt, grübelte Adam darüber, warum ein sehr mächtiger Mensch wohl eine umfassende Überprüfung von Patrick Collins angeordnet hatte. Nicht nur er suchte die Schattenseite des Predigers. Es könnte sich lohnen, einen kleinen Köder auszuwerfen.

»Jeder meiner Filme hat nach einer bestimmten Wahrheit gesucht.«

»Woher wissen Sie, wann Sie sie gefunden haben?« erkundigte sich Teresa Collins.

»Manchmal liegt es auf der Hand. Bestimmte Fakten, eindeutige Beweise.« Während Fraser seine Gastgeberin traurig ansah, fuhr er fort: »Ein anderes Mal ist es weniger faßbar, und ich kann nur hoffen und beten, daß ich entdeckt habe, was ich suche.«

Patrick Collins reichte Adam den vollen Teller zurück.

»Wenn Sie die Wahrheit gefunden haben, nach der Sie in diesem Film suchen, lassen Sie es mich unbedingt wissen, Adam.«

»Versprochen, Pat. Sie erfahren es als erster.«

Er registrierte einen kurzen Blick zwischen Collins und seiner Frau.

Teresa Collins war ernst und sprach leise, wobei jedoch ihre Aufmerksamkeit, so kam es Adam vor, nie nachließ. Es war garantiert nicht einfach, den eigenen Mann mit Millionen Menschen teilen zu müssen. Ob er wohl vom Weg abgewichen war? Adam überlegte, was er alles über Collins wußte.

Fünf Jahre zuvor hatte Adam einen ausgesprochen überschwenglichen Brief von Reilly bekommen, nachdem eine seiner Dokumentationen über Vietnam in den USA gezeigt worden war. John Reilly hatte sie gesehen und war überwältigt gewesen. Er hatte Collins eine Aufzeichnung der Sendung vorgespielt, und der war ebenfalls tief bewegt. Zwar waren beide Männer mit der zentralen These des Filmemachers nicht einverstanden, die Vereinigten Staaten hätten in Vietnam nichts zu suchen gehabt, aber beide gestanden freimütig ein, daß einiges von dem, was man im Namen der Demokratie getan hatte, genauso schlimm gewesen war wie die Ideologie, die sie hatten vernichten wollen.

Nach einem Briefwechsel hatte man sich während Collins' letzter »Erweckungstour« durch Europa in London getroffen. Collins hatte Fraser sehr ausgiebig zum Thema der verschollenen amerikanischen Soldaten befragt – in Südostasien wurden noch 2393 Amerikaner als vermißt geführt.

»Es gibt keine Foltercamps, keine Arbeitssklaven«, sagte Adam ihm. »Allerdings hat sich eine erhebliche Anzahl ehemaliger GIs während des Krieges unerlaubt von der Truppe entfernt. Sie leben wie die Einheimischen, haben Vietnamesinnen geheiratet. Sie sind glücklich und wollen nicht wieder in die Staaten zurück.«

Der Dokumentarfilmer gestand dem Evangelisten, er habe einige dieser vermißten Soldaten kennengelernt, aber alle hätten auf absoluter Vertraulichkeit bestanden.

»Sie wollen ihren Angehörigen in den Staaten nicht noch mehr Kummer bereiten. Ja, das hätte ein wirklich sensationeller Film werden können. Aber das eine oder andere im Leben ist wichtiger, als einen sensationellen Film zu machen.«

Seither hatten sie sich mehrmals getroffen, und als Adam John Reilly vorschlug, ein sachliches, gründlich recherchiertes Fernsehfeature über Collins, dessen Leben und Arbeit zu drehen, hatte Collins persönlich an Adam telegrafiert: »Es ist mir eine Freude, Sie in jeder Hinsicht zu unterstützen.« Ob seine Freude anhalten würde, war eine andere Frage. Auch wenn die Personen, um die es in Frasers Dokumentarfilmen ging, zu Beginn begeistert waren, so änderte sich das häufig schlagartig, wenn sie das fertige Produkt sahen.

Collins tupfte sich den Mund mit einer Serviette ab. »Verraten Sie mir eins, Adam. Welche Beziehung haben Sie zu Gott?«

Als Gesprächsbremse war das nahezu unschlagbar. Und keiner der Esser konnte sich hinter seinen Speisen verstecken, da es gerade eine Pause zwischen zwei Gängen gab. Susanna lachte auf, erstickte ihr Lachen aber rasch in einem Hustenanfall.

»Ich muß schon sagen, Pat. So etwas können Sie mich nicht ohne Vorwarnung fragen. Eine solche Frage läßt sich nicht leicht beantworten.«

»Gut.«

Adam sah Collins ein wenig verwirrt an. »Wie bitte?«

Als der Prediger antwortete, hob er beide Hände und breitete die Arme aus. Der Andenchristus hatte sich zum Abendessen nach Naples in Florida begeben. »Ich finde es immer bedenklich, wenn mir jemand erzählt, er habe eine hervorragende Beziehung zum Allmächtigen, oder wenn er mir leichthin eine rasche Antwort gibt. Wie kann er sich so sicher sein? Wie kann jeder von uns sich so sicher sein? Wir können nichts weiter tun, als mit Ihm reden, hoffen, daß Er zuhört und daß wir Seine Antworten verstehen.« Seine Hände sanken herab und blieben auf dem Tischtuch liegen.

Adam verspürte kurzzeitig den Drang, vollkommen offen zu sein. »Ja, das ist vielleicht auch mein Problem. Ich spreche nicht so oft mit Gott wie Sie. Als Kind habe ich täglich gebetet. Aber dann ...« Er brach ab, verunsichert.

»Dann legten Sie ab, was kindisch war?« schlug Johnny vor.

»Nein, Johnny, ich bin einfach nicht mehr auf die Knie gefallen, um zu sagen: ›Vergib mir, Vater, denn ich habe gesündigt.‹«

»Sie wollen am Montag mit den Dreharbeiten beginnen. Aber vorher nehmen Sie doch am Sonntagsgottesdienst teil?« fragte Collins ihn.

»Natürlich, Pat.«

Nach dem Abendessen unternahm Adam einen Spaziergang durch die Gartenanlage, die sich vom Hauptgebäude bis zum mehrere Kilometer entfernten Golf von Mexiko erstreckte. Man hatte dem Team einen der überall auf dem Anwesen verstreuten, komplett eingerichteten Gästebungalows zugeteilt. Die anderen waren früh zu Bett gegangen, so daß Adam Gelegenheit hatte, seine Gedanken zu sammeln. Dieses Anwesen war eine Art Staat im Staate. Neun-Loch-Golfplatz, sechs Tennisplätze, mehrere Swimming-pools, Gästebungalows. Dahinter lag ein noch größeres Grundstück, das – wer hätte das gedacht – Collinsville hieß. Dort befanden sich ein Einkaufszentrum, das für jeden Kunden ein Einkaufsparadies auf Erden darstellte, das Patrick Collins Business Center. Collins' Kirche – die Kirche des Evangelisten –, eine Tankstelle, eine Bank sowie zwanzig Boutiquen, Restaurants und Läden. Collins bot seiner Gemeinde ein breites Spektrum an Dienstleistungen.

Ostentativer Reichtum war unvereinbar mit der Aufgabe von Priestern, wie Adam sie sah. Plötzlich kam ihm ein Arbeitstitel in den Sinn: »Durch das Nadelöhr«.

Immer wieder kehrten seine Überlegungen auch zu dem bemerkenswerten ungeschliffenen Edelstein zurück, den Oscar ihm in die Hände gedrückt hatte. Welches amerikanische Regierungsmitglied durchleuchtete nach allen Regeln der Kunst Amerikas Lieblingsprediger? Und warum? Was hatte man über Collins herausgefunden?

»Schick ihn weg, Patrick. Er ist ein scharfer Hund.«

»Natürlich ist er das, Schatz. Man kriegt nicht so viele Preise wie er, nur weil man seine Schuhe blank gewienert hat und freundlich lächelt.«

Auch der Evangelist und seine Frau genossen den kühlen Abend im Freien. Während sie auf ihrer Terrasse standen, hatten sie zufällig Adam Fraser durch das Gelände unterhalb des Haupthauses schlendern sehen.

»Vergiß nur nicht, daß er ein Ziel hat. Wenn er einen zweiteiligen Dokumentarfilm dreht, in dem der Prediger nur gelobt wird, springt für ihn nichts dabei heraus.«

Collins legte einen Arm schützend um ihre kleine Gestalt.

»Teresa, meine Liebste. Was um alles in der Welt habe ich zu befürchten? Ich habe nichts zu verbergen.«

Über dem Golf von Mexiko ging die Sonne unter. Adam sah zu dem herrlichen blutrot verfärbten Himmel auf, als er zu den Gästebungalows ging.

Er öffnete die Tür, innen brannte bereits Licht. Jemand hatte das Bett aufgedeckt. Seine Koffer waren ausgepackt und jeder Gegenstand ordentlich eingeräumt worden. Das Nachttischradio war auf einen Klassiksender eingestellt. Susanna war hier gewesen.

Sie fehlte ihm sehr. Doch diesmal teilten sie nicht Bett und Arbeit miteinander. Für ihn stand fest, daß der Reverend Patrick Collins sich nicht gegenüber einem Mann öffnen würde, der unter seinem Dach Ehebruch beging. Und es kam Adam nicht richtig vor – nicht wenn seine Frau den Dokumentarfilm finanzierte.

»Probier beides, Leon. Langsamer Schwenk die erste Reihe entlang. Nahaufnahme des ersten Tenors, dann aufziehen, daß man sämtliche tausend Mitglieder des Chors sieht.«

Es war Sonntag morgen, und in der Kirche des Evangelisten lief ein swingender verzückter Gottesdienst ab. Die Chorsänger klatschten und sangen sich mit »Praise be, He loves me« in Ekstase.

Für Patrick Collins und seine Gemeinde war diese Stunde Gott vorbehalten. Für Adam und sein Team war es eine technische Probe.

III

Der Gesang schien zu Ende zu gehen. Adam und sein Team wollten sich gerade setzen, als ein Chormitglied die Zeile sang: »Er ist mein Hirte«. Die Gemeinde wiederholte: »Er ist mein Hirte«. Und der Riesenchor wiederholte ebenfalls. Um sie her wiegten sich plötzlich die Menschen im Rhythmus, und auch Adam begann sich zu bewegen, als einige Gottesdienstbesucher hin und her sprangen und ihren Glauben, ihre Sehnsucht, ihre Liebe zu verkünden begannen. Adam mußte sich zusammenreißen, um die Fassung zu bewahren. Großer Gott, sie waren hier, um einen Dokumentarfilm zu drehen, nicht um sich bekehren zu lassen.

Schließlich sang der Solist mit seiner wunderschönen Tenorstimme »Amen«. Einen Moment später herrschte Stille. Adam sah auf die Uhr. Das ganze atemberaubende Kirchenlied hatte genau fünfzehn Minuten gedauert.

Wie aus dem Nichts tauchte Patrick Collins auf.

Adam flüsterte Susanna zu: »Notieren: Wie schafft er das bloß; ›Kuckuck – hier bin ich‹?«

Leon raunte aus dem Mundwinkel: »Beim letzten ›Amen‹ ist er langsam reingekommen und hat sich hinter der Band versteckt.«

Adam lächelte. Leon entging kein Trick.

»Gelobt sei der Herr«, sagte Collins. In der rechten Hand hielt er eine Bibel. »Wenn wir Gott vertrauen, wird uns alles zuteil werden, was wir begehren, alles was wir brauchen, alles wofür wir gebetet haben. Gelobt sei der Herr.«

Während Collins seine Predigt hielt, konzentrierte sich Adam auf das Fernsehteam, das den Gottesdienst für Collins' Kabelsender festhielt. Er wollte etwas von diesem Film-im-Film-Element in seine Dokumentation einbauen. Gerade wollte er Susanna eine Anweisung zuflüstern, als seine Aufmerksamkeit wieder auf Collins gelenkt wurde.

»Ich habe einen Freund. Wahrscheinlich gehört er zu den besten Dokumentarfilmern der Welt, und seine Arbeiten können sich wirklich sehen lassen. Vielleicht habt ihr etwas davon gesehen.

Er hat drei Filme über Vietnam gedreht. Alle haben Preise gewonnen.«

Adam saß wie versteinert da, während Collins große Teile seines Berufslebens referierte. Der Prediger berichtete der Gemeinde von seinem Film über die brasilianischen Elendsviertel, von Adams Filmen über Vietnam, El Salvador und Chile. Von seinem Zweiteiler über die lateinamerikanischen Drogenkartelle. Adam drehte sich zu Susanna um und sagte leise: »Kannst du bitte veranlassen, daß sich die Erde öffnet und mich verschlingt?«

Das einzige Mitgefühl, das er erntete, war ein knappes: »Psst.«

»Dieser Freund widmet sich hingebungsvoll seiner Arbeit. Er nennt es eine fixe Idee, die Wahrheit herauszufinden, allem auf den Grund zu gehen. Stellt euch das vor! Stellt euch einen Menschen vor, der jede wache Minute seines Arbeitslebens der Wahrheit nachspürt! Was muß das für eine Hingabe sein. Mein Freund glaubt an das Bibelwort: ›Und werdet die Wahrheit erkennen, und die Wahrheit wird euch frei machen.‹ Darauf ein Amen.«

Die Gemeinde reagierte sofort und rief im Chor: »Amen. Amen.« Einen köstlichen Augenblick lang empfand Adam die Ekstase der Erleichterung, den Nervenkitzel, eine Tortur überstanden zu haben. Doch Collins fuhr fort: »Vor einiger Zeit bat mich dieser Mann um Unterstützung bei einem Dokumentarfilm, den er drehen wollte. Der Gegenstand dieses Films, der Mann, dessen Leben in allen Facetten beleuchtet werden sollte, wobei sowohl die Mängel als auch die Tugenden, das Schlechte wie das Gute ans Licht gebracht werden soll, ist mir recht gut bekannt. Er heißt Patrick Collins.«

Überall in der Kirche gab es beträchtlichen Beifall, ein spontanes »Gelobt sei der Herr« – und direkt hinter den Sitzplätzen des Filmteams ertönte ein lautes: »Ich glaub’, ich spinne.«

Adam glaubte nun genau zu wissen, was kam. Er hoffte bei Gott, daß er sich täuschte.

»Nach reiflichem Überlegen und Beten war ich einverstanden mitzumachen, und es ist mir eine große Freude, euch mitzuteilen, daß dieser Mann heute unter uns weilt. Er ist aus London in England zu uns gekommen, und sein Filmteam ist bei ihm. Adam, Adam Fraser, stehen Sie bitte auf, damit die Leute Sie sehen können. Und Ihr Team auch. Susanna, Leon und Barry. Nur zu, bitte, stehen Sie auf.«

Jede in der Kirche befindliche Kamera schwenkte herum und war auf sie gerichtet, als die vier sich aufrappelten und den brausenden Beifall entgegennahmen, den man ihnen darbrachte. Adam verbeugte sich knapp, genau wie Leon. Susanna wirkte verlegen, und Barry schien sehr beschäftigt. Wieder ertönte hinter ihnen die Stimme: »Ich glaub', ich spinne!« Sie nahmen möglichst rasch wieder Platz, mit roten Gesichtern. Eine Kamera blieb auf Adam gerichtet.

Collins berichtete seiner Gemeinde und dem Teil der Nation, der den Fernsehgottesdienst eingeschaltet hatte, von Frasers Bemühungen, die Dokumentarfilme finanziert zu bekommen. »Aber Gottes Wege sind unerforschlich, meine Freunde. Wahrhaft unerforschlich. Am Tag nach der Ablehnung setzte er sich hin und dachte über dieses anscheinend unlösbare Problem nach. Die viele vorbereitende Arbeit für die Filme war vergeblich gewesen. In diesem Stadium hätten viele aufgegeben. Viele hätten das Handtuch geworfen. Aber Adam Fraser ist aus anderem Holz geschnitzt. Er hat Vertrauen. Er vertraut darauf, meine Freunde, daß das wirklich geschehen wird, was man unbedingt will, wenn man glaubt, wenn man wirklich glaubt. Er hing sich ans Telefon, und noch ehe der Tag um war, hatte er einen ausländischen Fernsehsender überredet, die gesamte Finanzierung zu übernehmen. Er hatte den Glauben. Ich sage es euch, meine Freunde. Der Glaube kann Berge versetzen. Lasset uns den Herrn lobpreisen.«

Die Orgel wurde lauter. Das übrige Orchester fiel ein. Der Chor erhob sich, und die Gemeinde ebenfalls. Adam blieb sitzen, wie vom Donner gerührt und wütend. Wieder ertönte hinter ihm eine Stimme. »Verzeihen Sie, Mr. Fraser.« Als Adam sich umdrehte, sah er einen kleinen schwarzen Jungen. Er sah Adam an, mit Augen so groß wie Untertassen.

»Darf ich in Ihrem Film mitmachen?«

Adam blinzelte ihm zu. »Ja, natürlich darfst du.«

»Ich glaub', ich spinne!«

Andrew Sinclair saß in seinem Arbeitszimmer und sah sich die Patrick-Collins-Stunde an. Gerade sah man Adam in einer großen Naheinstellung, als Mary hereinkam, in den Händen ein Tablett mit Kaffee und einer Karaffe Orangensaft. Sie trug nichts weiter als einen seidenen Morgenrock. Als sie das Zimmer betrat, starrte Sinclair gerade gebannt auf den Fernsehschirm.

Mary blieb stehen und sah Adam Fraser auf dem Bildschirm an. Instinktiv schob sie ein provozierend nacktes Bein durch den halb offenen seidenen Morgenrock. Ihr Mann bekam nichts davon mit.

»Ich dachte, wir wollten ins Bett, Andrew.«

Er drehte sich lächelnd um. »Was? Ach ja. Aber natürlich. Prima Idee. Prima.«

Sie sah ihn an. »Vielleicht sollte ich mal einen Blick auf diese Kirchensendung werfen, die du dir ansiehst. Warum bist du so vergnügt?«

»Oh, soeben hat sich eins meiner Probleme gelöst. Es stimmt tatsächlich, Mary. Gottes Wege sind unerforschlich.«

»Susanna, ich sage ja bloß, du hättest mich fragen können, bevor du Johnny Reilly meinen kompletten Lebenslauf schickst.«

»Du warst gerade in Hamburg unterwegs, Adam, als Johnny anrief. Er mußte ihn umgehend gefaxt bekommen, weil Collins irgendwelche Fragen gestellt hatte.«

»Fragen! Mit anderen Worten, er wollte rausfinden, was er von mir in seinen Predigten einbauen konnte. Weißt du, was das für ein Gefühl war?«

»Nun mach mal halblang. Du bist schließlich derjenige, der in seinen Dokumentarfilmen ständig die eigene Rübe in die Kamera hält! Der ein wahrer Großmeister auf dem Gebiet der Eigenwerbung ist.«

»Miststück!«

»Arschloch!«

»Du arbeitest nicht zufällig heimlich für Bastard Bruce Clay, Susanna? Offenbar reicht es nicht, daß Collins mein Privatleben in seiner Kirche aufs Tapet bringt. Es muß auch noch ins Kabelfernsehen, wie?«

Susanna schüttelte den Kopf. »Dir sollte man wirklich einen Preis für Doppelmoral verleihen. In deinen Filmen werden die Leute reihenweise splitternackt ausgezogen, alle ihre Aufschneidereien und ihre Schattenseiten der Öffentlichkeit preisgegeben. So schlimm hat Collins *dich* keinesfalls erwischt.«

»Du hättest es mit mir absprechen müssen, bevor du meinen Lebenslauf wegschickst.«

»Hör zu, Adam. Was hättest du gesagt, wenn ich dich in Deutschland erreicht hätte?«

»Ich hätte zugestimmt!« schrie er.

»Also, warum regst du dich verdammt noch mal so auf?« schrie sie zurück.

»Weil ich dann gewußt hätte, daß er über diese Informationen verfügt.« Seine Stimme ging eine Oktave höher. »Und warum hast du ihm von dem Deal mit Deutschland erzählt?«

»Warum nicht?«

Weil es keinen Deal mit Deutschland gibt, dachte Adam, weil meine Frau das Geld aufgetrieben hat, und weil ich es weder dir noch den anderen gestanden habe und mir jetzt wie ein Betrüger und Verräter vorkomme, nachdem Millionen Menschen denken, ich sei ein Held des Glaubens. Er schmiß die Tür ins Schloß und stürmte aus dem Bungalow.

Leon wechselte rasch das Filmmagazin und nickte Adam zu. Barry drehte am Ton und nickte ebenfalls. Susanna hielt die Klappe vor die Kamera, und kurz drauf drehte sich Adam wieder zu Johnny um. Leon machte einen langsamen Schwenk durch den riesigen Raum, in dem sie gerade filmten.

»Wo sind wir hier, Johnny?«

»Dies ist der zweite Stock der Corporate Institution, in der Zentrale der Evangelistischen Gemeinschaft Patrick Collins. Das Herz des Glaubensfeldzugs.«

Dutzende von Frauen saßen an Reihen von Schreibtischen, und alle sprachen in Mikrofone. Leon, die Kamera auf der Schulter, neben ihm und etwas tiefer in Hockstellung der mit einem Mikro bewaffnete Barry, schlichen an einer Schreibtischreihe entlang, wobei sie gelegentlich anhielten, um Gesprächsfetzen aufzufangen.

»Ihren Scheck bitte auf die Gemeinschaft ausstellen. Mr. Collins nimmt keine auf ihn persönlich ausgestellten Spenden entgegen.«

Leon ging weiter.

»Ja, American Express nehmen wir gern, Sir. Wie lautet Ihre Kreditkartennummer?«

Adam wartete, während sich Leon durch den Raum vorarbeitete. Das gab eine ausgezeichnete Montage über Christentum als Großkonzern. Als er sah, daß sein Team anhielt, wandte er sich wieder Johnny zu.

»Der Betrieb kostet ja offensichtlich Geld. Wieviel? Wie viele Menschen stehen auf den Lohnlisten? Verraten Sie mir ein wenig von der Infrastruktur, Johnny.«

»Hier in der Zentrale beschäftigen wir siebenhunderteinunddreißig Personen. Weltweit haben wir weitere elfhundert Festangestellte. Diese Zahl vervierfacht sich rasch, sobald Pat auf Tour geht. Unser Jahresetat beläuft sich gegenwärtig auf dreiundsiebzig Millionen Dollar. Die Helfer auf dieser Etage sind ausschließlich mit Spendenbeschaffung befaßt. Im Erdgeschoß beschäftigt man sich mit der eingehenden Post, im Durchschnitt dreieinhalb Millionen Briefe jährlich.«

Adam hatte alle diese Informationen vor seiner Abreise aus England gründlich recherchiert, deshalb war seine vorgetäuschte Verblüffung um so beeindruckender.

»*Wie viele* Briefe jährlich?«

Johnny griff diese Reaktion dankbar auf. »Dreieinhalb Millionen. Unmittelbar nach einem im Fernsehen übertragenen Feldzug bekommen wir eine ganze Zeitlang mindestens zweihunderttausend Briefe täglich. Die Post wird in den Zentralcomputer eingescannt. Anschließend teilt man die Briefe in zwei verschiedene Kategorien ein: Spender und Nichtspender.«

»Wie ist die Quote?«

»Im Schnitt siebenundsiebzig Prozent Spender. Durchschnittliche Spende zwölf Dollar und dreißig Cent.«

Adam merkte sich, daß ihn das Team an dieser Stelle zwischenschneiden sollte, wie er das kurz im Kopf durchrechnete und dann sagte: »Das bringt Ihnen etwa dreiunddreißig Millionen Dollar im Jahr. Wie gleichen Sie den Etat aus, woher stammen die restlichen vierzig Millionen Dollar?«

Sie waren durch das gigantische offene Großraumbüro geschlendert und an einem weiten Bereich angekommen, wo ausschließlich Reihen von Computern standen.

Johnny deutete in Richtung Computerwand. »Aus verschiedenen Quellen, Adam. Beispielsweise befindet sich in diesen Computern die zentrale Anschriftendatei. Jeder Kontakt, den jemand aus irgendeinem Grund mit der Evangelistischen Gemeinschaft Patrick Collins aufnimmt, wird in der zentralen Anschriftendatei festgehalten. Und darauf aufbauend, verschicken wir Jahr für Jahr einhundert Millionen Postsendungen.«

»Alles Bittbriefe um Spenden?«

»Ja. Wenn sie beispielsweise schriftlich einige unserer Gratisbücher oder -broschüren anfordern, schicken wir die Ihnen natürlich kostenlos, bitten Sie aber, für den Glaubensfeldzug zu spenden.«

»Und die meisten tun das?«

»Ja. Gottlob, das tun sie.«

Sie durchwanderten das gesamte Gebäude mit Johnny als sachkundigem Führer. Allmählich erschloß sich Adam das Bild einer Organisation, die so glatt und reibungslos funktionierte wie eine

Schweizer Uhr. Und die war so eingestellt, wie Johnny treffend bemerkte, daß sie nur eine einzige Funktion erfüllte.

»Adam, wir bringen hier das großartigste Produkt der Welt so preiswert wie möglich unter eine möglichst große Anzahl von Menschen.«

Sie filmten die für sämtliche Mitarbeiter vorgeschriebenen Morgenandachten ab, die gemeinsame Bibellesung, die Spezialgebete des Personals mit ihren besonderen Anweisungen an den Allmächtigen.

»O Herr, hilf deinen demütigen Dienern, den Computeroperatoren, in Deinem Auftrag gute präzise Arbeit zu leisten. Mögen unsere Bemühungen und unsere Computer dieser Gemeinde noch größeren Lohn bringen.«

Sie filmten im Erdgeschoß, wo man den täglichen Niagaraschwall an Post in Empfang nahm. Jeder Brief wurde mit Computerhilfe von einer Bürokraft analysiert, die vor Beginn ihres Arbeitstages zu Gott gebetet hatte: »Laß meine Augen in den Briefen, die ich heute lese, auch noch das letzte Spendenpotential aufspüren, o Herr.« Johnny und die Bürokräfte erklärten Adam, wie ausgeklügelt die ständig eintreffende Post bearbeitet wurde.

»Wir unterstreichen zentrale Begriffe wie ›finanzielle Probleme‹, ›einsam‹, ›Alkohol‹, ›Sex‹, ›straffällig‹ und so weiter. Wir haben ein Lexikon erstellt, das wir unsere ›Hausbibel‹ nennen. Mit dessen Hilfe können wir die unterschwelligen Ängste oder Probleme erkennen, die den Schreiber belasten. Anhand der Computercodierung, die wir dem Brief verpassen, kann dann eine andere Abteilung dem Schreiber die passende Kassette schicken, die seine Bedürfnisse abdeckt.«

Das Team filmte einen Computer, der automatisch einen »passenden« Brief ausdruckte, den man der Kassette beilegte. Unterschrieben waren die Briefe mit »Patrick Collins«, von einem Unterschriftenautomaten. Daß der Prediger den Brief keineswegs persönlich unterzeichnet hatte, ließ sich nicht mehr feststellen.

Zu der Kassette und dem Brief gehörten »passende«, ebenfalls automatisch ausgewählte Verse aus der Heiligen Schrift. Hatte der Schreiber beispielsweise angedeutet, daß ihn Geldmangel beschäftigte, tröstete ihn der Prediger Salomo mit: »Wer arbeitet, dem ist der Schlaf süß, er habe wenig oder viel gegessen; aber die Fülle des Reichen läßt ihn nicht schlafen.«

Johnny sagte stolz zu Adam: »Wir können dem Computer die Daten sämtlicher Personen entnehmen, die uns je geschrieben haben, und Ihnen deren ganzes Seelenleben offenlegen.«

Nachdem Adam und sein Team zwei Tage lang in der Geschäftszentrale gefilmt hatten, setzten sie ihre Dreharbeiten in der Kirche fort. Sie filmten Johnny und andere Mitarbeiter, die stolz den mit modernster Technik ausgestatteten Hauptkontrollraum vorführten, von dem aus Ton, Kameras, Musik, Beleuchtung und Spezialeffekte gesteuert wurden; alle wichtigen Elemente der Fernsehgottesdienste. Sie filmten den Presseraum samt Schreibmaschinen, Computern und Telefonen. Patrick Collins hatte schon vor geraumer Zeit gemerkt, daß seine Botschaft auf die Medien angewiesen war. Wenn er sich auf einem Erweckungsfeldzug befand, versäumte er nie, in jeder Stadt, wo er gerade haltmachte, die wichtigen Journalisten anzurufen, mit ihnen essen zu gehen oder sich anderweitig mit ihnen zu treffen.

Johnny sagte dazu: »Es bringt nichts, wenn man die beste Seife der Stadt hat und die Leute, die sich waschen müßten, wissen nicht, daß man sie hat.«

Bei alledem fiel Adam eines deutlich auf: Das ihm zur Verfügung gestellte Material war ausnahmslos absolut unkritisch. Nie wurden unangenehme Fragen gestellt, weder an Collins noch dessen Mitarbeiter. In den gesamten Medien der USA gab es kaum einmal ein böses Wort über Patrick Collins.

Als Adam dazu vor laufender Kamera Johnny befragte, antwortete der freundlich: »Ich schlage vor, daß Sie diesen Punkt bei Ihren Interviews mit ihm anschneiden.«

Adam hatte einen ganzen Drehtag für den Verkaufsladen einge-
plant. Doch die zwölfstündigen Dreharbeiten zogen sich bis in
einen zweiten Tag.

Der Evangelist hatte ihn »SEIN Laden« genannt.

»Unter diesem Dach, Mr. Fraser, gibt es mehr Taschenbücher als
in jeder anderen Buchabteilung der USA. Nehmen wir die Diät-
bücher. Dieses hier kann ich persönlich empfehlen.« Schon in London hatte der Titel Mitch verblüfft. »›Bei mir hat Jesus das Über-
gewicht.‹ Im ersten Monat habe ich über zehn Kilo abgenommen.
Es schlägt einem ein passendes Gebet vor, wenn man zwischen den
Mahlzeiten Lust auf einen Snack bekommt.«

Es gab Bücher für alle Lebenslagen. Finanzen? Man konnte unter
anderem zwischen »Was ist aus dem amerikanischen Traum geworden?«, »Mach mehr aus deinem Geld« oder »Hier arbeitet Jesus«
wählen. Letzteres trug den Untertitel »Führende Christen aus der
Wirtschaft erzählen, wie sie mit Christus Streß, Veränderungen und
andere Herausforderungen am Arbeitsplatz bewältigen«.

Man konnte Bibel-Bingo und mit Kruzifixen bedruckte Schlipse
erwerben, die Düfte der Heiligen Schrift oder Autoaufkleber: »Der
Herr ist mein Hirte« oder »Alle Ehre dem HERRN«. Das gab es
auch auf T-Shirts, beides leuchtete im Dunkeln.

Bei jedem Einkauf zeigten die Registrierkassen die Worte: »Vielen Dank, und Gott segne Sie«.

Als Adam und sein Team schließlich aus dem Laden schwankten,
klang ihnen noch Johnnys Schlußbemerkung in den Ohren. »Vor
zwei Tagen, Adam, hat man uns eine wirklich phantastische Ehre
erwiesen. Die Öffentlichkeit weiß es noch nicht, aber Pat hat es für
Ihren Dokumentarfilm freigegeben. Das Wirtschaftsmagazin ›Fortune‹ hat die Patrick-Collins-Gemeinschaft soeben zu dem am effizientesten geführten Unternehmen der Vereinigten Staaten von
Amerika gewählt. Gelobt sei der Herr!«

Im Gästebungalow wartete eine Nachricht auf Adam. »Bitte
Oscar anrufen.«

»Von wo rufst du an?«

»Aus einem Gästebungalow auf dem Grundstück von Patrick Collins.«

»Begib dich zu einem sicheren Telefon.«

»Oscar, das ...« Er hatte aufgelegt. Adam zuckte die Achseln. Er verließ das Collins-Anwesen und fuhr auf der Suche nach einer Telefonzelle langsam durch Naples. Schließlich betrat er das Edgewater Hotel, bezahlte zehn Dollar und setzte sein Gespräch fort.

»Meine Freunde in der Zentrale hatten eine neue Anfrage von höchster Ebene, Adam.«

»So? Wen unterziehen Sie denn jetzt einer Sicherheitsüberprüfung?«

»Dich, mein Freund. Dich.«

7. Kapitel
Ehrenwort

»Dreh ungefähr eine halbe Kassette von der Gemeinde, wenn sie reingeht, Leon. Vor Gottesdienstbeginn bin ich bei euch.«

Adam ließ sein Team vor dem Kircheneingang stehen und ging zum Parkplatz. Er hatte bemerkt, daß Johnny Reilly gerade zum Gottesdienst kam.

»Johnny, haben Sie heute wieder irgendwelche Überraschungen in petto?«

Johnny sah ihn an. »Überraschungen?«

»Vorige Woche hat Pat seine Version von ›Das ist Ihr Leben, Adam Fraser‹ aufgeführt. Kommt heute Teil zwei?«

»Ha, das war doch toll, oder?« Johnny lachte. »Sie hätten Ihr Gesicht sehen sollen … Übrigens war es eine ausgezeichnete Publicity für Ihre Filme. Wissen Sie eigentlich, daß wir schon über zehntausend Briefe über Sie bekommen haben?«

Adam war verblüfft. Johnny wurde ausführlicher: »Die Leute wollten Videos über Ihre Dokumentation bestellen, sobald sie fertig ist. Das sollte ich eigentlich nicht verraten. Pat will es Ihnen persönlich sagen. Ach ja, großes Ehrenwort: Keine Überraschungen.«

»Richten Sie Pat doch bitte aus, daß ich für die Publicity sehr dankbar bin.«

»Ist uns ein großes Vergnügen, Adam. Wir sehen uns nach dem Gottesdienst.«

Einer von Collins' zentralen Glaubenssätzen lautete, alle großen Weltreligionen seien lediglich Variationen eines einzigen Themas: es gebe nur einen Gott, aber viele legitime Glaubensrichtungen. Sein dazu passender Aphorismus wurde gern zitiert: »Es ist egal, welches Rezept man nimmt. Alle stammen von demselben Koch, und es kommt stets derselbe Kuchen dabei heraus.«

Glauben hing für Collins mit Gottes übernatürlichen Kräften zusammen. Wer wirklich glaubt, so verkündete Collins, dem ist tatsächlich alles möglich: die Kranken würden geheilt, die Armen reicher, die Einsamen schließen Freundschaften, und die Obdachlosen bekämen ein Dach über dem Kopf. Der Glaube verleihe dem Willen Flügel.

Die Teilnahme an einem Gottesdienst des Evangelisten war eine außergewöhnliche Erfahrung. Einige Leute redeten in fremden Zungen, andere begannen zu zucken und fielen mit ausgebreiteten Armen auf den Kirchenboden. Manche warfen ihre Krücken weg, stiegen aus dem Rollstuhl und riefen, Gott habe sie geheilt.

Collins behauptete nie, diese Wunder seien sein Werk. Er war bestrebt, sich und seine Kirche von Glaubensheilungen zu distanzieren. Doch je öfter Collins erklärte, diese Vorkommnisse seien für ihn genauso geheimnisvoll wie für jeden anderen auch, desto eher glaubten die Leute das Gegenteil. Und das Paradoxe war: Weil Collins nicht davon profitieren wollte, floß das Geld seiner Gemeinschaft zu.

Adam wußte, daß schon andere versucht hatten, hinter Collins' Organisation heimliche Motive zu entdecken. Sie waren alle gescheitert. Sie alle waren, so oder so, bekehrt worden. Fraser war wild entschlossen, es anders zu machen, nicht lockerzulassen, bis er die geheimen Hintergründe aufgedeckt hatte. Aufmerksam hörte er der Predigt zu.

»Es ist kein Geheimnis, daß ich ein begeisterter Golfspieler bin. Es ist auch kein Geheimnis, daß Golf offenbar von mir weniger begeistert ist. In einigen der schönsten Gegenden der Welt habe ich zwischen fünfundachtzig und fünfundneunzig Schläge pro Runde gebraucht. Vor einiger Zeit spielte ich auf einem Platz in Colorado.

Wunderschönes Eckchen, Englewood mit Namen. Zu meiner großen Überraschung war ich mit drei Schlägen auf dem ersten Grün. Ich rede hier von einem Par-fünf-Loch, Leute. Vielleicht zum erstenmal in meinem Leben war ich ziemlich sicher, mit einigen Par und mit ein wenig Glück sogar ein Birdie spielen zu können. Der Ball lag ideal, keine drei Meter links von der Flagge entfernt, ein wenig tiefer. Was glaubt ihr, was geschah?«

Collins hatte diese Frage ganz natürlich gestellt, beiläufig. Adam war von der Professionalität beeindruckt, als ein Mann in der ersten Reihe antwortete. Adam hatte bemerkt, daß sich die Fernsehkameras schon auf ihn richteten, noch bevor die Frage gestellt war. »Sie haben ihn verfehlt«, sagte der Mann, begleitet von lautem Gelächter, in das Collins einstimmte.

»Das können Sie aber laut sagen, Sir«, sagte er. »Völlig richtig. Aber wissen Sie auch, warum?«

Der Stichwortgeber in der ersten Reihe schüttelte den Kopf.

»Ich habe ihn verfehlt, weil gerade als ich den Ball schlagen wollte, eine Strumpfhose in die Luft flog, direkt aus der Erde. Kurz darauf stieg aus einem anderen Teil des Grüns eines Kühltruhe – ein amerikanisches Fabrikat – aus dem Erdboden empor.«

Collins hielt sie fest im Griff, jeden einzelnen Gottesdienstbesucher. Es war mucksmäuschenstill, niemand rührte sich.

»Von meinen Mitspielern abgesehen, leisteten uns da draußen wohl, na, ein Dutzend oder mehr liebe Mitmenschen Gesellschaft. Ich guckte sie an, um mich zu vergewissern, ob sie auch sahen, was ich sah. Die Kühltruhe – das gute Stück war weiß mit schwarzem Rand – ragte mittlerweile etwa einen Meter aus dem Boden und kam immer weiter raus. Ich stellte mich wieder schlagbereit zum Ball.«

Gelächter kam auf.

»Aber dann, meine Freunde, aber dann. Das Loch, die Fahne, der Caddie verschwanden einfach. Zu sehen waren nur noch eine Strumpfhose und eine weiße Kühltruhe mit schwarzem Rand.«

Die Leute lachten Tränen, manche juchzten, andere schrien.

»Ich kann euch sagen, wir rannten also rüber, zogen mühsam den Caddie aus der Erde und suchten das Weite.«

Der Prediger stimmte kurz in das Gelächter ein, sah dann erstaunt nach unten, kopfschüttelnd. Das hatte im Nu zur Folge, daß die gesamte Gemeinde verstummte.

»Wie sich herausstellte, war der Golfplatz auf einer riesigen Müllhalde angelegt worden, auf verfaulendem Abfall. Man hatte den Platz auf rekultiviertem Land angelegt. Oberflächlich betrachtet war es eine wunderschöne Sache, Bäume, Wald, Rasen, Seen. Einfach herrlich. Aber darunter lag ein ekliger, widerwärtiger, stinkender Haufen Müll. Kommt euch das bekannt vor? Erinnert euch das an jemanden, den ihr kennt? Vielleicht an jemanden, den ihr sehr gut kennt? Vielleicht an *euch selbst?*«

Collins kam in seinen Rhythmus. Er redete schneller, machte sich die Macht von Wiederholungen zunutze.

»Man muß diesen Golfplatz in Englewood auseinandernehmen. Man muß entweder den Müllberg ausgraben und vernichten, oder eine andere Stelle finden, um einen Golfplatz anzulegen. Wißt ihr, in diesem Land laufen viele Menschen, und damit meine ich wirklich viele Menschen, ich meine Tausende, nein Hunderttausende, nein, Millionen Menschen herum, und wenn man sie anschaut, wenn man sie betrachtet, na, die sehen so toll aus, so hübsch, so schön. Brave Menschen mit einem soliden Lebenswandel. Aber wenn ihr in sie hineinsehen, wenn ihr nur ein Stückchen unter der Oberfläche graben könntet, ihr wärt entsetzt von dem Schmutz, den ihr zu sehen bekämt. Ihr wärt erschüttert. Ihr bekämt es mit der Angst zu tun. Vielleicht ist es wirklich besser so, daß ihr nicht in die Herzen und Hirne unserer Mitbürger sehen könnt. Aber Christus kann es. Christus tut es. Christus sieht das Innere aller Menschen. Ob sie es wollen oder nicht. Er sieht direkt hinein, nicht nur unter die Oberfläche, sondern bis hinein in den entlegensten Winkel. In die Abgründe der Seele. Die schwarze Seite der Seele. Und die gibt es, o ja, in jedem einzelnen von uns.«

Die Macht dieser Predigt verstörte Adam. Collins hatte in seine Schattenseite geschaut und sie berührt. Adam fühlte den Wunsch, laut herauszuschreien, daß es ihn nach Vergebung verlangt, daß er öffentlich seine Sünden bekennen wollte. Er schüttelte den Kopf, als er sich in einem Augenblick der Panik selbst kurz aufschreien hörte. »Ich habe gesündigt. Ich habe gesündigt.« Doch eine Welle der Erleichterung durchlief seinen Körper, als ihm klar wurde, daß nicht er es war, der rief, sondern ein Gemeindemitglied. Dann noch eins, und noch eins. Schließlich riefen zahlreiche Leute im Chor, sie hätten sich versündigt, sie wollten Vergebung erlangen.

Adam konnte nicht erklären, was ihn so gepackt hatte. Vielleicht war er von der kollektiven Hysterie mitgerissen worden, die offenbar zu solchen Gottesdiensten gehörte. Ihm war nur klar, daß man sich von solchen Veranstaltungen besser fernhielt. Mittlerweile drängten immer mehr Leute nach vorn. Patrick Collins hatte den Kopf tief zum Gebet gesenkt. Er schaute auf und hob die Hände. Adam wechselte einen Blick mit Leon am anderen Ende der Kirche. Leon wußte Bescheid, die Kamera richtete sich auf Collins und dessen nun hoch erhobene Hände.

»Wer nun mich bekennet vor den Menschen, den will ich bekennen vor meinem himmlischen Vater. Wer mich aber verleugnet vor den Menschen, den will auch ich verleugnen vor meinem himmlischen Vater. Ihr sollt nicht wähnen, daß ich gekommen sei, Frieden zu senden auf die Erde. Ich bin nicht gekommen, Frieden zu senden, sondern das Schwert.«

Adam merkte plötzlich, wie er schwitzte. Er stand auf und hastete aus der Kirche.

»Ich weiß nur, daß ich schon überprüft wurde, *bevor* Collins letzten Sonntag der Nation verraten hat, wer wir sind und was wir hier machen.«

»Und was ist mit uns, Adam? Läßt dieser Jemand auch die Jungs und mich überprüfen?« fragte Susanna.

»Ich habe meinen Freund gebeten, das rauszufinden. Falls möglich.«

Sie schlenderten in der Nähe der Gästebungalows über das Gelände. »Könnte es unser Gastgeber sein, Adam?« sagte Leon.

Adam schüttelte den Kopf. »Jemand hat auch Collins überprüfen lassen.«

Susanna blieb stehen. »Derselbe?«

»Ja.«

Sie gingen weiter, vorbei an den leeren Tennisplätzen. Adam streckte die Hand aus und hakte einen Finger in den Maschendraht. »Da wäre noch etwas. Mein Gewährsmann nimmt an, daß unsere Bungalows sehr wahrscheinlich verwanzt und die Telefone angezapft wurden.«

Susannas Entrüstung ließ nicht lange auf sich warten. »Entzückend. Verflucht noch mal. Was haben sie damit vor? Highlights von uns beim Zähneputzen veröffentlichen?«

»Würdest du gerne genau wissen, ob wir abgehört werden?« fragte Barry.

Trotz der ernsten Lage mußte Adam lächeln. So eine Frage konnte nur Barry stellen. »Ja, Barry. Das wäre nützlich. Wie sollen wir das deiner Meinung nach rauskriegen?«

»In England habe ich ein Gerät, damit spürt man jede Veränderung des elektrischen Niveaus auf, selbst eine von wenigen Millivolt.«

Leon schüttelte den Kopf. »Ist ja toll, Barry. Dann lungern wir halt ein paar Tage hier rum, während du mal kurz nach London düst.«

Barry musterte Leon lange und durchdringend, ehe er sich wieder Adam zuwandte.

»Was ich sagen wollte war: Mit Sicherheit ließe sich so ein Gerät in Miami problemlos auftreiben.«

»Das wird aber eine anstrengende Fahrt.«

Leon war schon unterwegs in Richtung Parkplatz.

»Ich kriege in jedem Bungalow die gleiche Anzeige. Sämtliche Telefone werden abgehört, und in jedem Bungalow befinden sich noch weitere Wanzen.«

Es war Sonntag abend. Barry und Leon hatten ihre Suche soeben beendet, und es war Zeit für einen Kriegsrat am verwaisten dritten Grün von Collins' Neun-Loch-Golfplatz.

»Kannst du alle aufspüren, Barry?«

»Schon geschehen.«

Die anderen warteten, während Adam hin- und herging. Schließlich wandte er sich den anderen zu.

»Morgen fliegen wir nach Boston. Nach Florida kommen wir nicht vor Ende Juli zurück. Vor unserer Rückkehr unternehmen wir nichts wegen der Wanzen. Wenn wir sie jetzt entfernen, warnen wir bloß den, der sie angebracht hat. Benehmt euch einfach ganz normal, bis es soweit ist.«

»Moment mal. Worauf lassen wir uns hier eigentlich ein?« fragte Leon. »Wir sind schließlich nicht in Vietnam Ende der siebziger oder im Libanon in den achtziger Jahren. In solchen Gegenden haben wir erwartet, daß man uns ausspioniert. Aber das hier sind die USA, Adam! Ich will wissen, was los ist.«

Zustimmendes Gemurmel von Susanna und Barry. Fraser war genauso unbehaglich zumute wie seinem Team. »Ich wünschte, ich wüßte es. Aber wir sollten mitspielen, bis wir aus Boston wiederkommen. Vielleicht hat man es gar nicht auf uns abgesehen. Vielleicht überwacht jemand den Reverend, und weil wir gerade da sind, sind wir mit dran.«

Susanna drückte seinen Arm. »Mir ist der normale Ablauf lieber, Adam. Wenn *wir* die Recherche übernehmen.«

Sobald das Flugzeug seine Reisehöhe erreicht hatte, sah Adam zu Barry hinüber, der an seinem Tonbandgerät herumfummelte. Er überprüfte mehrere Skalen, bis er richtig zufrieden wirkte. »Die Hintergrundgeräusche bewegen sich im akzeptablen Rahmen.«

Leon kniete auf dem Sitz hinter Adam. Er filmte über Frasers rechte Schulter in Richtung eines Couchtisches, wo Patrick Collins mit dem Gesicht zur Kamera saß. Adams Texttafeln waren nicht im Bild, sie lagen auf seinem Schoß. Neben ihm und ebenfalls nicht im Bild saß die mit Klemmbrettern und Stoppuhren bewaffnete Susanna. Collins sah sich in aller Ruhe die hektischen Vorbereitungen des Filmteams an.

»Hoffentlich finden Sie hier alles, was Sie brauchen, Adam.«

»Wir sind begeistert, Pat. Ein regelrechtes fliegendes Studio.«

»Gut. Wir haben das Flugzeug umbauen lassen, um es medienfreundlicher zu gestalten.«

Gerade wollten sie anfangen zu drehen, als Collins die Hand hob. »Einen Augenblick, bitte.«

Er faltete die Hände und schloß die Augen. Adam gab Barry und Leon rasch ein Zeichen, daß sie aufnehmen sollten.

»Vater im Himmel, weise mir den Weg zu ehrlichen Gefühlen, klaren Gedanken und vor allem zur Wahrheit, wenn ich jetzt diese Fragen beantworte. Amen.«

Collins öffnete seine erstaunlich meergrünen Augen, und Adam fragte sich wieder einmal, ob der Mann farbige Kontaktlinsen trug. Der Erweckungsprediger zeigte mit einer Handbewegung an, daß er bereit war.

»Sagen Sie, Pat, beginnen Sie jedes Interview mit einem Gebet?«

»Allerdings. Aber ich bemühe mich, jede neue Unternehmung eines Tages mit einem Gebet zu beginnen. Das hilft mir dabei, mich auf meine Aufgabe zu konzentrieren.«

»Und was ist Ihre Aufgabe?«

»Dem Herrn zu dienen.«

Adam hakte rasch nach. »Ja, genau darüber, wie Sie dem Herrn dienen, werden wir noch eine Menge zu reden haben. Aber erzählen Sie mir doch zuerst von Ihren privaten Regeln.«

Collins grinste. »Ah ja, was ich das Evangelium des Elmer Gantry nenne. Mir ist vor langer Zeit klargeworden, daß es dreierlei gibt, was einen Möchtegern-Evangelisten sehr oft erledigt oder ihn straucheln läßt. Drei Fallen, denen man aus dem Weg gehen muß. Erstens: Geld. Einen Großteil meines Lebens habe ich damit verbracht, andere um Geld zu bitten, und ich kann zu meiner Freude sagen, wenn die Menschen dem Herrn ihre Herzen öffneten, öffneten sie mir ihre Geldbeutel, Brieftaschen und Bankkonten. Ich möchte unbedingt betonen, daß von dem Geld, das durch meine Hände ging, nichts dort kleben blieb. Um jeder Versuchung aus dem Weg zu gehen, habe ich deshalb die Patrick-Collins-Gemeinschaft ins Leben gerufen. Sie hat einen Verwaltungsrat, die Bilanzen werden veröffentlicht, und Sie können mir doch hoffentlich bestätigen, daß ein seriöser Enthüllungsjournalist, wie Sie es sind, freien Zugang zu diesen Unterlagen gewährt bekam?«

Adam war beeindruckt. Ein cleverer Schachzug, sich gleich zu Beginn des Verhöres ein dickes Lob von seinem Inquisitor abzuholen.

»Ich bestätige sehr gern, daß ich bisher jede Information bekam, um die ich gebeten habe. Was ist die zweite Falle?«

Collins wirkte ernst. »Sex. Die Moral. Ich habe gelobt, soweit irgend möglich, mit keiner anderen Frau außer meiner Mutter oder meiner Ehefrau allein zu sein. Nehmen wir meine Sekretärin. Weder im Auto noch beim Spaziergang oder beim Essen war ich je mit ihr allein.«

Adam nickte mitfühlend. »Um nicht in Versuchung geführt zu werden?«

Geschickt umging Collins den Hinterhalt. »Lieber Himmel, nein. Um nicht kompromittiert zu werden. Es hat solche Versuche gegeben, erst auf meiner letzten Reise zwei.«

»Wollen Sie damit sagen, Sie seien noch nie in Versuchung geführt worden?«

Der Gottesmann schüttelte den Kopf. »Nein, keineswegs. Ich bin so anfällig wie jeder Mann, aber Versuchung des Fleisches – nein. Noch nie.«

»Und die dritte Falle, der man aus dem Weg gehen muß?«

»Die dritte Falle ist die gefährlichste. Hoffahrt. Die Sünden des Stolzes und der Selbstüberschätzung.«

Wie rasch Collins die dritte Frage abgehandelt hatte, kam Adam irgendwie verdächtig vor. Beiläufig fragte er nach: »Warum ist Stolz die gefährlichste Fallgrube, vor der man sich hüten sollte?«

Collins sah ihn unverwandt an. »Wenn man wie ich im Madison Square Garden, im Shea-Stadion oder, in Ihrem Heimatland, im Wembley-Stadion steht; wenn man zu vielleicht hunderttausend Menschen spricht, zu ihnen predigt, wenn man weiß, daß man eine kurze Zeitlang Macht über diese Menschen hat.«

Collins richtete seinen Blick in die Ferne. Adam rührte sich nicht.

»Wenn man zu der riesigen Versammlung sagt: ›Ich will vortreten und Zeugnis ablegen‹ oder: ›Und jetzt ihr alle, die ihr Umschläge mit Opfergaben habt. Haltet sie hoch. Na los, hoch damit.‹ Und wenn man dann im nächsten Moment ein weißes Meer sieht, Welle auf Welle weiße Umschläge. Wenn man dann zu derselben Menschenmenge sagt: ›Und jetzt haltet die Dollars hoch, die ihr spenden wollt. Hoch das Geld, das ihr dem Herrn geben wollt.‹ Und wenn man gleich darauf ein Meer aus Grün sieht, und zwar überall, hoch oben im Lichtkegel, das sich bis nach unten zum Boden ergießt und wie ein unwiderstehlicher grüner Ozean quer durch das Stadion braust und in Richtung Podium anbrandet, auf mich zu. Ich bin die Zuhörer, und die Zuhörer sind ich. Wenn man das erlebt hat, dann ist Gott tatsächlich in einem. Die Macht Gottes durchläuft deinen Körper. Man wird von religiöser Ekstase verzehrt.«

Collins nahm sich zusammen, richtete seine strahlenden Augen wieder auf Adam.

»Und das ist der gefährlichste Augenblick für einen Prediger. Es wäre leicht, schrecklich leicht, nach einem solchen Ereignis zu glauben, man sei ein wirklich wichtiger Mensch, jemand ganz Besonderes. Diese Vorstellung muß man entschieden zurückweisen.«

Lange Zeit, so schien es, sagte keiner ein Wort. Dann flüsterte Leon in Adams Ohr: »Ich muß die Kassette wechseln.«

Das Angebot, in der Collinschen Villa in Brookline zu wohnen, hatte Adam Fraser höflich abgelehnt.

Daß die Zimmer, die Adam im Copley Plaza hatte reservieren lassen, verwanzt waren oder die Telefone abgehört wurden, war unwahrscheinlich. Natürlich sah Oscar das wieder einmal ganz anders.

»Wann gewöhnst du dir endlich an, ein sauberes Telefon zu benutzen?«

»Komisch, daß du das sagst. Weißt du noch, wie du mir neulich erzählt hast, an Pat Collins' Stelle würdest du dafür sorgen, daß mein Telefon angezapft wird?«

»Erzähl weiter.«

»Es ist angezapft. Und unsere Zimmer sind verwanzt.«

»Was habt ihr gemacht?«

»Wir haben alles gelassen, wie es war. Zu Collins oder seinen Leuten haben wir nichts gesagt. Aber meine Mitarbeiter wüßten gern, ob sie auch von derselben Person durchleuchtet werden, die mich und Collins überprüft hat. Kannst du das rausfinden, wenn ich dir die Details per Modem schicke?«

»Das dauert einen Monat. Aber schick ruhig die Einzelheiten. Ich hätte zum Beispiel gern möglichst viele technische Daten über die Wanzen. Vielleicht bringt uns das auf eine Spur. Hast du einen Waffenschein?«

»Oscar, ich bin Engländer.«

»Was soll das nun wieder heißen?«

»Wir tragen keine Schußwaffen. Na, wenigstens die meisten von uns.«

»Lieber Himmel, kein Wunder, daß ihr das Empire verloren habt. Schick mir deine Reiseroute mit den erwähnten Details. Und sei vorsichtig.«

»Johnny, schon mal von einem gewissen Andrew Sinclair gehört?
Vorstandsvorsitzender von Corporate America?«

Der Prediger und Johnny Reilly saßen in der Bibliothek von Collins' Bostoner Haus.

»Würdest du das Wall Street Journal lesen«, sagte Reilly, »müßtest du mich das nicht fragen. Er ist der Chef einer der größten Unternehmensberatungen des Landes. Wieso?«

»Er hat um einen Termin gebeten. Mit besten Empfehlungen.«

Reilly lachte. »Vielleicht hat er von dem Artikel im *Fortune*-Magazine gehört, in dem man uns das am effizientesten geführte Unternehmen der Vereinigten Staaten nennt. Vielleicht will er sich von dir beraten lassen?«

»Vielleicht. Bevor ich ihn zurückrufe, möchte ich ihn überprüfen lassen. Pentagon, Langley, unsere Freunde in Washington.«

»Sagtest du nicht, er hätte beste Empfehlungen?«

»Das stimmt. Es schadet aber doch nichts, wenn wir ihn auch selbst ein wenig überprüfen, oder?«

»›Und jetzt haltet ihr die Dollars hoch, die ihr spenden wollt. Hoch das Geld, das ihr dem Herrn geben wollt.‹ Und wenn man gleich darauf ein Meer aus Grün sieht, und zwar überall, hoch oben im Lichtkegel, das sich bis nach unten zum Boden ergießt und wie ein unwiderstehlicher grüner Ozean quer durch das Stadion braust und in Richtung Podium anbrandet, auf mich zu ... «

Andrew Sinclair saß im Heck seines Bootes und hörte sich an, was Collins mit Adam sprach. Die Qualität war hervorragend. Das Flugzeug war tatsächlich medienfreundlich.

Sinclair drückte auf Pause und las ein Schriftstück zu Ende, das Roberto kopiert hatte, als er das letztemal der Entwicklungsabteilung einer kleinen Firma in Amarillo außerhalb der Dienststunden einen Besuch abstattete. Robertos Einbruchs-Team hatte den Jackpot noch nicht geknackt. Als Sinclair über das Problem nachdachte, fiel ihm eine mögliche Lösung ein. Er würde ein verschlüsseltes Fax an Philip Hyde schicken müssen, das in London ansässige Vorstandsmitglied von Andino. Auf der letzten Jahreshauptversammlung hatte Philip einen jungen Mann aus Glasgow erwähnt, den man engagieren könnte. Der besäße die einzigartige Fähigkeit, in jedes Computersystem der Welt eindringen zu können, besonders in das des Pentagons.

Sinclair fragte sich, ob Adam Fraser wohl erkannt hatte, was dieser Teil seiner Interviews mit dem Evangelisten in Wahrheit verriet. Die Bänder mit dem Filmmaterial des Teams aus Boston hatten sonst nichts von Belang ergeben. Doch eines ließ Sinclair keine Ruhe. Wer war Oscar?

»Sie hatten einen Studienabschluß am Boston College. Sie wollten gerade ein Hauptstudium in Jura aufnehmen. Mit besten Aussichten. Auf all das haben Sie verzichtet. Zu einer Zeit, als Tausende Ihrer Generation die Einberufung zu umgehen versuchten, wären Sie wegen Ihres Jurastudiums automatisch zurückgestellt worden. Sie haben darauf verzichtet und sich statt dessen freiwillig zum Kriegsdienst nach Vietnam gemeldet. Warum?«

Sie waren wieder in Florida, filmten auf der Terrasse der Collinsschen Villa.

Collins dachte eine Weile über die Frage nach, ehe er mit einer rhetorischen Gegenfrage antwortete: »Warum ich nach Vietnam ging? Darauf gibt es keine flotte Patentantwort. Irgendwie hielt ich es für meine Pflicht, als Amerikaner und Katholik. Ich glaubte, wenn der Vietnamkrieg überhaupt einen Sinn hatte, dann den, den Kommunismus in die Schranken zu weisen. Damals war ich zwanzig Jahre alt. Man schrieb die sechziger Jahre. Das waren andere Zeiten, es galten andere Werte. Falls es einen speziellen Grund gab, dann wohl einen so simplen und elementaren wie John Murphys Tod.«

Collins hielt inne. Adams Gesichtsausdruck signalisierte die Frage: »Wer war John Murphy?«

»John Murphy war eine junger Mann, den ich sehr bewunderte. Er war ein Jahr vor mir aufs College gekommen. Er war eine seltene Kombination aus Spitzenstudent und Spitzensportler. John kam aus Charlestown, eine kleine irisch-amerikanische Gemeinde, wie Sie vielleicht wissen. Ein Jahr vor mir meldete sich eine ganze Gruppe von dort freiwillig zum Militär. Am selben Tag, als ich meinen Uni-Abschluß machte, hörte ich, daß der Vietcong John Murphys Zug ausgelöscht hatte. Fünf der Leute kamen aus Boston. Am selben Tag meldete ich mich als Freiwilliger.«

In seiner Stimme war nichts von Euphorie zu spüren. Während Collins von Leben und Tod sprach, von dem Irrsinn des Krieges, zögerte er, wirkte beinahe unsicher.

»Ja, mein Glaube, mein katholischer Glaube war stark, als ich nach Südostasien kam; nein, dieser Zustand hielt nicht sehr lange an. Meine Erfahrungen in Vietnam ließen mich einige drängende Fragen stellen. Was wollte Gott in Vietnam erreichen? Wollte Er beweisen, daß die Menschheit grausam, bestialisch und bösartig sein konnte, daß sie morden und massakrieren konnte?«

Adam fielen Bilder ein, die er an dieser Stelle zwischenschneiden konnte. »Das nackte Napalmmädchen«, »Die Erschießung, Pistole an der Schläfe«, »My Lai« ... »My Lai«. Adam sah zu, wie Collins sich vorbeugte, die Hände wie zum Gebet erhoben, und hörte ihm zu, wie Collins die Geschichte des Massakers My Lai erzählte. Wie Calleys Zug unbewaffnete Vietnamesen erschlug, verbrannte, niedermetzelte, alte Männer, Frauen, Knaben, Mädchen, Babys. »Er wurde zu einer lebenslangen Zuchthausstrafe verurteilt. Präsident Nixon intervenierte. Calley wurde lediglich drei Jahre eingesperrt, die meiste Zeit davon stand er in seiner Wohnung in Fort Benning nur unter Hausarrest. Seine Freundin durfte ihn besuchen.«

Collins hatte die Einzelheiten in bitterem, wütendem Tonfall vorgetragen. Fraser meldete sich beiläufig, mit unbeteiligter Stimme zu Wort: »So oder so hatten wir alle unsere My Lais ... Durch ein gedankenloses Wort, ein überhebliches Auftreten oder eine egoistische Tat.«

Nur mit Mühe gelang es Collins, ruhig und in normaler Lautstärke zu antworten. »Eine unchristlichere Aussage habe ich in meinem ganzen Leben noch nicht gehört! Das glauben Sie doch wohl nicht im Ernst?«

Wieder sah Fraser ihn unverwandt an. »Nein, das glaubt Billy Graham. Damit hat er My Lai gerechtfertigt und abgetan.«

Collins war wie vom Donner gerührt. »Wissen Sie das genau, Adam?«

»Aber ja, ganz genau. Das Originalzitat steht im *Charlotte Observer*.«

Collins bemühte sich, einen Rückzieher zu machen. »Nun ja, Billy hatte wohl seine Gründe, so etwas zu sagen.«

Adam ließ nicht locker, wollte den Prediger unbedingt festnageln. »Aber Sie würden zustimmen, daß es eine unchristliche, unmoralische Position ist?«

Damit hatten sie ihn, das wußte Collins. Da gab es kein Entrinnen. »Ja, doch.« Einen Augenblick lang wurde Collins nachdenklich. »Ich habe Billy Graham in Vietnam kennengelernt. Weihnachten 1966 war er von General Westmoreland eingeladen worden. Ich besuchte einen Gottesdienst, den er Heiligabend in An Khe im zentralen Hochland hielt. Wir waren etwa zehntausend Leute. Ich weiß noch, wie einer aus seiner Gruppe ›Ich hörte die Weihnachtsglocken läuten‹ sang. Ich für mein Teil hörte, wie am ersten Weihnachtstag der Vietcong auf mich schoß.«

Adam blickte in seine Notizen. »Und jetzt wüßte ich gern von Ihnen, was 1968 während der Tet-Offensive in der Nähe von Khe Sanh passierte.«

Abrupt stand Collins auf und ging über die Terrasse bis zu der Stelle, wo Johnny Reilly saß. Leon war ihm mit einem Schwenk gefolgt. Barry machte eine verzweifelte Geste. Reilly hatte kein Mikro angeklemmt. Collins kniete sich hin.

»Willst du das wirklich, Johnny?«

Reilly blieb ruhig. »Ja, ist schon gut, Pat. Mach weiter.« Er nahm die Hand des Evangelisten, der kehrtmachte, erneut die Terrasse überquerte und wieder Platz nahm.

»Verzeihen Sie, Adam.«

»Ist schon gut, Pat.«

Collins betrachtete ihn ein Weilchen. Dann atmete er tief durch, als müsse er sich sammeln, und redete weiter. Wieder war von Kanzelauftritt nichts zu spüren, da quälte sich jemand wirklich mit seinen schrecklichen Erinnerungen ab.

»Ich befehligte einen Dschungelspähtrupp während einer Aufklärungsmission in Khe Sanh. Fünftausend Marines saßen fest, belagert von fünfundzwanzigtausend nordvietnamesischen Soldaten. Meine Aufgabe war die Feindaufklärung. Das Problem war nur, daß man uns falsche Informationen über die Positionen des Feindes gegeben hatte. Wir marschierten schnurstracks in einen Hinterhalt. Wir waren zu zehnt. Schwer zu sagen, wie viele uns gegenüberstanden. In späteren Schätzungen war von fünfundzwanzig bis vierzig die Rede. Achtzehn waren es mindestens. So viele haben wir nämlich getötet.«

Collins war offensichtlich verstört, bemühte sich aber, Haltung zu bewahren. Leon nahm Blickkontakt mit Adam auf und hielt fünf Finger hoch. Er hatte nur noch fünf Minuten Film in der Kamera.

»Sie töteten acht meiner Männer. Ich war verwundet. Kugeln in Brust und Beinen. Nur Johnny Reilly war als einziger noch unverletzt und heil. Es war nur eine Frage der Zeit, bis der Vietcong wiederkam, und zwar mit viel mehr Leuten. Ich befahl Johnny, zum Stützpunkt zurückzukehren. Er antwortete, er werde dem Befehl Folge leisten, wenn ich mitkäme. Ich konnte nicht gehen. Übrigens bin ich einen Meter achtundachtzig groß und wog damals einundachtzig Kilogramm. Und John, Sie wissen ja, wie groß John ist. Eins achtzig, und damals wog er, na, fünfundvierzig Pfund weniger als ich. Er hob mich hoch, packte mich quer über die Schultern und machte sich Richtung Süden auf den Weg. Wir waren etwa fünf Kilometer vom vereinbarten Treffpunkt entfernt. Er hatte ziemlich genau drei Kilometer geschafft, als uns der Vietcong einholte. Als John sich bückte, um mich abzusetzen, erwischte es ihn. Viel Lärm hat er nicht gemacht. Nur gegrunzt. Wir setzten uns hin, Rücken an Rücken. Woher sie auch kamen, wir wandten ihnen immer das Gesicht zu. Als uns die Helikopterbesatzung schließlich ausfindig machte und die restlichen Vietcong vertrieb, hatten wir beide siebenundzwanzig Männer getötet.«

Dem Evangelisten liefen Tränen über die Wangen. Er rief über die Terrasse: »John, komm bitte rüber. Komm her.«

Reilly zögerte kurz, setzte dann die Räder seines Rollstuhls in Bewegung und fuhr über die Terrasse. Collins legte seinem Freund einen Arm um die Schultern. »›Niemand hat größere Liebe denn die, daß er sein Leben läßt für seinen Freund‹. Die Kugel, die John traf, durchtrennte sein Rückenmark, so daß er von der Hüfte abwärts gelähmt wurde. In jener Nacht, tief im Dschungel von Khe Sanh, waren wir zu dritt auf der kleinen Lichtung. Ich weiß, daß Gott da war, als John mich irgendwie hochhob und mit über achtzig Kilogramm auf dem Rücken nicht nur ein paar Meter zurücklegte, sondern volle drei Kilometer. Ich verdanke ihm mein Leben. Vielleicht fragen Sie besser John danach.«

Barry hatte schon ein kleines Mikrofonstativ neben Reilly aufgestellt. Adam sah Reilly an.

»Gott war ganz bestimmt da. Das steht fest. Ich weiß nicht, woher ich sonst die Kraft für diesen Marsch genommen habe, wenn nicht von Gott. Aber ganz gleich, was ich in dieser Nacht für ihn getan habe, Pat hat Ihnen verschwiegen, daß er mir mit Sicherheit das Leben gerettet hat. Es stimmt, nachdem ich getroffen wurde, haben wir beide Rücken an Rücken dagesessen, doch später wurde ich bewußtlos. Pat hielt dann allein die Vietcong in Schach, bis uns die Hubschrauberbesatzung fand. Man kann also sagen, daß jeder den anderen gerettet hat.«

Leon machte verzweifelte Handzeichen. Er hatte kaum noch Filmmaterial.

»Und Schnitt.«

Jetzt hatte er eine phantastische »Damaskuserlebnis«-Sequenz für die Dokumentation.

Adam wandte sich Collins und Reilly zu. »Ich kann Ihnen gar nicht genug danken. Das war bewegend und sehr begeisternd. Wir sind zwar erst am Anfang, aber ich glaube, Sie haben mir soeben das Herzstück der Patrick-Collins-Story geliefert.«

»Das freut mich zu hören.« Collins wirkte erleichtert. »Wenn Sie mich jetzt entschuldigen würden, ich muß einen Besucher begrüßen.«

Das Team schlenderte zu den Bungalows zurück. »Ich glaube, wir haben ein paar ganz hervorragende Einstellungen auf Film, falls Susanna auf die Bildschärfe geachtet hat«, sagte Leon.

»Hab' ich natürlich versäumt, logisch, Leon. Kaum hast du weggesehen, habe ich sofort Johnny Reilly unscharf gestellt. Die Hände, Adam, achte mal auf Johnnys Hände, während Collins seine Geschichte erzählt. Ich dachte, er bricht sich die Knöchel.«

Collins hatte inzwischen mit seinem Gast die Terrasse betreten.

»Verzeihen Sie den ganzen Trubel, Andrew. Ich habe hier ein Team, das einen Dokumentarfilm dreht.«

Andrew Sinclair verschwendete keine Zeit. »Der Engländer, Adam Fraser. Ich habe letzten Monat gesehen, wie Sie ihn bei Ihrem Fernsehgottesdienst vorgestellt haben.«

»Stimmt. Sehen Sie die Sendung regelmäßig?«

»Aber gewiß doch, Pat. Und zwar seit fast drei Jahren.«

»Das hört man gern. Also, wir können uns hier unterhalten oder durch die Anlage bummeln, wenn Sie möchten. Dann könnten wir im Pavillon etwas trinken. Von da aus hat man einen freien Blick bis hinunter zum Golf.«

Sinclair sah sich auf der mit Filmkameras und Mikrofongalgen übersäten Terrasse um. »Das mit dem Pavillon klingt großartig.«

Sinclairs Eröffnungsgambit hätte von Machiavelli sein können: »Pat, ich wäre Ihnen sehr verbunden, wenn Sie freundlicherweise in einem kurzen Gebet Gott bitten würden, diese Besprechung zu segnen.«

Der Prediger war begeistert. Er schloß die Augen und senkte den Kopf. »Vater im Himmel, wir bitten Dich, Deine hier versammelten Diener wohlwollend zu betrachten. Möge uns die Frucht Deines Segens zuteil werden. Jetzt, in diesem Augenblick wollen wir Dich ehren. Amen.«

»Amen. Ich danke Ihnen von Herzen.«

»Ich muß gestehen, Andrew, Sie wurden mir sehr empfohlen. Wenn vier der mächtigsten Männer des Landes Ihr Loblied singen, dann sollte ich Ihnen wohl sehr aufmerksam zuhören.«

»Haben sie Ihnen gesagt, worüber ich mit Ihnen sprechen will?« Sinclair kannte zwar die Antwort, aber es konnte nicht schaden, wenn er sich vergewisserte.

»Nein, das nicht, und ich muß gestehen, daß ich sehr hartnäckig war. Ich weiß nur, daß Sie mir einen Vorschlag unterbreiten wollen, den ich mir wirklich gründlich überlegen sollte.«

Sinclair atmete tief durch. Er sah Mr. Sherborne und die Lexika vor sich – und verwarf das alles. Im nächsten Moment würde er jede bekannte Verkaufsregel über den Haufen werfen und direkt auf den Punkt kommen. »Ich bin der Meinung, Sie sollten für die Präsidentschaft der Vereinigten Staaten kandidieren.«

Er sah kurz zu Collins hin, dessen Augen flackerten, und redete rasch weiter. »Ich zweifle nicht daran, daß Sie gewinnen werden, wenn Sie antreten. Dieses Land ist auf Ihre Führungsqualitäten, Ihre Vision, Ihre Fähigkeiten, Ihren Glauben und Ihre Integrität dringend angewiesen. Das Präsidentenamt bietet Ihnen eine Kanzel von einem Ausmaß, wie sie noch keinem anderen Prediger der Geschichte zuteil wurde. Sie wären nicht nur der führende Politiker dieses Landes, sondern der führende Politiker der einzigen Weltmacht. Der gesamte Planet wäre Ihre Gemeinde.«

Collins saß ganz still und mit ausdrucksloser Miene da. Lediglich seine Augen verrieten Betroffenheit, Verblüffung und das wachsende Interesse des Predigers.

»Pat, lassen Sie uns ein paar Minuten lang den Zustand einiger Weltgegenden betrachten. Großbritannien, unser engster Verbündeter, ist längst nicht mehr groß und hat eine pseudosozialistische Regierung, die in gewaltigen Schwierigkeiten steckt. Der Premierminister hat zwar Thatchers Arroganz, aber nichts von ihrem Glück geerbt. Sie hat fünf Milliarden staatliches Vermögen vergeudet, ohne daß man ihr auf die Schliche gekommen wäre, und jetzt schlägt diese Schuldenwelle über dem Land zusammen, und der derzeitige Bewohner von Downing Street *Number ten* darf die Zeche bezahlen. Das moralische Klima in England ist ungefähr genauso schlimm wie bei uns in den Staaten. Ein ehemaliges Mitglied des Königshauses liegt vorzeitig im Grab – sie wurde ermordet, um einen anglo-arabischen Skandal zu verhindern. Ein anderes hat eine eigene Fernsehtalkshow. Der zukünftige König hat seine Konkubine, die bei ihm wohnt ...« Sinclair hechelte die korrupten krisengeschüttelten Franzosen und Spanier durch, die im Zerfall begriffene Europäische Gemeinschaft. »Rußland? Trotz der vielen Milliarden Dollar, die wir im letzten Jahrzehnt nach Rußland gepumpt haben, hat das Land wieder einen Diktator, der Europa zwischen sich und Deutschland aufteilt. Das kommt einem wie ein neues 1939 vor. Die Chinesen werden früher oder später in Taiwan einmarschieren, und falls nächstes Jahr der Falsche ins Weiße Haus einzieht, eher früher. Und sehen Sie nur, wie sie sich in Hongkong aufführen. Es wird von Triaden und korrupten Pekinger Politgangstern beherrscht. Das eherne Gesetz von Angebot und Nachfrage wird dafür sorgen, daß sich China sogar in noch mehr Kolonialismus verstricken wird. Nicht mehr allzulange, und die Chinesen könnten mit lediglich sieben Prozent der für Ackerbau nutzbaren

Fläche zweiundzwanzig Prozent der Weltbevölkerung ernähren. Wer so kühn ist zu protestieren, verschwindet in einem Straflager. Und anderswo? Christen fliehen vor moslemischen Fundamentalisten und klopfen zu Tausenden an unsere Türen, Flüchtlinge aus dem ehemaligen Jugoslawien, aus Algerien, der Türkei, dem Nahen Osten, den Golfstaaten.

Und was passiert hier in Gottes eigenem Land, während der Rest der Welt in aller Ruhe zum Teufel geht? In Chicago explodiert in der First National Bank eine Bombe, und siebenundachtzig Menschen sterben. Leonard Meredith, der Vorsitzende von U.S. Cola, ein großartiger Mann, den ich meinen Freund nennen durfte, worauf ich stolz war, wird mit seinem halben Vorstand ins Jenseits gesprengt. Niemand hat sich zu diesen grauenhaften Taten bekannt. Und was noch bedeutsamer ist, niemand wurde auch nur festgenommen.

Wir haben hier anderthalb Millionen Menschen in unseren Gefängnissen, dennoch ist die Verbrechensrate heute so hoch, daß man sich in weiten Teilen des Landes nachts nicht mehr auf die Straße traut. Die Leute wohnen in ihren eigenen Hochsicherheitsfestungen. Intoleranz macht sich im Lande breit und verschmutzt die Radiowellen. Wir haben hier weiße Nazi-Diskjockeys, die Schwarze als ›Mutanten‹ und ›Wilde‹ bezeichnen, und selbsternannte Schwarzenführer wie Farrakhan, die Juden hassen und Hitler bewundern – und solche Leute bereiten Amerika auf den Zeitpunkt vor, da der weiße Mann in diesem Land eine Minderheit sein wird. Und das fällt noch in die Lebenszeit meiner Kinder. Zum Kotzen.«

Sinclair schlug mit geballter Faust in die Handfläche. »Und im Weißen Haus? Da haben wir das lebende Denkmal der Käuflichkeit. Ein Niemand führt das Land.«

Sinclair erhob sich und ging zu einem Beistelltisch, um sein Glas nachzufüllen. Das war so kalkuliert wie ein Zug auf einem Schachbrett. Er wollte Collins Gelegenheit geben, tief Luft zu holen und zu verdauen, was er soeben gehört hatte.

»Wie kommen Sie auf die Idee, ich könnte diesem Land die nötige moralische Führung geben?«

»Pat, ich behaupte nicht, alles über Sie zu wissen, habe aber jede menschenmögliche Überprüfung an Ihnen vorgenommen. Wenn je einer ein unbescholtenes Leben geführt hat, dann Sie. In ihrer Vergangenheit gibt es kein Chappaquidick. Kein Kiffen in Oxford. Keine Mafia-Verbindungen. In Ihrer Küche arbeitet kein einziger illegaler Ausländer. Keine gutgebaute junge Frau für einen Boots-ausflug am Wochenende. Sie haben ja noch nicht einmal Alkohol getrunken. Von einer Ausnahme abgesehen. Nämlich zwei Flaschen Bier hinter dem Fahrradschuppen an der Boston High School, und zwar mit Tom O'Riley, wenn mich nicht alles täuscht.«

Collins wirkte verblüfft. »Jetzt werden Sie mir jeden Augenblick den Namen meiner ersten Freundin verraten.«

»Sie war groß, dunkelhaarig und schön. Außerdem war sie sehr schüchtern und hieß Kathleen Jacobs. In der ersten Woche des Schuljahrs im Herbst 1960 haben Sie sie jeden Abend nach Hause gebracht. Sie hatte blaßblaue Augen ...«

Collins hielt eine Hand hoch, damit Sinclair schwieg. »Stimmt, stimmt, aber warum haben Sie sich solche Mühe gegeben?«

»Wenn Sie Präsident werden wollen, werden sich Ihre Gegner womöglich ebensolche Mühe geben. Ich wollte sicherstellen, daß es in Ihrer Vergangenheit nichts gibt, was Ihrer Zukunft schaden könnte.«

»Vermutlich sind Sie heute hier, weil Sie keine Vorstrafen entdeckt haben?«

»Entdeckt, Reverend, habe ich den nächsten Präsidenten der Vereinigten Staaten.«

Der Prediger sah aus wie ein Boxer, der nach einem überraschenden Niederschlag langsam wieder zur Besinnung kam.

»Wie können Sie so sicher sein, daß in meiner Vergangenheit nichts war, was mich irgendwann einmal einholen wird?«

»Reverend, ich bin durchaus bereit, Ihnen offenzulegen, was sich in den Akten befindet. Schulunterlagen, Militärakten, alles.«

Verwirrt und beunruhigt ging Collins erneut zu dem Beistelltisch und goß sich Kaffee nach.

Wieder einmal schöpfte Sinclair Zuversicht aus dem Banalen. In seinem Dossier über Collins' Gesundheit stand: »Neigt unter akutem Streß zu Koffeinmißbrauch.«

»Andrew...« Sinclairs feine Sinne spürten zum erstenmal, daß er seinem Ziel näherkam.

Der Evangelist fuhr fort: »Wenn man alle anderen Einwände einmal beiseite läßt – und da gibt es eine ganze Menge –, so kostet der Präsidentschaftswahlkampf einen Haufen Geld. Da geht es um Millionen.«

»Etwa achtzig Millionen Dollar.«

»Schlagen Sie etwa vor, ich soll achtzig Millionen Dollar aufbringen?«

»Keineswegs, Pat. Ich schlage vor, daß *ich* sie für Sie aufbringe.«

»Was, Sie ganz allein?«

»Natürlich nicht. Die vier Männer, mit denen Sie über unser Treffen gesprochen haben, werden mir dabei helfen. Und wir werden nicht nur achtzig Millionen Dollar aufbringen, sondern mindestens hundertfünfzig Millionen Dollar, die wir, falls nötig, komplett für Ihren Präsidentschaftswahlkampf ausgeben können. Das verspreche ich. Gott ist mein Zeuge.«

Collins wandte sich ab und blickte über die gepflegten Rasenflächen vorbei an der Orangerie, an den sanften Hängen. Er erhob sich, trat an den Rand des Pavillons und starrte auf das glitzernde Wasser des Golfs.

»›Wiederum führte ihn der Teufel mit sich auf einen sehr hohen Berg und zeigte ihm alle Reiche der Welt und ihre Herrlichkeit und sprach zu ihm: Das alles will ich dir geben, so du niederfällst und mich anbetest. Da sprach Jesus zu ihm: Hebe dich weg von mir, Satan!, denn es steht geschrieben: Du sollst anbeten Gott, deinen Herrn, und ihm allein dienen.‹«

Sinclair ging zu Collins hinüber. »Aber ich verlange doch gar nicht von Ihnen, daß Sie sich von Gott lossagen und dem Teufel nachfolgen. Ich fordere Sie vielmehr auf, sich vom Teufel loszusagen und Gott nachzufolgen. Das Böse nimmt überhand. Es gab noch keine Zeit vorher, in der die Vereinigten Staaten dringender einen Präsidenten brauchten, der die Führung im Kampf gegen das Böse übernimmt. Diese Terrorakte, die Bombenexplosion in der Bank, die Zerstörung von ›Cola One‹ haben ein Klima der Furcht im Land verbreitet, deshalb kehren die Menschen in Ihre Kirchen zurück. Ehrlich gesagt, meiner Ansicht nach können Sie das Weiße Haus gerade jetzt erobern, weil die Bedrohung durch den inneren Feind so stark ist. Patrick, ich bin überzeugt, daß Ihre Zeit gekommen ist.«

Collins schritt auf und ab. »Ich stimme Ihrer Einschätzung zu, daß das Böse um sich greift, Andrew. Vom Bösen zu reden, ist in diesem Jahrhundert unmodern geworden. An die Stelle der Priester sind Psychiater getreten und haben einen neuen Jargon eingeführt. Man will uns heutzutage beispielsweise weismachen, Drogendealer seien nicht böse, sondern lediglich Soziopathen.«

In seiner Ungeduld packte Sinclair Collins am Arm. »Für die Zukunft dieses Landes ist von zentraler Bedeutung, daß Sie nach Ihrer Wahl umgehend dem Drogenproblem den totalen Krieg erklären. Marihuana, Kokain, Heroin, Amphetamine und all der andere Schmutz, der sich wie eine Unratlawine in die Vereinigten Staaten ergießt, muß aufgehalten werden. Die Zeit ist reif für einen dritten Weltkrieg. Der Feind ist endlich enttarnt. Ich möchte keineswegs, daß Sie Ihren Wahlkampf mit einem einzigen Thema bestreiten, aber wenn sich der Präsident *einem* Thema widmen muß, dann der dringenden Notwendigkeit, diese Drogenflut einzudämmen, die Amerikas Seele heute verseucht.«

8. Kapitel

Saubere Sache

»Mir stünden hundertfünfzig Millionen Dollar zur Verfügung, Johnny. Das hat Sinclair gesagt. Ich müßte keine Festessen zur Spendenbeschaffung mehr organisieren, auf denen das Gedeck tausend Dollar kostet. Ich müßte auch nicht täglich zwei bis drei Stunden am Telefon verbringen, um den Geldsäcken hinterherzujagen. Und ich müßte die Regierung nicht um Wahlkampfkostenerstattung bitten. Hat er gesagt.«

Sinclair war gegangen und hatte Collins eine Bedingung gestellt. »Bis Sie sich festlegen, Pat, möchte ich, daß Sie Ihre Gespräche zu diesem Thema einzig und allein auf Ihre Frau und John Reilly beschränken. Wenn etwas nach außen durchsickert, könnte sich das für den gesamten Plan als kontraproduktiv und schädlich erweisen.«

Collins hatte das akzeptiert und damit unwissentlich dafür gesorgt, daß Victor Rodriguez ihn noch nicht auf die Abschußliste setzte. Er war in den Pavillon zurückgekehrt und dort ein paar Minuten geblieben, in Gedanken versunken. Dann ging er Reilly suchen, und die beiden ließen sich auf der Terrasse nieder.

»Und stellst du dich zur Wahl?« Reilly beugte sich in seinem Rollstuhl vor und blickte Collins aufmerksam an.

»Das kann ich noch nicht beantworten, Johnny. Frag mich noch mal nach unserem Gespräch. Frag noch mal, wenn ich mit Teresa geredet habe. Seit Dallas hat jede Frau eines potentiellen Kandidaten ein Vetorecht.«

»Aber verlockend ist es schon, Pat. Sehr verlockend. Denk dran, wie gut Perot 1992 als unabhängiger Kandidat abgeschnitten hat. Laut Umfragen lag er im Sommer bei über dreißig Prozent, bevor er sich zurückzog. Aber wie will Sinclair die hundertfünfzig Millionen zusammenkriegen? Wie lange wird das dauern? Wer ist in den Plan eingeweiht?«

Collins hielt abwehrend eine Hand hoch. »Immer mit der Ruhe, Johnny! Zur Zeit läßt sich Sinclair nicht in die Karten gucken, erst muß ich ihm meine Entscheidung mitteilen. Ich weiß nur eins: Paul McCall, Rupert Turner, Rick Forrest, Edgar Lee Stratford und Sinclair haben jeder eine Million Dollar auf den Tisch gelegt. Wenn ich ja sage, gehören diese fünf Millionen mir. Als Geschenk. Sobald du anschließend ihre Pläne überprüft und genehmigt hast, um sicherzugehen, daß alles seine Richtigkeit hat, wollen sie diese fünf Millionen zu meinen Gunsten investieren.«

»He, Pat. Ich bin aus Missouri, wir glauben etwas erst, wenn wir's sehen. In meiner Heimat kauft ein Bauer keine Kuh, bevor er nicht ihre Beine gezählt hat. Falls du dich als Unabhängiger zur Wahl stellen willst, mußt du das bis spätestens Mitte nächsten Jahres erklärt haben. Dann verbleibt ihnen noch genau ein Jahr, um aus fünf Millionen hundertfünfzig Millionen zu machen. Das wäre die moderne Version von der Speisung der Fünftausend.«

Collins mußte lächeln. »John, denk dran, was diese Männer, McCall und die anderen, für ein Kaliber haben. Dahinter steht die Crème de la crème der amerikanischen Wirtschaft: der Vorstand von ATZ Oil, der Chef von Network International, der Chef von Forrest Computers, und Stratford schließlich leitet so viele Firmen, daß nur er und sein Buchhalter noch die genaue Anzahl kennen. Wenn überhaupt jemand solche Beträge aufbringen kann, dann diese Männer! Ich weiß noch nicht, ob ich mich zur Wahl stellen werde, aber mit so viel Geld im Rücken hätte ich jedenfalls einen verdammt guten Stand.«

»Pat, zunächst müssen wir uns aber mit dem Hauptproblem befassen.«

»Ich weiß. Sinclair behauptet überzeugend, er hätte mich nach allen Regeln der Kunst durchleuchten lassen.«

»Und?«

»Nichts.«

»Laß dir die Unterlagen zeigen.«

»Hat er mir schon angeboten.«

»Gut. Nimm das Angebot an. Ich kann nur schwer glauben, daß sich in diesen Akten nichts über das Problem findet.«

»Ich auch, John. Ich auch.«

Sinclair bog mit dem Cadillac auf den Motelparkplatz ein. Er trug einen kleinen Koffer und seine Aktentasche in den Empfangsbereich.

»Guten Tag, Sir, willkommen im Miami Airways Imperial Lodge Motel.«

Sinclair stellte die Taschen ab. »Ich heiße Richard Whiteacre. Ich habe reserviert.«

Der Empfangschef fuhr mit dem Kuli über die Seite mit den Reservierungen. »Da ist es ja, eine Nacht. Kann ich Sie überreden, zwei Nächte zu bleiben, Sir?«

Sinclair glotzte den Mann an. »Wie bitte?«

»Drei Prozent Ermäßigung, wenn Sie zwei Nächte bleiben; bei neun Nächten sogar zwölf Prozent.«

Sinclair unterdrückte ein Schaudern. »Gibt es wirklich Menschen, die neun Tage in einem Flughafenmotel absteigen?«

»Aber gewiß doch, Sir.«

»Mein Gott, wohin geht denn deren Anschlußflug? Zum Mond?«

»Nein, Sir. Sie benutzen das Motel als Urlaubsdomizil.«

Sinclair sperrte den Mund auf. Er war in einer anderen Welt angelangt.

Der Empfangschef kramte in einer Schublade und packte dann zwei Handtücher, eine Seife und ein Glas auf den Tresen. Sinclair glotzte ihn ausdruckslos an. »So sparen wir die Kosten für ein Zimmermädchen«, erläuterte der Empfangschef. »Wenn Sie Ihre Meinung doch noch ändern und länger als eine Nacht bleiben wollen, geben wir Ihnen frische Handtücher und ein neues Stück Seife. Bringen Sie sie bei der Abreise bitte zurück zur Rezeption. Wie möchten Sie zahlen? Wir nehmen alle gängigen Kreditkarten.«

»Bar.«

»Das macht dann dreiundvierzig Dollar.«

»Ich würde auch gerne einige Kleidungsstücke bügeln lassen. Hoffentlich ist das möglich.«

Der Empfangschef wirkte skeptisch. »Normalerweise leider nicht.«

Sinclair schob überdeutlich einen Fünfzigdollarschein über den Tresen.

»Aber es läßt sich bestimmt einrichten, Sir.«

»Gut.« Sinclair holte die Textilien aus seinem Koffer. »Und die Bügelfalten nicht vergessen.«

»In das Hemd, Sir?«

»Nein, die Boxer-Shorts.«

Nun war es der Empfangschef, der verblüfft aussah.

Handtücher, Seife und Glas an sich gepreßt, schnappte sich Sinclair in dieser zimmermädchen- und portierfreien Umgebung sein Gepäck und machte sich auf zu seinem »hübschen, ruhigen, in einiger Entfernung vom Swimming-pool-Bereich, aber neben der Cafeteria gelegenen Einzelzimmer«. Es war ein kleines Zimmer. Sinclair stellte sich vor, daß er neun Tage darin zubringen mußte, und unterdrückte erneut ein Schaudern. Unter der Dusche dachte er über sein Treffen mit Patrick Collins nach. Der Prediger konnte ebensogut zuhören wie reden, und Sinclair war guter Hoffnung, daß sein Angebot auf fruchtbaren Boden gefallen war. Collins hatte sich erkundigt, wie die vier Männer dazu überredet worden waren, an dem Projekt mitzuwirken, und was er erfuhr, hatte ihm sichtlich zugesagt.

»Ich habe die vier daran erinnert, daß Washington Sie nicht korrumpieren oder zähmen konnte. Sie gehören nicht zur Machtelite. Sie haben das System nicht eigennützig für sich eingespannt. Wie uns allen bekannt ist, hat das Land auf jemanden wie Patrick Collins gewartet, ohne es auch nur zu wissen! Ich sagte, für unsere Zukunft sei es von zentraler Bedeutung, daß ein Mann von Ihrem Kaliber das Land führe, dazu werde es aber nicht kommen, wenn nicht Männer wie sie, kapitalkräftige Menschen, dieser Idee nicht nur zustimmten, sondern sie auch realisieren helfen.«

Fasziniert hatte der Evangelist zugehört, als Sinclair berichtete, er habe den vieren klargemacht, wie es seinerzeit bei Ronald Reagan gewesen sei, ja, daß er seinen Plan nach dem Vorbild des Küchenkabinetts entwickelt habe, das für Reagan Geld gesammelt und ihn überredet hatte, zur Gouverneurswahl in Kalifornien anzutreten.

»Reagans zweite Amtszeit als Gouverneur hat aufs schönste demonstriert, wie man sein Geld in der Wahlkabine arbeiten läßt. Der Demokrat Jesse Unruh, gegen den Reagan antrat, gab nur 42 Cent pro Stimme aus. Reagan mehr als doppelt soviel, nämlich 98 Cent pro Stimme. Er gewann mit 52,9 Prozent der Stimmen. Wenn es also sogar Reagan mit seinem Küchenkabinett gelang, wie muß das erst Patrick Collins mit der Unterstützung eines echten Wirtschaftskabinetts gelingen, das sich aus der Crème de la crème der amerikanischen Geschäftswelt zusammensetzt ...« Collins war ohne Zweifel gebannt gewesen.

Zwischen Collins und Reilly bestand offenbar eine ganz besondere Beziehung, dachte Sinclair. Nie traf der Evangelist eine wichtige Entscheidung, ohne sie vorher mit Reilly abzustimmen. Collins zu erzählen, auch Reilly müsse sich für das Vorhaben engagieren, war ein genialer, aber auch ein sehr riskanter Schachzug gewesen. Reilly hatte seinen eigenen Kopf. Er war kein Jasager, wenn der Evangelist ihn zu Rate zog. Wie würde er reagieren? Sinclair fragte sich besorgt, ob es vielleicht ein taktischer Fehler gewesen war, seinen Plan nicht beiden Männern vorzutragen. Doch jetzt war es zu spät.

Patrick Collins' Stimme, der man eine leichte Bostoner Färbung anhörte, stieg aus der Kühlbox empor zu zwei gebannt lauschenden Zuhörern ...

Etwas früher am Tag hatte Collins Adam Fraser angerufen, der gerade im Gästebungalow saß und an den Fragen feilte, die er Collins am Nachmittag stellen wollte.

»Adam, es tut mir leid, aber mir ist etwas dazwischengekommen. Ich werde eine Weile unabkömmlich sein. Können wir die zweite Runde ein andermal drehen?«

Fraser hatte Collins freundlich versichert, das ginge in Ordnung, und weiter an seinem Skript gearbeitet. Ein paar Stunden später hörte er ein leises Pochen an seiner Fensterscheibe und sah Barry draußen stehen, der den Zeigefinger vor den Mund hielt und ihm bedeutete, ins Freie zu kommen.

»Du mußt mich auf einer kleinen Spritztour begleiten.« Barry sah sich verstohlen um. »Stell keine Fragen. Sag gar nichts, komm einfach mit.«

Erneut sah sich Barry um. »Wir treffen uns in fünf Minuten am Mietwagen. Ich lasse Susanna durch Leon ausrichten, daß wir eine Weile weg müßten.«

Erst als sie in der Nähe des Edgewater Hotels am Strand angelangt und etwa anderthalb Kilometer weit gegangen waren, wurde Barry ruhiger und setzte sich auf den Deich.

»Nachdem wir heute morgen das Vietnammaterial gefilmt hatten, hielt ich die Gelegenheit für günstig, was Atmosphärisches aufzunehmen. Auf Collins' Anwesen gibt es jede Menge Vogelzwitschern und Hintergrundgeräusche, die man auch während der Aufnahme hören konnte, und ich wollte dazu passende Töne haben.«

Adam nickte. Das machte Barry häufig so.

»Als wir heute morgen auseinandergingen, habe ich ein Band eingelegt. Du hattest vergessen uns mitzuteilen, daß Collins die Nachmittagssitzung abgesagt hat. Ich habe das Band eben erst geholt.«

Barry nahm den Deckel von einer Kühlbox, die zwei Dosen Bier und einen Kassettenrecorder enthielt. Ein Bier gab er Adam, eins machte er selbst auf.

»Ich hielt es für das beste, daß niemand merkte, wie ich Collins' Grundstück mit einem Kassettenrecorder verließ.«

Barry betätigte die Starttaste des Recorders.

Dann saßen sie im weißen Sand und hörten zu, wie Collins John Reilly erzählte, was Sinclair ihm vorgeschlagen und wie er darauf reagiert hatte.

Fraser ließ Barry das Band anhalten. »Hast du den Terrassenbereich mit deinem in Miami gekauften Detektor überprüft, bevor wir heute morgen mit den Aufnahmen angefangen haben?«

»Klar. Alles sauber.«

»Das ist also die einzige Aufnahme von diesem Gespräch?«

»Absolut. Hätte jemand anders noch eine Wanze ausgelegt, hätten wir das auch auf unserer Kassette.«

Adam sah seinen Tontechniker an. »Hören wir uns den Rest an.«

»Könnte ich bitte Mr. Whiteacre sprechen?«

»Am Apparat.«

»Mit welchem Mr. Whiteacre spreche ich?«

»Hier ist Richard Whiteacre.«

»Bueno.«

Victors Stimme klang so nah, als wäre er im selben Zimmer, doch Sinclair wußte, daß er auf seinen Wiesen auf dem Landgut bei Sevilla spazierenging. Sinclair faßte sein zweistündiges Gespräch mit Collins in zwei Sätzen zusammen.

»So weit, so gut. Doch ist so lange höchste Wachsamkeit geboten, bis die Zielperson den Vorschlag annimmt.«

»Natürlich, Richard. Und die Aufträge bleiben bestehen, bis der Verkauf abgeschlossen ist.«

»Ich würde gern die Forschungs- und Entwicklungseinrichtungen neu bewerten. Drei und fünf sollte man einen zweiten Besuch abstatten.«

»Aber gewiß, Richard. Ich lasse Kontakt zu Roberto aufnehmen. Auf Wiederhören, das war gute Arbeit.«

Sinclair legte den Hörer auf. Es war eine sehr lohnende Eingebung gewesen, sich des britischen Computerhackers zu bedienen.

Er sah auf die Uhr und erledigte noch ein Telefonat, das er nie vergaß, wenn er unterwegs war. Als die Verbindung zustande kam, holte Sinclair ein Buch aus seinem Koffer und las seinen Kindern eine Gutenachtgeschichte vor. Gestern hatte er »Der Wind in den Weiden« beendet. Heute war »Der König von Narnia« an der Reihe.

Adam und Barry blieben reglos sitzen, obwohl das Band alle seine Geheimnisse ausgeplaudert hatte. Adams Gedanken überschlugen sich.

»Das ist unbezahlbar.« Barry schaute immer noch aufs Meer hinaus. Falls Collins beschließt anzutreten, ist das eine absolute Sensation. Selbst wenn er sich dagegen entscheidet, ist das hier phantastisches Material. Aber das Hauptproblem, von dem am Ende die Rede war. Danach habe ich gesucht, Barry. ›Jeder Sünder sollte eine Zukunft haben, weil feststeht, daß jeder Heilige eine Vergangenheit hat.‹ Das ist ...«

»Stop, Adam.« Barry wandte sich dem Meer zu. »Nein, dreh dich nicht um.«

Barry rieb sich nachdenklich übers Kinn. »Das war jetzt ein echter Schreck in der Abendstunde! Willst du die gute oder die schlechte Nachricht zuerst hören?«

»Ich bezweifle, daß irgendeine gute Nachricht besser sein könnte als das, was wir heute schon gehört haben.«

»Die gute Nachricht lautet: es ist kein Gewehr. Die schlechte ist, daß es sich um ein Richtmikrofon handelt. Es ragt aus dem vorderen Beifahrersitz eines am Ende der Dünen stehenden roten Buick.«

Adam sah weiter Richtung Meer, als er antwortete: »Aha. Ich schlage vor, wir schlendern in Richtung Edgewater und fahren wieder zu den Bungalows, Barry, und während wir gehen, erzähle ich dir, was bei meinem Date mit Sharon Stone passierte.«

Barry drückte den Deckel wieder auf die Kühlbox, hing sich den Tragriemen über die Schulter und stand auf.

»Ich hab' gehört, daß es bei Sharon Stone ein hervorragendes Frühstück gibt.«

Adam grinste. »Dann sperr mal beide Ohren auf.«

Zur selben Zeit, als Adam Fraser mit seinem Filmteam eine Krisensitzung abhielt, schickte Rodriguez, nachdem er ein verschlüsseltes Fax von dem für die Überwachung von Collins' Anwesen zuständigen Polizisten aus Miami erhalten hatte, eine Kopie des Berichtes mit einem verschlüsselten Begleitschreiben ab. Beide zusammen warteten in der verschlossenen Schublade von Sinclairs Schreibtisch, als der tags darauf seine Firmenzentrale im World Trade Center betrat. Victors Begleitschreiben lautete:

»Sollen wir die Aufträge bezüglich des Filmteams erteilen?«

Sinclair legte das Schreiben beiseite und entschlüsselte den Bericht des Polizisten. Die dem Filmteam zugeteilte Observationsmannschaft hatte beobachtet, wie Adam und Barry ohne Leon und Susanna wegfuhren, und war den beiden gefolgt. Offensichtlich war denen klar, daß sie abgehört wurden. Die Lauscher bekamen genug von dem Gespräch zwischen Adam und Barry mit, um das zweifelsfrei festzustellen. Noch beunruhigender war nach Sinclairs Ansicht die Erkenntnis, daß Collins' Gespräch mit John Reilly über Sinclairs Vorschlag mitgeschnitten worden war. Das Observationsteam war nicht nahe genug herangekommen, um die gesamte Unterhaltung aufzunehmen. Doch aus den mitgehörten Gesprächsfetzen ging zweifelsfrei hervor, daß es einen Mitschnitt gab.

Sinclair stand auf, ging zu dem großen Fenster hinter seinem Schreibtisch und schaute ausdruckslos über den Hudson. Ein ganzes Filmteam umzubringen, während es gerade einen Dokumentarfilm über Patrick Collins drehte, wäre problematisch. Die Leute waren Gäste des Evangelisten. Und Fraser persönlich war nicht nur mit Reilly, sondern auch mit Collins befreundet. Diese vier Tode anzuordnen wäre gleichbedeutend mit einer Einladung an jeden sensationslüsternen Journalistenschmierfink, mit einem Spaten bewaffnet zum Graben vorbeizukommen – und zwar noch bevor sich Collins entschlossen hatte, Präsidentschaftskandidat zu werden.

Sinclair versuchte, sich in Adam Frasers Lage zu versetzen. Was würde er wohl mit der Information anfangen, die ihm in den Schoß gefallen war? Wenn Sinclair das herausfand, dann fiel die Entscheidung, ob Fraser und sein Team leben durften oder sterben mußten, wie von selbst.

»Sah aus wie eins dieser Richtmikrofone ohne eigene Stromquelle. Das hat eine Reichweite von, sagen wir, sechzig Dezibel auf einen Kilometer.«

»Du bist der Tonexperte, Barry«, sagte Leon, »aber wenn es keine eigene Stromquelle hat und direkt in einen Kassettenrecorder überträgt, geht das gewaltig auf Kosten der Qualität.«

»Zuerst«, befand Adam, »müssen wir alles über Andrew Sinclair und seine vier Freunde herausfinden. Susanna, häng dich ans Telefon. Ruf deine Kontakte in Washington und New York an. Ich nenn' dir auch noch ein paar Namen. Wir müssen ein Dossier über den Kerl erstellen.«

»Über ein verwanztes oder ein nicht verwanztes Telefon?« wollte Susanna wissen.

»Nicht verwanzt. Wir wollen diesem Dreckskerl die Arbeit nicht unnötig leichtmachen. Wenn uns einer abhört, dann er. Jedenfalls wissen wir jetzt, warum. Er will seine potentielle Investition schützen.«

»Ich hab' ihn gesehen. Als wir heute morgen mit Drehen fertig waren. Er ging mit Pat Collins in Richtung Gartenpavillon.«

Auf dem Fahrersitz drehte sich Adam um und sah seinen Kameramann an.

»Durchschnittlich groß, vielleicht einsfünfundsiebzig. Braune Haare mit blonden Strähnen. Anfang fünfzig, sieht aber jungenhaft aus. Sehr elegant gekleidet, Fifth Avenue. Italienische Schuhe, Ehering, gebräunt. Schmal, nein, nicht schmal, schlank, kein Körperfett. Muskulös.«

»Schade, daß du ihn nicht noch besser sehen konntest«, entgegnete Barry trocken.

»Italienische Schuhe hin oder her, ich will alles über ihn wissen«, sagte Adam. »Beschafft mir alles, was ihr kriegen könnt, und ich geh' damit zu einem Bekannten von mir.«

»Na klar, aber was unternimmst du mit den Informationen, die wir schon haben? Was wird aus dem Band? Und was ist mit den Wanzen?«

Sinclair schaute immer noch mit leerem Blick aus dem Fenster. Seit Fraser von dem Plan erfahren hatte, Collins ins Weiße Haus zu hieven, waren nun fast vierundzwanzig Stunden verstrichen. Es hatte keine Eilmeldungen, keine Nachrichtensondersendungen gegeben. Sinclair befand, daß Fraser sich wohl zu dem durchgerungen hatte, was jeder vernünftige Mensch auch getan hätte. Er wartete, bis Collins eine Entscheidung traf. Und da er ein vernünftiger Mensch war, stand fest, daß sich die Bandaufnahme überall befinden konnte, nur nicht auf dem Collinsschen Anwesen in Florida. Wahrscheinlich unterwegs nach London. Konzentriere dich auf das, was du beeinflussen oder ändern kannst, dachte Sinclair. Ignoriere, was du nicht ändern kannst.

Roberto und sein Team hatten die Gegend schon bei Tageslicht aus-
gekundschaftet. Das Gelände der Universität von Berkeley und
dessen Umgebung stellten für einen erfahrenen Mann wie den Italiener kein Problem dar. Am 20. Januar 1976 waren Roberto und
sein Team von der PLO nach Beirut eingeladen worden. Als sie
abreisten, war die British Bank of the Middle East um über einhundert Millionen Dollar ärmer, und Robertos Mannschaft hatte sich
unter der Rubrik »Größter Banküberfall aller Zeiten« einen Eintrag
ins Guinness-Buch der Rekorde verdient gehabt.

Der Buick kam langsam zum Stehen. Das Team sammelte seine
diversen Ausrüstungsgegenstände ein, Kameras, tragbare Kopierge-
räte, und dann brachte der beste Safeknacker Italiens seine Männer
beinahe bedauernd zu einer großen Doppelgarage.

»Darf ich Ihnen nachschenken, Andrew?« Seit Collins und Sinclair
in Florida in dem Pavillon gesessen hatten, war genau eine Woche
vergangen. Eine Woche voll gründlicher Überlegungen und ausführlicher Gespräche mit Teresa und John Reilly. Jetzt saßen sie –
samt Teresa – im Collinsschen Salon im Bostoner Stadtteil Brookline mit dem vielbewunderten Originalkamin aus dem achtzehnten
Jahrhundert.

Sobald sich das Personal nach dem Kaffee zurückgezogen hatte,
schlug Sinclairs Herz rascher, als Collins zu sprechen begann.

»Natürlich ist die Vorstellung ungeheuer reizvoll, eine religiöse
Erneuerung in die Wege zu leiten, oder mit der gesamten Nation
einen neuen Bund zu schließen. Aber dann frage ich mich: *Will* das
Volk das eigentlich? Ich bezweifle nicht, daß es genau das *braucht*.
Aber da gibt es einen Unterschied.«

Sinclair schaute auf Teresa Collins. Vielleicht lieferte ihr Verhalten
ja einen Hinweis darauf, wie sich Collins entschieden hatte, doch sie
saß nur mit gefalteten Händen da und sah ihren Mann an.

»Ich muß Ihnen gestehen, Andrew, mehr als alles andere, was Sie
letzte Woche sagten, haben zwei Dinge bei mir den Ausschlag ge-

geben. Zum einen, was Sie über Drogen sagten, wie sie das Fundament unserer Gesellschaft unterminierten; daß uns eine ganze Generation von Amerikanern verlorengeht. Aus ihren Schulen, Universitäten, Arbeitsstätten, Häusern, Büros, Börsensälen, aus jedem einzelnen Lebensbereich verlorengeht. Durch Drogensucht. Daß ihr Beitrag, den sie unserer Gesellschaft geleistet hätten, unwiederbringlich dahin ist. Wenn eine Nation die Blüte einer ganzen Generation durch einen Krieg auf fremdem Boden verliert, ist das eine Sache. Doch wir erleiden einen vergleichbaren Verlust hier und jetzt, auf amerikanischem Boden und in Friedenszeiten. Sie hatten völlig recht, es ist Zeit für den dritten Weltkrieg. Der Rauschgifthandel ist das personifizierte Böse.«

Collins schlug mit der offenen Handfläche auf den Tisch. »Das muß beendet werden. Es ist Teufelswerk, punktum. Das zweite waren ihre Bemerkungen über den Bombenanschlag in der Chicagoer Bank und die Zerstörung des Flugzeugs, in dem sich Leonard Meredith befand. Diese Art von Terrorismus erfordert die machtvolle Reaktion eines echten politischen Anführers. Was Sie über Leonard sagten, hat mich tief bewegt. Er war auch unser Freund, Andrew.«

Collins sah Sinclair an.

»Und nun zu den Unterlagen, die Sie mir freundlicherweise nach unserer letzten Begegnung zur Verfügung gestellt haben. Besten Dank dafür. Nicht jeder bekommt Gelegenheit zu sehen, was die CIA, das FBI und die diversen anderen Dienste über ihn gespeichert haben. Woher weiß ich aber, daß Ihnen wirklich *sämtliche* Informationen zugänglich gemacht wurden, die diese Leute haben?«

Auf eine solche Frage war Sinclair vorbereitet. Er holte einen unbeschrifteten Umschlag heraus und gab ihn Collins.

»Da drin finden Sie eine Reihe Begleitbriefe, einen von jedem Leiter besagter Behörden. Sie enthalten eine Inhaltsangabe Ihrer jeweiligen Akte mit einer kurzen Beschreibung. Der letzte Absatz jedes Briefs enthält, was Sie suchen. Diese Akten sind sauber. Makellos.«

Rasch überflog der Prediger die einzelnen Briefe, ehe er sie seiner Frau reichte. Die leichte Anspannung wich aus ihrem Gesicht, als sie den letzten Absatz eines Schreibens laut vorlas.

»›Hiermit bestätige ich, daß dieser Behörde über Patrick Collins keinerlei anderes Material in welcher Form auch immer vorliegt.‹«

Teresa sah den Besucher an. »Sie sind ein sehr einfallsreicher Mensch, Mr. Sinclair«, sagte sie, ehe sie ihrem Mann einen Blick zuwarf. Falls die beiden eine stumme Botschaft austauschten, entging Sinclair deren Bedeutung.

Offenbar wollte der Prediger gerade etwas sagen, hielt dann aber inne und faltete die Hände zum Gebet. »Vater im Himmel, in den letzten Tagen habe ich dich oft gebeten, und nun bitte ich dich erneut: Lenke mich. Lenke mein Herz. Lenke meinen Verstand. Lenke mich jetzt, daß ich so für dich arbeite, wie du es von mir verlangst.«

Mit gesenktem Kopf und geschlossenen Augen saß der Evangelist bewegungslos da. Nach einer Ewigkeit, so kam es Andrew Sinclair jedenfalls vor, sprach Collins wieder.

»Wenn Sie tatsächlich in meinem Namen genug Mittel auftreiben können, um sicherzustellen, daß ich an der Präsidentschaftswahl teilnehme, ohne daß dem amerikanischen Volk dadurch auch nur ein einziger Dollar Kosten entsteht, und wenn Sie und Ihre Freunde diesen Betrag auf eine Weise aufbringen, daß John Reilly dem zustimmen kann, dann bin ich dabei. Falls es zu diesem Wahlkampf kommt, werde ich Fehler machen, und ich bitte Sie schon vorher um Verzeihung. Aber nur, wer gar nichts macht, macht auch keine Fehler.«

Nachdem sich Teresa Collins zurückgezogen hatte, unterhielten sie sich noch lange. Es blieb noch höchstens ein Jahr, bis Collins seine Kandidatur öffentlich bekanntgeben mußte.

Gegen Ende des Abends brachte Sinclair ein Thema auf, das bei dem Prediger alle Alarmglocken klingeln ließ.

»Nach meinem Besuch bei Ihnen im Haus haben Sie sich auf der Terrasse mit John Reilly unterhalten.«

»Allerdings. Ich habe Ihren Vorschlag mit ihm besprochen ...
Aber woher wissen Sie das?«
»Ihr Gespräch wurde mitgeschnitten. Offenbar aus purem Zufall.
Frasers Filmteam hat ein Band mitlaufen lassen.«
Collins bemühte sich sehr, die in ihm aufsteigende Panik zu
unterdrücken, während er sich zu dem Servierwägelchen begab.

Am nächsten Tag flog Collins in der »Evangelist One« nach Florida,
um an weiteren Aufnahmen für Adam Frasers Dokumentarfilm
teilzunehmen. Bevor sie mit den Aufnahmen begannen, bat Collins
den Filmemacher in sein privates Arbeitszimmer.
»Adam. Ich weiß, daß Sie rein zufällig herausbekommen haben,
warum mich vor etwa einer Woche ein gewisser Andrew Sinclair
hier aufgesucht hat.«
Da Adam nicht ahnte, daß sich Collins und Sinclair tags zuvor
getroffen hatten, war er verblüfft. »Tatsächlich?«
»Haben Sie das Band noch?«
»Ja, Pat, habe ich.«
Collins wirbelte auf seinem Drehstuhl herum und sah Fraser in
die Augen. »Was wollen Sie damit machen?«
Diese Frage stellte er in freundlichem Ton und wie nebenbei. Fraser mauerte. »Keine Ahnung. Ich dachte mir, falls Sie zur Wahl
antreten, könnte ein Segment, in dem Sie und John Reilly die Lage
der Nation besprechen, einen eindrucksvollen Kontrapunkt zu
dem Filmmaterial über das wohlhabende Amerika setzen, das ich
noch drehen will.«
Collins blieb betont locker. »Ausgezeichnete Idee. Könnte ich
übrigens eine Kopie davon bekommen?«
»Aber natürlich, Pat.«
Collins' Anspannung löste sich. »Sie sollen wissen, wie tief mich
beeindruckt hat, daß Sie mit der Story nicht zu den Medien gelaufen sind.«
Fraser zuckte die Achseln. »Ist nicht mein Stil.«

»Nein, offenbar nicht. Gott sei Dank, Adam, ich habe beschlossen, mich zur Wahl zu stellen. Unter gewissen Bedingungen allerdings.«

»Zum Beispiel, wenn Sinclair das Geld aufbringen kann?«

Collins lachte. »Das ist eine davon.« Als der Name Sinclair fiel, mußte Collins an einen Vorschlag denken, den dieser gemacht hatte. »Überlegen Sie sich doch einmal, ob Sie neben den beiden, an denen Sie schon arbeiten, nicht noch einen Dokumentarfilm drehen möchten. Arbeitstitelvorschlag: ›Ein Präsident wird gemacht?‹ Natürlich mit Fragezeichen«, ergänzte Collins rasch. »Sie begleiten mich. Sind bei Strategiesitzungen anwesend. Halten die Taktik fest. Spielen Mäuschen. Wäre ein interessantes Thema, finden Sie nicht?«

»Das ist eine phantatische Idee, Pat.«

»Sie bekommen dieselben Freiheiten wie bei den beiden anderen Filmen, allerdings müßten Sie sich zuvor für die Zeit, bis ich meinen Plan öffentlich mache, schriftlich zur Vertraulichkeit verpflichten.«

Nach Beendigung des Drehtages ging Patrick Collins wieder in sein Arbeitszimmer, verschloß die Tür und legte die Kassette, die Fraser ihm gegeben hatte, in ein Abspielgerät. Gerahmte Schnappschüsse aus seinem Leben blickten von den Wänden auf Collins herab: Nixon, wie er Collins und Reilly auf dem Rasen vor dem Weißen Haus auszeichnete. Breschnew, wie er Collins' Arm hielt. Thatcher, die ihn bewundernd ansah. Seine Sammlung theologischer Auszeichnungen. Sobald er seinen Kopfhörer eingestöpselt hatte, drückte er auf den Startknopf. Während die Aufzeichnung abgespielt wurde und er sich sein Gespräch mit John Reilly anhörte, traten Schweißperlen auf seine Stirn. Patrick Collins begann stumm zu beten. Als er und Reilly sich über »das Hauptproblem« unterhielten, fing er an zu zittern, von einer tiefsitzenden Angst überwältigt. Plötzlich brach die Aufzeichnung ab. Er spulte das Band zurück und drückte erneut auf den Startknopf. Ja. Alles war in Ordnung.

Lange bevor er wieder mit Teresa die Terrasse betreten hatte, war das Band des Tontechnikers zu Ende gewesen. Gott sei für die britische Unfähigkeit gedankt. Jetzt betete er nicht mehr nur leise vor sich hin. Da das stumm weiterlaufende Band wie Balsam auf seine Seele wirkte, sprach Collins mit lauter Stimme:

»Vater im Himmel. Danke, daß Du Deinen Diener vor ihm selbst gerettet hast. Danke, daß Du meinen Seelenfrieden wiederhergestellt hast. Danke für dieses Zeichen, daß der Weg, den ich nun bald beschreite, von Dir auserwählt wurde. Amen.«

»Es war in Ihrem Heimatland. In London, auf meinem ersten Erweckungsfeldzug. Liegt unendlich lange zurück.«

Pat Collins hatte Adam unverzüglich angerufen, um sich von ihm über »das Problem« befragen zu lassen.

»Wir waren im Hotel Ambassador an der Park Lane abgestiegen, und zwar als Gäste der britischen Organisatoren meiner Tour. Teresa war zu Hause in Boston geblieben und kümmerte sich um die Kinder. Sie waren noch zu jung, um auf die Reise mitgenommen zu werden. Wäre sie mit nach London gekommen, hätte es keinerlei Schwierigkeiten gegeben. Nach einer abendlichen Veranstaltung im Wembley-Stadion kam ich spät ins Hotel, sagte John und dem Rest der Mannschaft gute Nacht und ging in meine Suite. Dort lauerte man mir auf. Weil ich zu müde war, um auch nur einen Imbiß zu nehmen, wollte ich erst duschen und dann vielleicht den Zimmerservice anrufen. Aber als ich aus der Dusche wieder in mein Schlafzimmer kam, lag eine nackte Frau auf dem Bett. Keine Ahnung, wie sie in die Suite gekommen war. Ich wollte den Empfang anrufen, doch noch bevor ich den Hörer abgenommen hatte, standen zwei Typen mit blitzlichtbestückten Kameras im Zimmer. Alles ging sehr schnell. Sie schlang die Arme um mich und versuchte, meinen Penis in den Mund zu nehmen. Ich schubste die Frau weg und wollte gleichzeitig auf die Kerle losgehen. Gleich danach waren sie verschwunden.«

Adam wartete, daß der Prediger fortfuhr, doch in ihm arbeiteten offenbar die Erinnerungen.

»Was bezweckten diese Leute, Pat? Wollte man Sie erpressen? Oder den Erweckungsfeldzug vernichten?«

»Ich kann Ihnen nur berichten, was mir Botschafter Scott später erzählt hat. Ich vertraute mich nur John an, wir nahmen dann Kontakt zu der Botschaft am Grosvenor Place auf, und der Botschafter nahm sich der Angelegenheit an. Ich habe nie mit einem Polizeibeamten gesprochen. Drei Tage später wurden sie festgenommen. Offenbar hatten sie doppelt abkassieren wollen. Einmal unsere Organisation um eine Stange Geld erleichtern, um dann auch bei der Presse abzusahnen ... Die Fotos habe ich nie gesehen. Botschafter Scott hat mir versichert, daß die Negative vernichtet wurden. Seither warte ich darauf, daß diese Fotos irgendwo auftauchen.«

»Bestimmt nicht, Pat. Doch wohl nicht nach so vielen Jahren?«

»Gelegentlich kriege ich noch Panikattacken, das ist alles. Und man hat es mit diesem Trick noch mehrmals probiert. Allein zweimal auf meinem letzten Feldzug ...«

»Das ist also der eigentliche Grund, warum Sie dafür sorgen, daß Sie nie mit einer Frau allein sind?«

»Das können Sie laut sagen, Adam, aber ich kann damit ja wohl kaum an die Öffentlichkeit gehen, oder?«

Adam und Susanna prüften gerade das Timing der verschiedenen Filmabschnitte, als es an der Tür des Bungalows klopfte. Auf der Schwelle standen Barry und Leon. Adam bedeutete ihnen wortlos, sie sollten hereinkommen. Seit sie entdeckt hatten, daß ihre Bungalows verwanzt waren und die Telefone abgehört wurden, hatten sie sich angewöhnt, stumm miteinander zu kommunizieren, von Zetteln unterstützt. Adam goß ihnen Drinks ein, während Barry und Leon mit elektronischen Scannern das Zimmer absuchten. Dann kümmerten sie sich um die Telefone, nahmen sie auseinander und setzten sie rasch wieder zusammen. Susanna und Adam nippten an ihren Drinks und beobachteten den Auftritt.

»Ist ja irre.«

»Laß mich raten, Barry. Sämtliche Wanzen sind weg?«

»Genau«, antwortete Barry. »Woher wußtest du das?«

»Nur gut geraten. Ich will noch mit Susanna die Sequenzzeiten notieren, dann trommeln wir das Team zu einer kleinen Feier zusammen.«

»Was feiern wir denn, Adam?« fragte Susanna.

»Nur einen kleinen zusätzlichen Film, den wir drehen. Nur der größte Knüller unseres ganzen Lebens. Sinclair muß uns nun nicht mehr überwachen. Wir gehören zum inneren Kreis.«

Victor Rodriguez saß gerade an seinem Schreibtisch, als sein privates Faxgerät zu summen begann. Er schloß die Schublade auf und sah zu, wie ein mit merkwürdigem Gekritzel bedrucktes Blatt Papier aus dem Gerät kam. Mit Hilfe der Dechiffrierschablone las er Sinclairs kurze Nachricht. Dann lächelte er. »Habemus praefectus.«

Wir haben einen Präsidenten ... Wie immer demonstrierte Sinclair seine positive Grundhaltung. In Wahrheit hatten sie bislang noch nicht einmal einen offiziellen Kandidaten. Soweit wären sie erst, wenn Sinclair und seine vier Freunde den klassischen amerikanischen Traum verwirklichten: aus fünf Millionen Dollar einhundertfünfzig Millionen Dollar zu machen. Es mußte sauberes und unbeflecktes Geld sein. Ein legal erworbenes Vermögen.

9. Kapitel
Zahltag

Sobald sich Pat Collins entschieden hatte anzutreten, veranlaßte Andrew Sinclair grundlegende Veränderungen in den Karrieren von vier Menschen, die nur kurz mit ihm in Verbindung gestanden hatten. Die Frau im weißen Kleid bekam die weibliche Hauptrolle im Kinofilm eines großen Hollywoodstudios. Tommy, der Strichjunge, wurde bei einem kinderlosen Ehepaar untergebracht, die ersten Erwachsenen in seinem Leben, die ihn je geliebt hatten. Beide bekamen kurze Zeit später Besuch von einem Mann im schwarzen Anzug, und beide stimmten seiner Meinung zu, daß sie niemals gedrängt worden wären, Pat Collins kennenzulernen. Tommys Pflegeeltern unterschrieben in seinem Namen eine eidesstattliche Versicherung bezüglich Tommys Begegnung mit dem Sprecher des Repräsentantenhauses, die der Mann im schwarzen Anzug mitnahm.

Die Detroiter Polizei interessierte sich nur mäßig für den Tod von Jack Podesta, angeblich Wachmann, der beim Brand in einer billigen Absteige ums Leben gekommen war. Die Polizei von Miami interessierte sich nur mäßig für einen gewissen Chuck Talbot, der bei einem Straßenraub gestorben war. Keine der beiden Behörden fand heraus, daß die zwei Männer während eines noch nicht lange zurückliegenden Erweckungsfeldzuges von Pat Collins vorübergehend für die Sicherheit zuständig gewesen waren.

Auf die Empfindlichkeiten von vier der mächtigsten Männer der amerikanischen Wirtschaft Rücksicht nehmen zu müssen, erforderte enorm viel Takt und Feingefühl. Einen Termin zu vereinbaren, an dem mindestens zwei Männer teilnahmen, die sich beispielsweise immer noch weigerten, mit Bill Gates zu telefonieren, weil sie darauf bestanden, er müsse zuerst anrufen – das war auf seine Art genauso kompliziert wie die Themen selbst, die auf der Tagesordnung standen.

Sinclair wartete, bis die Dienstboten den imposanten Konferenzraum im Haus von Edgar Lee Stratford verlassen hatten. Der Gastgeber hatte jedem seiner drei Besucher mindestens drei Bedienstete zugewiesen; Sinclair amüsierte sich über diese erste Salve im Gefecht der Gastfreundschaften. Diesem ersten Treffen in Stratfords Haus sollte ein zweites im Haus von Paul McCall in Virginia folgen, ein drittes auf Rick Forrests Ranch in Texas und ein viertes auf Rupert Turners Anwesen in Long Island.

»Bevor Sie anfangen, Andrew«, sagte Stratford, »möchte ich gern betonen, wie sehr ich mich über die Neuigkeit freue, daß er sich zur Wahl stellt.«

Die anderen murmelten ihre Zustimmung.

»Daß wir soweit gekommen sind«, sagte Sinclair, »ist einzig und allein Ihnen vier zu verdanken. Von Anfang an hing dieses Vorhaben von Ihrer vollen Zustimmung ab. Nur die Frage, ob wir tatsächlich in der Lage sind, Collins' Wahlkampf zu finanzieren, hält ihn noch davon ab, sich genauso zu engagieren. Versprochen haben wir ihm hundertfünfzig Millionen Dollar. Uns bleiben ganze zwölf Monate, um diese Summe aufzubringen. Ich habe eine Strategie entworfen, dieses Ziel zu erreichen. Sie dürfte eine weitere Milliarde Dollar einbringen, die unter den hier Anwesenden verteilt wird.«

Dieses eine Mal konnte Andrew Sinclair auf Augenkontakt mit seinen potentiellen Käufern verzichten. Wie ein schweres Parfum lag der Geruch von Habgier in der Luft. Die vier Zaren des amerikanischen Kapitals glichen Kindern, denen man eine Portion Eiskrem versprochen hatte.

»Meine Herren, in der Vergangenheit hat jeder von Ihnen seine visionären Fähigkeiten bewiesen. Wenn wir in Zukunft das Schicksal unseres Landes bestimmen, wird unsere gemeinsame Vision sehr stark gefragt sein. Der Plan, den ich Ihnen jetzt mitteile, verlangt keine solche Vision. Seine Vorteile liegen auf der Hand. Uns eröffnet sich die Möglichkeit zum Besitz dessen, was man die Sicherheitsgarantie für das einundzwanzigste Jahrhundert nennen könnte.

Microsoft, Sony, Hewlett-Packard, Rick Forrest hier und alle anderen führenden Computer-Hersteller würden gern das ungeheure Potential des Internets beherrschen. Oft expandiert die Branche dabei in Randbereiche, man kauft Fotoarchive, Datenbanken und dergleichen. Uns bietet sich nun die seltene Gelegenheit, mit Macht nach vorn zu expandieren. Bedenken Sie, meine Herren, was wäre, wenn Sie jedem Internetinteressenten einen sicheren Zugang bieten könnten! Stellen Sie sich vor, jemand hätte einen ›Firewall‹ erfunden, einen absoluten Zugangsschutz, der nur legitimierten Nutzern den Zugang gestattete: undurchdringliche, hundertprozentige Sicherheit und Schutz vor jedem Angriff durch Hacker, Cyberkrieger und konkurrierende Firmen oder Länder.«

Rick Forrest knurrte mit tiefem, schleppenden Texanisch: »Können Sie sich überhaupt vorstellen, wieviel meine Labors für Forschungen auf diesem Gebiet ausgegeben haben?«

Sinclair antwortete lediglich: »Die gesamte Branche ist dahinter her.«

»Und Sie sagen, Sie haben so was?« Stratfords Augen verengten sich zu Schlitzen.

»Nein, Edgar, ich sagte, uns eröffnet sich die Möglichkeit, es zu besitzen.«

Zwei Wochen später kehrte Sinclair nach San Francisco zurück. Er brauste mit dem Wagen über die Bay Bridge weiter nach Berkeley. An der Uni angelangt, fuhr er vom Campus zur Solano Avenue. Für einen sentimentalen Ehemaligen war die Gegend mit Erinnerungen gespickt. Sinclair war nicht sentimental.

Alles was er empfand, war die zufriedene Genugtuung darüber, daß er sich nach den vielen Jahren noch bestens an die Straßennamen erinnerte.

Er stieß die große Pendeltür zu der Doppelgarage auf. Deren Inneres kannte er genau, obwohl er sie noch nie zuvor betreten hatte. Drinnen war nicht einmal Platz genug, um einen Kleinwagen abzustellen. Computer belegten den gesamten verfügbaren Raum, einige bis aufs Gehäuse ausgeschlachtet, andere voll funktionsfähig. Zwei junge Männer sahen auf, als Sinclair ein- und näher trat. Während Paul und Bobby Carson ihm zur Hand gingen, musterten sie ihn mit unverhohlener Neugier. Paul, der um fünfundvierzig Minuten ältere Zwilling, hatte offenbar die Wahl zum Sprecher gewonnen.

»Wir fühlen uns geschmeichelt, daß Sie den weiten Weg von New York hergekommen sind, um uns zu besuchen, Mr. Sinclair. Was können wir für Sie tun?«

»Paul, Bobby. Ich möchte mit Ihnen beiden darüber reden, was *ich* für Sie tun kann. Ich möchte Ihnen ein Angebot unterbreiten, das Sie nicht ablehnen können. Zunächst einmal weiß ich, woran Sie arbeiten, wie nahe Sie dran sind, und mit welchen Schwierigkeiten Sie zu kämpfen haben.

Sie brauchen Geld. Eine ganze Menge Geld. Wenn Sie ins Silicon Valley gingen, bekämen Sie vielleicht eine Anschubfinanzierung, aber reicht das? Was wird das kosten? Für Ihr Projekt brauchen Sie neue Investitionen. Eventuell würden Ihnen Bill Gates oder Paul Allen ein paar Mittel zukommen lassen, aber deren Zeit und Engagement bekommen Sie nicht. Sie beide sind sehr nah dran. Aber auf der anderen Seite der Bay arbeitet einer allein, der ist noch ein klein bißchen näher dran. Er wird von einer Firma finanziert, die leider nichts mit ihm anfangen kann. Wenn Sie erfahren, wie nahe er der Lösung des Problems ist, werden *Sie* jedenfalls eine Menge damit anfangen können. Mit genug Geld können Sie ihn von der Konkurrenz abwerben. Falls Sie dann jemanden wie Rick Forrest überreden könnten, in Ihren Vorstand einzutreten, könnten wir mit Ihnen an die Börse gehen, und im Handumdrehen wären die Carson-Zwillinge die millionenschweren Carson-Zwillinge. Ich habe fünf Millionen Dollar. Ich will siebzig Prozent Ihrer Firma kaufen. Wir holen den Mann von der anderen Seite der Bay. Die Aktienemission lassen wir durch Morgan Grenfell machen. Was sagen Sie dazu?«

Augenscheinlich gefiel Victor Rodriguez Sinclairs Bericht darüber, wie sein Berater bei Cybersafe die Kontrolle übernommen hatte. Er war voller Bewunderung, während ein Bediensteter mit Drinks auf einem Tablett die Veranda betrat.

»Wollen wir uns eine Flasche Dom Perignon genehmigen? Ich bestehe darauf.«

»Es ist mir ein Vergnügen. Nach der Abstinenz bei dem Prediger ist es eine angenehme Abwechslung, einen guten Tropfen zu sich zu nehmen.«

Victor Rodriguez hatte Sinclair noch nie so locker erlebt. Er nahm zwei Gläser und gab Sinclair eins. »Auf das Weiße Haus.«

»Auf das Weiße Haus.«

»Konnten Roberto und seine Freunde Ihnen helfen?«

Sinclair machte eine anerkennende Handbewegung. »Ausgezeichnete Forschungsarbeit. Ihr Beitrag war von unschätzbarem Wert. Ich hatte schon seit einer ganzen Weile meine Kontakte spielen lassen. Investmentbanken, Makler von Risikokapital. Ich wußte: Wer eine Methode entwickelt, die absolute Sicherheit im Internet garantieren würde, hat eine wahre Goldgrube in Händen. Fest stand, daß keine der großen Firmen an der Antwort dicht dran war. Aufgrund meiner Bemühungen machten wir acht Kandidaten ausfindig, alle jung und unbekannt, alle unterfinanziert, genau wie die Carson-Zwillinge. Das Problem lautete: Welcher dieser Unbekannten kam am besten voran? Alle hüteten ihre Entwicklungsprojekte wie ihre Augäpfel. Als Roberto fertig war, wußte ich sehr genau, wer wahrscheinlich der Sieger sein würde. Dank der Fähigkeiten eines jungen Superhackers kamen schließlich drei in die engere Wahl. Daß er immer noch in ihre Dateien eindringen konnte, bewies, alle drei hatten noch ein Stück Arbeit vor sich. Die Lösung lautete nun, die Kontrolle über eine dieser Firmen zu erlangen und dadurch die Kontrolle über die Konkurrenten zu kaufen, die anschließend die Carsons bei ihrer Arbeit unterstützen konnten.«

Rodriguez machte Anstalten, Sinclairs Glas nachzufüllen. Doch der legte eine Hand darüber und schüttelte den Kopf.

»Und Rick Forrest?« fragte Rodriguez.

»War begeistert von der Gelegenheit, im Vorstand zu sitzen. Außerdem erwarben wir den intelligenten jungen Mann auf der anderen Seite der Bay und noch zwei andere sehr intelligente junge Männer.«

Victor trank ein Schlückchen. »Und wie weit sind Sie mit diesem Computer-Firewall? Wann können Sie testen?«

»Ist bereits geschehen. Dafür stehen uns alle Möglichkeiten der Firmen meiner Kabinettskollegen zur Verfügung – McCalls ATZ, Turners Network International, dann natürlich Forrests Computer und Stratfords Bank. Zusätzliche Tests haben wir in der Patrick-Collins-Gemeinschaft durchgeführt.«

»Sehr erfreulich, Andrew. Wenn dieses Cybersafe solche Praxistests übersteht, werden die Resultate unweigerlich den Aktienwert erhöhen. In welchem Stadium befinden Sie sich mit den Tests?«

Sinclair hielt sein Glas gegen die Sonne und betrachtete es. »Wir haben sie hinter uns. Die Carson-Brüder und ihre neuen Mitarbeiter haben vor drei Tagen ihre Testreihen abgeschlossen. Ergebnis: einhundert Prozent.« Er sah Rodriguez an und grinste. »Vor zwei Tagen habe ich den definitiven Test angeordnet. Ohne den Carson-Zwillingen oder ihren Kollegen Bescheid zu sagen, gab ich dem jungen Mann in England den Auftrag, sich in ihren Zentralrechner einzuloggen. Vierzehn Stunden später gestand er seine Niederlage ein. Er kam nicht an ihre Dateien. Was er auch unternahm, Cybersafe machte jede Taktik zunichte. Wir können also endgültig grünes Licht geben. Unsere Storys für die Finanzzeitungen werden Mitte August erscheinen. Eine Woche vor Thanksgiving übernimmt Morgan Grenfell die Aktienemission der Firma. Alle Beteiligten werden Unsummen verdienen. Die zugunsten von Patrick Collins investierten fünf Millionen Dollar werden nach der angemessenen und gesetzlich vorgeschriebenen Wartefrist mehr als zweihundert Millionen Dollar wert sein.«

»Andrew, ich gratuliere Ihnen. Das ist phantastisch. Ihre Kollegen sind vermutlich alle mit eingestiegen?«

»Aber ja«, antwortete Sinclair. »Das können Sie laut sagen. Außerdem ist Stratfords Bank an der Aktienemission beteiligt.«

Rodriguez begann zu lachen. Sein ganzer Körper zitterte, er rang nach Luft. Tränen liefen ihm die Wangen hinab, und er lachte weiter, bis Sinclair, der Angst bekam, daß der Vorstandsvorsitzende einen Herzinfarkt bekommen könnte, ihn beruhigen konnte.

»Sie haben es geschafft, Andrew. Lassen Sie uns essen und dann spazierengehen.«

Man konnte den Eindruck gewinnen, daß sich Rodriguez' gewohnheitsmäßige Vorsicht im Valle del Cauca völlig verflüchtigt hatte. Sinclair wußte es besser. Alle in die Gegend hinein- oder hinausführenden Straßen gehörten Rodriguez, alle wurden rund um die Uhr bewacht, und auf dem Anwesen befanden sich genügend schwere Waffen – einschließlich Stinger-Raketen –, um sogar Luftangriffe abzuwehren.

Wie alles andere auf dem Anwesen des Vorsitzenden waren Swimming-pool, Satellitenschüsseln und die sonstigen Dinge, die in Kolumbien als Statussymbole gelten, dezent gehalten. Das einzig Ungewöhnliche war eine große Vogelschutzstation samt einer voll ausgestatteten und reichlich mit Personal besetzten Tierklinik. Wie üblich machte Rodriguez mit seinem Gast dort als erstes Halt. Er wurde überschwenglich von Professor Cardona begrüßt, einem der besten auf Vögel spezialisierten Veterinäre der Welt, und gewiß der am besten bezahlte. Rodriguez unterhielt sich rasch und fachmännisch mit ihm, ehe er Sinclair einen kleinen roten Vogel mit trüben Augen zeigte. »Das Opfer einer Chemievergiftung. Herbizide«, erklärte Rodriguez. »Eine üble Sache. Wann wird Ihre Regierung endlich der Großchemie auf die Füße treten?«

Später holperten sie in Rodriguez' Land Rover über das unebene Terrain, bis sie zur Straße kamen, dann beschleunigte Victor und fuhr durch das nahe gelegene Dorf Sevilla.

»Nun zu diesem Oscar, dem Freund des Dokumentarfilmers. Ich brauche mehr Informationen, sonst kann ich ihn nicht lokalisieren. Fraser telefoniert offenbar nur von öffentlichen Fernsprechern aus.«

Sinclair dachte über das Problem nach. »Stimmt, es wäre schwierig, das gesamte amerikanische Telefonnetz zu verwanzen.«

Victor nahm den Blick kurz von der Straße. »Glauben Sie mir, Andrew, falls Fraser seinen Freund jemals von Kolumbien oder Venezuela anriefe, gäbe es keine Schwierigkeiten. Dann könnten wir den Mann aufspüren. El Gordo hört alles mit. Aber in den Staaten ... Eines Tages vielleicht, aber jetzt noch nicht.«

»Keine Sorge, Victor, ich denke, wir haben alle langfristigen Probleme, die Fraser verursachen könnte, völlig unter Kontrolle.«

Der Wagen bog von der Hauptstraße ab. Zu beiden Seiten ragte hoch über ihnen das Zuckerrohr auf, bis sie sich plötzlich wieder auf freiem Feld befanden. Rodriguez hielt an und wies auf die vor ihnen liegenden Anbauflächen.

»Solche Feldfrüchte haben Sie bestimmt noch nie gesehen.«

Sinclair nahm die Sonnenbrille ab. Er zeigte auf die Pflanzen.

»Ist es das, wofür ich es halte?«

Victor antwortete nicht, seine ganze Aufmerksamkeit galt der Zigarette, die er sich gerade drehte. Er zündete sie an und atmete tief ein. Während des Redens, strömte der Rauch aus der Lunge zurück und trat aus seinem Mund.

»Vor zwei Wochen besuchte mich einer meiner ranghöchsten DEA-Informanten aus Miami. Ich hatte ihn seit einiger Zeit erwartet. Er sollte uns eine große Lieferung geruchsundurchlässiger Plastiktüten von seiner Quelle in England bringen.«

Sinclair hob eine Hand. »Tut mir leid, da komme ich nicht mit.«

»Geruchsundurchlässige Plastiktüten wurden von den Kriminaltechnikern bei Scotland Yard entwickelt. Die britische Regierung verwendet sie, wenn sie will, daß etwas durch den Zoll kommt, ohne daß es die Drogenspürhunde entdecken.«

»Hat er die Tüten mitgebracht?«

»Aber ja. Sie sind unbezahlbar, um Stoff nach Großbritannien zu schaffen, aber mein Informant hat etwas noch Wertvolleres mitgebracht. Die US-amerikanische Drogenbehörde DEA beabsichtigt in Zusammenarbeit mit der kolumbianischen Regierung, die gesamte Gegend mit Herbiziden zu besprühen, um Kokainpflanzen und Mohnernte zu vernichten. Die Sprühaktion war für die Woche nach seinem Besuch geplant. Tags darauf überflogen Kleinflugzeuge diese Felder hier. Unsere Leute dachten, unser Kontaktmann in Miami hätte sich geirrt oder, schlimmer noch, er sei enttarnt worden. Doch sie besprühten nicht die Pflanzen, sondern ließen Päckchen mit Kondomen fallen, und zwar Tausende. Hier, schauen Sie, das ist eins der Päckchen.«

Rodriguez hielt ein Päckchen Präservative hoch. Darauf stand: »Ein Geschenk der Weltgesundheitsorganisation. Verwenden Sie es weise.«

»Tja«, sagte Victor, »unsere Leute haben diesen Rat beherzigt. Was Spermien drinnen hält, wird das DDT draußen halten.«

Die beiden Männer schauten über die Felder. Soweit das Auge reichte, war jede junge Pflanze in ein Kondom gehüllt.

Sinclair war fasziniert. »Das beste Beispiel einer Kreuzbestäubung, das ich je gesehen habe.«

Victor lachte. »Dann wollen wir mal die Sitzordnung für das Essen am Erntedankfest besprechen. Ich habe Roberto und seine Kollegen eingeladen, aber die brauchen keine Stühle.«

Vor diesem Essen hatte Sinclair noch alle Hände voll zu tun. Im August würde als erstes das *Wall Street Journal* einen größeren Bericht über die Carson-Zwillinge bringen. In dem Artikel stand, Paul und Bobby seien »beträchtliche finanzielle Mittel« zur Verfügung gestellt worden, um ihre »bedeutsamen Forschungen auf dem Gebiet der Computer-Software« bis zu einer »möglicherweise bahnbrechenden Entdeckung« mit »weltweiten Implikationen für die gesamte Branche« voranzutreiben. Das Blatt machte seine Leser zwar darauf aufmerksam, die Zwillinge hätten »einen klaren Vorsprung auf der Jagd nach dem Heiligen Gral der Branche« erlangt, vergaß aber zu erwähnen, daß der klare Vorsprung weitgehend darauf zurückzuführen war, da sie ihre größten Konkurrenten aufgekauft hatten. Mit seiner Andeutung, dieser »Heilige Gral« habe Bedeutung für das Internet, war der Artikel eine meisterhafte Mischung aus Vorsicht und Schüren von Erwartungen. Das fällige Medieninteresse stellte sich umgehend ein. Als sich die Zwillinge rar machten und jede Bitte um ein Interview ablehnten, wuchs das Interesse nur noch mehr an. Im Lauf der nächsten zwei Wochen erschienen große ausführliche Porträts in der *New York Times*, der *Washington Post* und im Nachrichtenmagazin *Time*. »Die genialen Einsiedler auf der anderen Seite der Bay«. »Mach die Tore auf, Bill. Deine Nachfolger sind schon unterwegs«. »Zwei Hirne, ein Gedanke«.

Im September brachte die Wirtschaftszeitschrift *Fortune* die Exklusivmeldung, daß Rick Forrest nun im Vorstand der Zwillinge saß. Daß sie einen Mann gewonnen hatten, der als einer der cleversten Köpfe der Branche galt, ließ das Interesse der Wirtschaft an Cybersafe in ungeahnte Höhen schnellen. In einer verklausulierten Verlautbarung deutete Forrest an, das Unternehmen könnte eventuell an die Börse gehen.

Im Oktober schließlich gab die Investmentbank Morgan Grenfell bekannt, sie habe die Aktienemissionen von Cybersafe übernommen. Sorgfältig plazierte Indiskretionen deuteten darüber hinaus an, die gewaltige Nachfrage nach den neuen Aktien hätte zu einer fünfzehnfachen Überzeichnung geführt. Am 14. Oktober annoncierte Morgan Grenfell, wonach sich der Markt alle Finger leckte: einen elektronischen Firewall, der unüberwindliche Sicherheit bot vor jedem Hacker oder Möchtegernkriminellen. Die Bedeutung dieses Sicherheitssystems für die gesamte Computerbranche und jeden einzelnen Benutzer war enorm. Die *New York Times* verfaßte einen hymnischen Leitartikel:

»Mit dem heutigen Tag beginnt eine neue Epoche. Mit der Bekanntgabe dieses Durchbruchs werden zukünftige Historiker von v. C. – vor Cybersafe – und n. C. – nach Cybersafe – sprechen. Die Auswirkungen auf den Handel sind gewaltig. Der Durchschnittsbürger kann nun nach Belieben jedes Produkt über das Internet bestellen und dabei sicher sein, daß seine finanziellen Verhältnisse nicht ausspioniert werden. Damit ist Cybergeld den Kinderschuhen entwachsen. Eine Weltwirtschaft im wahrsten Sinne des Wortes ist Realität geworden. Ähnlich atemberaubend ist die Bedeutung dieser Entwicklung für die nationale Sicherheit. Noch 1997 hatte General Marsh dem Präsidenten mitgeteilt, Cyberterroristen könnten atomare Waffensysteme, Energie, Wasserversorgung, Luftverkehrskontrolle und Notfalldienste sabotieren. Cybersafe kann dieser Bedrohung ein Ende bereiten. Es wird die empfindlichsten Geheimnisse unserer Nation schützen.«

Fortune befaßte sich mehr mit dem privaten Sektor:

»In den letzten Jahren wurden Finanzdienstleister von Cyberterroristen heimgesucht, die durch Erpressung Milliarden von Dollar erbeuteten. Sowohl hier in Amerika als auch in zahlreichen anderen Ländern weltweit haben Banken, Brokerfirmen und Investmenthäuser heimlich Unsummen an Lösegeldern gezahlt, um katastrophale Computerzusammenbrüche und irreparable Vertrauensverluste unter ihrer Kundschaft abzuwenden. Mittels programmierter Zeitbomben, die per Fernbedienung gezündet werden könnten, sind Cyberterroristen in die höchstentwickelten Systeme eingedrungen. Die Alternative lautete schlicht:

> *Wenn ihr nicht zahlt, vernichten wir eure Computer.‹ Dank der Carson-Zwillinge wird es für solche Verbrecher jetzt keine Zahltage mehr geben.«*

Das Interesse wuchs derart, daß sich Morgan Grenfell gezwungen sah, den für Mitte Dezember geplanten Börsengang auf den 28. Oktober vorzuziehen. An diesem Tag kosteten die Cybersafe-Aktien anfangs 38, bei Börsenschluß 63 Dollar. Nur zwanzig Prozent der Firma standen der Allgemeinheit zur Verfügung, die restlichen achtzig Prozent blieben unter Kontrolle und im Besitz eines kleinen Personenkreises, zu dem auch Patrick Collins gehörte. Bei Börsenschluß war Collins auf dem Papier um hundert Millionen Dollar reicher. Wenn die Börsengurus mit ihren Prophezeiungen recht hatten, würde sich dieser Betrag während des vorgeschriebenen Zeitraums von hundertachtzig Tagen, der vor dem Verkauf von Aktien verstreichen mußte, zumindest verdoppeln.

»Allmächtiger, wir danken Dir für Deine Gaben, die Du Deinem bescheidenen Diener hast zuteil werden lassen. Daß solche Reichtümer auf mich herabregneten, erfüllt mich mit tiefem Erstaunen und unaussprechlicher Dankbarkeit. Wir danken Dir für Speis und Trank, die wir so gern mit all denen teilen, die sich heute hier versammelt haben. Alte und neue Freunde. Und wir danken Dir an diesem besonderen Tag, o Herr. Im Herbst des Jahres 1621 feierten die Pilgerväter, daß sie nach furchtbaren Entbehrungen, gezeichnet von Leben und Tod, noch am Leben waren. Sie dankten dafür, daß sie überlebt und eine reichliche Ernte eingebracht hatten, so wie wir in diesem Herbst Dank sagen. Mögen wir den gleichen Mut und die gleiche Kraft zeigen, wenn wir uns den im kommenden Jahr vor uns liegenden Aufgaben stellen, so wie diese ersten Siedler. Amen.«

Leon zog auf, zeigte eine Großaufnahme, als Collins sich umdrehte und, mit einer leichten Handbewegung in Richtung seiner sitzenden Frau, nacheinander die um den Tisch Versammelten ansah.

»Teresa und ich wünschen Ihnen allen ein frohes Erntedankfest. In zwölf Monaten vom heutigen Tag an werden wir wissen, ob die gemeinsamen Hoffnungen, Träume und Ziele der hier Versammelten in Erfüllung gehen.«

Collins hielt inne, sah dann langsam von einem zum anderen. »Ich glaube, daß es in der Geschichte der Vereinigten Staaten drei prägende Ereignisse gibt. Die Amerikanische Revolution seit 1780, den Wiederaufbau nach dem Bürgerkrieg Mitte des neunzehnten Jahrhunderts, und den New Deal in den dreißiger Jahren dieses Jahrhunderts. Darüber hinaus glaube ich, daß wir, falls wir über unsere Widersacher und die in den kommenden Monaten gegen uns antretenden Kräfte triumphieren, die Geburt einer vierten amerikanischen Republik erleben werden.«

Leon fuhr mit der Kamera langsam die gebannt lauschende Gruppe am Eßtisch ab. Einen Augenblick lang schien es, als wollte Collins eine politische Rede halten. Statt dessen lockerte er, mit einer Handbewegung in Richtung Tischmitte und einer beiläufigen Bemerkung, die Stimmung auf: »Doch bevor wir zu einer vierten Republik kommen, wartet ein Truthahn darauf, gegessen zu werden. Guten Appetit.«

Im Anschluß an das Dinner sah sich Sinclair gezwungen, einige Essensgäste zu beruhigen.

»Edgar, großes Ehrenwort, ich habe den englischen Filmemacher überprüfen lassen. Er ist hundertprozentig sauber. Pat Collins läßt ihn einen Dokumentarfilm über den Collinsschen Präsidentschaftswahlkampf drehen. Nichts, aber auch gar nichts wird gesendet, bevor Collins angetreten ist und entweder gewonnen oder verloren hat. Und wer interessiert sich dann noch einen feuchten Kehricht für irgendeine Dokumentation?«

Zwei Tage vor dem Essen war Sinclair aus New York eingeflogen, um die letzten Vereinbarungen noch einmal genauestens zu überprüfen. Er hatte Adam Fraser vorgeschlagen, bei einem Arbeitsessen »das Szenario festzuklopfen«. Obwohl Fraser klar war, daß man ihm sein Vorhaben ausreden wollte, merkte er, wie er sich mit Sinclair anfreundete, während er darum kämpfte, weiterhin seine Arbeit tun zu dürfen.

»Sehen Sie, Andrew, diesen Teil des Drehplans habe ich schon vor Wochen beendet. Das Team ist nur in Florida geblieben, um das Dinner zu filmen. Anschließend fliegen wir heim. Wir kommen erst nächstes Jahr zurück, um mitzukriegen, wie der Reverend seine Kandidatur bekanntgibt.«

Sinclair erzählte ein wenig von den »Vier Jahreszeiten«, und wie diese daran mitgewirkt hatten, Collins zu seiner Kandidatur zu überreden. »Für einen späteren Zeitpunkt garantiere ich Ihnen Zugang zu allen vieren. Im Moment sind einige von ihnen äußerst paranoid, was Publicity jeder Art angeht. Sobald Pat aber erklärt hat, daß er antritt, gibt's da keine Probleme mehr.«

Adam Fraser hielt es für besser, einen eleganten Rückzieher zu machen und Sinclair als Verbündeten zu behalten.

»Ich sag' Ihnen was, Andrew. Wie wär's, wenn ich Pats Tischgebet und eventuelle Begrüßungsworte filme? Dann brechen wir die Dreharbeiten ab und fahren zum Essen irgendwo an den Strand.«

Sinclair streckte seine Hand aus. »Herzlichen Dank. Das vergesse ich Ihnen nicht.«

Adam wußte, daß Sinclair problemlos das Filmteam von dem Dinner hätte fernhalten können. Sinclair hatte sogar noch mehr Grund, zufrieden zu sein. Sie hatten sich auf genau den Kompromiß geeinigt, den er im Vorfeld geplant hatte.

Das Filmteam trug seine Ausrüstung aus dem Raum, und das Dinner begann. Von einem Ende der langen Tafel aus, die man in einem sonst als Konferenzraum dienenden Zimmer aufgestellt hatte, beobachtete Sinclair still und zufrieden diese Szene. Seine Pläne waren zu einem wunderbaren Abschluß gekommen. Er war gespannt darauf, Teresa Collins zu beobachten und ihr zuzuhören. Während sie mit Rick Forrest und Paul McCall plauderte, reifte in Sinclair die Überzeugung, daß die amerikanische Öffentlichkeit diese First Lady anhimmeln würde – sie war elegant und schön, aber nicht bedrohlich, ihrem Gatten und ihrer Familie ergeben und erstaunlich liberal, was einige Themenbereiche anging, aber eine entschiedene Drogengegnerin ...

Neben ihr war Patrick Collins tief in ein Gespräch mit Ricardo Semper vertieft, einem kolumbianischen Geschäftsmann, zu dessen Reich Versicherungsfirmen und Reisebüros gehörten. Neben Ricardo führte der kolumbianische Industrielle eine lebhafte Unterhaltung mit Edgar Lee Stratford und Rupert Turner. Sinclair wandte sich dem stumm auf dem Nachbarstuhl sitzenden Mann zu.

»Victor, Sie hatten zum erstenmal Gelegenheit, unseren Kandidaten kennenzulernen. Reaktion?«

»Mich beeindruckt sehr, daß er sich dem Kampf gegen die Drogen verschrieben hat. Ich bezweifle, daß wir irgendwo im Land einen besseren hätten finden können.«

Diese Meinung wurde ganz offensichtlich von jedem der Tischgäste geteilt. Als sich die Anwesenden zwischen den Gängen entspannten, beobachtete Sinclair fasziniert, daß mächtige Männer wie McCall, Turner und die anderen geradezu an Collins' Lippen hingen. Die kleinen Nebengespräche verstummten, und ohne es auch nur zu wollen, war dem Prediger die Aufmerksamkeit sämtlicher Anwesenden sicher.

»Wissen Sie, ich habe mich oft gefragt, was passiert wäre, wenn Ross Perot '92 bei der Stange geblieben wäre. Ich hätte zu gern gewußt, ob ein unabhängiger Kandidat es schaffen könnte. Jetzt werde ich es herausfinden. Ich bin fest entschlossen, es mit Hilfe Teresas und aller anderen in diesem Raum nach Kräften zu versuchen.

Heute abend möchte ich keine fundierte Analyse möglicher Politikschwerpunkte anstellen, sondern nur feststellen, wie sehr es mich freut, endlich unsere kolumbianischen Freunde kennenzulernen und mit ihnen reden zu können. Es ist schön, Ihnen bei dieser Gelegenheit für die Unterstützung zu danken, die Sie meinen Glaubensfeldzügen im Lauf der Jahre haben zukommen lassen. Gewiß werde ich meinen Wahlkampf nicht auf ein Thema reduzieren, doch der Krieg gegen die Drogen wird zweifellos ein zentraler Punkt meines Programms sein.«

Ehe er weitersprach, griff er nach einer Karaffe und füllte sein Glas mit Wasser.

»In den vor uns liegenden Monaten haben wir noch über einiges zu reden, nicht zuletzt über meine Hoffnung, daß sich das informelle, hier um diesen Tisch versammelte inoffizielle Wirtschaftskabinett Gedanken um einzelne Bundesstaaten machen wird. Bedenken Sie, Paul, Ihre Machtzentralen befinden sich in Virginia und Illinois. Die von Rupert im Staat New York, Ricks in Texas, und Edgar ist in Kalifornien besonders stark. In Ihren Heimatterritorien sind hundertfünfzig Wahlmännerstimmen zu vergeben. Das bringt mich auf den Grund für die Anwesenheit unserer kolumbianischen Freunde an diesem Tisch. Die Stimmen der spanischsprechenden Wähler. Victor, Ricardo, Alberto. Ich hoffe, von Ihnen dreien in diesem Bereich wahlentscheidende Hilfe zu bekommen. Bei den letzten drei Präsidentschaftswahlen lag die gesamte Beteiligung der spanischsprechenden Wähler unter dreißig Prozent. Das ist nur halb soviel wie bei den weißen oder schwarzen Wählern. In Texas, Kalifornien und Florida wird aber die Beteiligung der aus Südamerika stammenden Wähler darüber entscheiden, wer diese Staaten gewinnt.« Zur Betonung pochte Collins laut auf den Tisch. »Nur diese drei Bundesstaaten, Victor. Verschaffen Sie mir die, und Sie verschaffen mir hundertelf Wahlmännerstimmen. Eine der Fragen, über die jeder von ihnen nachdenken sollte, lautet: Wie neutralisieren wir die Macht der diversen Gouverneure dieser Staaten und natürlich auch aller anderen Gouverneure? Jedenfalls sind sie mit einem System und einer politischen Grundhaltung verbunden, die die Menschen dieses Landes enttäuscht haben. Und dabei meine ich Republikaner *und* Demokraten. Wissen Sie, während der ersten zweihundert Jahre unserer Unabhängigkeit haben die verschiedenen Regierungen eine Staatsverschuldung von insgesamt einer Billion Dollar zusammengebracht. In der folgenden Zeit, den acht Reagan-Jahren, summierte sich die Verschuldung auf vier Billionen Dollar – und diese Phase halten in der Rückschau mittlerweile beide großen Parteien für eine Zeit beispiellosen Erfolgs!«

Das Filmteam beschäftigte sich mit prosaischeren Finanzproblemen.

»Die Schwierigkeit besteht darin«, sagte Adam, »daß ich nicht die übliche Wall-Street-Tour hinlegen kann, an Türen klopfen und meinen Hut hinhalten.«

»Bei diesem Film geht das nicht«, bestätigte Susanna. »Bis er sich als Kandidat outet, ist es ein verdammtes Staatsgeheimnis.«

Sie warf einen Blick auf Leon, der schwieg, seit sie das Restaurant betreten hatten. »Alles in Ordnung, Leon? Irgendwelche Sorgen?«

Leon hatte auf seiner Papierserviette herumgekritzelt. Jetzt hörte er damit auf. »Ich überlege dauernd, wer der Mann auf dem Dach war.«

»Welcher Mann auf welchem Dach?« fragte Adam.

»Das Dach des Collinsschen Konferenzzentrums, wo wir gerade gedreht haben. Da oben war ein Mann.«

Barry machte eine wegwerfende Armbewegung. »Wahrscheinlich einer dieser Security-Leute. Die schleichen doch überall rum.«

Leon schüttelte den Kopf. »Warum hat er dann Fotos geschossen? Wenn er von der Security gewesen wäre, hätte er das beim Eintreffen der Besucher im Erdgeschoß gemacht. Er würde nicht irgendwann abends aufs Dach klettern und eine Kamera durch ein Oberlicht halten.«

Adam war neugierig geworden. »Wie hast du ihn denn gesehen?«

»Bevor wir anfingen zu drehen, habe ich die Kamera schräg gekippt und mich davor gestellt, um das Objektiv zu putzen. Genau wie immer. Ich sah den Typ über mir, jedenfalls sein Spiegelbild. Er hatte eine Kamera direkt nach unten auf den Eßtisch gerichtet. Danach habe ich immer wieder in die Richtung geschaut. Dann und wann bekam ich mit, wie er Fotos schoß. Er wollte ungesehen bleiben.«

Adams Flug von London nach Hamburg hatte sich schon gelohnt, um Oscars Reaktion aus erster Hand mitzuerleben. Er saß mitten im Puppenhaus, und wie bei einem Goldfisch ging sein Mund auf und zu, aber es kam kein Wort heraus. Fraser hatte ihm einen ausführlichen Bericht über das Dinner am Erntedankfest und den Fotografen auf dem Dach gegeben. Er hatte Barrys Tonaufnahme von dem Terrassengespräch zwischen Collins und Reilly vorgespielt, und er hatte ein Video von dem Teil des Essens gezeigt, das sie hatten filmen dürfen.

»Verrat mir eins, Oscar: Kann Collins Präsident werden?«

»Aber klar kann er. Das Geniale an dem Schachzug, ihn auszuwählen, besteht darin, daß man denkt, sobald man von der Idee hört: Na klar, er ist der Richtige, warum hat den vorher noch keiner zur Kandidatur überredet? Außerdem hat Sinclair ja noch ein As im Ärmel. Wie hat er nur vier ungemein mächtige und einflußreiche Männer überredet, Collins zu unterstützen? Die holen unter Garantie noch haufenweise andere wichtige Geschäftsleute mit an Bord.«

Oscar lief stumm auf und ab. »Und dann ziehen sie das As aus dem Ärmel: Die gute alte amerikanische Öffentlichkeit braucht keinen Penny zu berappen! Collins bestreitet den Wahlkampf ausschließlich mit eigenem Geld.«

»Aber woher kommt das ganze Geld? Na schön, Sinclair hat im Juli fünf Millionen Dollar zusammengekratzt. Aber wie sind daraus bis November mindestens hundertfünfzig Millionen geworden?« wollte Adam wissen.

»Cybersafe.«

»Was, die Carson-Zwillinge und die Revolution im Internet?«

»Die Carson-Zwillinge und Rick Forrest. Ich denke, du wirst herausfinden, daß für die fünf Millionen ein Stück dieses Kuchens eingekauft wurde. Noch so ein Geniestreich, eine hundertprozentig legale Transaktion. Und schon verwirklicht Collins den amerikanischen Traum, und zwar nicht nur für die beiden Carsons, sondern für jeden, der das Glück hatte, Cybersafe-Aktien in die Finger zu kriegen. Adam, spiel mir doch jetzt noch mal das Video vor.«

Leons Kamera fuhr den Tisch entlang. Oscar drehte sich zu Adam um. »Darf ich mir ein paar Einstellungen ausdrucken?«

Adam zögerte. »Ich habe Collins eine schriftliche Verpflichtung gegeben, daß das gesamte Material bis nach den Präsidentschaftswahlen unter Verschluß bleibt.«

»Geht in Ordnung. Ich zeig sie keinem.« Oscar hielt das Video an, so daß er ein Standbild von Victor Rodriguez bekam, und drückte den »Print«-Knopf auf einem kleinen, mit seinem Videorecorder verbundenen Gerät. Es surrte und piepte, und aus einem unten am Drucker befindlichen Schlitz tauchte Rodriguez' Gesicht auf. Oscar ließ das Band vor- und zurücklaufen, bis er von jedem am Tisch ein farbiges Standfoto hatte.

Dann legte er die Fotos nacheinander auf den Tisch, bis er die Sitzordnung bei dem Erntedankfestdinner genau rekonstruiert hatte.

»Was soll das?«

Oscar musterte Adam kurz. »Du weißt nicht zufällig, wer für die Sitzordnung verantwortlich war?«

Adam schüttelte den Kopf. »Ich weiß noch, daß es ein unheimliches Gewese darüber gab, wer wo sitzen sollte. Das zog sich endlos hin. Ich weiß es noch genau, weil wir endlich mit Drehen anfangen wollten.«

Oscar sah den Dokumentarfilmer scharf an. »Adam, ich bitte dich.«

»Ich war zu sehr damit beschäftigt, möglichst viel auf Film zu bannen. Hab' die Beleuchtung überprüft, Einstellungen mit Leon besprochen, die Zeiten mit Susanna und den Ton mit Barry. Schließlich mache ich einen Dokumentarfilm, schon vergessen?«

»Ich will nur, daß du lange genug am Leben bleibst, um ihn auch zu beenden.« Oscar stupste mit einem Wurstfinger wütend eins der Fotos an. »Verrat mir nur, warum dieser Mann an einem Ende der Tafel versteckt wurde, statt neben Collins oder wenigstens mitten unter den vier Weisen zu sitzen?«

»Wer?«

Oscar hielt ein Foto hoch. »Victor Ramirez Rodriguez, Präsident von Andino Incorporated.«

Oscar begab sich zur Kaffeemaschine, goß zwei Tassen voll und reichte die eine Adam. »In Cambridge, vor drei Jahren. Es war das dreizehnte internationale Symposium zur Wirtschaftskriminalität. Zu den angesprochenen Themen gehörte auch Geldwäsche. Victor Rodriguez hielt ein hervorragendes Referat. Bevor du in die Staaten zurückfliegst, gebe ich dir eine Kopie. Darin wird nach einzelnen Ländern aufgelistet, wie weit das Organisierte Verbrechen die legale Welt infiltriert hat. In welchem Ausmaß Schwarzgeld zu Weißgeld gemacht wurde, wie es global um die Korruption bestellt ist.« Oscar hielt kurz inne, in Gedanken versunken. »Eine von Rodriguez genannte Zahl verfolgt mich immer noch. Er hat die Größe der globalen Untergrundwirtschaft auf eine Billion Dollar geschätzt. Rodriguez finanziert eine Monatszeitschrift, *Der Geldwäschereport*, die Standardveröffentlichung zum Thema.«

Oscar wühlte in einer Schublade herum und gab Adam eine Ausgabe. »Eine ständig aktualisierte Beurteilung der Drogenbranche und ihrer Geldwäschetechniken. Was Wunder, daß die Kartelle versucht haben, Rodriguez umzubringen. Wenn ich einen Helden im Leben habe, dann diesen Mann. Warum wurde er also beinahe am Katzentisch plaziert?«

Adam zuckte die Achsen. »Vielleicht ist er nur sehr schüchtern. Vielleicht wurde Pat Collins – oder wer sonst für die Sitzordnung verantwortlich zeichnet – schlecht beraten?«

Oscar widmet sich wieder seiner Bildermontage und entfernte alle Fotos außer dem von Rodriguez. »Oder jemand wollte sichergehen, daß er ein deutliches Foto von Victor Rodriguez bekam. Wenn man einen Mordauftrag erteilt, empfiehlt es sich, dem Schützen ein Foto des Opfers zu geben.«

Adam schüttelte den Kopf.»Wie jeder am Tisch war Victor Rodriguez auf ausdrückliche Einladung gekommen. Die Sicherheitsvorkehrungen um das Haus herum waren an diesem Abend absolut strikt. Man hätte glauben können, Collins sei schon Präsident.«

»Dann hatte der Mann auf dem Dach doch wohl auch eine Einladung?« Oscar ging wieder auf und ab.»Das soll nicht heißen, daß Rodriguez bei dem Essen umgebracht werden sollte, Adam. Vielleicht erst in einem Monat oder einem Jahr. Collins hat beschlossen, den Krieg gegen das Rauschgift zu einem zentralen politischen Thema zu machen. Er oder jemand anderes lädt also einen der führenden Experten im Krieg gegen das Rauschgift ein, Rodriguez, um mit ihm das Brot zu brechen … Und dann plaziert man ihn fast im Nebenraum.« Er zuckte mit den Schultern.»Hat vielleicht nichts zu bedeuten. Die Fotos dieser zwei würde ich gern durch den Apparat schicken. Außer von Mrs. Collins habe ich bereits Akten über jeden am Tisch, sieht man von den beiden ab. Die hab ich noch nie gesehen. Wie heißen sie?«

»Der mit den vielen Goldzähnen im Mund ist Ricardo Semper. Der andere heißt Alberto Cornejo. Beide sind Geschäftsleute aus Bogotá, die auch am Kampf gegen den Rauschgifthandel mitwirken.«

»Darf ich sie durch meine CFR schicken?«

»Aber ja. Ich weiß über sie nur, was ich aufgeschnappt habe, als vor dem Dinner alle miteinander bekanntgemacht wurden.«

Oscar schob das Foto von Semper in einen metallenen Kasten von der Größe eines kleinen Fotokopiergerätes. Dann nahm er den Hörer von einem mit dem Kasten verbundenen Telefon, legte ihn auf den Tisch und wählte rasch eine Nummer. Die CFR – *Computerized Face Recognition*, eine automatische Gesichtserkennung – war noch nicht auf dem Markt. Irgendwie hatte Oscar so ein Gerät zu »Testzwecken« ergattert. Heimlich war dieses System bereits überall auf der Welt in sicherheitsrelevanten Bereichen installiert worden. Schloß man eine Kamera an, konnte es eine Menschenmenge mit einer Geschwindigkeit von zwanzig Gesichtern pro Sekunde scannen und die Bilder mit einer Datenbank von bis zu einer Million Fotos abgleichen. Oscars Modell war mit mehreren Datenbanken verbunden, darunter zweien in der CIA-Zentrale in Langley.

»Das dauert ein paar Minuten. Also, Adam, nun zu den Wanzen, die in deinem Bungalow benutzt wurden. Merkwürdigerweise deutet alles auch hier auf das Drogengeschäft hin.«

»Wie meinst du das?«

»Diese Geräte werden ausschließlich unter einer Lizenz der US-Regierung hergestellt. Nur die DEA hat sie.«

»Warum sollte sich die *Drug Enforcement Agency* für ein Filmteam interessieren?«

Oscar schüttelte den Kopf. »Nicht zwangsläufig die DEA, Adam. Vielleicht jemand, der sehr gute Beziehungen zu der Behörde unterhält.«

»Als da wäre?«

»Keine Ahnung, vielleicht Sinclair. Offenbar ist er der Kopf der Bewegung, die Collins zum Präsidenten machen will. Wenn Collins für das Verwanzen eurer Zimmer verantwortlich wäre, warum sollte er dann länger als eine Woche warten, ehe er dich mit dem verlockenden Schnäppchen auf seine Seite zieht, einen Exklusivfilm über seinen Wahlkampf zu drehen? Woher wußte Collins von dem Terrassentape? Vielleicht, weil Sinclairs Leute genug von der Unterhaltung zwischen dir und Barry am Strand mitgehört hatten. Folglich bekommt Collins von Andrew Sinclair einen Hinweis und schlägt wahrscheinlich den zusätzlichen Dokumentarfilm vor. Damit haben sie dich ganz wunderbar eingebunden. Und verhindern, daß du zu früh an die Öffentlichkeit gehst. Wär doch nicht in deinem Interesse, stimmt's?«

»Das ist rein hypothetisch, Oscar.«

»Aber ja.«

»Oscar, du hast das Band gehört. Sein Gespräch mit Reilly auf der Terrasse. Die Anspielung auf irgendein großes Problem. Offenbar glauben sie, es würde in den Dateien von Washington oder Langley auftauchen. Dem war nicht so.«

»Deine einzige Chance besteht darin, herauszufinden, wer die Daten über Patrick Collins gesäubert hat. Falls sie gesäubert wurden.«

»Dieser Zwischenfall in London. Mit der Nackten und dem Fotografen, das wäre doch bestimmt in den Akten aufgetaucht, zumal er Kontakt zu dem amerikanischen Botschafter aufgenommen hat?«

»Du hast recht, Adam. Das stünde garantiert in den Akten, also hat jemand Collins' Akten gesäubert. Kannst du den Botschafter ausfindig machen? Man weiß ja nie, nach so vielen Jahren redet er vielleicht und erzählt dir, was er an das Außenministerium weitergegeben hat.«

»Botschafter Scott ist vor drei Jahren gestorben.«

Die CFR surrte los und spuckte ein einzelnes Blatt Papier aus. Oscar las es, ehe er es mit einer Büroklammer an den beiden Fotos befestigte. »Über beide keine Erkenntnisse. Versuch gescheitert.«

Adam betrachtete ihn fragend, doch Oscar verscheuchte den Gedanken mit einer Handbewegung, als würde er nach einer vorbeifliegenden Mücke schlagen.

Der Buddha schnipste mit den Fingern. »Olaf. Wenn einer was über Ricardo Semper und Alberto Cornejo weiß, dann Olaf.«

Oscar streckte sich, langte über den Schreibtisch und zog ein ungewöhnlich großes Telefon zu sich rüber. In dessen Sockel befanden sich seltsame Schalter, ein Zähler mit Skala sowie drei gläserne Anzeigelämpchen. Als er den Hörer abnahm und einen Schalter umlegte, glühten die drei Lämpchen rot auf. Zufrieden, daß der Scrambler funktionierte, tippte er rasch eine lange Ziffernfolge ein.

Er lauschte, plötzlich gingen alle drei Lämpchen aus, und Oscar knallte den Hörer auf.

»Ich hab' ihn auf seinem gesicherten Apparat angerufen. Den er in seinem Schreibtisch verschließt. Der Anruf wurde abgefangen. Klang wie ein Polizist. Aber wie sollte ein Polizist an Olafs abgeschlossenes Telefon herankommen?«

»Probier mal seine normale Telefonnummer. Isabella oder Lucas werden uns erzählen, was los ist.«

Oscar tippte eine andere Ziffernfolge ein. Kurz darauf gingen alle Lämpchen aus, und er knallte den Hörer fest und schnell auf.

»Derselbe Mistkerl. Gefällt mir nicht, Adam. Gefällt mir ganz und gar nicht.«

»Wir sind zu weit weg, um da helfen zu können. Du versuchst es immer mal wieder unter seinen diversen Telefonnummern, und ich mach's genauso. Na komm, Oscar, ich lad' dich zum Essen ein. Laß uns ein bißchen frische Luft schnappen. Wieso hast du mir nichts von diesem Victor Rodriguez erzählt, als ich damals meinen Zweiteiler über Rauschgift gedreht habe?«

»Weil du nur an den Schurken interessiert warst, wenn du dich mal zurückerinnerst. Victor ist einer der Guten. Den hättest du wohl kaum auf einem Maultierritt von Peru nach Kolumbien einbauen können oder auf deinen verrückten Reisen durch Cali und Medellín. Bevor du gehst, geb' ich dir ein vertrauliches Dossier über Rodriguez. Faszinierende Lektüre.«

Kurze Zeit später hatte Oscar einen Avocadosalat sowie einen Teller Pâté verdrückt und wartete jetzt auf seine dritte Vorspeise, ehe ein lauter Rülpser und ein auf Adams Recorder deutender dicker Finger erkennen ließ, daß er reden wollte.

»Ich will dir erzählen, warum Victor Rodriguez mein Held ist. Ich habe dir doch von meinem ersten Kriegseinsatz in Vietnam berichtet, das war 1970. Als ich für Colby am Phoenix-Programm arbeitete. Ich habe dir nie von meinem zweiten Einsatz erzählt, oder wie ich ins Drogengeschäft eingestiegen bin.«

»*Ins* Geschäft, Oscar? Du warst doch immer ein leidenschaftlicher Drogengegner!«

»Nicht immer. Nicht während meines zweiten Einsatzes in Vietnam. Als ich im März 1972 dorthin kam, hatte William Colby, der Botschafter und Leiter der CIA-Operationen, seit fast fünf Jahren den *Long Silver Train* in Betrieb.«

Oscar erzählte von den Montagnards und den Meo, zwei von der CIA für den Kampf auf der Seite Südvietnams rekrutierten Stämmen.

»Wir setzten diese Leute zu Missionen im Zentralen Hochland und auf dem Ho-Chi-Minh-Pfad ein. Das waren erstklassige Kampfmaschinen, und Colby und die anderen CIA-Chefs wollten sie unbedingt auf unserer Seite behalten. Aber die Montagnards und die Meo wollten auf keinen Fall die amerikanischen M-16-Militärgewehre verwenden. Die M 16 hatte häufig Ladehemmung, wohingegen die russische Kalaschnikow auch sand- oder schlammverschmiert noch hervorragend funktionierte.«

Natürlich konnten die Vereinigten Staaten russische Waffen nicht auf dem freien Markt kaufen, genausowenig wie eine US-Regierung für derartige Erwerbungen Geld bereitstellen durfte. William Colby fand eine bizarre Lösung – den *Long Silver Train*.

»Colby sorgte dafür, daß die sterblichen Überreste amerikanischer Soldaten in einen abgeschotteten Bereich des Luftwaffenstützpunktes Tan Son Nhut gebracht wurden. In diesem Bereich hielt sich ausschließlich CIA-Personal auf. Die Leichen wurden geöffnet, ihre inneren Organe entfernt und durch Heroinpakete ersetzt, fünfzehn Kilogramm pro Leiche.«

Oscar tunkte ein Stück Brot in seine Minestrone und stopfte es sich in den Mund. »Es gab ständig nicht identifizierte Leichen, ohne Erkennungsmarke. Diese Leichen waren, sagen wir mal, in Stücke gerissen worden. Und dann haben wir einen regulären Leichnam, nennen wir ihn Bernie.« Oscar hielt inne, um sich einen Nachschlag Minestrone zu nehmen.

»Bernies Leichnam kommt in eine Kalkgrube. Die Reste des Typs, der an Bernies Stelle tritt, werden samt fünfzehn Kilo Heroin in einen silbrigen Aluminiumsarg gelegt. Auf den Sarg pappt man gelbe Warnaufkleber mit der Aufschrift: ›Öffnen verboten! Lebensgefahr! Typhus!‹«

Adam war schon seit geraumer Zeit der Appetit vergangen. Sein Steak lag unberührt auf dem Teller. Oscar musterte es, während er seinen leeren Suppenteller beiseite schob.

»Ißt du das noch?«

Adam schüttelte den Kopf. Oscar nahm es sich und kippte Tomatensauce über das Fleisch.

»Dann wurden diese ausgewählten Leichen in Air-America-Flugzeuge verfrachtet und in ausgewählte Beerdigungsinstitute nach Amerika geflogen, die der Mafia gehörten oder von ihr kontrolliert wurden.«

Wieder hielt der Buddha zwischen zwei Bissen inne. »Hoover war in die Geschichte eingeweiht. Er ließ das Heroin sogar von schwarzen Agenten in den Leichenhallen einsammeln und in schwarzen Wohngegenden unter die Leute bringen. Hoover war der Meinung, man könnte das ganze Bürgerrechtsproblem aus der Welt schaffen, indem man die schwarze Bevölkerung an die Nadel brachte. Dann war sie die meiste Zeit high und politisch ausgeschaltet ...«

Oscar berichtete, wie das Heroin in besonders angelegten und geschützten Regionen von Laos angebaut und in ebenfalls im Goldenen Dreieck befindlichen Laboren verarbeitet wurde. Dann nannte er die Namen Beteiligter, die nach ihrem Dienst in Vietnam hohe Posten im diplomatischen Dienst oder der DEA bekamen.

Er schilderte, wie das Geld anschließend in schweren Industrie- und Militärmaschinen nach Saigon zurückfloß. Auch dazu benutzte man die CIA-eigene Fluggesellschaft, Air America.

»Beispielsweise wurde ein T-16-Generator eingeflogen, an dem hing ein rotes Etikett mit der Aufschrift: ›Zusätzliche Teile müssen eingebaut werden‹.« Während Oscar in Erinnerungen an das viele Geld schwelgte, das die Air America eingeflogen hatte, glänzten seine Augen wie die eines alten Lebemannes.

»Im Hotel Rex am Leloi Boulevard gab es ein etwa sechs mal zehn Meter großes Zimmer. Wer die Berechtigung hatte, konnte da reingehen, einen Zettel unterschreiben und so viel Geld mitnehmen, wie man genehmigt bekommen hatte. Allein 1972 haben wir über achthundert Millionen Dollar für den Erwerb von Waffen ausgegeben. Alles Geld, das im Hinterzimmer des Rex-Club lagerte.«

»Habt ihr für den Waffenkauf einen Zwischenhändler benutzt?«

»Einen Mittelsmann? Klar. Das Ganze wurde in Pakistan von einem Heeresoffizier namens General Zia Ul Haq durchgeführt, dem späteren Präsidenten Zia. Als er uns irgendwann erpressen wollte, wurde er beseitigt.«

»Vor zwanzig Jahren, Oscar, habe ich einen Dokumentarfilm gedreht, in dem endgültig dem Mythos der Garaus gemacht werden sollte, es gäbe immer noch in Vietnam vermißte amerikanische GIs. Was du mir gerade erzählt hast, könnte ... wie viele erklären?«

»Mindestens zwanzig pro Monat.«

Adam wurde laut. »Großer Gott, Mann, das sind zwölfhundert Leichen über einen Zeitraum von fünf Jahren, in dem Colby diese Operation leitete!«

Oscar hob abwehrend die Hände. »Sieh mal, ich habe keine Ahnung, wie viele Leichen wir im Laufe von fünf Jahren ausgetauscht und mit der Identität eines anderen toten Soldaten versehen haben. Für das Jahr 1972 weiß ich es genau. Mindestens zwanzig pro Monat. Was die anderen Jahre angeht, gebe ich nur weiter, was mir Mitarbeiter der Firma erzählt haben.«

»Im Durchschnitt genauso viele?«

»Ja.«

Adam lehnte sich über den Tisch und fixierte den Mann gegenüber. »Es werden immer noch über tausendsiebenhundert Soldaten in Vietnam als vermißt geführt. Du hast soeben den Verbleib von fast allen aufgeklärt.« Er konnte nicht länger an sich halten. »Ich will heute nicht bei dir übernachten, Oscar. Ich muß dringend duschen. Ich nehme mir ein Hotel. Morgen komm ich und hole meine Sachen.«

Oscar streckte eine schwammige Hand aus. »Adam. Verurteile mich bitte nicht. Wegen der Ereignisse in 'Nam wurde ein Mann wie Victor Rodriguez mein Held.«

Adam neigte sich zu dem Buddha hinüber. »Weil du und deine Freunde so was in 'Nam gemacht haben, braucht dein Land überhaupt erst Männer wie Rodriguez. Begreifst du das nicht, Oscar? Weil ihr diesen ganzen Dreck in den Leichen nach Hause geschickt habt, kam dein Land erst an die Nadel.«

Adam hieb auf die Tischplatte. »1965 gab es in den gesamten USA erst siebenundfünfzigtausend bekannte Rauschgiftsüchtige, und die meisten trieben sich bequemerweise außer Sichtweite herum, in den Schwarzengettos der Großstädte. Dank deiner Freunde von der CIA war die Zahl Ende 1969 auf über dreihunderttausend angestiegen. 1971 lag sie bei fast sechshunderttausend. Und mindestens fünfzehn Prozent aller GIs in Vietnam nahmen Heroin. Aber statt dich in den Knast zu stecken, haben sie dir für deine Leistungen im Krieg den Brustkorb mit Orden und Bändern behangen.«

Als Oscar die Hand ausstreckte und ihn am Arm packte, machte Adam sich los und ließ den Buddha an seinem Tisch voller leerer Teller sitzen.

Oscar sah ihm nach und sagte leise vor sich hin: »Ich weiß.«

Adam stand in seinem Hotelzimmer und schaute über die Alster auf eine Stadt, die noch immer voller Energie und Leben war. Er brauchte etwas Starkes zu trinken und eine freundliche Stimme, die nicht von silbernen Särgen quatschte.

Adam leerte sein Glas und überlegte gerade, ob er nicht nach London zu Laura fliegen sollte, als das Telefon klingelte.

»Oscar! Woher wußtest du, wo ich bin?«

»Ich könnte behaupten, ich hätte einen Peilsender in deinem linken Schuh versteckt. Nein, der Portier im Restaurant hat gehört, welche Adresse du dem Taxifahrer genannt hast. Ich habe deine Sachen vorbeigebracht. Dachte, du könntest sie gebrauchen.«

Einen Moment überlegte Adam. »Bestell zwei große. Ich bin gleich unten.«

Der Buddha wirkte sehr zerknirscht. »Also, ich weiß, ich habe ein widerwärtiges Verbrechen begangen. Aber es waren damals widerwärtige Zeiten.«

Oscar hatte recht. Vietnam hatte viele Leute versaut.

»Habe dir ein paar Unterlagen mitgebracht, die dich vielleicht interessieren.« Oscar sah aus wie ein kleiner Junge, der auf Vergebung hoffte. Er griff in seine Aktentasche und holte einen Stapel Papiere heraus.

»Das ist ein Geheimbericht von einem meiner Freunde im Finanzministerium. Fazit: Würden die Drogenkartelle das gesamte Drogengeld abziehen, das sie gegenwärtig in Regierungsanleihen, US-Schatzanweisungen, britischen Schatzbriefen und den Staatsanleihen anderer westlicher Regierungen angelegt haben, gäbe es einen weltweiten Wirtschaftskollaps, der die Weltwirtschaftskrise der dreißiger Jahre und den Börsenkrach von 1987 noch in den Schatten stellen würde.«

Ein weiteres Bündel Papiere wanderte über den Tisch. Dieses Dossier war vom deutschen Bundesnachrichtendienst für den Bundeskanzler erstellt worden.

»Das kriegst du vier Tage vor dem Kanzler zu sehen«, bemerkte Oscar trocken. »Es bestätigt die Kernaussage des Berichtes vom US-Finanzministerium, geht aber noch weiter. Seite fünf oben, Adam.«

Adam blätterte zu der erwähnten Seite und las:

»Somit haben die Kartelle als Arbeitsgrundlage gewaltige Geldbeträge, welche die Kosten von Waffensystemen für die atomare

Bewaffnung auf der gesamten Welt übersteigen ... In diesem Zusammenhang lautet das Ziel der Drogenhändler, die Industriefirmen immer tiefer ins Minus zu bringen, indem sie die gewaltigen ihnen zur Verfügung stehenden finanziellen Ressourcen benutzen, um beispielsweise Regierungsanleihen zu kaufen. Dann hängen die Zentralregierungen von solchen Investitionen ab, um ihre Etatdefizite auszugleichen ...«

Oscar zog wie ein aufgedrehter Zauberkünstler einen Papierstapel nach dem anderen aus seiner Tasche – streng geheime Berichte und vertrauliche Unterlagen mit dem Stempel »Nach Lektüre vernichten«: Wie westliche Regierungen auf Drogenkartelle angewiesen waren, um ihre Etatdefizite zu finanzieren ..., wie die Triaden Hongkong im Griff hatten ..., wie Saddam Hussein ein Stück CNN kaufte, bevor er den Golfkrieg anzettelte ...

Adam wußte, Oscar wollte sich Vergebung dafür erkaufen, daß er beim *Long Silver Train* mitgewirkt hatte, doch er konnte und wollte ihm keine Absolution erteilen.

Am Ende reichte ihm Oscar noch einen Umschlag, stand auf und verließ die Hotelbar. In der Tür drehte er sich um. »In dem Umschlag findest du die Fotos von deinem Erntedankfestdinner. Es wäre gar keine schlechte Idee, Olaf nach Goldmäulchen und dessen Kumpel zu fragen. Falls du in den nächsten Wochen Kontakt zu mir aufnehmen mußt, erreichst du mich unter der Amsterdamer Nummer.«

Sie küßten sich und nahmen einander eine Weile in die Arme, ohne die mit Gepäckwagen und Koffern vorbeieilenden anderen Menschen zu bemerken.

»Du hast mir gefehlt, Liebling.«

»Es ist schön, zu Hause zu sein.«

Soeben verließen sie das Flughafengebäude. In der Drehtür blieb Adam stehen. »Hat Hollywood angerufen?« Das fragte er immer, wenn er aus dem Ausland zurückkam.

Laura sah ihn an. »Nein, aber der venezolanische Botschafter. Dreimal.«

»Was für ein glücklicher Zufall. Den wollte ich nämlich auch anrufen. Ich habe Schwierigkeiten, Olaf Nilsson ausfindig zu machen.«

Er hatte Olaf Nilsson in der venezolanischen Botschaft in London kennengelernt; die Begegnung hatte der Botschafter arrangiert, weil sich beide Männer für den illegalen Drogenhandel interessierten.

Beim Essen hatte Olaf erzählt, Präsident Perez habe ihn zum Leiter einer international abgestimmten Anti-Drogen-Kampagne ernannt. Mit dieser Ernennung – er hatte den Rang eines Botschafters – unterstrich Venezuela seine Entschlossenheit im Kampf gegen die Drogenbosse. Olaf hatte Frasers zweiteilige Dokumentation über das Rauschgiftgeschäft gesehen und wollte Informationen mit ihm austauschen. So hatte eine Freundschaft begonnen, die sich im Lauf der Zeit noch mehr verfestigte, als sie merkten, daß sie etliche gemeinsame Freunde hatten, darunter Oscar Benjamin.

»Ja, ich wollte Sie heute anrufen. Ich kann Olaf nicht ausfindig machen und habe mich gefragt, ob Sie vielleicht wissen, wo er steckt?«

Botschafter Da Costa sprach akzentfrei Englisch.

»Ja, das weiß ich. Adam, könnten wir uns zum Essen im üblichen Restaurant treffen?«

»Heute? Aber ich bin doch eben erst angekommen.«

»Ja, das ist mir klar. Normalerweise würde ich Ihnen das auch nicht zumuten ...«

Fraser wußte sehr gut, daß der Botschafter vermutete, alle seine Telefonate würden von der Regierung in Caracas abgehört.

»Es wäre mir ein Vergnügen. Dreizehn Uhr?«

Der Botschafter saß bereits an einem Zweiertisch in einer ruhigen Ecke des im Stadtteil Kensington gelegenen Restaurants. Als sich der Kellner entfernt hatte, kam der Botschafter sofort zur Sache.

»Unser Freund Olaf befindet sich in großer Gefahr. Seine Familie wartet verzweifelt auf Hilfe. Offiziell kann ich wenig machen, aber sie wäre sicher genauso dankbar wie ich, wenn Sie etwas unternehmen könnten. Ich weiß nicht, an wen ich mich sonst wenden sollte.«

»Aber wo liegt das Problem?«

»Olaf wurde vor sechs Tagen verhaftet. Er wird an einem geheimen Ort festgehalten. Einzelheiten kenne ich nicht, ich weiß nur, daß man ihn bald sehr schwerwiegender Vergehen anklagen wird. Ich kann Ihnen offiziell ein kostenloses Rückflugticket nach Caracas beschaffen. Ich weiß, Sie sind gerade erst aus den Staaten zurückgekehrt und freuen sich auf das Zusammensein mit Ihrer Frau, aber ...«

Adam unterbrach den Botschafter. »Wann geht der Flug?«

10. Kapitel
Gefängnis (1)

»Wir waren jeden Tag auf dem Polizeirevier. Die Polizei sagt, dort sei er nicht. Er säße im Gefängnis.«

»In welchem Gefängnis, Lucas?«

»Das will man uns nicht sagen.«

Mit Olaf Nilssons Sohn Lucas fuhr Adam vom internationalen Flughafen nach Caracas. Er hatte wider besseres Wissen gehofft, daß sich sein Flug als überflüssig erweisen würde, daß ihn Olaf am Flughafen begrüßte und sich alles als Irrtum herausstellte. Es war erst eine Woche her, daß Polizisten in Olafs Büro eingedrungen waren und ihn in ein Auto verfrachtet hatte.

»Lucas, woran genau hat Olaf gearbeitet, als er verschwand?«

Der junge Mann zögerte.

»Wenn ich deiner Familie helfen soll, mußt du mithelfen. Ich weiß, daß er Kartell-Aktivitäten in Venezuela untersucht. Wir tauschen untereinander Informationen aus.«

»Das weiß ich. Ich hätte nur ein besseres Gefühl, wenn ich Daddy erst um Erlaubnis fragen könnte.«

Trotz der ernsten Lage fand Adam es rührend, daß ein Sohn von Mitte Zwanzig seinen Vater immer noch »Daddy« nannte.

Als sie in die Stadt kamen, konzentrierte sich Lucas eine Weile aufs Fahren. Er bog von der Autobahn ab und fuhr in Richtung San Bernardino, wo sein Elternhaus stand.

»Er untersuchte die Transaktionen von vier der größten Banken des Landes. Sammelte Beweise, daß Kartelle von Medellín und Cali hier ihre Gelder waschen.«

Langsam fuhr Lucas durch den Vorort, wo er lebte, und bog dann in die Wohnstraße der Familie Nilsson ein. Die normalerweise ruhige Seitenstraße hatte sich in einen Hexenkessel verwandelt.

Während Lucas auf dem Flughafen wartete, hatte man seinen Vater zum Staatsfeind Nummer eins erklärt. Er wurde beschuldigt, der Kopf einer Terroristengruppe zu sein. Im Monat zuvor waren in Caracas mehrere Autobomben explodiert. Im notorisch instabilen Venezuela bedeuteten solche Greueltaten nur eins: ein Staatsstreich stand bevor. Die Polizei, die Olaf verhaftet hatte, kontrollierte das Ganze. Der Familie und ihren Anwälten hatte man nicht verraten, daß Olaf verlegt werden sollte. Doch sämtliche großen Medien des Landes waren davon in Kenntnis gesetzt worden.

Nachdem die Presse-, Funk- und Fernsehleute Olafs Verlegung ausführlich behandelt hatten – einschließlich eines Interviews mit dem Polizeipräsidenten Ramón Silva –, war die ganze Meute zum Wohnsitz der Nilssons weitergezogen und hatte unter den Augen einer Gruppe grinsender Polizeibeamten das Haus belagert. Adam hielt Lucas zurück, der sich in die Meute stürzen wollte.

»Ich bleibe nicht bei dir, sondern steige im Hotel Avila ab. Sag dieser Bande, daß deine Familie morgen abend im Hilton eine Pressekonferenz abhält. Um zwanzig Uhr. Ich komme morgen um neun Uhr früh hierher. Wir haben viel vor, Lucas. Richte deiner Mutter liebe Grüße aus.«

El Gordo reagierte auf den Computereintrag im Hotel Avila genauso wie zuvor auf Frasers Ankunft am internationalen Flughafen von Caracas. El Gordo war zum Teil von denselben Geheimdienstexperten programmiert worden, die vor vielen Jahren im Norden Englands die automatische Computerüberwachung sämtlicher Telefonate mit den Vereinigten Staaten installiert hatten.

Sobald bestimmte Schlüsselwörter fielen, wurde der Computer aktiviert und schnitt das Gespräch mit. Wenige Tage nachdem Adam Fraser mit seinem Filmteam im Haus von Patrick Collins eintraf, hatte man seinen Namen als Schlüsselwort in El Gordo eingegeben.

»Polizeichef Ramón Silva ist entweder sehr korrupt oder sehr dumm. Für sein Verhalten kann es keine andere Erklärung geben.« Adams Behauptung bei der Pressekonferenz der Familie Nilsson war ein Musterbeispiel dafür, wie man einen Raum voller venezolanischer Reporter elektrisierte. Adam sprach zwar fließend Spanisch, ließ sich auf der Pressekonferenz im Hilton aber lieber von Lucas dolmetschen. So blieb ihm doppelt soviel Zeit zum Überlegen.

Was als einstündiges Pressegespräch geplant war, dauerte schließlich vier Stunden. In einem Land, wo Medienzensur durch die Regierung – genau wie politische Korruption – an der Tagesordnung ist, hing alles von den nun folgenden vierundzwanzig Stunden ab. Fraser wurde von einer furchtbaren Angst erfaßt. Was die Nilssons ihm berichteten, hatte ihn davon überzeugt, daß Olaf von denselben Bankiers, die er hatte bloßstellen wollen, ins Gefängnis gebracht worden war, um ermordet zu werden.

Olaf wurde im Hochsicherheitsgefängis *Retén de Catia* festgehalten, landesweit als *Sucursal de Infierno de Caracas* bekannt – »Zweigstelle der Hölle in Caracas«. Man hatte Nilsson, den Anti-Drogen-Zar, mit siebenundzwanzig Männern in eine Zelle gesperrt. Alle beschuldigte man entweder des Drogenhandels oder der Geldwäsche.

Lucas hatte seinen Vater mit einer Liste von Fragen besucht, die Adam Fraser erstellt hatte. Jetzt fütterte Fraser die Medien mit ausgesuchten Informationen und ließ nach und nach einige von Nilssons Antworten in die Interviews einfließen; ganz oben auf Olafs Liste standen der ehemalige Präsident Sanchez und der Bankier Antonio Perez, die reichsten und mächtigsten Männer Venezuelas.

Am folgenden Tag räumten Fernsehen, Rundfunk und Presse – mit einigen bezeichnenden Ausnahmen – dem Engländer Fraser breiten Raum ein, der nach Venezuela gekommen war, um einem Freund zu helfen, und dessen Korruptionsvorwürfe im Zusammenhang mit dem Drogengeschäft das Land ins Mark getroffen hatten. Die Ausnahmen waren ein Fernsehsender, ein Radiosender und eine Zeitung, die alle Antonio Perez gehörten.

Die Interviews wurden fortgesetzt. An die Stelle der Reporter traten nun Leitartikler mit politischen Analysen. Einer zeigte Fraser ein Interview mit dem Justizminister Fermin Namol Leon in einer Nachmittagszeitung. Man hatte ihn zu Frasers Behauptung befragt, im Gefängnis von Catia sei Nilssons Leben in Gefahr.

»Wir alle wissen, wie gefährlich und instabil die Verhältnisse in Catia sind. Daß Nilsson am Leben bleibt, kann ich nicht garantieren.«

Fraser wurde fuchsteufelswild. Er rastete aus, vor Wut und Angst.

»Der Justizminister erläßt eine öffentliche Einladung an diejenigen, die im Gefängnis Nilsson für immer zum Schweigen bringen wollen! Das ist eine Aufforderung zum Mord, denn in Catia gibt es Männer, die jemanden für eine Zigarette umbringen.«

Für Fraser stand fest, daß Olaf nur am Leben blieb, wenn er, Adam, einen solchen Aufruhr anzettelte, daß man seinen Freund unmöglich ermorden *konnte*. Solange Fraser in der Stadt war, würde in dieser Angelegenheit keine Ruhe einkehren.

Der Muli Fernando Salazar war gerade unterwegs gewesen, um sich mit einer Freundin zu vergnügen, als die Nachrichten im Autoradio einen Bericht des venezolanischen Korrespondenten in Caracas brachten. Sobald Adam Frasers Name fiel, fuhr Salazar rechts ran und hörte sich aufmerksam den ausführlichen Report über die Kontroverse an, an der auch der Dokumentarfilmer beteiligt war.

Salazar wußte, daß der Engländer eine potentielle Bedrohung der langfristigen Ziele und Pläne von Victor Rodriguez darstellte. Nun schickte ihm das Schicksal eine erstklassige Gelegenheit, Adam Fraser loszuwerden. Salazar fädelte sich mit seinem Wagen wieder in Calis Samstagabendverkehr ein und fuhr zurück ins Büro.

Die Menschenschlange kam offenbar keinen Zentimeter voran. Die Besucher standen bewegungslos in dem Dreck, dem Matsch und den tiefen Pfützen, die das schwere Unwetter der vergangenen Nacht hinterlassen hatte. Weder Lucas noch Adam wußten, ob man den Briten einlassen würde. Das war hier nicht England, wo man als Besuchserlaubnis für Gefängnisse weiße Schildchen mit sich trug. Auch nicht die USA, wo man oftmals nur einen Telefonhörer abnehmen mußte, um mit einem Lebenslänglichen sprechen zu können.

Catias Bürokraten ließen an diesem Sonntagmorgen immer noch keine Neigung erkennen, sich am Gefängniseingang zu zeigen. Adam betrachtete die Menschen um sich her; die meisten kamen aus den Elendsvierteln am Rand der Stadt. Einige in der Schlange waren Mütter oder Ehefrauen, andere, die aussahen, als wären sie in der Lage, mal eben einen Mord zu begehen, besuchten wahrscheinlich Leute, die genau das getan hatten. Langsam schob sich die Schlange vorwärts.

Als Adam den Wachtposten erreichte, beobachtete er, was da vor sich ging. Die Frau vor ihm reichte dem Wärter ihren Personalausweis und bekam daraufhin einen offiziellen Stempel aufs Handgelenk gedrückt. Lucas sagte dem Wärter, wen sie besuchen wollten. Als Fraser seinen Paß abgab und die beiden Wärter untereinander etwas murmelten, befiel ihn eine kurze Panik. Der zweite Gefängnisaufseher las gerade *El Nuevo Pais*. Auf der Titelseite prangte ein großes Foto Frasers, darunter die Schlagzeile: »*Adam Fraser garantiza inocencia de Nilsson y acusa a gente ligada a bancos y aseguradoras*«. Wenig später winkte man sie in eine andere Welt.

Diesen Bereich des Gefängnisses hatten augenscheinlich die Insassen übernommen. Kein einziger Gefängniswärter war zu sehen. Lucas näherte sich einem Mann mit zwei großen Messernarben im

Gesicht; seine Miene drückte aus, daß er immer noch nach demjenigen suchte, der sie ihm verpaßt hatte. Wieder ein gemurmeltes Gespräch, dann wechselte ein Bündel Geldscheine den Besitzer. Narbengesicht wandte sich an einen Mann, der einen Kopf größer war als er, sagte etwas, und sofort trabte der Riese los.

Neue Bittsteller fragten nach Gefangenen. Wenn sie Geld hatten, hörte Narbengesicht sie an und schickte dann einen aus seiner Gruppe, den Gefangenen zu holen. Hatten sie keines, scheuchte Narbengesicht sie fort wie lästige Mücken. Ein Häftling schrie Adam etwas in einem unverständlichen Dialekt zu. Narbengesicht ging auf den Mann zu und stieß ihm seine Stirn mit voller Wucht ins Gesicht. Der sackte zu Boden und wurde von zwei Assistenten Narbengesichts weggezerrt.

Adam war über das Aussehen seines Freundes entsetzt. Olafs Gesicht war blaß und eingefallen, seinen Augen sah man die Erschöpfung an. Instinktiv schlang Adam die Arme um ihn und drückte ihn fest an sich. Olaf stöhnte vor Schmerz auf.

»Sorry, Adam. Sie haben mir ein paar Rippen gebrochen.«

Lucas gab Narbengesicht noch mehr Geld, der sie zu einem Treppenabsatz brachte und dann verschwand. Sohn und Vater umarmten einander vorsichtig. Dann standen die drei Männer im Freien und redeten. Über ihnen war ein heftiger Streit ausgebrochen. Auf dem Treppenabsatz unter ihnen pinkelte ein Mann an die Wand und schrie auf unsichtbare Dämonen ein.

Olaf redete leise, seine Stimme blieb unter dem Geräuschpegel. »Am selben Tag, als du in Caracas angekommen bist, drang eine Gruppe aus einem anderen Teil des Gefängnisses in diese Abteilung ein. Sie gingen in Zelle 407 und töteten zwei Gefangene. Ich bin in Zelle 417 untergebracht. Tags darauf merkten sie ihren Irrtum. Sie wollten aber in derselben Nacht wiederkommen. Gott sei Dank hast du dann Wirbel gemacht und begonnen auszupacken.«

Olaf verstummte und lachte gequält, dann zuckte er zusammen. Er hatte Adams kleinen Kassettenrecorder in dessen Jacke bemerkt.

»Wie zum Teufel hast du das hier reingeschmuggelt?«

»Kein Problem. Rede einfach, und zwar über alles, was ich öffentlich machen soll.«

»Sie schlagen mich trotzdem zusammen. Nachdem du gestern den Justizminister angegriffen hast, sind sie ausgerastet.«

»Soll ich damit aufhören?«

Olaf hustete schwach. »Nein, bloß nicht. Ich halt's aus, wenn sie mich verprügeln. Mach ihnen die Hölle heiß, und zwar nicht zu knapp. Du bist meine Lebensversicherung, Adam. Je mehr Dreck du aufwühlst, desto besser stehen meine Chancen, Weihnachten noch zu erleben.«

Und dann sprach Olaf leise in den Kassettenrecorder. Namen, Daten, Kontonummern. Komplexe Geldbewegungen über Geschäftskonten. Olafs Ermittlungen zufolge benutzten die kolumbianischen Kartelle einen Großteil der venezolanischen Banken- und Versicherungswirtschaft als gigantische Geldwaschanlage. Er erzählte, wie er aus New York zu einem Treffen mit einem Kontaktmann der Banco Latino gelockt worden war, einer der korrupten Banken. Und wie man ihm tags darauf eine »freundliche Einladung« hatte zukommen lassen, sich im Polizeipräsidium einzufinden.

Olaf erzählte, was ihn erwartete, falls es ihm gelang, stark zu bleiben und der Forderung des Polizeichefs zu widerstehen, ein volles »Geständnis« abzulegen. »Es liegt noch keinerlei Anklage gegen mich vor. Dafür gibt es zwei Gründe: Sie wollen mich nach wie vor zu einem Geständnis zwingen, und sie suchen immer noch nach einem korrupten Richter. Letzteres behältst du am besten erst mal ein Weilchen für dich. Momentan bist du meine einzige Hoffnung, Adam. Lucas sagt, du wolltest mich von Hamburg aus anrufen. Wie geht's unserem Freund Oscar?«

Als der Name Oscar fiel, dachte Adam wieder an die Fotos, die er mit sich trug. Er kramte die Standfotos heraus, die der Buddha in Hamburg ausgedruckt hatte.

»Daran arbeite ich gerade, Olaf. Hat nichts mit dem zu tun, worüber wir eben geredet haben, aber Oscar dachte, du erkennst vielleicht die zwei hier. Der mit den Goldzähnen nennt sich Ricardo Semper, der andere heißt Alberto Cornejo. Geschäftsleute aus Bogotá.«

Olaf starrte auf die Fotos. »Nein, Adam, da täuschst du dich.«

»Wie bitte?«

»Der mit den Goldzähnen heißt Fernando Salazar, ist Muli für das Kartell von Cali. Der andere ist der Chefbuchhalter des Medellín-Kartells, Alberto Pastrana. Woher hast du die Bilder? Ich habe diese beiden Männer nie zusammen in einem Zimmer gesehen, geschweige denn am selben Tisch.«

»Das ist eine lange Geschichte. Bist du dir da ganz sicher, Olaf?«

»Aber ja. Ich ermittle gegen sie. Die stecken bis zum Hals im venezolanischen Geldwäschesumpf. Auf beide Männer hat mich der kolumbianische Geheimdienst hingewiesen.« Olaf hob warnend die Hand. »Es gibt keinerlei Dokumente, die ihnen was beweisen. Keinen Fetzen Papier. Niemand hat lange genug gelebt, um gegen einen der beiden auszusagen. Sei vorsichtig, Adam. Was ich dir gerade gesagt habe, stammt vom zivilen und militärischen Geheimdienst. Nie ist so etwas an die Öffentlichkeit gedrungen, weil es einfach keinerlei Beweise gibt. Wenn du je ihre Namen hier in Caracas erwähnst, sind wir beide tote Männer. Jetzt stell das Gerät wieder auf Aufnahme. Mir ist eben noch etwas zu Antonio Perez eingefallen.«

In seinem Hotelzimmer ging Fraser auf und ab. Er wollte unbedingt mit Oscar reden und ihm mitteilen, was er soeben erfahren hatte, vor allem die Informationen über Salazar und Pastrana. Etwa zur gleichen Zeit, als er mit ihm im Puppenhaus gesessen und über Salazar und Pastrana geredet hatte, verhaftete die venezolanische Polizei Olaf – der eben gegen diese beiden Männer ermittelte. Die beiden Kolumbianer, führende Mitglieder der Drogenkartelle, nahmen am selben Tisch mit einigen der mächtigsten Männer Amerikas zum Dinner Platz! Und alle hatten dasselbe Ziel: Patrick Collins als nächsten Präsidenten ins Weiße Haus zu bringen.

Fraser verließ das Hotel und ging die Straße entlang, bis er endlich eine Telefonzelle fand. Er wählte eine Amsterdamer Nummer.

»Hotel Beethoven.«

»Ich hätte gern mit einem Ihrer Gäste gesprochen.« Fast hätte Adam nach Oscar Benjamin gefragt. Außerhalb Deutschlands benutzte Oscar einen anderen Namen. »Oscar Montague.«

»Mr. Montague ist zur Zeit nicht im Haus. Möchten Sie eine Nachricht hinterlassen?«

»Richten Sie ihm bitte aus, Adam Fraser hat aus Caracas angerufen und versucht es später noch einmal.«

Adam ging zurück ins Hotel. Er war froh, nicht die Telefonzelle des Hotels Avila benutzt zu haben, deren Telefonate von den örtlichen Polizeibehörden überwacht wurden. Er konnte nicht wissen, daß seine Vorsichtsmaßnahme vergebens gewesen war. El Gordo übermittelte bereits Einzelheiten seines kurzen Telefonats mit Holland in die Zentrale nach Bogotá.

»Olaf, dieser Ramiro Helmeyer, der dich belastet hat. Er sagt, du und er hätten die Autobombenanschläge gemeinsam geplant und durchgeführt.«

»Adam, ich und Helmeyer sitzen zusammen mit zweiundzwanzig anderen in derselben Zelle. Wir müssen uns abwechseln, damit sich immer ein paar Männer eine Weile auf dem Boden ausstrecken können. Helmeyer hat viel geredet. Vor seinem Geständnis wurde er wiederholt gefoltert. Bevor er mich beschuldigte, wurde er noch einmal gefoltert.«

»Was für Folterungen?«

»Elektroden an die Genitalien, dann nahmen sie einen Eimer Sprit . . .«

»Sprit? Was für Sprit?«

»Benzin. Den hielten sie ihm über den Kopf. Ein Polizist fragte:
›Sagst du uns jetzt, daß Nilsson an den Autobomben beteiligt war?‹
Dem armen Schwein blieb keine andere Wahl.«

Adam schaltete den Recorder ab.

Einige Reporter auf der folgenden Pressekonferenz waren bei
Medien beschäftigt, die Perez gehörten. Vor allem eine Journalistin
interessierte sich für das von Adam vorgelegte Material überhaupt
nicht. »Warum haben Sie unseren Polizeichef beleidigt?«

Adam blaffte sie an. »Nach allem, was Sie eben gehört haben,
können Sie mich so etwas fragen? Wer hat denn Ihrer Meinung
nach die Folterungen genehmigt? Fragen Sie doch Ihren Polizeichef, wieso er sich bei seinem Gehalt eine Garderobe mit zweitausend Dollar teuren Anzügen leisten kann.«

Nach der Pressekonferenz brachte Lucas Adam zu etlichen
Adressen in Caracas, wo er sich mit weiteren Journalisten traf, die
zusätzliche Informationen haben wollten. Um drei Uhr morgens
kehrte Adam ins Hotel Avila zurück und warf ein paar Kleidungsstücke in einen Koffer. Lucas sollte ihn um sechs Uhr früh abholen.
Sie wollten nach Valencia zu einem Freund Olafs fahren, der vielleicht wichtige Informationen hatte.

Kurz nach sechs fuhren Lucas und Adam los. Sie nahmen die
Straße ins Landesinnere.

Plötzlich heulten Polizeisirenen auf, neben ihnen erschienen zwei
Einsatzwagen. Lucas wurde von der Autobahn gedrängt, ein Polizeiwagen vor und einer hinter ihnen. Polizisten schwärmten aus.
Ein Mann in schwarzem Ledermantel stand mit entsicherter Pistole
neben Lucas' Wagen und schrie dem Fahrer etwas zu. Es folgten
drei oder vier kurze Wortwechsel, schnell, unverständlich.

Lucas drehte sich zu Adam um.

»Du sollst aussteigen.«

»Warum?«

»Du mußt sie ins Polizeipräsidium begleiten.«

»Weshalb?«

»Man will dich wegen deiner Behauptungen vor Presse und Fernsehen befragen.«

»Lucas, sag ihnen, daß sie vier Tage Zeit hatten, um mich zu befragen. Sag ihnen, wir haben einen Termin in Valencia.«

Wieder begannen die Polizisten zu schreien.

»Sie sagen, sie hätten Befehl, dich unverzüglich ins Polizeipräsidium zu bringen.«

»Frag sie, wer ihnen diesen Befehl erteilt hat.«

Kurze Zeit später: »Der Polizeichef, Ramón Silva.«

»Und wenn ich mich weigere?«

»Dann nehmen sie dich gewaltsam mit.«

»Sag ihnen bitte, ich nehme ihre ›Einladung‹ an, daß ich aber diesen Wagen hier nicht verlasse und mich in einen ihrer Wagen setze. Ich werde sie begleiten, aber nur in unserem Auto, und wenn du fährst.«

Es folgte ein weiterer Dialog auf der Standspur der Autobahn. Wieder drehte sich Lucas zu Adam um.

»Sie wollen wissen, warum du darauf bestehst, in diesem statt in ihrem Wagen zum Polizeipräsidium zu fahren.«

»Ich will nur sicherstellen, daß ich nicht bei einem Fluchtversuch erschossen werde.«

Fraser hätte eigentlich in London sein sollen, nicht in Venezuela. Victor Rodriguez saß einen Augenblick lang bewegungslos und in Gedanken versunken da, beugte sich dann vor, legte einen Schalter um und sagte etwas in eine Gegensprechanlage.

»Auf den europäischen Disketten befindet sich eine Datei über Oscar Montague alias Benjamin alias Guilderstein. Bitte einen Ausdruck.«

Endlich hatte der geheimnisvolle Freund des Engländers einen Nachnamen, mehrere sogar. Rodriguez erinnerte sich an Benjamin. Das Symposium zur Wirtschaftskriminalität in Cambridge. Sie hatten ein langes Gespräch geführt, und später hatte Rodriguez diskrete Erkundigungen über ihn eingeholt. Seine Sekretärin brachte einen Stapel Papiere herein.

»Danke, Carlotta. Ich wäre Ihnen dankbar, wenn Sie die Überwachungsberichte danach durchsehen würden, ob Señor Adam Fraser nach diesem ersten Telefonat gestern um fünfzehn Uhr siebenunddreißig noch weitere Anrufe nach Holland getätigt hat.«

»Selbstverständlich.«

Victor Rodriguez studierte Oscars Akte. Bei einem nach dem Koreakrieg verfaßten psychiatrischen Bericht blieb er hängen. Oscar war verunsichert gewesen, als er einen Nordkoreaner getötet und danach einen Orgasmus bekommen hatte. Rodriguez merkte sich den Kommentar des Arztes: »Ich beruhigte Hauptmann Benjamin. Völlig normale Reaktion.« Oscars diverse Drogeneinsätze für die Regierung der Vereinigten Staaten waren detailliert aufgelistet. Ebenso seine Beteiligung an der Gefangennahme und anschließenden Ermordung Che Guevaras; wie er die schwedische Einsatzgruppe zusammenstellte, die den Mord an Olaf Palme beging; seine Teilnahme am sogenannten Phoenix-Programm in Vietnam, in dessen Verlauf über zwanzigtausend Vietnamesen getötet wurden; die Operation *Long Silver Train;* die Entführung und Ermordung Aldo Moros. Schließlich kam Victor zu dem Teil, der die anhaltende bürokratische Ineffizienz der CIA belegte: eine Abteilung hielt Oscar für einen echten Aktivposten, während sich eine andere alle Mühe gab, ihn umzubringen. Rodriguez klappte die Akte zu und griff zum Telefonhörer.

Eine halbe Stunde nach seiner Festnahme saßen Adam Fraser und Maria, eine Polizeidolmetscherin, in einem Verhörzimmer im Keller des Polizeipräsidiums. Dorthin hatte man auch Olaf gebracht, als er einer ähnlichen »Einladung« nachgekommen war. Lucas hatte man nach Hause geschickt.

Maria lackierte sich sorgfältig die Fingernägel. Zwei Plastikbecher mit erstaunlich trinkbarem Kaffee wurden hereingebracht, dann gesellte sich ein Beamter von Anfang Zwanzig zu ihnen. Er nahm Platz und redete auf Maria ein, eine Frau mittleren Alters. Ihre Stimmung besserte sich, und sie hörte mit großen Augen zu, als der junge Spund erzählte, Adam sei der Anführer einer Bande, die vorhabe, die Regierung zu stürzen, das Land zu destabilisieren und das Militär an die Macht zu bringen.

Adam fragte sich, wer wohl die anderen »Umstürzler« waren, von Olaf einmal abgesehen. Er beobachtete, wie die beiden über ihn diskutierten. Sie zündeten eine Zigarette nach der anderen an, ließen noch mehr Kaffee kommen und plauderten darüber, welche Filme sie in letzter Zeit gesehen hatten. Es war offensichtlich der Beginn einer wunderbaren Freundschaft.

Salazar stocherte nachdenklich mit einem Streichholz in seinen Goldzähnen herum. »Ausgezeichnet, Ramón. Dürfte ich vorschlagen, daß Sie ihn nach seiner Aussage von Ihrem Polizeipräsidium zu weiteren Untersuchungen ins *Retén de Catia* verlegen? Natürlich weiß ich, daß Fraser Engländer ist. Hören Sie, ich meine nicht lange. Nur über Nacht. Bis sich der britische Botschafter rührt, ist die Angelegenheit erledigt. Gut.«

Fernando Salazar ging im Kopf die Liste seiner Mitarbeiter durch, die gegenwärtig in Catia ansässig waren. Es gab dort viele, die gern gefällig sein würden.

Eine Dreiviertelstunde verging, ehe der junge Offizier von einem anderen abgelöst wurde. Nummer zwei war weniger gesprächig. Er sagte überhaupt nichts, glotzte Adam nur unverwandt an. Eine Viertelstunde später tauchte wieder Nummer eins auf. Polizeichef Ramón Silva verlange, daß Señor Fraser ein volles Geständnis ablege, sagte er. Über Maria ließ Adam dem Mann ausrichten, er habe schon alles in der Öffentlichkeit gesagt, was er zum Nilsson-Fall zu sagen beabsichtige. Er wollte jedoch eine Aussage machen zu dem Staatsstreich, der kurz nach den in wenigen Wochen stattfindenden Wahlen geplant sei. Er werde aus Geheimdienstquellen zitieren.

»Keine Anrufe mehr, Señor, aber ich fand, das sollten Sie sehen.« Es war Carlotta, die den täglichen Computerausdruck von El Gordo in den Händen hielt. El Gordos Bruder in der Grenzstadt Cucuta waren etliche Befehle des Polizei-Hauptquartiers in Caracas aufgefallen. Der eine war die Anweisung an alle Beamten zur sofortigen Festnahme eines Verdächtigen. Der Name des Verdächtigen lautete Adam Fraser. Rodriguez telefonierte mit einem anderen Stadtteil Bogotás. Er sprach keine Minute. Sieben Minuten später sprang in seinem Büro ein Faxgerät an. Es spuckte eine Seite nach der anderen aus. Victor trat an das Gerät und begann zu lesen.

»Mr. Fraser, Sie waren wirklich mächtig aktiv.«

Zu den vielen Vorteilen, einen Andrew Sinclair als Berater des Kartells zu haben, gehörte, daß Bogotá und New York in derselben Zeitzone lagen. Der immer vorsichtige Rodriguez begann, indem er nur zwei Wörter verschlüsselte. »*Buenos dias.*« Die Antwort kam umgehend. »Guten Morgen.« Da er nun sicher war, daß Sinclair an seinem Schreibtisch saß, verschlüsselte er eine Kurzversion dessen, was ihm seine Quellen mitgeteilt hatten. Sobald er eine Seite fertiggestellt hatte, wurde sie übermittelt. Die letzte Seite war erst vor dreißig Sekunden durch das Gerät gewandert, als Sinclairs Antwort kam.

Rodriguez legte das Blatt unter die Dechiffrierschablone und las: »›Person muß um jeden Preis geschützt werden. Stellen Sie seine schnellstmögliche Ausreise sicher. Beste Grüße.‹«

Genau das hatte Rodriguez erwartet. Sinclair hatte beschlossen, daß nicht einmal die Andeutung eines Skandals den Dokumentarfilmer belasten durfte. Daß Fraser an einem Film über den Prediger arbeitete, war allgemein bekannt. Jede negative Publicity könnte sich fatal auf den Wahlkampf auswirken. Da Fraser vier umfangreiche Geldwaschanlagen der Kartelle mit Macht ins Rampenlicht gerückt hatte, mußte er um so rascher aus dem Auge des Hurrikans entfernt werden, den er selbst aufgewirbelt hatte.

Wieder telefonierte Rodriguez kurz mit einem anderen Teil Bogotás. Es war zehn Uhr fünfunddreißig.

Nachdem Fraser eine drei Seiten lange Beschreibung des geplanten Militärputsches angefertigt hatte, brachte man ihn und Maria in das Büro Ramón Silvas. Der war klein, kahlköpfig und rundlich, hatte weit auseinanderstehende Augen und eine platte Nase. Sein zweitausend Dollar teurer grauer Flanellanzug glänzte im gedämpften Bürolicht. Silva deutete auf zwei Stühle vor seinem Schreibtisch und las dann weiter in der von Fraser soeben vorgelegten Aussage.

Silva sah auf. »Warum haben sie das über mich vor der Presse gesagt?«

»Wenn Sie es gelesen haben, kennen Sie den Grund. Ich will wissen, warum ich zwangsweise hierhergebracht wurde.«

Silva zuckte mit den Achseln. »Ich mußte Sie befragen.«

Bei den Dreharbeiten zu einem seiner Dokumentarfilme hatte Adam einmal einen Mann kennengelernt, den man mit Stromstößen an den Genitalien gefoltert hatte. Die Erinnerung kehrte überdeutlich zurück: der Mann hatte immer nur zu Boden geblickt. Adam zwang sich, Silva direkt ins Gesicht zu sehen. »Olaf Nilsson ist unschuldig. Die einzigen belastenden Aussagen, die Ihnen vorliegen, wurden mittels Folter dem Mann entlockt, der wirklich für die Autobomben verantwortlich ist ...« Eines der vielen Telefone auf dem Schreibtisch des Polizeichefs klingelte. Silva nahm den Hörer ab. »Ja. Er ist hier. Ja, ich verhöre ihn gerade. Aber ich will ihn noch viel mehr fragen. Bestimmt wird er nach einer Nacht in Catia gesprächiger sein.«

Noch während Silva der Antwort lauschte, änderte sich sein Auftreten. Das arrogante Auftreten verflog. »Ja, gut, ich verstehe. Nein, ich gebe Ihnen mein Wort.«

Er knallte den Hörer auf und starrte Fraser wütend an, der Mühe hatte, sich nichts anmerken zu lassen. Jemand hatte interveniert. Und nun wurde derselbe Mann, der Adam Fraser eben noch nach Catia in den Tod schicken wollte, betont freundlich.

»Hoffentlich hatten Sie nicht zu große Unannehmlichkeiten, Señor Fraser. Soll ich Sie nach Valencia fahren lassen?«

»Nein, danke.«

Silva streckte die Hand aus. Fraser unterdrückte seinen Widerwillen und schüttelte sie.

Genau wie Victor Rodriguez nahm Oscar nie ein Taxi bis vor die Haustür. Auf Reisen ließ er dieselbe Vorsicht walten. Er bezahlte den Fahrer an der Ecke der Amsterdamer Beethovenstraat und war sehr auf der Hut. Es sah so aus, als betrachteten zwei Männer auf der anderen Straßenseite die Schaufenster, doch Oscar hatte den Eindruck, daß sie immer auf denselben Fleck schauten. Offenbar nahm ein außerordentlich interessanter Gegenstand in einer Auslage mit Industriestaubsaugern ihre Aufmerksamkeit in Anspruch. Im Schutz einer langsam fahrenden Straßenbahn näherte sich Oscar dem Hotel und war schon ein gutes Stück in der Halle, als die Straßenbahn am Hoteleingang vorbeigefahren war.

»Ah, Mr. Montague. Da waren einige Anrufe für Sie.«

Daß er in Amsterdam sein würde, hatte er nur einem einzigen Menschen erzählt!

»Mr. Adam Fraser hat Sie gestern aus Caracas angerufen. Er sagte, er wolle es später noch einmal versuchen, doch das war nicht der Fall.«

Soviel zu dem einen Menschen.

»Mehrere andere Anrufe. Alles Ortsgespräche, die Anrufer wollten wissen, wann Sie zurückkämen, ohne ihre Namen zu nennen. Ich sagte, wir wüßten es nicht.«

»Danke sehr, Jaap. Ich werde nur kurz duschen und für ein paar Tage verschwinden. Nehmen Sie bitte meine Anrufe entgegen, und halten Sie mein Zimmer für mich reserviert. Es ist bis Ende der Woche bezahlt. Dann bin ich wieder hier.«

Eine Dreiviertelstunde später sahen die Männer, die den Mordauftrag bekommen hatten, worauf sie warteten: Anzeichen dafür, daß der Gast aus Zimmer 317 aufgetaucht war. Die Vorhänge dort wurden zugezogen. Die beiden überquerten also die Straße und betraten ohne Hast das Hotel. Die Rezeption war vorübergehend unbesetzt, und tatsächlich, der Schlüssel hing nicht am Haken. Sie griffen sich den Hauptschlüssel und nahmen die Treppe statt des Aufzugs. An der Zimmertür von 317 angekommen, hörten sie die charakteristischen Laute einer auch ihnen bekannten Beschäftigung. Sie grinsten sich zu, dann öffnete einer die Tür, und der andere legte an. Die Tür wurde in ein verdunkeltes Schlafzimmer aufgestoßen. Zwei auf dem Bett ineinander verschlungene Körper lärmten hingebungsvoll. Die mit einem Schalldämpfer versehene Waffe machte wenig Lärm, auch als das gesamte Magazin in die beiden Körper geleert wurde. Minuten später befanden sich die zwei Männer nicht mehr im Hotel, sondern saßen in ihrem Wagen, hatten die Stadt verlassen und fuhren auf der A 10 in Richtung Flughafen Schiphol. Sie waren schon lange nicht mehr im Lande, als man endlich die Leichen des Empfangschefs und seiner Freundin fand. Jaap wollte sich die gute Gelegenheit nicht entgehen lassen, er hatte sich Paula geschnappt, die gerade im ersten Stock saubermachte, und sie mit in Oscars Zimmer genommen, der nur wenige Minuten zuvor in aller Stille das Hotel durch den Hinterausgang verlassen hatte und durch den Sports Park davongeeilt war.

Im Hotel Avila stellte Fraser die Abendnachrichten an. Der erste Beitrag enthielt Bilder von der ersten Pressekonferenz, gefolgt von einer Montage aus Zeitungsschlagzeilen, gefolgt von der Stimme des Nachrichtensprechers.

»Der englische Dokumentarfilmer und Autor Adam Fraser wurde vom venezolanischen Präsidenten zur Persona non grata erklärt und des Landes verwiesen. Er habe während seines letzten Besuches dem Präsidenten und dem venezolanischen Volk wiederholt den ihnen gebührenden Respekt verweigert. Fraser befindet sich jetzt in Bogotá.«

Am folgenden Morgen versuchte Fraser, Venezuela zu verlassen, in dem er sich offiziell schon gar nicht mehr aufhielt. In der Halle seines Hotels traf er Lucas. Auch einige andere Freunde waren gekommen, um ihn auf der Fahrt zu begleiten: vier Polizeiwagen. Ihr Sprecher trat verlegen auf ihn zu.

»Mr. Fraser, ich habe Befehl, dafür zu sorgen, daß man Sie auf der Fahrt zum Flughafen nicht belästigt.«

»Das sind wirklich zuviel Umstände für meine Wenigkeit. Wir können wohl nicht unterwegs im Catia-Gefängnis haltmachen und Olaf Nilsson abholen?«

»Tut mir leid, Mr. Fraser, aber Ihr Freund wurde in meinen Befehlen nicht erwähnt. Meine Anweisungen lauten, dafür zu sorgen, daß Sie das Land sicher verlassen.«

Auf der Fahrt zum Flughafen überlegte Fraser, was noch alles zu tun war. Es galt, Leute zu kontaktieren, Medien zu verständigen, Senatoren und Kongreßabgeordnete zu bearbeiten. Dann fiel ihm noch etwas ein.

»Lucas, ruf doch bitte meine Frau Laura an und sag ihr, daß ich ein wenig früher als geplant nach Hause komme.«

Fraser hatte sich während seines Aufenthalts in Venezuela so auf Olaf Nilssons hoffnungslose Situation konzentriert, daß er schon lange in der Luft war, ehe ihm wieder dessen Reaktion auf die Fotos einfiel. Goldzahn hieß also Fernando Salazar und war Muli für das Kartell von Cali, der andere war der Chefbuchhalter des Medellín-Kartells, Alberto Pastrana. Olaf hatte sie nach Geheimdienstquellen identifizieren können, Unterlagen gab es keine über sie ...

Adam betrachtete die Fotos. Er klappte das Tischchen neben seinem Sitz herunter. Das Flugzeug war nicht einmal halb besetzt, und er hatte eine ganze Reihe für sich. Nach und nach breitete er sämtliche Fotos so aus, wie Oscar es getan hatte. Ihm fiel ein, wie wütend der Buddha gewesen war, weil er nicht herausgefunden hatte, warum sein Held so weit unten an der Essenstafel plaziert worden war.

Adam verschob die Fotos. Rodriguez war nicht das Ziel gewesen. Aber Patrick Collins, der vielleicht zukünftige Präsident, stand für den Fotografen auf dem Dach im Zentrum des Interesses. Collins – und die links und rechts neben ihm sitzenden »Geschäftsleute« aus Bogotá.

Victor las den zerknirschten Bericht jenes Franzosen, der für ihn den Mord in Auftrag gegeben hatte. »Ohne aktuelles Foto besteht immer ein Verwechslungsrisiko.« Doch wie es den zwei Männern gelungen war, einen sportlichen jungen Mann Ende Zwanzig und seine wohlproportionierte Freundin mit dem dicken Oscar zu verwechseln, darüber schwieg der Bericht. Das nächste Mal würde er das Mordkommando persönlich zusammenstellen. Was den verpfuschten Versuch in Amsterdam anging, so würde Oscar bestimmt glauben, die CIA stecke dahinter.

Oscar glaubte nichts dergleichen. Allein die Tatsache, daß Adam versucht hatte, ihn aus Venezuela anzurufen, hatte ausgereicht, ihn aus dem Hotel Beethoven zu vertreiben. Im Gegensatz zu seinem englischen Freund wußte Oscar alles über El Gordo. Während seiner Rückreise nach Hamburg, in die Sicherheit des Puppenhauses, spürte er, wie die Paranoia in ihm aufstieg. Wenn sie ihn töten wollten, fühlten sie sich bedroht. Aber warum? Wie konnte ein einziger alter CIA-Agent eine Bedrohung für jemanden darstellen?

11. Kapitel

Gefängnis (2)

Die Tür von number ten öffnete sich. Offiziell hieß es jetzt Shakespeare Street number ten, seit der Premierminister auf die Kampagne einer Sonntagszeitung für eine Namensänderung reagiert hatte, doch die meisten sagten immer noch Downing Street. Der Premierminister, der bei Meinungsumfragen mittlerweile keine fünfundzwanzig Prozent mehr bekam, war in den dreißig Monaten seit seinem Erdrutschsieg merklich gealtert. Neben seinem Gast – Patrick Collins – sah er regelrecht grau und aufgeschwemmt aus. Die zwei reichten sich die Hände und tauschten ein paar Worte aus, was beide zum Lachen brachte.

Die auf der anderen Straßenseite wartenden Reporter baten laut um eine kurze Stellungnahme, und die zwei Männer gingen hinüber. Barrys Mikro kam ihnen ein Stückchen näher als die anderen. Adam Fraser packte die Gelegenheit beim Schopf.

»Herr Premierminister, morgen müssen Sie sich im Unterhaus einem Mißtrauensvotum stellen. Heute besucht Sie der berühmteste Prediger der Welt. Besteht da eine Verbindung?«

»Nun, ich glaube nicht, daß ich auf ein göttliches Eingreifen angewiesen bin, um mit der Opposition fertig zu werden. Es war einfach eine Gelegenheit, die reine Parteipolitik zu verlassen und einmal mit diesem Repräsentanten einer Weltmacht Themen zu erörtern.«

»Einem *anderen* Vertreter einer Weltmacht«, zischte der Medienberater des Premierministers seinen Lieblingsspeichelleckern in der britischen Medienlandschaft zu.

»Und Sie, Mr. Collins?« sagte Adam.

»Ich danke dem Premierminister für seine freundlichen Worte. Dies ist kein politischer Besuch. Ich bin hier, um zu lernen. Auch um zu helfen, wo ich kann. Doch bevor man helfen kann, muß man lernen.«

»Das gibt einen Spitzenwerbespot für den Wahlkampf«, sagte John Reilly.

Teresa Collins klopfte ihm lachend auf den Rücken.

»Jede Wette, daß dem Premierminister seine Berater genau dasselbe sagen.«

Sie sahen sich die BBC-Berichterstattung über den britischen Teil von Collins' Welttour an, die Andrew Sinclair sehr sorgfältig in Szene setzte, um dem Evangelisten ein besonderes Medienecho zu sichern. Die amerikanische Öffentlichkeit wurde Zeuge einer Veränderung: Der Prediger mutierte zum Politiker. Deshalb gab es etliche Besuche bei Staatschefs und führenden Politikern, die seiner ohnehin charismatischen Gestalt noch mehr Gewicht und Autorität verliehen.

Nach der Welttour sollte Collins in den alle zwei Wochen landesweit in zahlreichen Zeitungen erscheinenden Kolumne deutlich politischer werden. Das galt auch für seine aus Boston übertragenen Talkshows und die in Florida gehaltenen Gottesdienste. Im April folgte eine Lesereise durch die USA, bei der ein Buch vorgestellt werden sollte, über das sie gerade in ihrem Londoner Hotel sprachen.

Adam und sein Team bauten alles auf, um einen Teil der Strategiesitzung über die Buchveröffentlichung zu filmen. Sinclair kam vorbei, offenbar um sich Notizen zu machen.

»Willkommen in der Zivilisation, Fraser. Gibt's was Neues aus Venezuela?«

Adam war bemüht, sich nichts anmerken zu lassen. Nach allem, was er über die beiden Männer wußte, die mit Sinclair an einem Tisch gesessen hatten, wollte er sich der Problematik vorsichtig nähern.

»Nichts Gutes. Olaf Nilsson ist des zehnfachen Mordes angeklagt worden.« Einer plötzlichen Eingebung folgend, vertraute er sich Sinclair an: »Ich werde Pat um Hilfe bitten. Ich habe alle Hebel in Bewegung gesetzt, die mir in den USA zur Verfügung stehen. Bestimmt würde der Reverend gern einem Mann helfen, der sein Leben dem Kampf gegen die Drogenkartelle gewidmet hat.«

Falls Adam auf eine eindeutige Reaktion gehofft hatte, sah er sich enttäuscht. Sinclair antwortete ganz gelassen.

»Eine ausgezeichnete Idee, Adam, aber wie Sie wissen, hat es im Moment Priorität, daß Pat sich auf seine Auslandsreise konzentriert. Warten Sie, bis er in die Staaten zurückgekehrt ist. In ein, zwei Wochen hat er etwas Luft. Bis dahin ... ich kann selbst einige Hebel in Bewegung setzen. Das geht aber erst in drei Tagen, wenn wir den europäischen Teil der Reise beendet haben.«

»Ich bin für jede Hilfe dankbar, Andrew. Olafs Familie ist verzweifelt.«

Susanna trat näher. »Wir wären dann soweit, Mr. Sinclair.«

Adam war erleichtert. Erstens hatte er Andrew Sinclair soeben aus jeder möglichen Verschwörung im Umfeld von Collins' Präsidentschaftswahlkampf gestrichen, zweitens gab es für ihn keinen Zweifel, daß Sinclair mit seinen erstklassigen Beziehungen Olaf Nilsson würde helfen können.

»Vielen Dank, Andrew. Ich weiß das sehr zu schätzen.«

»In drei Tagen. Ich werde sehen, was ich tun kann.«

Sinclair setzte sich zu den anderen, während Susanna den Dokumentarfilmer fragend ansah.

»Ich sag's dir später. Auf geht's, dann wollen wir mal.«

Gleich darauf begannen die Filmaufnahmen, und Sinclair nahm ein Exemplar von Collins' Manuskript in die Hand.

»Sie haben da ein Wahlkampfmanifest, verpackt in der Zukunfts-vision eines Mannes. Wie lautet der Titel?«

Reilly hatte während Sinclairs Worten kaum merklich in seinem Rollstuhl gewippt. Er brach jetzt ab, sah zu ihm rüber.

»Eine Nation unter Gottes Führung?«

Pat und Teresa murmelten begeisterte Zustimmung. Einen Moment lang war Sinclairs Gesicht ausdruckslos. Dann brach sich ein immer breiter werdendes Lächeln Bahn.

»Phantastisch, Johnny.« Er schrieb es auf einen kleinen Block. John Reilly sah nicht, wie er die Worte »An Testgruppen ausprobie-ren« ergänzte.

»Die Lesereise«, fuhr Sinclair fort. »Sie wird von der Ost- zur Westküste und von Norden nach Süden führen. Wir benutzen sie als Generalprobe für den Wahlkampf.«

Der immer umsichtige Victor Rodriguez hatte mit Familie und Freunden am 29. Dezember Silvester gefeiert.

Das vergangene Jahr hatte es mit Rodriguez und seinen Kollegen gut gemeint. Wieder hatten die Kartelle über fünfhundert Milliar-den Dollar umgesetzt. Die drei P – Personal, Papier, und Produkte – waren auch weiterhin reichlich vorhanden. Solange dieser Zustand anhielt, konnte Rodriguez dem neuen Jahr gelassen entgegensehen. Und der Vorstandsvorsitzende hatte viele gute Gründe, gelassen zu sein.

Die Unterwanderung der DEA durch die Kartelle, von der höchs-ten Leitungsebene bis hinab zur Küstenwache, sorgte auch weiter-hin dafür, daß selbst die intensivsten Bemühungen der Drogen-behörde immer wieder scheiterten.

Die Unterwanderung der DEA war nur einer von vielen Erfolgen der Kartelle. Jede einzelne am Drogenkrieg beteiligte Organisa-tion – die CIA, das FBI, der Zoll, die Ministerien für Finanzen, Justiz und Äußeres – waren infiltriert worden. Auch in den Ressorts für Verteidigung, Landwirtschaft und Inneres waren Männer beschäftigt, die Kartellgelder annahmen. Schon lange vor Sinclairs kühnem Plan hatte das Kartell eine beeindruckende Liste von Ländern in der Tasche. Und jetzt war der Hauptgewinn in greifbare Nähe gerückt. Rodriguez sah auf die Uhr. Wie aufs Stichwort klopfte es an die Tür seiner Hotelsuite. Er durchquerte das Wohnzimmer und öffnete die Tür.

»Andrew, willkommen. Die Fernsehberichterstattung über seinen Besuch beim Premierminister ist äußerst zufriedenstellend. Etwas zu trinken?«

»Nein danke, Victor. Bevor ich das Treffen zwischen Prediger und Premierminister für Sie zusammenfasse, sollten wir uns mit einem Problem befassen, für das Fraser verantwortlich ist. Es erfordert umgehendes Handeln.«

»Habe ich dir je gesagt, daß mit dir verheiratet zu sein genauso ist, als wäre man ledig?«

»Laura, meine Liebste, für eine Zen-Lektion ist es sehr früh am Tag.«

»Ha, bloß weil du in der Glotze den Premierminister auf den Arm genommen hast.«

»Der redet immer so salbungsvoll, da konnte ich nicht widerstehen. Also, was ist, willst du heute abend essen gehen oder nicht?«

»Klar will ich, aber wenn mein Gatte sagt: ›Laß uns Essen gehen, damit wir mal allein sein und uns in aller Ruhe unterhalten können‹, kommt es mir so vor, als hätten wir eine Affäre. Erinnerst du dich an unsere vielen hektischen Begegnungen, die immer mit der Frage begannen: ›Wieviel Zeit haben wir?‹«

»Natürlich. Irgendwie kommen wir beide nicht mehr in ruhigen Zeiten zusammen. Entweder ist das Haus voller Leute, oder ich muß unbedingt ein Flugzeug kriegen, oder du fährst zu irgendeinem Repertoiretheater in die Provinz, um dir den nächsten Olivier anzusehen. Ich fliege morgen abend weg, um den nächsten Teil der Patrick-Collins-Tour zu drehen, und ich würde meine beste Freundin gern zum Essen einladen.«

Das Telefon klingelte. Adam seufzte.

Olaf Nilsson war am Apparat. Er war mitten in der Nacht aus dem Gefängnis entlassen worden und hatte mit seiner Familie den nächsten Flug nach Miami genommen.

»Alle Anklagepunkte wurden fallengelassen. Man hat Haftbefehle gegen Antonio Perez und sieben seiner Kollegen erlassen und Polizeichef Ramón Silva vom Dienst suspendiert. Der Prozeß gegen den ehemaligen Präsidenten Sanchez wird bald folgen. Ich verdanke dir mein Leben, Adam. Die Nilssons stehen für immer in deiner Schuld.«

»Du verdankst mir gar nichts.«

Sie unterhielten sich ein wenig verlegen, beide unter dem Eindruck dieses »Wunders«.

»Olaf, in ein paar Wochen bin ich wieder in Florida. Wir müssen uns bald treffen.«

»Ruf mich an, mein Freund. Ich werde da sein. Liebe Grüße an Laura.«

Danach ging Adam erst einmal im Kopf eine Reihe möglicher Vorgehensweisen durch. Alle waren mit hohen Risiken verbunden. Als er sich Laura anvertraute, fiel deren Reaktion heftig aus.

»Adam, du hast zwei Mitarbeiter der Drogenkartelle identifiziert. Wer hat dir die Namen genannt? Olaf. Du hast erlebt, was mit Olaf passiert ist. Und du weißt, was beinahe mit ihm geschehen wäre. Ich möchte einen lebendigen Mann haben. Mit zwei intakten Hoden.«

»So gesehen hast du nicht ganz unrecht. Na komm, gehen wir.«

Sie saßen später unter demselben Baum auf dem Kirchhof von Harrow, wo sie schon 1971 erst gesessen und dann gelegen hatten.

»Ein Krug Wein, ein Laib Brot und du.«

»Nicht ganz. Rosa Champagner, ein Picknickkorb von Fortnum & Mason, ein paar Joints, und dann du.«

Das Gespräch zwischen Sinclair und Rodriguez hatte eine makabre Symmetrie geschaffen. Es hatte einem von Frasers Freunden das Leben und die Freiheit geschenkt. Andererseits hatte es dazu geführt, daß ein anderer Freund bei nächster Gelegenheit sterben mußte.

Weil Sinclair ahnte, daß Victor seiner Analyse des Nilsson-Problems beipflichten würde, hatte er Fraser gegenüber vorsichtshalber behauptet, es würden mindestens drei Tage vergehen, ehe er helfen könnte.

»Das stellt sicher, daß – sollten Sie die Freilassung seines Freundes beispielsweise innerhalb der nächsten vierundzwanzig Stunden erreichen – es keinen Zusammenhang zwischen dem Hilfeersuchen an mich und dem ›glücklichen Zufall‹, der zu dieser Freilassung führte, geben wird. Da mich Fraser daraufhin für einen Freund halten wird, vertraut er sich mir vielleicht an, falls er jemals etwas über das Projekt erfährt.«

Rodriguez wog die bestehenden Möglichkeiten gegeneinander ab.

»Sie befürchten, Fraser könnte einen größeren internationalen Aufschrei organisieren, falls Nilsson im Gefängnis ums Leben käme?«

»Als Sie mir neulich mitteilten, Fraser sei in Venezuela, war ich beunruhigt. Eigentlich hätte er hier in London sein müssen, um Collins' Besuch vorzubereiten. Einen Moment lang dachte ich, er hätte von unserem Projekt Wind bekommen. Natürlich wurde mir irgendwann klar, daß er eine Art Hilfsaktion durchführte. Aber nichts darf von dem Collinsschen Wahlkampf ablenken. Bedenken Sie doch nur, wieviel Unruhe Fraser in Venezuela allein schon deshalb angezettelt hat, weil Nilsson im Gefängnis saß! Es ist zu gefährlich. Der Mann ist unberechenbar, ein Hitzkopf. Den kann man nur unter Kontrolle halten, wenn er sich voll auf seinen Film konzentriert. Ich kenne solche Typen. Ein Besessener.«

»Dann müssen wir vier exzellente Geldwaschanlagen in Venezuela abschreiben, Andrew, und dazu natürlich etliche ausgezeichnete

Leute. Aber Sie haben recht, die Alternative hieße, einen viel größeren Verlust in Kauf zu nehmen. Und Frasers anderer Freund, Oscar Benjamin?«

»Keine Frage, Victor, nach allem, was Sie mir von seinem Dossier gezeigt haben. Bei nächster Gelegenheit schließen wir die Sache ab.«

Seitdem Oscar aus Amsterdam zurückgekehrt war, lebte er nicht bloß zurückgezogen, sondern geradezu wie ein Maulwurf. Mit Interesse las er zahlreiche holländische Presseberichte über die polizeilichen Ermittlungen im Fall des Doppelmordes im Hotel Beethoven. Diese Ermittlungen ergaben, daß sich »zwei augenscheinlich südamerikanische Männer« nach einem Hotelgast namens Oscar Montague erkundigt hätten. Die Amsterdamer Polizei kam zu dem Schluß, daß die beiden Toten offenbar »Opfer einer Verwechslung« oder »Zeugen der Entführung von Oscar Montague« geworden seien. Man konnte die Akte nicht schließen. Oscar fand besonders ärgerlich, daß er sich neue falsche Pässe würde besorgen müssen und in Zukunft ein ausgezeichnetes Hotel meiden mußte. Er ging nicht mehr ans Telefon, weil die Möglichkeit bestand, daß Adam noch einmal aus Venezuela anrief. Es gab andere Kontaktmöglichkeiten, und Adam kannte sie.

Oscar warf einen Blick auf die Reihe großer Wanduhren in seinem Kontrollraum, die jede die aktuelle Zeit in einem anderen Land anzeigten. Er verspürte den Drang, mit irgend jemandem zu reden, das ständig wiederkehrende Gefühl abzuschütteln, ein ewiger Außenseiter zu sein. Doch selbst Schnüffler, Saboteure, Spione und Agenten machen Urlaub, und in der ersten Woche des neuen Jahres hatte Langley auf Automatik geschaltet. Er schlug seine Computerdatei mit Spezialkontakten auf, eine Art Datei privater Freunde, und ging die Namen durch. Er hielt inne, als er bei Adam Fraser angelangt war. Seine Hand griff zum Telefon, blieb dann aber auf dem Hörer liegen.

Vielleicht war Adam immer noch in den Staaten und arbeitete an seinen Projekten über den Prediger. Vielleicht befand er sich noch in Südamerika, oder vielleicht wollte er einfach nicht mit einem alten Mann reden, der bei der Ausweidung toter Soldaten mitgewirkt und geholfen hatte, Heroin in ihre Leichen zu packen. Oscar zog seine Hand von dem Telefonhörer zurück, schaltete den Computer aus und stand auf. Er wußte, wo er die Gesellschaft eines anderen Menschen genießen konnte. Ein paar Minuten später verließ er das Puppenhaus und ging in Richtung der hellen Lichter der Reeperbahn. Wenigstens die Nutten waren immer an der Arbeit.

Wer in der ersten Woche eines neuen Jahres in London arbeitet, hat meist ein ganzes Büro für sich. Deshalb war Adam erstaunt, daß er Gesellschaft hatte.

»Susanna. Wenn ich's nicht besser wüßte, würde ich annehmen, daß du hier schläfst.«

»Wie kommst du auf die Idee, daß du es besser weißt?« blaffte sie zurück. »Vielleicht ist es hier zur Zeit ein wenig aufregender als bei mir zu Hause. Keine Bange, Adam, ich bin immer noch mächtig stolz darauf, daß ich zu deinem Filmteam gehöre. Ich überprüfe noch mal, daß ich auch alles habe, bevor ich nach Deutschland fliege. Was führt dich her?«

»Wollte nur mal kurz reinschauen, meine Liebe.« Er strich mit dem Finger ein Regalbrett entlang.

»Was suchst du denn?«

»Die Akten mit den Kontaktpersonen für unseren Drogen-Zweiteiler damals.«

Susanna ging rasch zu einem anderen Regal und zog eine Akte heraus. Sie drehte sich um und reichte sie Adam.

»Wunderbar.«

Adam öffnete den Aktenordner und blätterte ihn durch.

»Was suchst du genau?«

»Diese Frau draußen in Hertfordshire, die Venezolanerin. Sie besuchte Leute im Gefängnis, die wegen Drogenvergehen einsitzen.«

Susanna schnippte mit den Fingern. »Francesca Luisa Palaéz.«

Adam klatschte begeistert in die Hände. »Genau.«

Sie drehte sich rasch herum und nahm eine Adreßkarte vom Tisch. »Da ist sie ja. Soll ich sie anrufen?«

Adam schüttelte den Kopf. »Nein. Mich hat bloß gewurmt, daß mir ihr Name nicht mehr einfiel. Danke, Su. Jetzt kann ich ihn wieder vergessen.«

Susanna verließ ihren Schreibtisch und ließ sich auf dem Stuhl ihm gegenüber nieder.

»Augenblick mal. Was geht hier vor?«

»Gar nichts.«

»Nun mach mal 'n Punkt, Adam. Ich kenne dich doch! Du bist an einer Sache dran, stimmt's?«

Adam lehnte sich an eine Wand und atmete tief durch.

»Nachdem Olaf freigelassen wurde und mich anrief, hatte ich ein langes Gespräch mit Laura.«

»Und?«

»Ich habe ihr erzählt, daß ich überlege, wie ich an Beweise gegen Salazar und Pastrana komme. Natürlich hat das Laura ziemlich beunruhigt. Sie erinnerte mich an meine Doku über Drogenhandel. Daraufhin kam mir Francesca in den Sinn, bloß ihr Name fiel mir nicht mehr ein. Wo war ich stehengeblieben?«

»Laura war beunruhigt.«

»Ja klar, habe ich sie beruhigt. Daß es ein einzelner mit den Kartellen aufnehmen könnte, gehört ins Reich der Fabel. Ich beschäftige mich aber mit Tatsachen. Ende der Durchsage.«

Susanna sagte nichts. Sie stand auf, kramte in einem Spind herum und holte eine Flasche Gin, zwei Gläser und eine Flasche Tonic heraus. Adam sah zu, wie sie zwei sehr starke Drinks eingoß.

»Su, es ist viertel vor zehn morgens.«

»Na und?«

228

Sie reichte ihm das eine Glas. Er beobachtete, wie sie das Glas mit Schwung halb austrank, wieder füllte und die Bewegung wiederholte. Er hatte sein Glas noch nicht angerührt.

»Warum tust du das?« fragte Adam.

»Weil ich dich nicht unbedingt jeden Tag zugeben höre, daß du ein erbärmlicher Feigling bist, Adam. Eben *weil* du dich mit Tatsachen, mit der Wirklichkeit beschäftigst, mußt du an Salazar und Pastrana dranbleiben! Weil du, wie kaum ein anderer, genau weißt, daß solche Mistkerle diesen Planeten kaputtmachen.«

Mit einem Schluck leerte sie ihr zweites Glas und goß wieder nach.

Er streckte eine Hand aus, um sie zu beruhigen. »Su, ich kann mit dir nicht vernünftig darüber reden, wenn du einen sitzen hast und ich nüchtern bin.«

Sie stieß seine Hand weg. »Dann besauf dich besser, Schätzchen.« Wieder nahm sie einen großen Schluck.

»Warum bist du so sauer auf mich?«

»Habe ich doch gesagt, du Feigling. Weil du und Laura bei eurem kleinen Tête-à-tête beschlossen habt, weil bei dir die Altersschwäche mit Riesenschritten voranschreitet, solltest du deine Hausschuhe herausholen und dich auf hübsche, gemütliche, sichere Filmchen beschränken und die ganze beschissene Realität dieser Story vergessen.«

Sie trank aus und stellte das Glas hin.

»Willst du mir etwa erzählen, daß zwei führende Mitglieder der Drogenkartelle zum Dinner bei Patrick Collins erscheinen, dem Mann, der sich noch in diesem Jahr zum Präsidenten wählen lassen will, und du unternimmst nichts? Du willst es nicht mal in deinem Zweiteiler über Collins erwähnen? Von deinem Special ›Wie macht man einen Präsidenten?‹ ganz zu schweigen?«

»Ich habe keinen Beweis, daß Olaf recht hat, was diese Männer betrifft.«

»Dann beweg deinen Hintern und beschaffe die Scheißbeweise.«

Er fühlte sich angegriffen, und sein eigener Zorn brach sich Bahn. »Warum ich? Warum muß ich die Welt retten, nur weil du das von mir verlangst? Ich bin ein Mann mittleren Alters, der noch eine Weile leben will. Ein Mann mittleren Alters, der das will, was andere Männer mittleren Alters haben. Einen Eimer voller Geld. Nein, eine Badewanne. Ich möchte zu einem eleganten Herrenschneider. Ich möchte einen Aston Martin besitzen. Ich möchte ein Grundstück haben ...«

Der Alkohol machte sie boshaft. »Und für Laura ein Haus auf dem Land bauen?«

»Ja, und zwar ein verdammt großes! Schütt dir 'n Kaffee hinter die Binde, kleines Miststück.«

»Wenn du ein Feigling bist, Adam, dann bin ich genau das: ein Miststück, ein Workaholic noch dazu. Ich habe einige der besten Jahre meines Lebens für deine Dokumentarfilme geopfert. Das habe ich nicht gemacht, um jetzt mitanzusehen, wie du dich leise davonstiehlst.«

»Dann verpiß dich doch. Such dir 'n anderen Job, ein anderes Leben. Such dir einen anderen.«

»Bei meinem Glück bekäme ich bestimmt einen belgischen Skilehrer mit winzig kleinem Pimmel ab.«

Da schlug sein Zorn in herzhaftes Gelächter um, und Susanna stimmte ein. Sie füllte zwei Gläser und reichte ihm das eine. Adam hob es, trank und sah sie auffordernd an.

»Wann gibst du mir endlich diese Telefonnummer?«

Francesca erinnerte sich noch gut an ihn. Wie könnte man auch vergessen, daß man an einem Dokumentarfilm mit dem Titel »Hier sind tausend Dollar, schieb sie dir in die Nase« mitgearbeitet hatte? Ein paar Jahre lang hatte sie Gefangene betreut. Ihre Klientel bestand ausschließlich aus Südamerikanerinnen, aus Mulis, die es nicht geschafft hatten, Kokain nach Großbritannien einzuschleusen. Francesca hatte Adam einige Türen geöffnet; jetzt sollte sie ihm noch ein paar mehr öffnen.

»Wenn das stimmt, was man mir gesagt hat, Fran, dann sollten Sie unbedingt wissen, wie gefährlich das sein könnte. Auf jeden Fall sollte man Ihre Klienten informieren. Es ist eine sehr heikle Angelegenheit. Ich will in Kolumbien keine schlafenden Hunde wecken, aber dieser Mann beispielsweise hat offenbar nicht nur mehrere Namen, sondern auch mehrere Berufe. Manchmal ist er ein angesehener Geschäftsmann aus Bogotá namens Ricardo Semper, dann wieder ist er Muli für das Kartell von Cali und heißt Fernando Salazar.«

Francesca betrachtete das Foto. »Das alte Dilemma, stimmt's? Wie erhalte ich Informationen, ohne Informationen preiszugeben.«

»Ganz genau.«

»Es wird ein Weilchen dauern. Wieviel Zeit habe ich?«

»Sie helfen mir also?«

»Natürlich. Wir können die Kartelle zwar nicht besiegen, aber probieren sollten wir es wenigstens. Das bin ich den Frauen schuldig, die ich besuche.«

»Ich fliege heute abend nach Deutschland. Ende der Woche bin ich wieder hier. Es könnte wichtig sein, Fran, es könnte aber auch sehr gefährlich sein.«

Francesca lachte. »Für eine alte Dame, die gemütlich in ihrem reetgedeckten Häuschen wohnt? Seien Sie nicht albern. Überlassen Sie das mir. Noch einen Kaffee? Kolumbianische beste Bohne.«

Seit den Ereignissen in Venezuela verstand Adam nicht nur Oscars Paranoia, er fühlte sie selbst. Als Oscar ihm Anweisungen gab, über die er sich früher lustig gemacht hätte, akzeptierte er sie ohne mit der Wimper zu zucken.

»Verlaß das Hotel durch den Haupteingang. Nimm ein Taxi zum Michel. Von dort läufst du zum Bismarckdenkmal, daneben steht ein Kiosk, dort kaufst du dir eine Frankfurter Allgemeine; nachdem du ein paar Minuten lang das Denkmal betrachtet hast, gehst du zu dem kleinen Café an der Helgoländer Allee, trinkst einen Kaffee und liest deine Zeitung, mindestens eine Viertelstunde lang. Dann schlenderst du zur Reeperbahn, ignorierst die diversen Angebote, die man dir machen wird, nimmst ein Taxi ...«

»Zum Puppenhaus?«

»Nein, du Blödmann. Zu deinem Hotel. Dort gehst du schnurstracks auf dein Zimmer und wartest auf meinen Anruf.«

Als Adam in sein Zimmer kam, wartete Oscar schon und plünderte die Minibar.

»Das mit dem Anruf war gelogen. Das war nur für den Fall, daß sie deinen Anschluß auch extern anzapfen. Das tun sie nicht, und im Zimmer sind auch keine Wanzen versteckt.«

»Dann müssen wir uns also keine Sorgen machen.«

»Wir müssen uns jede Menge Sorgen machen, mein Freund. Du wurdest mindestens von einer Vierergruppe verfolgt. Du darfst durch nichts zu erkennen geben, daß ich in Hamburg lebe. Kein plötzliches Verschwinden, kein ungewöhnliches Benehmen. Du bist hier, um den Evangelisten Patrick Collins zu filmen, wie er sich mit führenden deutschen Persönlichkeiten in Hamburg und mit dem Kanzler in Berlin trifft. Du bist nicht hier, um diesen Arschgeigen zu helfen, mich umzubringen. Ich erzähle dir jetzt, was in Amsterdam passiert ist, dann kannst du mir erzählen, was in Venezuela passiert ist.«

Eine halbe Stunde später war die Minibar leer, und beide Männer waren ein wenig klüger, wenn auch verwirrt.

»Darum habe ich die Fotos von Salazar und Pastrana durch die CFR geschickt. Olaf hatte recht, es gibt keine Daten über die beiden. Finde raus, wer diese zwei zum Dinner eingeladen hat. Und du kannst auch gleich noch herausfinden, wer Victor Rodriguez eingeladen hat.«

»Glaubst du immer noch, daß er zu den Guten gehört, Oscar?«

»Ich weiß es. In meinem Metier findet man nur sehr selten jemanden, an den man glaubt. Irgendwer wollte Victor Rodriguez reinlegen, vielleicht hat er sich deshalb ans Tischende zurückgezogen.«

Oscar hieb sich auf die offene Handfläche. »Es gibt zu viele offene Fragen. Wer hat dich festnehmen lassen? Wer hat dafür gesorgt, daß du freikamst, bevor dich der Polizeichef in den Knast gesteckt hat?«

»Da wir schon mal dabei sind: Wer wollte dich in Amsterdam ermorden lassen?«

»Das ist doch klar: Die Kartelle. Sie kontrollieren El Gordo.«

»Weißt du das mit El Gordo genau?«

»Aber ja, ganz genau. Die Geheimdienste wissen, daß es ihn gibt. Wir haben Unmengen Beweise dafür, daß die Kartelle irgendeine Form der Computerüberwachung praktizieren. Niemand weiß, wo er sich befindet. Ruf mich nie aus Südamerika an, egal von wo.«

»Warum sollten sie dich umbringen lassen?«

Oscar stand auf und schlich durch das Zimmer. Er starrte durchdringend den Teppich an, als sollte er Adams Frage beantworten.

»Irgend etwas muß mich mit dem verbinden, was sie gerade machen. Aus irgendeinem Grund betrachten sie mich als Bedrohung. Worum es sich handelt, weiß ich nicht. Keine Ahnung.«

»Ich recherchiere seit geraumer Zeit für diesen Dokumentarfilm über Patrick Collins. Ich habe alles zusammengetragen, was je über ihn geschrieben wurde. Und obendrein habe ich Dutzende von Leuten interviewt. Hatte Zugang zu Stapeln von Dokumenten, darunter – was ich dir verdanke, Oscar – vielen geheimen. Ich finde, es wird Zeit, daß du alles, was ich habe, in deine Computer eingibst und mit deinem eigenen Leben abgleichst. Und nicht nur das, was du mir erzählt hast. Auch das, was du lieber verschweigst. Mal sehen, was dich mit dem Evangelisten verbindet.«

Oscar grunzte. »Nicht wahnsinnig viel, aber klar, schick den Kram an mein Postfach nach Rom.«

Damit ging er zur Tür.

»Sei von jetzt an besonders vorsichtig, mein Freund. Ach ja, da fällt mir gerade etwas ein.« Oscar strahlte. »Du könntest etwas für mich tun, wenn du mit deinem Team in Paris bist.«

Mit zunehmender Verärgerung las Rodriguez den Bericht des Observationsteams. Offensichtlich wohnte Frasers Freund Oscar in Paris, und wären die Leute bei der Beschattung des Dokumentarfilmers nur ein wenig geschickter vorgegangen, wüßte Victor jetzt dessen genauen Aufenthaltsort. Dann wäre dieses spezielle Problem erledigt. Seine Leute hatten Fraser verloren, und da der sich nicht im mindesten bewußt war, daß man ihm durch ganz Europa und den Vorderen Orient folgte, während er Collins' Reise filmte, grenzte das schon an krasse Unfähigkeit.

Jetzt war es zu spät. Mittlerweile befand sich das Filmteam in London und bereitete sich auf den Rückflug nach Florida vor. Die Observationscrew würde sich geschickter anstellen müssen, wenn Fraser das nächstemal in Paris war.

Am Tag bevor Adam und sein Team nach Miami fliegen sollten, rief ihn Francesca an und lud ihn ein, sie zu begleiten. Auf einer Autofahrt durch den Norden Londons erklärte Francesca, wie sie das Problem angegangen war.

»Zuerst dachte ich, wenn dieser Salazar wirklich direkt mit den Kurieren zu tun hätte, die das Cali-Kartell einsetzt, dann sollte man am besten damit anfangen, sich auf ihn zu konzentrieren. Pastrana als, wie Sie sagten, Chefbuchhalter des Medellín-Kartells hatte wohl kaum direkten Zugang zu einer dieser Frauen. Zweitens, Señor Salazar hat beeindruckend viel Gold im Mund. Ob einer dieser für den Einsatz der Kuriere verantwortlichen Männer so viele Goldzähne hatte, läßt sich leicht herausfinden. So etwas vergißt man nicht.«

Francesca hatte keiner Gefangenen die Fotos gezeigt, sondern sich nur gemerkt, wie einige die Männer beschrieben, die sie zu »dieser einen Reise« überredet hatten.

Manche Beschreibungen paßten nicht auf Fernando Salazar. Andere Frauen kamen nicht für eine Auskunft in Frage. Sie hatten Angst, daß ihren Familien drüben in Kolumbien etwas zustoßen würde.

Sie überquerten den Gefängnishof in Richtung Besuchsraum. Adam sah sich in dem modernen Gebäude um. Ihm fiel das alte Gefängnis mit seiner Pseudo-Warwick-Castle-Fassade ein.

Ihm kam zugute, daß er die Sprache der Gefangenen und ein wenig von ihrer Kultur verstand, doch meist überließ er das Reden Francesca. Wenn diese Frauen jemandem trauten, dann ihr.

»Verstehen Sie, dies ist kein offizieller Besuch. Adam ist Filmemacher, kein Polizist.«

Die Frau nickte ernst und streckte dann die Hand aus. »Dürfte ich bitte das Foto sehen?«

Adam beobachtete sie genau, als das Foto über den Tisch geschoben wurde. Er hatte gedacht, wenn die Frau den Mann erkannte, würde sie wahrscheinlich entweder hysterisch werden vor Zorn oder anfangen zu weinen. Doch nichts dergleichen geschah. An ihrem Blick merkte er, daß sie den Mann wiedererkannte. Er sah ein trauriges Lächeln auf ihrem Gesicht. Mehr nicht.

»Da, das ist er. Er heißt Fernando Salazar.«

Adams Herz machte einen Sprung. Ein Teil von ihm hatte auf einen Fehlschlag gehofft – und zwar der vernünftige Teil, der Wert auf ein ruhiges, sicheres Leben legte.

»Ich weiß, was Sie von mir erwarten. Ich soll eine Aussage machen. Vielleicht als Zeugin zur Verfügung stehen. Damit vor die Öffentlichkeit treten. Das werde ich tun, aber Sie müssen auch etwas für mich tun.«

Adam und Francesca sahen die Frau an. Sie betrachtete immer noch das Bild, war aber weit weg. Sie sah Adam direkt an.

»Ich möchte, daß Sie nach Cali fliegen. Finden Sie meine Tochter Carla und holen Sie sie nach London. Ich möchte, daß Sie sich um sie kümmern, bis ich hier rauskomme. Sie ist erst zwölf, aber ein braves Mädchen. Von Francesca weiß ich, daß Sie verheiratet sind, aber Kinder haben Sie keine?«

Adam war immer noch perplex. Es gelang ihm zu nicken.

»Wenn Sie einverstanden sind, werden Sie eine Zeitlang ein Töchterchen haben. Aber nur vorübergehend, verstehen Sie?«

Für Francesca kam das genauso unerwartet.

»Mónica, ich weiß, welche Sorgen Sie sich um Carla machen, aber Ihr Vorschlag ist … er ist einfach undurchführbar. Adam bereist die ganze Welt, und seine Frau Laura ist auch berufstätig. Und wie soll Adam sie aus Kolumbien herausbekommen? Was ist mit ihrem Schulbesuch? Ihren Freunden? Dem Sprachproblem? Klima und Kultur?« Francesca verstummte, von den Schwierigkeiten überwältigt, die sie einer Frau vortrug, deren Pech gewesen war, eines Sonntagnachmittags am Springbrunnen auf dem Hauptplatz von Cali zu sitzen und dem netten Fernando Salazar zu begegnen.

Während Francesca ihre Einwände vorbrachte, hatte Mónica die ganze Zeit auf einem Blatt Papier herumgekritzelt. Sie kritzelte weiter, als Adam das Wort ergriff.

»Mónica, Francesca hat recht. Hören Sie, daß Sie hier drin sitzen, tut mir leid. Das mit Ihrer Tochter Carla tut mir genauso leid, aber dieser Plan ist aberwitzig.«

»Manchmal helfen die Menschen in England anderen. Bosnische Kinder durften hierherkommen. Kinder aus Somalia, aus Nigeria. Aus vielen Ländern. Ich weiß es, ich hab' es hier im Fernsehen gesehen.«

Adam versuchte es mit anderen Argumenten. »Hören Sie, Mónica, von allem anderen einmal abgesehen, bedenken Sie folgendes: nur mal angenommen, ich ginge auf Ihren Vorschlag ein …«

Francesca unterbrach ihn. »Adam, seien Sie nicht verrückt.«

»Nein, schon gut, Fran. Nehmen wir nur mal kurz an, ich sei einverstanden. Nur mal angenommen, ich weiß zwar nicht wie, aber angenommen, ich könnte meine Frau überreden, daß wir uns um Ihre Tochter kümmern, bis Sie aus dem Gefängnis freikommen. Klar? Dann weiß ich immer noch nicht, wie ich sie aus Kolumbien herausbekomme.«

Mónica sah ihn triumphierend an. »Dann werde ich Ihre Zeugin sein. Öffentlich gegen diesen Mann aussagen.«

Adam beugte sich zu ihr vor. »Und dann werden seine Anwälte, seine ausgezeichnet bezahlten Anwälte, Sie in der Luft zerreißen. Die werden Ihnen vorwerfen, daß Sie sich diese Geschichte gegen ihren Mandanten, den angesehenen Geschäftsmann aus Bogotá, nur ausgedacht haben, der keineswegs ein Ihrer Phantasie entsprungenes Gebilde namens Fernanda Salazar sei, sondern Ricardo Semper. Die werden behaupten, Sie hätten sich diese ekelhaften Geschichten über den netten Señor Semper aus den Fingern gesogen, um Ihre Tochter nach Großbritannien zu holen. Was werden Sie denen antworten?«

»Ich werde sie fragen, wieso ihr Mandant einen goldenen Ring am kleinen Finger seiner rechten Hand trägt und auf diesem Ring seine Initialen eingraviert sind, ein F und ein S, ineinander verschlungen. Das sieht so aus.«

Sie schob ihre Kritzelei über den Besuchstisch. Es war die hervorragende Zeichnung eines Ringes mit Blumenmuster und den auf der Vorderseite eingravierten Buchstaben F. S.

»Dann werde ich ihnen noch zwei Ringe zeichnen. Mit anderen Mustern. Auf dem einen ist eine Anzahl kleiner Sterne, auf dem anderen die ineinander verschlungenen Großbuchstaben F und L.«

Adam betrachtete das Foto von Salazar. Ob er irgendwelche Ringe trug, war nicht zu erkennen. Mónica mußte diese Information also auf andere Weise gewonnen haben. Er starrte die Frau an.

»Das sind außerordentlich präzise Einzelheiten. Soviel können Sie unmöglich während einer kurzen Begegnung auf dem Platz in Cali gesehen haben.«

Mónica fing leise an zu weinen.

Jetzt habe ich sie, dachte Adam.

»Sie haben natürlich recht. Das konnte man unmöglich alles auf dem Platz sehen. Habe ich auch nicht. Ich habe es gesehen, als er hundertfünf Finger mit Kokain füllte. Ich habe es gesehen, als er mir diese Kondome mit den Händen, mit seinen Fingern, in den Hals stopfte. Ich habe es gesehen, als er mir die Pistole an den Schädel hielt und mich zwang, die Kondome zu verschlucken, die ich auf den Tisch gekotzt hatte. Dabei habe ich die Ringe gesehen. Dabei habe ich gesehen, was drauf war.«

Als Adam Francesca zu ihrem reetgedeckten Häuschen fuhr, zu ihrem Leben, das sich auf einem anderen Planeten abspielte als das, was sie soeben mit Mónica als ihrer Reiseführerin besucht hatten, erzählte Francesca ihm Mónicas Leidensgeschichte. Die Vergewaltigungen, seit sie ein zehnjähriges Mädchen war, die übermächtige Angst, daß ihre Tochter Carla nun Gefahr lief, die gleichen Erfahrungen wie ihre Mutter zu machen, darunter vielleicht auch eine zufällige sonntägliche Begegnung am Springbrunnen.

»Wissen Sie, Adam, einen Monat bevor Sie mir zum erstenmal diese Fotos zeigen, hat Mónica mir anvertraut, einer der Gefängnisaufseher in Holloway habe sie vergewaltigt. Seither hat er sie noch mehrmals vergewaltigt. Mónica läßt aber nicht zu, daß ich es den Behörden melde. Wem würden sie wohl glauben, einer Drogenschmugglerin oder einem Gefängniswärter? Sie sagt, sie wird damit fertig. ›Denn schließlich, Fran‹, hat sie zu mir gesagt, ›machen die Männer das mit mir, seit ich zehn Jahre alt bin.‹«

Francesca drehte sich auf dem Beifahrersitz um, ihre großen braunen Augen sahen ausdruckslos ins Leere. »Ich weiß, daß es verrückt ist. Wir beide kennen sämtliche guten Gründe, warum wir diese Angelegenheit nicht weiterverfolgen sollten. Was wollen wir also tun?«

Adam war so beunruhigt, daß er nicht bemerkte, wie ihnen ein großer schwarzer Wagen folgte.

12. Kapitel

Präsidentschaftskandidat (2)

»Und strecken und hoch. Oben lassen, und zwei, drei, runter. Pause. Und strecken, und hoch. Oben lassen. Zwei, drei, runter...«

Seit er sich entschieden hatte, für die Präsidentschaft zu kandidieren, hatte Pat Collins keine Zeit mehr zum Joggen gefunden. Als Ersatz hatte er sich einen privaten Fitneßtrainer genommen.

John Reilly wartete, bis der Mann gegangen war, ehe er in seinem Rollstuhl mit den Zeitungen winkte. »Du hast es geschafft, Pat.«

Collins machte eine Pause beim Abtrocknen und sah zu Reilly hinab. »Immer noch Nummer eins?«

»Immer noch Nummer eins auf der Bestsellerliste der *New York Times*. Und in jeder Zeitung, die mir bisher unter die Augen gekommen ist, hast du die Vorwahlen in Pennsylvania zu einer Randnotiz gemacht.«

Collins' verdutzte Miene war fast echt. »Die Lesereise eines Autors? Als Top-Story?«

Johnny Reilly las laut aus der *New York Times* vor. »Vielleicht ist es ein beredter, wenn auch trauriger Kommentar zur aktuellen Politik, wenn ein Nichtpolitiker Tag für Tag den Männern die Schlagzeilen raubt, die um den Einzug ins Weiße Haus kämpfen...«

Reilly gab die Zeitung Collins. »In der Hotelhalle warten ein paar Reporter, die dazu gern eine Stellungnahme von dir hätten.«

»Ist auf dem Terminplan noch was frei?«

»Klar, ich rufe den Sender wegen des Frühstücksfernsehens an und besorg' dir einen späteren Termin. Da gibt's keine Schwierigkeiten, schließlich bist du der Knüller des Monats, Pat.«

»Des falschen Monats, Johnny. Ich muß der Herbstknüller werden, genauer gesagt: der Knüller des Novembers.«

Reilly sah zu ihm hoch. »Stell dir nur mal vor, Pat, am ersten Sonntag nach deiner Wahl: Da ist die gesamte Nation deine Gemeinde. Stell es dir nur mal vor!«

»Das tue ich oft genug. Dreihundert Millionen Gesichter. Wir müssen sie alle lieben, Johnny. Eine Nation unter Gottes Führung.«

Andrew Sinclair bediente die Gegensprechanlage auf seinem Schreibtisch. »Clare, ich gehe mal eben in die Kommandozentrale. Bringen sie mir bitte die Einschaltquoten der Rutherford-Sendung, sobald sie reinkommen.«

»Ja, Mr. Sinclair.«

Sinclair stand auf und ging zu einer Seitentür. Die Kommandozentrale fungierte als zeitweiliges Hauptquartier für einen Wahlkampf, den es offiziell noch gar nicht gab. In die Suite hatte man ein elektronisches Schaltsystem eingebaut. Dadurch konnte Sinclair jede Fernsehsendung auf jedem Sender des Landes verfolgen, ohne sein Büro zu verlassen. Er bezog die Nachrichten aller wichtigen Agenturen, Computer registrierten automatisch, wenn die Medien auf eine bestimmte Person oder ein zuvor eingegebenes Thema Bezug nahmen; es gab Computerdateien über jeden potentiellen Kandidaten, weitere mit Kongreßunterlagen, Senatshearings, alle Regierungsveröffentlichungen der letzten zwanzig Jahre sowie sämtliche öffentlichen Äußerungen, die Präsident Clinton im Laufe seiner achtjährigen Amtszeit von sich gegeben hatte. Sinclair wußte, wie wichtig gründliche Recherchen waren. Er war der lebende Beweis dafür, welch mächtige Waffe sie in den richtigen Händen sein konnten.

»Neigt ein wenig dazu, den Interviewer nicht anzusehen. Korrigieren. Reibt sich in fünf Minuten viermal nachdenklich übers Kinn.«

Sinclair schaltete seinen Kassettenrecorder und das Video mit dem Rutherford-Interview aus. Vor allem wegen dieser Show war Collins nach Seattle geschickt worden. John Rutherfords Sendung gehörte in die erste Liga, sie wurde landesweit ausgestrahlt und hatte einen enormen Publikumszuspruch. Sinclair hatte eine Liste der hundert wichtigsten Fernseh- und Radiosendungen erstellen lassen, die in den USA vor allem die öffentliche Meinung bestimmten. Dazu kamen noch alle einflußreichen Zeitungskolumnisten.

»Eine Nation unter Gottes Führung« kam Mitte März in die Buchhandlungen (der Titel war bei Sinclairs Testpublikum gut angekommen). Seitdem hatten Collins und Johnny Reilly, deren Mitarbeiter und Frasers Filmteam das Land kreuz und quer bereist. Sinclair und sein Team hatten diese Tour präzise geplant. Nur ein handverlesener Personenkreis wußte, daß die Lesereise als Generalprobe für etwas viel Größeres diente.

Bisher hatten beide Gruppen, die Teams um Collins sowie Fraser, erstaunlich gut zusammengearbeitet. Durch ein gemeinsames Ziel geeint, war es ihnen gelungen, vor der Veröffentlichung ein so großes Interesse an Collins und seinem Buch zu wecken, daß es schon eine Woche, bevor es überhaupt in die Buchhandlungen kam, in den Bestsellerlisten auftauchte. Zwei Tage vor dem offiziellen Veröffentlichungstermin gab der Verlag bekannt, daß er bereits die nächste Auflage druckte.

Artikel, Rezensionen und Interviews erschienen, und in diesem Stadium der Kampagne fuhren Sinclair und seine Mannschaft bereits einen Teil der Ernte ein. Denn Collins hatte seit Jahrzehnten einen internationalen Ruf, weshalb keiner der amerikanischen Kommentatoren auf die Idee kam, seine seit Beginn des Jahres stattfindenden Begegnungen mit etlichen Staatsoberhäuptern als politische Treffen zu werten. Die Reise galt in erster Linie als eine

Informationstour des beliebtesten amerikanischen Predigers, wie er im Lauf der Jahre schon einige unternommen hatte. Und als sich seine landesweit abgedruckte Zeitungskolumne und die aus Boston ausgestrahlte Fernseh-Talkshow immer mehr für Tagesfragen und die bevorstehenden Vorwahlen interessierten, hielt man das für eine ganz normale Entwicklung in einem Wahljahr. Die Einschaltquoten der TV-Sendung gingen in die Höhe, den Fernsehkritikern und Zuschauern gefiel, was sie zu hören bekamen. Beim Buch war es ähnlich.

Daß es sich dabei um ein Wahlkampfmanifest handelte, obwohl der Wahlkampf gar nicht eröffnet worden war, fiel keinem Rezensenten auf. Es gab schließlich überhaupt keinen Kandidaten. Wenn also eine international renommierte Persönlichkeit, ein visionärer Prediger, einen Blick in die Zukunft warf und an seine Leser weitergab, was er dort sah, bestand für den Leser kein Grund zu vermuten, der Autor halte eine Wahlkampfrede – selbst wenn das so war.

Pat Collins gewöhnte sich daran, seine Begegnungen mit einem speziell für die Medien entworfenen Gebet einzuleiten. »Lieber Gott, bitte gib den heute hier anwesenden Mitarbeitern von Presse, Funk und Fernsehen die Kraft und den Willen, ihren so wichtigen Teil dazu beizutragen, allen Menschen Dein Wort zu bringen.« Das Gebet wurde erhört. Von Anfang an war die Medienberichterstattung über »Eine Nation unter Gottes Führung« ausnahmslos positiv. Die Medien waren von dem Buch genauso begeistert wie schon längst von dessen Autor.

Er lieferte gutes Material. »Fürsorge gibt es in vielen Formen und Größen, vielen Farben und Verkleidungen«, erzählte er im Fernseh-Presseclub »Face The Press«. »Wenn jemand bei einer Tagung aufsteht und ruft: ›Zahlt den alleinerziehenden Müttern keine Fürsorge mehr‹, kriegt er Beifall von allen Seiten. Ich würde aber gern erleben, daß sich ein solcher ›Reformer‹ mal erhebt und jene Sorte Fürsorge zum Teufel wünscht, die man hierzulande Anwälten und

Lobbyisten auf dem Silbertablett präsentiert.« Als die Kamera nicht hinsah, lächelte er rasch Teresa zu, aus deren Feder das stammte.

Niemand äußerte sich zu den seltsamen Zufällen, die sich während Collins' Lesereise durch die USA häuften.

Als am 12. März in Florida die Vorwahlen von Demokraten und Republikanern stattfanden, machte Collins auf seiner Lesereise zufällig gerade in diesem Bundesstaat halt, seiner zweiten Heimat. Folglich interessierten sich die Medien weit mehr für den Prediger als für die Politik. Das gleiche passierte in Illinois am 19. und dann wieder in Kalifornien am 26. desselben Monats. Außerdem hatte das zur Folge, daß der Prediger immer öfter mit Politik in Verbindung gebracht wurde.

Neben den Vorwahlen der beiden großen Parteien wurde Collins' Lesereise zu einem dritten Ereignis, worüber man sprach, das kommentiert und analysiert wurde, und als der März in den April überging, räumte man immer mehr Platz in den Zeitungen und immer mehr Zeit im Fernsehen Collins und immer weniger den Vorwahlen ein. Es war nur noch eine Frage der Zeit, bis der unausgesprochene Gedanke laut ausgesprochen werden würde. Diesen Zeitpunkt wollte Sinclair unbedingt kontrollieren. Er überprüfte Collins' Zeitplan für den Tag in Seattle. Das Frühstücksfernsehen würde gerade beendet, der Prediger und Reilly auf dem Weg in die Innenstadt zur Radiostation sein. Sinclair nahm sich ein Telefon, ging zu dem Drucker hinüber, der die jüngsten Neuigkeiten von der Wall Street übermittelte, und wählte eine Nummer.

»John, ich wünsche Ihnen einen wunderschönen guten Morgen. Wie geht's unserem Mann?«

»Der ist in ausgezeichneter Stimmung und in noch besserer Form, Andrew.«

»Gut. Bleiben Sie dran, Johnny, während ich mit Pat spreche. Guten Morgen, Sir, und Glückwünsche zu einer weiteren Woche auf Platz eins. Was ist es für ein Gefühl, der beliebteste Autor der USA zu sein?«

Die Stimme des Predigers kam klar und deutlich.

»Es ist ein wenig anstrengend, Andrew, aber auch eine interessante Erfahrung. Man denkt nur noch an duschen, saubere Hemden und Anzüge und woher die Zeit kommen soll, um sich irgendwann mal ein Sandwich zu genehmigen. Wie läuft's in New York?«

Sinclair warf noch einen Blick auf die Aktienkurse. »So gut wie noch nie, Pat. Ich sehe mir gerade die aktuellen Preise der Cybersafe-Aktien an. Seit der Börseneinführung ist der Preis schon so oft in die Höhe geschnellt, es wird Sie also kaum umhauen zu erfahren, daß ihre persönliche Investition gegenwärtig zweihundertsiebzehn Millionen Dollar wert ist.«

»Andy? Hier spricht John. Damit haben Sie ihn wohl sprachlos gemacht. Kommt selten genug vor. Hier ist er wieder.«

»Das Seltsame ist, Andrew, *daran* habe ich auf dieser Reise kein einziges Mal gedacht, die Neuigkeit haut mich also wirklich um. Guter Gott, soviel Geld. Sie und Johnny hier wollen vermutlich bald meine Aktien verkaufen?«

»Wir warten, bis Sie beide wieder an der Ostküste sind. Dann, Johnny, sollten wir wohl mal eine Sitzung des Wirtschaftsrats abhalten.«

»Morgen in L. A. ist der letzte Tag der Lesereise.«

»Genau«, sagte Sinclair. »Ich will den Schwung ausnutzen. Damit sich auch im Mai möglichst viel Aufmerksamkeit auf Pat konzentriert. Mit Hilfe der Cybersafe-Story sollte das gelingen.«

Seit die Firma an der Börse notiert wurde, war Cybersafe die heißeste Aktie an der Wall Street. Weil nur zwanzig Prozent öffentlich gehandelt wurden und sich um jede Aktie ein Schwarm potentieller Käufer balgte, war der Preis tatsächlich regelrecht explodiert. Nach 63 Dollar bei Börsenschluß des ersten Tages wurden die Aktien Ende April mit 134 Dollar notiert. In der ersten Maiwoche gab Sinclair schließlich bekannt, daß die Aktienmehrheit von Cybersafe bei seinen Vier Jahreszeiten und Patrick Collins lag.

Damit waren die Publicityleute des Sinclair-Teams, die für den Anfangserfolg des Buches gesorgt hatten, erneut sehr beschäftigt.

»Klar, Walt. Das ist der amerikanische Traum, und er könnte für keinen netteren Menschen wahr werden. Erinnern Sie sich noch an Lee Iacocca? In gewisser Weise ist das jetzt die Variante für das neue Jahrtausend. Armer Junge aus Boston verdient sich eine goldene Nase. Ich faxe Ihnen das Pressematerial, sobald ich den Telefonhörer aufgelegt habe.«

»Sehen Sie, Bob, es ist eindeutig ein Beispiel für seinen Weitblick. Er glaubte schon an die Carson-Zwillinge, als es noch kein anderer tat. Wie war das? Genau. Es sagt jedenfalls einiges über die Macht des Gebets.«

»Seine erste Investition. Das war sein eigenes Geld, Jean. Schauen Sie, Sie wissen genausogut wie ich, daß in Finanzdingen niemand im Land eine reinere Weste hat. Nennen Sie mir einen einzigen Menschen vom Status eines Pat Collins, der den Medien alljährlich seine Einkommensverhältnisse komplett offenlegt! Sie wollen wissen, wo die ersten fünf Millionen Dollar herkommen? Da müssen Sie sich noch ein wenig gedulden. Nein, nicht lange. Ich sage Ihnen was, Sie werden es als eine der ersten erfahren. Nein, versprochen.«

Als Sinclair sich das Band von diesem Gespräch eines seiner Mitarbeiter mit einer führenden Reporterin des *Wall Street Journals* anhörte, wußte er, daß ihm weniger Zeit blieb, als ihm lieb gewesen wäre. Die nächste Stufe des Projekts sollte erst nach dem Ende der Parteitage erfolgen; wenn man jedoch diese Phase auf Mitte Mai vorzog, wurden dadurch vielleicht Republikaner und Demokraten noch vor den Wahlparteitagen in die Defensive gedrängt. Er sah in seinen politischen Kalender. Ja, der neunzehnte Mai wäre ideal.

Sinclair schaute auf, als seine Sekretärin eintrat.

»Clare, die für Juni geplante viertägige Konferenz werde ich vorziehen. Das könnte Komplikationen für alle Beteiligten mit sich bringen. Je früher wir herausfinden, ob diese Schwierigkeiten zu beheben sind, desto besser. Bringen Sie mir eine Kopie der Liste, dann teilen wir die Leute auf. Ich übernehme die, bei denen es Probleme geben könnte. Übrigens, Clare, ich möchte Sie bei dieser Konferenz dabei haben. Gibt es da Schwierigkeiten?«

»Wann und wo, Mr. Sinclair?«

»Vierzehnter bis achtzehnter Mai. Am Winnipesaukee-See.«

»Danke, Clare. Teilen Sie Mr. Sinclair bitte mit, daß wir uns freuen, ihn am vierzehnten Mai zu sehen.«

»Aber gewiß doch, Mr. Fraser. Wir faxen Ihnen den genauen Zeitplan.«

Adam legte den Hörer auf, ging zum Fenster in Collins' Gästebungalow und betrachtete den Minigolfplatz. Es war an der Zeit, ein paar Entscheidungen zu treffen.

Er holte aus seiner Frisierkommode den Inhalt eines Päckchens, das drei Tage zuvor aus London eingetroffen war. Ein Stapel Fotos und der Bericht eines Polizeilabors. Er sah sie eine Weile an, wählte dann eine Nummer.

»Su, hol die Jungs, wir fahren zum Beach Café.«

Obwohl ihre Kontrollen bestätigt hatten, daß keine neuen Wanzen in den Bungalows installiert worden waren, war Fraser vorsichtig. Das beste am Beach Café war nicht die Speisekarte, sondern der großzügig bemessene Platz drum herum.

Als Adam sprach, saßen Susanna, Barry und Leon still da und hörten zu. Er sprach von dem Essen am Erntedankfest, ließ Oscar in Hamburg und Olaf in Caracas weg, nahm den Faden bei Mónica wieder auf, wie sie im Gefängnis Fernando Salazar identifiziert und welchen Deal sie vorgeschlagen hatte: eine Zufluchtsstätte für eine Tochter, dafür ihre beeidete Zeugenaussage gegen den Kurier. Leon unterbrach ihn als erster.

»Ich erinnere mich an seine Ringe und die Goldzähne. Allerdings weiß ich nicht mehr, ob ich Nahaufnahmen gemacht habe, bei denen seine Hände ins Bild kamen.«

»Doch, hast du, Leon«, sagte Susanna.

Adam sah zu ihr rüber. »Weshalb erinnerst du dich ausgerechnet an so etwas?«

»Weil du mich dafür bezahlst. Und weil ich jede einzelne von Leon gedrehte Einstellung schriftlich festhalte«, sagte sie spitz.

»Immer mit der Ruhe, Lady. Was ist denn mit dir los?«

»Ich erinnere mich an ein Gespräch am Neujahrstag über dieses Thema.«

»Dabei ging es um den Kontakt zu einer Frau in Hertfordshire, stimmt. Was ist damit?«

»Dann mußt du diese Mónica im Januar gesehen haben.«

»So ist es.«

»Und jetzt haben wir Mai! Wir sind aber alle daran beteiligt, Adam. Warum hast du uns nicht früher eingeweiht?«

»Ehe ich nicht wußte, was ich tun wollte, gab es nichts, was ich euch hätte berichten können.«

»Ja, aber ...«

Adam unterbrach sie. »Su, halt die Klappe.«

Leon und Barry sahen einander kurz an, während Susanna eine Erwiderung runterschluckte. Adam atmete tief durch, ehe er fortfuhr.

»Ich werde versuchen, Mónicas Kind aus Kolumbien heraus und nach England zu holen. Ich hab' keine Ahnung, was zwischen den Kolumbianern und Patrick Collins abläuft, aber ohne Zweifel war der Kurier beim Dinner zugegen, und ohne Zweifel hat er Mónica als eine seiner Mulis benutzt.«

»Woher weißt du das so genau?« fragte Barry.

Adam nahm das Päckchen vom Tisch, zog den Inhalt heraus und gab seinem Team Fotos.

»Diese Fotos sind von deinem Filmmaterial, Leon. Eine Sequenz, die damit endet, daß Salazar sein Kinn in die Hände stützt. Die nächste Serie besteht aus computerbearbeiteten Bildern, die ein Polizeilabor in England hergestellt hat. Und deshalb, Susanna, hat es auch von Januar bis jetzt gedauert, bis ich euch dreien etwas sagen konnte. Man kann da nicht einfach reinmarschieren und um Hilfe bitten. Das ist eine amtliche Stelle. Ich mußte warten, bis der richtige Mann am richtigen Platz war. Zum Glück hat Leon scharf eingestellt und die Schärfe gehalten, als Salazar den Kopf in seine Handflächen legte. Die Labortechniker haben diese Einstellung vergrößert, zwanzigmal, hundertmal. Und das ist dabei rausgekommen.«

Sein Team betrachtete das Foto, dann sah Leon den auf der anderen Tischseite sitzenden Adam an.

»Da hab' ich offenbar genau den richtigen Zeitpunkt abgepaßt, um das Bild scharf einzustellen, Alter.«

Adam grinste ihn an. »Den perfekten Zeitpunkt, Leon. Das hier entspricht genau der Zeichnung, die Mónica vor meinen Augen angefertigt hat.«

Jetzt war Barry an der Reihe. »Das könnte beweisen, daß eine Verbindung zwischen diesem Typ und der Frau in Holloway besteht. Aber er könnte auch nur ein kleiner Dealer sein. Kolumbien steckt voller Großmäuler, die sich brüsten: ›Ein Deal, und ich bin Millionär‹.«

»Die Quelle, von der ich weiß, daß es sich bei Salazar um ein ranghohes Mitglied des Kartells von Cali handelt, hat noch nie falsche Informationen aus dem Rauschgiftbereich geliefert.«

Barry ließ nicht locker. »Wenn das so ist, warum wurde dann dieser Salazar noch nie verhaftet?«

»Weil, Barry, bisher noch nie jemand gegen ihn aussagen wollte.«

Susanna meldete sich leise zu Wort. »Wenn sie eine Aussage unterschreibt, dann unterschreibt sie ihr eigenes Todesurteil.«

Adam antwortete ihr: »Sie will ihre Tochter aus Kolumbien hier haben. Und ich bin bereit, den Versuch zu wagen.«

»Aus welcher Gegend in Kolumbien, Adam?« wollte Leon wissen.

»Cali.«

Das Team schien kollektiv die Luft anzuhalten. Barry sprach als erster wieder.

»Och, das geht in Ordnung. Solange es keine gefährliche Gegend ist.«

Trotz der Lage mußte Adam lachen.

»Ich bitte niemanden, mich dorthin zu begleiten oder intensiver in diese Geschichte einzusteigen, als ihr drei es ohnehin schon getan habt. Wenn sich also jemand von der Arbeit an den Dokumentarfilmen zurückziehen will, verstehe ich das.«

Einen Moment lang blieben alle stumm. Dann sahen die beiden Techniker und Susanna einander an, und wieder ergriff Barry das Wort. »Wir machen die Arbeit zu Ende.«

Adam wandte sich an Susanna. »Su, gib mir doch bitte den Zwischenstand zu unseren Dokus.«

»Klar. Die beiden Dokus über den Prediger Collins. Wir haben alles gedreht, was du haben wolltest. Deine Rohschnittversion von Teil eins ist fünfundsiebzig Minuten lang. Dein Rohschnitt von Teil zwei hat zur Zeit achtundsechzig Minuten. Für die dritte Doku, ›Wie macht man einen Präsidenten?‹, hast du etwas über sechzehn Minuten im Kasten einschließlich des kürzlich auf der Lesereise gedrehten Materials.«

Adam überlegte, klopfte dann auf den Tisch. »Ich habe beschlossen, unsere Produktion zu rationalisieren. Statt drei Filmen mache ich nur einen. Wir kombinieren sämtliche bereits vorliegenden Bestandteile mit dem Wahlkampf-Material, das wir noch drehen müssen. Dann erstellen wir einen einzigen neunzig Minuten langen Film. Damit decken wir alles auf einmal ab. Ab sofort setzen wir uns hin und zerlegen alles, was wir haben. Dann setzen wir es neu zusammen und überlegen, welches Material wir noch bis zum Wahltag drehen müssen.«

Das Team mußte das erst mal verdauen. Susanna, die sich Notizen machte, sah von ihrem Schreibblock auf.

»Collins' Konferenz ist Anfang Juni. Uns bleibt also ein Monat Zeit.«

Adam schüttelte den Kopf. »Eben hat mich Sinclairs Büro angerufen. Die Konferenz wurde auf den vierzehnten Mai vorverlegt. Offenbar haben sie beschlossen, die Lunte ein wenig früher als geplant anzuzünden. Wir haben also nur sieben Tage, um die Doku umzubauen, außerdem muß ich die Frau in London treffen. Falls jemand nach mir fragt, ich bin zu Recherchen in New York.«

Der einzige sichtbare Unterschied zu seinem letzten Besuch in Holloway waren die von Gefangenen gezüchteten Tulpen in einem gutgepflegten Beet. »Genau das, was ein kolumbianischer Drogenkurier können muß.«

Auf der Fahrt hatte ihm Francesca von ihren letzten Besuchen bei Mónica erzählt.

»Sie hat jeden Abend gebetet, Adam. Stundenlang. Sie hat Gott, die Jungfrau Maria, Jesus und seine Jünger und einen ganzen Chor von Engeln angefleht, daß sie sich für sie verwenden und dich überreden, Carla zu holen.«

»Wenn sie keinen Besseren als mich hat, dann sollte sie weiterbeten.«

»Sie hat *nur* Sie.«

»Dann sollte ich vielleicht auch besser anfangen zu beten.«

Im Besuchszimmer legte Adam sein Jackett auf den Tisch, ehe er Mónica direkt in die Augen sah.

»Mónica, erzählen Sie mir das Ganze noch mal. Von dem Augenblick an, als Sie diesen Mann beim Springbrunnen auf dem Hauptplatz von Cali kennenlernten. Ich möchte alles noch einmal hören, und diesmal will ich alle drei Zeichnungen sehen.«

Mónica zuckte mit den Achseln. »Aber ich habe Ihnen doch schon alles erzählt.«

Adam ließ nicht locker. »Erzählen Sie's mir noch mal. Ich will wissen, ob es sich beim zweitenmal genauso anhört.«

Sie begann zu reden. Als sie fertig war, beugte sich Adam über den Besuchstisch und ergriff ihre Hände.

»Ich werde versuchen, Carla für Sie rauszuholen.«

»Ich wußte es! Sie haben so ein gutes Gesicht.«

»Nein, Mónica, ich habe nur einen unterentwickelten Verstand. Aber wenn sie so viel riskieren, um mir zu helfen, dann ist es nur recht, daß auch ich alles in meiner Macht Stehende unternehme, um ihnen zu helfen.«

Wieviel Mónica wirklich riskierte, wurde bald deutlich. Als sie die beste Vorgehensweise besprachen, machte Adam einen Vorschlag.

»Ich dachte an die kolumbianische Botschaft hier in London. Der venezolanische Botschafter ist ein Freund von mir, und ich weiß, daß die südamerikanischen Botschaften eng zusammenarbeiten. Was halten Sie davon?«

Beide Frauen reagierten nervös. Sie redeten miteinander, doch zu schnell für Adam. Die Erklärung lieferte Francesca nach.

»Mónica lehnt das ab. Lieber gar nichts unternehmen, als über die Botschaft gehen. Vor fünf Monaten gab es einen ähnlichen Fall. Es ging um eine der Frauen, die ich im Gefängnis von Styal besuche. Ebenfalls Kolumbianerin, auf die zu Hause Kinder, aber kein Mann warten. Sie bat um Hilfe. Ein Mitarbeiter der Botschaft hat sie aufgesucht. Die Frau sagte ihm, wenn sich die Regierung in Bogotá um ihre Kinder kümmerte, für Lebensmittel und ein Dach über dem Kopf sorgten, werde sie kooperieren.«

»Und gegen eins der Kartelle aussagen?«

»Genau. Der Diplomat nahm Kontakt zum *Bienestar Social* auf, dem Sozialministerium in Bogotá. Zwei Wochen später wurde dem sechzehnjährigen Sohn der Frau, dem Ernährer, in den Kopf geschossen. Der Bruder der Frau nahm dann die restlichen Kinder zu sich. Einen Monat später wurde auch er hingerichtet. Schließlich zog die in Styal einsitzende Frau ihr Angebot zurück, solange noch Familienmitglieder am Leben waren.«

»In welchem Teil Kolumbiens spielte sich das ab?«

Die Frauen sahen einander an, ehe Francesca antwortete.

»Cali.«

Wieder redeten die beiden Frauen sehr schnell miteinander. Wieder erläuterte Francesca, worum es ging.

»Ebenfalls im letzten Jahr saß in der Zelle neben Mónica eine Frau. Sie hieß Maria Elba. Vor dem heutigen Tag hat Mónica nie darüber gesprochen. Diese Frau war ganz anders als die übrigen Insassinnen. Sie war kein Muli. Sie betrieb die Geschäfte auf eigene Rechnung. Aber mit demselben Ergebnis: sieben Jahre Gefängnis. Maria Elba brüstete sich gegenüber Mónica, ihr Geliebter sei Abgeordneter in Bogotá, sie kenne leitende Mitarbeiter des Cali-Kartells; sie flöge bald nach Hause, müsse ihre Haftstrafe auf keinen Fall absitzen. Ich erinnere mich gut an die Frau. Es gab eine Absprache. Ich habe zwar nie begriffen, wie die zustande kam oder wer dahintersteckte, aber sie hatte zweifellos exzellente Verbindungen, denn ein enger Vertrauter des Präsidenten oder vielleicht der Präsident persönlich redete mit jemandem in der britischen Regierung. Sie hatte nur ein paar Monate abgesessen, plötzlich wurde sie ausgewiesen. Zwei Wochen später erhielt sie in ihrer Wohnung in Bogotá einen Kopfschuß.«

Mónica sprach nun direkt mit Adam.

»Sie sind überall, Señor Adam«, sagte sie langsam. »Überall. Sie wissen alles. In welchen Gefängnissen wir sitzen, unsere Haftstrafen, unsere Häftlingsnummern. Sie suchen regelmäßig unsere Familien auf. ›Aha, Mónica ist also in Holloway. Sie hat doch die Häftlingsnummer 2754980, stimmt's? Sie sitzt sieben Jahre ab. Richte ihr aus, daß wir da waren.‹ Das stand letztes Jahr in einem Brief meiner Schwester. Der letzte Brief, den sie mir geschickt hat.«

»Und trotzdem soll ich versuchen, Ihre Tochter aus Cali zu holen?«

»Ja, unbedingt. Ich schreibe Ihnen einen Brief. Den geben Sie meiner Schwester, sie und ihr Mann sorgen für meine Carla. Die sind nur froh, sie loszuwerden. Im Brief meiner Schwester stand mehrmals, was für eine Last Carla ist.«

»Ich glaube, Mónica, Sie sollten auch einen Brief an Carla schreiben und erklären, wer ich bin und daß sie mir vertrauen kann.«

Mónica legte eine Hand an ihren Hals und löste eine kleine Kette mit einem Kruzifix. Das reichte sie Adam.

»Carla kann nicht lesen, aber geben Sie ihr das. Daran wird sie sich erinnern. Sie hat immer auf meinem Schoß gesessen, mit mir geschmust und mit dem Kruzifix gespielt.«

Nachdem sie Mónica verlassen hatten, fuhren die beiden noch in eine Kneipe nach Islington.

»Fran, daß die Kartelle angeblich alles über die in englischen Gefängnissen sitzenden Mulis wissen. Ist das Paranoia?«

»Nein.«

»Aber woher haben die Kartelle ihre Informationen? Von korrupten Aufsehern?«

»Von korrupten Aufsehern, von korrupten Beamten des Innenministeriums und durch logische Schlüsse. Sehen Sie, als diese Frauen Mulis waren, sollten sie abgeholt werden. Wenn also jemand in Heathrow auf einen Muli wartet, der dann nicht kommt, ruft er in Cali oder Medellín oder sonst einem Abflughafen des Mulis an. Man bestätigt dort, daß der Muli das Flugzeug bestiegen hat. Am nächsten Tag sucht der in London stationierte Dealer oder einer seiner Mitarbeiter das Gericht in Hillingdon auf, wo gegen die meisten der festgenommenen Frauen Anklage erhoben wird. Sie sehen sich also die Liste der zur Verhandlung stehenden Fälle an. Jeden Tag kommen sie wieder und sehen die Listen durch, und früher oder später tauchen Mónica und die anderen vor Gericht auf. Jetzt weiß der in London stationierte Dealer, wie die Kurierin aussieht, und bald weiß er auch, welche Gefängnisstrafe sie bekommt.«

Noch am selben Tag flog Adam nach Amerika. Während seines Englandaufenthaltes hatte er sich nicht bei Laura gemeldet. Dafür war später noch Zeit genug. Laura hatte gewollt, daß er seine Ermittlungen über Salazar und Pastrana einstellte. Er hatte zugestimmt, und dann war er losgezogen und hatte weiter ermittelt. Und wenn er jetzt großes Glück hatte, würde seine kinderlose Karrierefrau vielleicht ein kolumbianisches Mädchen bekommen, das bei ihr blieb, solange Mónica im Gefängnis saß. Noch ganze vier Jahre.

Zwei Tage vor der ersten Wahlkampfkonferenz waren die Zeitungen und Fernsehnachrichten voll mit traurigen Erinnerungen daran, daß am kommenden Sonntag genau ein Jahr seit dem Bombenattentat auf die First National Bank in Chicago vergangen war. Niemand war deshalb festgenommen worden, alle Theorien, wer hinter dem Angriff und der anschließenden Zerstörung von »Cola One« stecken mochte, hatten zu nichts geführt. Die Bombenleger warteten den vierzehnten nicht ab. Am zwölften Mai schlugen sie erneut zu. Wieder ein Freitag. Diesmal war ihr Ziel eines der renommiertesten Hotels Kaliforniens, das Bel Air. Zur Mittagessenszeit wurden drei aus Dünger und Gasöl hergestellte Bomben ferngezündet. Sie explodierten gleichzeitig im Hauptrestaurant, dem Cocktailraum und dem Empfangsbereich. Wieder hatte es keine Warnung gegeben. Und wieder übernahm niemand die Verantwortung. Und wieder war das Ausmaß der Zerstörung grauenhaft: einhundertsiebzehn Tote, einundvierzig Schwerverletzte und der Großteil eines Hotels zerstört, das Reichtum, Macht und Einfluß symbolisierte.

Die Medien warteten die offizielle Untersuchung nicht ab. Die Schlagzeile »Die Freitagsattentäter sind wieder da« stand am nächsten Tag auf den Titelseiten sämtlicher großen amerikanischen Zeitungen. Als der Präsident im Fernsehen landesweit gelobte, die Verbrecher ihrer gerechten Strafe zuzuführen, wie lange es auch dauern mochte, zeigten sich viele Kommentatoren unbeeindruckt. Sie wiesen darauf hin, daß der Präsident ein Jahr zuvor, nach der Greueltat in Chicago, genau dieselben Worte gebraucht hatte. Man fand keinerlei Beweise, die irgendein Land oder eine Gruppe mit dem Angriff in Verbindung gebracht hätte. Jeder hatte eine Theorie, keiner einen Beweis.

Den Tagungsort, Lake Winnipesaukee in New Hampshire, hatte Sinclair mit gewohnter Detailversessenheit ausgesucht. Der See war über nahe gelegene Autobahnen und Flugplätze leicht erreichbar. Was unerwünschte Besucher anging, war Sinclair kein Risiko eingegangen. Für die Dauer der Konferenz hatte er die Beaver Island übernommen. Um die Insel herum führte ein anderthalb Kilometer langer Weg; niemand konnte ohne Sinclairs Wissen kommen oder gehen. Es gab verschiedene Unterkünfte, vom Hauptgebäude bis zu abgeschiedenen kleinen Hütten. In Sinclairs Augen waren sie bestens geeignet, um bei einigen Gästen einen Hauch der alten Trapper- und Pioniertage heraufzubeschwören – mit Minibars und Zentralheizung als Dreingabe.

»Alle, die eintreffen oder abreisen, gehen in Ordnung. Sämtliche Sitzungen im Hauptgebäude, da haben Sie auch freie Hand. Was im Freien abgehalten wird, darf ebenfalls gefilmt werden. Ich möchte Sie und Ihr Team nur bitten, sich von den privaten kleinen Besprechungen in den Hütten fernzuhalten.«

Sinclair hatte dafür gesorgt, daß Adam und sein Team als erste auf Beaver Island eintrafen. Er wollte, daß die Ankunft aller Gäste – von seinen eigenen abgesehen – gefilmt wurde.

»Ich bin mir durchaus bewußt, Adam, daß Sie hier die einmalige Gelegenheit haben, einen wahrhaft historischen Film zu drehen. Und ich möchte alles tun, Ihnen das auch zu ermöglichen.«

»Hoffentlich entspricht der fertige Film Ihren Erwartungen. Aber der Drehort ist phantastisch, das Licht hervorragend, das wird großartiges Filmmaterial geben.«

»Einen Tip gebe ich Ihnen noch. Hier werden eine Reihe Leute eintreffen, beispielsweise Mitarbeiter von mir, die keine Ahnung davon haben, was auf der Tagesordnung steht. Die glauben wahrscheinlich, es hat irgendwas mit Pats kürzlich beendeter Lesereise zu tun. Eventuell können Sie da einige interessante Publikumsreaktionen einfangen.«

Als nächstes, dachte Adam, erzählt er mir, ich sollte unbedingt ein paar Nahaufnahmen von Collins machen. »Eine prima Idee. Danke.«

Die spektakulärste Ankunft war die von Rick Forrest, der mit einem Wasserflugzeug mitten auf dem See landete. Insgeheim belustigte das Sinclair ungemein. Dieses Entree würde kein anderes Mitglied des Exekutivkabinetts übertreffen können.

Außer ihm selbst.

»Meine Damen und Herren, es ist mir eine Freude und Ehre, Ihnen als erster den nächsten Präsidenten der Vereinigten Staaten von Amerika vorzustellen: Patrick Collins.«

Von Adam Fraser und seinem Filmteam abgesehen, saßen sechzehn Personen in dem großen, von einer Galerie umgebenen Salon des Hauptgebäudes, als Andrew Sinclair sich betont lässig erhob und seine Bekanntgabe machte. Adam, der eine zweite Kamera bediente, konnte sich kaum ein Lachen verkneifen, während er langsam durch den Raum schwenkte. Johnny Reilly und das vierköpfige Exekutivkabinett klatschten heftig Beifall. Andere wie Clare, die Hüterin zahlreicher Geheimnisse und Sinclairs rechte Hand, saßen mit offenen Mündern da.

Collins ging zu einem großen offenen Kamin, drehte sich um und musterte die überall im Raum verteilten Menschen. Er faltete die Hände, schloß die Augen und senkte den Kopf.

»Lieber Gott, wir bitten Dich um Deinen Segen für diese Versammlung. Es ist soweit. Hier und jetzt und heute. In diesem Augenblick beschäftigt uns aber weniger, was wir tun, falls wir ins Weiße Haus gewählt werden. Uns beschäftigt, wie wir dieses Ziel erreichen können. Wir bitten Dich, uns bei den vor uns liegenden Aufgaben zu leiten. Amen.«

Collins hob den Kopf und sah sein Publikum an.

»Nahezu alles spricht dagegen, daß wir unser hochgestecktes Ziel je erreichen. Was mich aber ermutigt, sind zwei frühere Beispiele aus der Geschichte dieses Landes. Bisher wurden mindestens zweimal Männer in das höchste Staatsamt gewählt, denen Amateure als Präsidentenmacher zur Seite standen: der eine war Abraham Lincoln, der andere John F. Kennedy. Lassen Sie mich eins zunächst deutlich sagen: Ich werde in allernächster Zeit öffentlich meine Kandidatur für die Präsidentschaft bekanntgeben. Ich würde das aber nicht tun, wenn ich nicht zutiefst überzeugt wäre, diese Wahl auch gewinnen zu *können*.

Mein Wegbegleiter bei diesem Abenteuer wird ein Mann sein, mit dem ich bereits einen großen Teil meines Lebens verbracht habe: John Reilly. John, würdest du den Leuten mitteilen, was du mir auf meine Frage geantwortet hast, ob du mein Vizepräsident werden möchtest?«

Reilly grinste den Prediger breit an. »Pat, wie du weißt, fühle ich mich zutiefst geehrt.«

»Als ich dich das erstemal fragte, hast du das ein wenig anders formuliert.«

Reilly sah sich in dem Raum um. »Das bleibt unter uns. Sonst hätte vielleicht die Opposition ihren Spaß damit. Ich habe nur zitiert, was der erste Vizepräsident sagte, John Adams, nachdem er gewählt worden war: ›Meinem Land in seiner Weisheit ist es gelungen, mich für das unbedeutendste Amt zu bestimmen, das der Mensch jemals erfunden oder sich in seiner Phantasie ersonnen hat.‹«

Als Gelächter und Klatschen verstummt waren, fuhr Collins fort: »Bei diesem Unterfangen wird Andrew Sinclair mein Wahlkampfmanager sein. Immerhin hat vor allem er mich überredet zu kandidieren, deshalb halte ich es nur für recht und billig, daß Andrew dieses Rennen auch organisieren soll. In diesem Raum befinden sich bereits die wichtigsten Mitwirkenden unseres Teams.

Natürlich wird es vergrößert, sobald und falls es nötig sein sollte. Aber ich glaube zutiefst, ob wir gewinnen oder verlieren, das wird in erster Linie von der Begabung, den Bemühungen und Fähigkeiten derjenigen abhängen, die sich heute hier versammelt haben. Mir ist dabei ein sehr netter Zufall aufgefallen.

Im Oktober 1959 trat Kennedys Wahlkampfteam zum erstenmal in Hyannisport zusammen.«

Collins grinste und breitete die Arme weit aus. »Auch damals kamen sechzehn Personen zusammen ... Es gibt viel zu tun, und wir haben wenig Zeit. Gehen wir an die Arbeit.«

Die Spannung im Raum war mit Händen zu greifen. Das Treffen glich jetzt eher einem Erweckungsgottesdienst als einer politischen Konferenz. Adam Fraser war verblüfft; er wußte, daß der Prediger die Massen fesseln konnte, aber daß er auch auf diese sechzehn hartgesottenen Profis die gleiche Wirkung hatte ... Er zwang sich, wieder an die Arbeit zu denken.

»Also. Su, Leon, Barry. Das Geheimnis dieser Sitzungen lautet: sich nicht zu lange bei einer einzelnen Gruppe aufhalten. Die werden hier vier Tage lang ein Brainstorming abhalten, das ergibt eine tolle Montage. Auf geht's!«

Leon und Barry entfernten sich leise von einem Seminar über Drogen, das von einem lebhaften Andrew Sinclair geleitet wurde, und trafen Patrick Collins auf der Terrasse, umgeben von einem anderen Zuhörergrüppchen.

»Ich bin sehr darüber besorgt, daß die ›Festung Amerika‹-Mentalität immer mehr um sich greift. Isolationismus funktioniert nicht, weder in der Außenpolitik noch im Alltag.«

»Das mit der Außenpolitik sehe ich ein, Pat. Aber wie meinen Sie das in bezug auf den Alltag?«

»Nehmen wir zwei verschiedene Wohngegenden, Sam. Die eine ist ein typisches Durchschnittsviertel, Main Street USA. Unterschiedliche Menschen wohnen in unterschiedlichen Häusern und Wohnungen. Das Wohnviertel spiegelt diese Mischung wider. Manche Leute haben Geld, andere nicht. Manche haben Arbeit, andere beziehen Sozialhilfe. Die Viertel auf beiden Seiten der Straße ähneln sich sehr. Der ganze Bereich ist unverkennbar eine urbane Wohngegend.

Nun sehen wir uns eine zweite Gegend an. Deren Straßen, Bürgersteige, Parkanlagen, alles ist privat. Sie wird von hohen Mauern umgeben, am Haupttor steht ein Wachmann. Jeder Zugang, ob mit dem Auto oder zu Fuß, wird kontrolliert und elektronisch überwacht. Diese Siedlung hat eigene Erlasse, eigene Vorschriften, die sowohl das äußere Erscheinungsbild als auch die Pflege der Grundstücke regeln.

Immer mehr Menschen lehnen die erste Siedlungsform ab und entscheiden sich für die zweite. Wir werden zu einer von Mauern umgebenen, bewachten Gesellschaft. Wir sind nicht mehr ›Eine Nation unter Gottes Führung‹, sondern viele Nationen unter Bewachung.«

Andere, die Bruchteile des Gesprächs aufgeschnappt hatten, schlenderten auf die Terrasse.

Sam Barnes, Leiter des Medienbüros in Sinclairs Organisation, war zum Pressechef des Wahlkampfteams bestimmt worden. Er hatte als Zeitungsmensch in Kalifornien gearbeitet und Senator Ruskins Pressebüro geleitet, ehe ihn Sinclair abwarb. Als Jesuitenzögling gefiel es ihm, jeden Standpunkt bis in seine äußersten Winkel auszuloten.

»Die Leute wollen bloß nicht Straßenräubern, Vergewaltigern und Dealern in die Hände fallen. Die Leute wollen sich nicht zusammenschlagen und berauben lassen. Sie wollen angstfrei leben. Klingt doch vernünftig.«

»Vernünftig? Willkommen im Mittelalter, einschließlich der Burggräben und Ziehbrücken. Die ummauerte Siedlung läßt sich verteidigen. Mit den anderen ummauerten Siedlungen ist sie durch Straßen, Glasfaserkabel und digitale elektromagnetische Signale verbunden. Auf dem Weg zur Arbeit begegnet man keinem anderen

Menschen. Sie arbeiten am PC in ihrem Zimmer. An die Stelle der öffentlichen Grünanlagen treten private Einkaufszentren. Wenn wir unsere Städte aufgeben, nimmt dadurch unsere Menschlichkeit, unser Mitgefühl, unsere Toleranz füreinander ab. Wenn man das Ganze bis zum bitteren Ende durchexerziert, haben wir bald nur noch von Milizen bewohnte Enklaven und leben in einem Zustand permanenter Paranoia. Sehen Sie sich's ruhig an, wir alle erleben es ständig. Wenn wir ehrlich sind, wissen wir alle, worum es geht. Es geht um das, was letztes Jahr in Chicago passiert ist.«

Er hielt inne, sah Andrew Sinclair direkt in die Augen und fuhr fort:

»Es geht um das, was mit ›Cola One‹ geschehen ist, mit Leonard Meredith und seinen Kollegen. Und jetzt geht es auch um das, was letzten Freitag in Kalifornien geschehen ist. Wir können, wir dürfen uns von den Feinden – wer auch immer sie sein mögen – nicht durch Attentate *zwingen* lassen, uns zu ergeben. Wir dürfen nicht zulassen, daß das von ihnen erzeugte Klima der Angst zum Dauerzustand wird.«

Aus diesem Gespräch entstanden einige eindrucksvolle Wahlwerbespots für das Fernsehen.

Adam fand die sich entwickelnde Gruppendynamik faszinierend. Am Ende des dritten Tages schien eine Großfamilie Beaver Island übernommen zu haben. Daß es wirklich eine Insel war, und dazu noch eine kleine, trug dazu bei. Gemeinsame Unternehmungen, Wärme und Kameradschaft hatten das starke Gefühl entstehen lassen, eine verschworene Gruppe zu sein, deren Mitglieder füreinander auf die Barrikaden gehen würden. Noch wichtiger war ihre Überzeugung, daß diese Gruppe siegen würde.

Andrew Sinclair war genauso beeindruckt, und er mußte sich nicht nur auf seine Augen und Ohren verlassen. Niemand hatte versucht, ein diskret-indiskretes Telefonat zu führen. Keiner hatte – bei einem abendlichen Drink zu zweit, einer leisen Plauderei auf der Terrasse oder einem Bummel rund um das Inselchen – auch nur das leiseste Anzeichen erkennen lassen, daß er dem gemeinsamen Anliegen untreu war. Sinclair konnte sich sicher sein, denn noch ehe das offizielle Vorausteam eintraf, hatte Sinclair seine eigenen Sicherheitsleute geschickt. Sie hatten jedes Zimmer, jedes Telefon und sogar einen Großteil der Bäume verwanzt.

»Ich dachte, du wüßtest ganz gern, wieviel wir gedreht haben.«

Adam hatte nach dem Abendessen das Hauptgebäude verlassen und war zum Seeufer geschlendert. Er drehte sich um und sah seine Assistentin an.

»Ja, Su.«

Sie überflog ihre Notizen. »Dreiundzwanzig Stunden.«

Er musterte sie durchdringend. »Du machst Witze.«

»Ich mache nie Witze, was die Filmlänge oder unseren Drehplan angeht.«

Er schüttelte den Kopf. »Dreiundzwanzig Stunden im Kasten, und er hat noch nicht einmal seine Kandidatur erklärt! Es ist erst Mitte Mai. Wir müssen selektiver vorgehen, sonst schneiden wir bis nächstes Ostern.«

Susanna trat näher und setzte sich auf das Backsteinmäuerchen.

»Welchen Termin hast du dir gesetzt, oder ist das auch so ein Staatsgeheimnis?«

Er neigte den Kopf zu ihr hin, bis sich ihre Nasen berührten.

»Hat dich wieder diese miese Laune gepackt?«

»Nur ein bißchen. Solche Betreten-verboten-Zonen hatten wir noch nie bei einem Projekt.«

»Wir hatten ja auch noch nie so ein Projekt!« Er blinzelte. »Meine Deadline hängt davon ab, wer uns welches Angebot für welche Rechte und welches Sendegebiet offeriert. Sobald herauskommt, daß ich einen Exklusivvertrag mit Sinclair und Collins abgeschlossen habe, ist alles drin. Wir werden sehen.«

Er drehte sich um und schaute über den See. Die tiefstehende Sonne ließ die Wasseroberfläche wie eine silbrige Haut aussehen, die faltig und dann wieder glatt wurde. Er betrachtete das glitzernde Bild.

»Das ist bezaubernd. Am liebsten würde ich hineintauchen und all das Silber und Gold mit den Händen abschöpfen.«

Susanna rückte näher an ihn heran und hakte sich bei ihm unter. »Ich komme mit rein, aber nur, wenn du mich auch mit den Händen abschöpfst. Wir ziehen aber besser Badesachen an. Wir wollen doch nicht den Prediger schockieren.«

Doch der mögliche zukünftige Präsident war anderweitig beschäftigt.

Eine Gruppe saß um Collins herum auf der Terrasse. Während sie die letzten Strahlen der untergehenden Sonne genossen, beschäftigten sie sich in aller Ruhe mit außenpolitischen Themen.

Edgar Lee Stratford, der Vorsitzende von General Systems, drehte nachdenklich an seinem Drink.

»Klar müssen wir uns intensiv mit den Russen und Chinesen befassen. Aber noch dringendere Aufmerksamkeit erfordert meiner Meinung nach die Tatsache, daß sich ein Großteil der Erde allmählich in toten unproduktiven Staub verwandelt.«

Als Susanna zurückkam, hatte sie ihren schwarzen Badeanzug an und eine leuchtende Schwimmweste um.

»Hast du die mitgebracht?« fragte Adam erstaunt.

»Nein, die lag in meiner Hütte.« Adam bekam eine Gänsehaut. Kein anderer hatte eine Schwimmweste bekommen, und eigentlich hätte außer ihm und dem Filmteam niemand wissen dürfen, daß Susanna nicht schwimmen konnte!

Er verdrängte diesen Gedanken, als sie zum See sprinteten und er wieder einmal versuchte, ihr das Schwimmen beizubringen.

»Wenn mir hiervon nicht die Eier abfrieren, dann von gar nichts. Komm schnell rein.«

Susanna und Adam stiegen aus den kalten Frühlingsfluten, kletterten über Felsen und liefen zu dem dampfenden Whirlpool neben dem Waldpfad. Lachend sprangen sie in das heiße Wasser.

»Erzählst du mir jetzt, wen du in London besucht hast?«

Adam rieb seinen Rücken an der Wand des Whirlpools.

»Nein, Su. Das tu ich nicht.«

Ohne es zu wissen, hatte er damit eine kluge Entscheidung getroffen. Als erstes hatten Sinclairs Sicherheitsleute nämlich den Bereich um den Whirlpool verwanzt.

Am neunzehnten Mai endete die Konferenz auf Beaver Island, und die gesamte Wahlkampfmannschaft sowie Frasers Filmteam flogen von einem Flugplatz in New Hampshire nach New York.

Die Pressekonferenz dort war für sechzehn Uhr anberaumt.

Um Punkt sechzehn Uhr betrat Pat Collins das Podium.

»Guten Tag, meine Damen und Herren. Vielen Dank, daß Sie sich heute nachmittag hier eingefunden haben. Wer von Ihnen mich kennt, weiß, daß ich solche Gelegenheiten gewöhnlich mit einem kurzen Gebet einleite. Heute verzichte ich darauf. Erstens muß ich gestehen, daß ich bereits ein kurzes Stoßgebet gesprochen habe, bevor ich hereinkam. Zweitens genügt ein kurzes Gebet nicht angesichts des Zustandes, in dem sich dieses Land befindet. Wir brauchen Gebete, und zwar jede Menge. Aber es muß auch gehandelt werden. Mit tiefer Betroffenheit sehe ich den verhängnisvollen Kurs, den dieses Land zu Beginn des neuen Jahrtausends eingeschlagen hat.

Ich möchte diesen Kurs ändern. Ich halte das sogar für meine Pflicht und Schuldigkeit! Deshalb erkläre ich mit dem heutigen Tage, daß ich den Bewohnern dieses Landes einen anderen Kurs anbiete: einen dritten Weg. Ich erkläre hiermit meine Kandidatur für das Amt des Präsidenten der Vereinigten Staaten von Amerika.«

Viele der »neutralen« Damen und Herren von der Presse klatschten spontan Beifall, andere riefen Fragen, wieder andere zogen Handys heraus.

Sinclair wußte, daß Collins mit einem Publikum umgehen konnte wie niemand sonst. Das war ein Hauptgrund gewesen, warum er sich gerade für ihn entschieden hatte. Nun erlebte er, wie der Prediger seine Einschätzung mehr als bestätigte.

Collins' Charme, seine Energie und Ehrlichkeit nahmen selbst dieses aus hartgesottenen Journalisten bestehende Publikum gefangen. Er versuchte sie zu beruhigen, aber einige schrien immer noch in ihre Mobiltelefone. Achselzuckend meinte er: »So war es also in Babel.«

Sein Publikum begann zu lachen. Die Handybenutzer merkten bald, daß sie die Ursache des Gelächters waren, und steckten ihre Telefone betreten ein. Nur ein Reporter der *Washington Post* hatte nichts mitbekommen und redete weiter: »Es läßt sich noch nicht sagen, ob er sich lange an diesem politischen Reigen beteiligen wird. Was Collins' Kandidatur betrifft, sind noch zu viele Fragen offen ...«

Collins gestikulierte und deutete an, daß er gerne direkt mit dem Reporter sprechen wollte. Der neben diesem sitzende Journalist versetzte dem Mann von der *Washington Post* einen Rippenstoß, der den zum Schweigen brachte. Nun endlich merkte er, daß ihn alle anderen im Raum ansahen.

»Ist Ihr Redakteur schwerhörig, Sir?« fragte Collins.

Das war keineswegs boshaft gemeint, und alles schüttelte sich vor Lachen. Collins wandte seinen Blick nicht von dem *Post*-Reporter.

»Ich sage Ihnen was: Stecken Sie das Ding weg, und dann kriegen Sie ja vielleicht ein paar Antworten auf die Fragen, die Sie noch gar nicht gestellt haben.«

Der Reporter wurde rot. »Verzeihung, Mr. Collins.«

»Schon gut. Um die Frage zu beantworten, die in Ihrem Beitrag anklang: Ich werde mich bis zum Wahltag an diesem politischen Reigen beteiligen. Nun möchte ich Ihnen aber meinen Mitkandidaten vorstellen. Daß ich noch am Leben bin, heute hier stehe und mit Ihnen rede, verdanke ich allein diesem Mann. Meiner Ansicht nach wird er einen hervorragenden Vizepräsidenten abgeben. Meine Damen und Herren: John Reilly.«

Als Reilly in seinem Rollstuhl zur Bühnenmitte fuhr, hatte der Mann von der *Washington Post* offenbar seine Bestürzung überwunden. Sobald der Beifall verebbte, rief er laut: »Mr. Reilly, was qualifiziert Sie für das Amt des Vizepräsidenten?«

Reilly strahlte den Mann an. »Ich wußte gar nicht, daß man für den Job überhaupt eine Qualifikation braucht. Aber ich bin leitender Manager einer Organisation, die von der Zeitschrift *Fortune* als die am effizientesten geführte Firma der USA bezeichnet wurde. Genügt das?«

Das Gelächter und der Beifall brachten den Reporter der *Post* in Rage. »Sie sind von der Hüfte abwärts gelähmt, Mr. Reilly. Verhindert das nicht, daß Sie Ihren Amtspflichten nachkommen können?«

»Ich glaube kaum. Meine Antwort auf diese Frage besteht in drei Wörtern: Franklin Delano Roosevelt.«

Collins streckte die Hand aus und legte sie auf Reillys Schulter. »Lassen Sie mich Ihnen nun vier Männer vorstellen, die eigentlich keiner Vorstellung bedürfen.«

Damit holte Collins sein aus Paul McCall, Rupert Turner, Rick Forrest und Edgar Lee Stratford bestehendes Wirtschaftskabinett auf die Bühne. Daß diese vier Doyens der amerikanischen Wirtschaft jene Männer waren, die ihn zur Kandidatur überredet hatten, ließ die Medienleute erneut aufspringen und Fragen rufen.

Collins wehrte alles ab mit der Erklärung, jeder dieser vier Männer habe ihm eine Million Dollar gegeben. Das Geld habe man ihm zur freien Verwendung überreicht. Doch natürlich habe die Gruppe gehofft, der Prediger werde es so verwenden, daß er die nötige finanzielle Unabhängigkeit bekäme, um als ernsthafter Herausforderer für das Amt des Präsidenten anzutreten.

Damit hatte auch die Chefreporterin des *Wall Street Journals* die versprochene Antwort.

Als die Journalisten erfuhren, daß Collins für seinen Wahlkampf zwischen Mai und November nötigenfalls hundertfünfzig Millionen Dollar ausgeben wollte, verschwand jeder noch verbliebene

Zynismus über seine Nominierung, und der größte Teil der Presseleute eilte aus den Türen zu den Telefonen, die man in weiser Voraussicht bereitgestellt hatte.

Sinclair hatte das Podium nicht betreten. Es war unerwähnt geblieben, daß auch er eine Million Dollar gespendet hatte. Er habe nichts dagegen, daß seine Unterstützung publik werde, sagte er gegenüber Patrick Collins. »Doch meiner Ansicht nach kann ich Ihrem Wahlkampf viel mehr nützen, wenn sich die Medien und die Öffentlichkeit, wenigstens anfangs, ganz auf Sie, Ihr Wahlprogramm und das Exekutivkabinett konzentrieren.«

Während die Kellner umhereilten, drückte Sinclair, der sich mit Sam Barnes und Collins in die Kommandozentrale zurückgezogen hatte, auf seiner Fernbedienung einen Fernsehkanal nach dem anderen. Sämtliche Networks, auch alle nicht in New York gelegenen Stationen, hatten Collins auf dem Bildschirm.

Sinclair starrte auf die Bilder.

»Das ist erst der Anfang, Pat. Mit der Pressekonferenz haben wir die Initiative übernommen, und wissen Sie, was mich am meisten befriedigt? Daß heute in diesem Land sechs Vorwahlen bestritten werden, man aber morgen die Ergebnisse dieser Vorwahlen auf Seite zwei verbannen wird!«

Sam nickte. »Das wird für beide großen Parteien eine Hiobsbotschaft sein. Wie wollen wir also damit umgehen? Ich habe Interviewbitten von sämtlichen großen Fernsehsendern, von der *Times*, der *Post*, der *Tribune* und dem *Globe* vorliegen, und jeden Augenblick kommen mehr herein.«

Am Wochenende und in der kommenden Woche bekam Adam Fraser einen Vorgeschmack davon, was es hieß, auf der anderen Seite der Kamera zu stehen.

»Hören Sie, Adam, wir würden uns gern als Koproduzenten beteiligen. Wir wären bei den Dreharbeiten als Berater dabei. Was sagen Sie dazu?«

Was Adam zu sagen hatte, war nicht sehr höflich. Der nächste Fernsehsender gab sich etwas mehr Mühe.

»Na schön, Sie kriegen den Rohschnitt, aber den Endschnitt können wir Ihnen nicht zugestehen. Das hat's einfach noch nie gegeben.«

Wenn sich Fraser nicht gerade mit immer gieriger und verzweifelter werdenden Fernsehleuten herumschlug, genoß er die Porträts über sich in den Printmedien.

Die Tendenz ließ sich mit einer Schlagzeile von *Variety* zusammenfassen: »Brite steuert auf gewaltigen Zahltag zu«.

»Hallo, geht's dir gut da drüben?«

»Mir geht's immer gut, wenn ich deine Stimme höre, Laura. Wie geht's meiner Lieblingsfrau?«

Ihr Lachen gluckste aus dem Telefonhörer – eine plötzliche, fast schockierende Erinnerung an sein anderes Leben. Von dem er sich in diesem Augenblick am liebsten spontan hätte packen und aus dem ganzen Irrsinn Made in USA entführen lassen.

»Du solltest wissen, daß sowohl die *Sunday Times* als auch der *Independent* lange Artikel über dich gebracht haben. Sehr wohlwollend geschrieben, man bejubelt, wie hat es die *Time* doch gleich genannt? Ah ja, hier steht's: ›Ein sehr britischer Coup‹. Die Kassette auf dem Anrufbeantworter ist voller Anrufe für dich, hauptsächlich Interviewbitten, aber auch vom Leiter der Dokumentarfilmabteilung bei der BBC, von Mitch, und – über den wirst du dich ganz besonders freuen – von Bastard Bruce Clay. Das Network Centre hat es sich anders überlegt. Sie möchten gerne mit dir abschließen.«

Die Leitung blieb stumm.

»Adam, bist du noch da?«

»Aber ja, und ob ich da bin. Ich genieße nur still, was du mir erzählt hast. Es wird mir ein Vergnügen sein, dem Bastard zu sagen, was er mit seinem Angebot machen kann.«

Laura unterbrach ihn rasch. »Nein, Adam. Das halte ich für keine gute Idee.«

»Ich halte es aber für eine phantastische Idee! Laura, ich weise amerikanische Sender ab, die sich als Koproduzenten anbieten. Ich weiß, was ich in der Hand habe. Es ist heiß, ich bin der Knüller des Monats. Wer braucht da noch Bruce Clay?«

»Adam, es geht hier nicht um einen Film. Vielleicht ist es der wichtigste deiner Karriere, aber es bleibt nun mal *ein* Film. Du brauchst den Bastard noch für andere Produktionen, denn du bewegst dich in einer kleinen Welt. Eben hast du noch geschworen, mit irgendeinem nie mehr zusammenzuarbeiten, und nächstes Jahr leitet eben dieser Mann einen neuen Fernsehsender. So was kommt andauernd vor. Lehn ruhig ab, wenn du willst, aber mach's auf nette Art.«

»Auf nette Art« war eine typische Laura-Formulierung, dachte Adam. Fast ihr ganzes Leben lang hatte sie es »auf nette Art« gemacht.

Sie plauderten noch ein Weilchen, wobei Adams Gedanken immer öfter zu anderen Dingen abschweiften, die ihn beschäftigten. Erst nach einer ganzen Weile merkte er, daß er dem Freizeichen zuhörte. Eigentlich hatte er ihr von seinen Plänen erzählen wollen, vor allem von einer geplanten Reise. Irgendwie war es nicht der richtige Zeitpunkt gewesen. Wenn er ganz ehrlich war, würde es nie einen richtigen Zeitpunkt geben, um über Mónica und ihre Tochter zu sprechen.

»Sie hat dir geraten, es nicht mit Bastard Bruce Clay zu verderben, stimmt's?«

Susannas Frage riß ihn aus seiner Träumerei. »Genau, aber woher...«

»... ich das wußte? Ich würde Clay auch am liebsten sagen, er solle sich ins Knie ficken. Deshalb gehe ich jede Wette ein, daß Laura dir sagt: ›Vergiß bloß nicht, daß du später mit ihm und Leuten wie ihm zusammenarbeiten mußt.‹«

Adam grinste. »Du kennst sie gut. Natürlich hat sie recht.«

»Natürlich. Ehefrauen haben meistens recht. Schinkensalat auf Roggenbrot, oder?«

»Bitte?«

Wieder klingelte das Telefon. Im Nu gehörte dem Anrufer Adams ungeteilte Aufmerksamkeit.

»Ich hatte mich im Schneideraum vergraben. Darum konnten Sie mich nicht finden. Nur weiter. Ich bin ganz Ohr.« Er drehte sich zu Susanna um. Sie nahm sich Kuli und Papier. Adam sah sie direkt an und sagte: »Sie wollen mir die vollständige Kontrolle über den Schnitt zugestehen? Klingt gut.«

Susannas Hand verharrte über dem Notizblock. Adam bedeutete ihr, mitzuschreiben.

»Es wird zur besten Sendezeit ausgestrahlt. Primetime. Wann? In der Woche der Präsidentschaftswahl im November. Ja. Verzeihen Sie, Mr. Phillips, gilt dieses Angebot nur für den Fall, daß Patrick Collins gewinnt? Verstehe. Wieviel? Aha. Zunächst möchte ich das alles schriftlich von Ihnen haben. Wie Sie sich bestimmt denken können, werde ich von Angeboten überschwemmt, eine ganze Reihe von ihrer direkten Konkurrenz. Tatsächlich? Ich schlage vor, daß Sie das ebenfalls schriftlich festhalten. Ja, ich übergebe gleich an meine Assistentin Susanna, von der Sie die Einzelheiten bekommen.«

Adam drückte auf die Stummschaltung.

»Gib ihm einfach die Adresse unseres Hotels in New York, Telefon- und Faxnummer.«

In seinem Kopf überschlugen sich die Gedanken. Er ging zum Fenster und schaute hinaus, während Susanna mit Ralph Phillips sprach.

»Wo um alles in der Welt glotzt du hin?« fragte Susanna.

Adam schreckte auf und merkte, daß er in eine völlige Finsternis geblickt hatte. Wie so viele Schneideräume der Welt lag auch dieser unter der Erde. Er drehte sich zu ihr um.

»Ich sehe meine Unabhängigkeit heraufsteigen. Und zwar nicht nur für einen Film oder ein Projekt, sondern für den Rest meines Lebens.«

Susanna winkte ihn zu seinem Stuhl zurück. »Jetzt setz dich erst mal hin und erzähl mir, wer Ralph Phillips ist.«

»Phillips ist der Chefmanager und Vorstandsvorsitzende von Network One. Alles andere hast du ja wohl gehört.«

Sie nahm sich eine Dose Coke.

»Er will den kompletten Film kaufen«, sagte Adam. »Ich behalte die absolute Kontrolle, stelle ihn fertig, wie ich es will. Er wird in der Woche der Präsidentschaftswahl zur Hauptsendezeit ausgestrahlt. Er will die Weltrechte kaufen, für eine Million Dollar. Falls Collins zufällig gewinnen sollte, werden daraus zwei Millionen Dollar. Jedenfalls übernehmen sie die Produktionskosten bis zur Höhe von einer Million Dollar. Er bietet mir einen Exklusivvertrag mit zehn Jahren Laufzeit an, zweihundertfünfzigtausend Dollar pro Jahr, egal ob ich etwas mache oder nicht. Was ich auch vorhabe, ich biete es zuerst ihnen an, und wenn sie dem Projekt grünes Licht geben, bieten sie an, die Produktionskosten von bis zu einer Million Dollar pro Sendung zu übernehmen. Sollte ein Konkurrent ein besseres Angebot machen, überbieten sie ihn. Das ist es wohl, oder? Susanna, du hast doch alles mitbekommen, oder?«

Susanna hielt ihr Getränk, als wolle sie ihn damit bewerfen. Langsam stellte sie die Dose auf den Schreibtisch.

»Seit diesen Zusammenschlüssen kürzlich ist doch Network One der größte Fernsehkonzern in den Staaten, stimmt's?«

»Ja.« Sie sahen einander albern grinsend an.

Vor dem Anruf von Network One hatte Adam eigentlich mit Susanna über Mónica und das ungeklärte Problem sprechen wollen, wie man ihre Tochter Carla aus Kolumbien herausholen konnte. Doch längst bevor sich Adam das Angebot zu Ende angehört hatte, waren alle Gedanken an die Drogenkurierin und ihre Tochter aus seinem Kopf verschwunden.

13. Kapitel
Präventivschlag

Bis zum 28. Mai hatte Fraser den Rohschnitt aktualisiert und das Angebot von Network One angenommen. Der Vertrag hatte Romanlänge und enthielt Klauseln, die den Sender vor jedem denkbaren Notfall schützten. Der Endschnitt mußte in Schneideräumen ihrer Wahl erfolgen, und das gesamte Filmmaterial mußte von ihren Sicherheitsbeauftragten verwahrt werden, doch ansonsten war alles genauso wie von Ralph Phillips telefonisch versprochen. Fraser besaß die alleinige Kontrolle darüber, was im Film verwendet wurde und was nicht, und das Honorar machte ihn für den Rest seines Lebens finanziell unabhängig. Jetzt mußte er den Film nur noch fertigstellen.

Wie bei allen modernen politischen Wahlkämpfen hatte sich auch Collins' Mannschaft angewöhnt, Arbeitsfrühstücke abzuhalten. John Reilly, der sich mittlerweile als unschätzbare Verstärkung für das Filmteam erwies, hatte Susanna den Tip gegeben, sich rechtzeitig zur Einsatzbesprechung auf der Terrasse von Collins' Villa einzufinden.

Sam Barnes kam gerade hereingelaufen, als das Morgengebet dem Ende zuging. Er erstarrte und wartete das »Amen« ab, ehe er in der Lücke zwischen Collins und John Reilly Platz nahm.

Collins sah seinen Pressesprecher fragend an.

»Die Christliche Koalition reklamiert Sie für sich. Ich habe schon mit den Chefredakteuren der *Washington Post,* der *New York Times,* von CBS und CNN darüber gesprochen.«

Die rechtskonservativen Fundamentalisten? Die Anwesenden nahmen die Nachricht gefaßter auf, als Adam Fraser für möglich gehalten hätte.

»Jay Goodman hat vor einer Dreiviertelstunde eine Pressekonferenz einberufen«, fuhr Barnes fort. »Eine schriftliche Fassung seiner Stellungnahme wird noch angefertigt. Ah ja, aufs Stichwort. Danke, Lisa, reichen Sie die bitte herum.«

Sinclair nahm der jungen Frau eine Kopie ab, wandte den Blick aber nicht von Barnes.

»Steht irgendwas drin, das wir nicht bedacht haben, Sam?«

»Nichts.«

Die Anwesenden grinsten einander anerkennend an, einige klatschten sich ab. Sinclair rieb sich die Hände.

»Ausgezeichnet. Beim nächsten Geheimtreffen der Christlichen Koalition würde ich gern Mäuschen spielen. Sind alle Termine für die Werbespots bestätigt, Sam?«

Sam Barnes lehnte sich zurück. »Sämtliche Termine wurden gestern bestätigt.«

Collins runzelte die Stirn. »Gestern schon, Sam? Sind Sie Hellseher?«

»Eine meiner Quellen, Pat. Sie erzählte von der Pressekonferenz.«

Reilly ging im Kopf eine Checkliste durch. »Was ist mit der Videokonferenz?«

Sinclair sah auf die Uhr. »Die Leitungen stehen innerhalb der nächsten zehn Minuten.«

Während die Wahlkampfmannschaft auf die Neuigkeit reagierte, gab der in deren Kielwasser treibende Fraser seinem Filmteam in aller Ruhe Anweisungen.

»Hier eine Nahaufnahme. Da eine längere Zweiereinstellung, aufziehen, sobald sie mit der Gruppenbesprechung beginnen. Näher an Sinclair ran, er ist der Chef des Wahlkampfteams, am Geld dranbleiben.«

Im Film würde diese Besprechung als gutes Beispiel dafür dienen, wie die Wahlkampfmannschaft auf ein wichtiges Ereignis reagierte. Für Fraser stand nämlich fest, daß bei einer der privaten Besprechungen auf Beaver Island, von denen Sinclair das Filmteam ausgeschlossen hatte, die Strategie für einen schnellen Gegenschlag entworfen worden war, falls die christlichen Rechtsaußen versuchen sollten, den Kandidaten Collins für sich zu reklamieren.

Sinclair ging seine eigene Checkliste durch. »Pats Stellungnahme geht in diesem Augenblick per Satellit an die fündundsiebzigtausend Verteiler. Unsere Repräsentanten in den fünfzig Bundesstaaten wurden informiert. Gleiches gilt für Washington D.C., Guam und Puerto Rico.« (Adam lächelte; wie immer hatte Sinclair nichts vergessen.) »Die Stellungnahme befindet sich bereits auf unserer Webside. Die Kommandozentrale in Florida hat die gesamte Wahlkampagne ins Rollen gebracht, Fernsehen, Zeitungen, Radio. Die Fax-, Telefon- und Modemlawine rollt los.«

Wie John Reilly Fraser später erklärte, handelte es sich um einen Präventivschlag gegen die Christliche Koalition.

»Wir sind davon ausgegangen, daß Goodman und seine Leute Pat für sich beanspruchen würden. Das wird ihnen aber nicht gelingen. Wir mußten nur warten, bis sie mit ihrer Behauptung an die Öffentlichkeit gehen würden. Wir drängen sie nicht nur in die Defensive, wir machen sie fertig.«

Adam war verdutzt. »Aber Pat könnte doch problemlos alles unterschreiben, was die Christliche Koalition vertritt? Für ungeborenes Leben, gegen Abtreibung, familienfreundlich, Schulgebete, das ganze Drum und Dran.«

Reilly packte ihn am Arm. »Adam, schauen Sie doch mal eine Weile bei der Aufzeichnungsgruppe in der Medienabteilung vorbei. Da bekommen Sie nicht nur gutes Material für ihren Film, sondern vermutlich auch die gesuchten Antworten.«

Den Rest des Tages sah und hörte Fraser mit an, wie sich eine Springflut über die USA ergoß, ein Wirbelwind namens Patrick

Collins in Form von Radio- und Fernsehspots. Er las die kurzen Statements, die an fünfundsiebzigtausend Kirchen gegangen waren, die Rückmeldungen der Wahlkampfmanager aus den fünfzig US-Staaten, die Anzeigen, die in jeder großen Zeitung des Landes aufgegeben worden waren. Er ging in die Telefonzentrale und hörte sich ausgehende wie ankommende Telefonate an, er las die Faxe. Er betrachtete die vorher aufgezeichneten und die direkt übertragenen Fernsehinterviews, und schließlich sah er sich abends die Larry King Show auf CNN an, die ausschließlich aus einem Interview mit Collins bestand.

Kings Stil hatte sich im Lauf der Jahre nicht verändert. Immer noch wirkte er wie ein altväterlicher Charmeur. Er kam überhaupt nicht bedrohlich rüber, doch das war ein Irrtum, der auf seine exzellente Interviewtechnik zurückzuführen war; er war überzeugt, daß man bei einem Interview durch freundliches Fragen am meisten erreichte. Der Gesprächspartner wurde lockerer und mitteilsamer – eine Variante von Frasers Stil, der gern wartete, bis dem Gesprächspartner die auf eine Antwort folgende Stille unerträglich wurde und er von selbst weiterredete.

Larry King drehte sich auf seinem Stuhl von dem Fernsehmonitor weg und hin zu Collins, der ihm gegenüber am Tisch saß.

»Guten Abend, Pat.«

»Guten Abend, Larry.«

King beugte sich vor in Richtung Collins, die Hände knapp unter dem Kinn gefaltet.

»Sie haben Ihre Ausbildung in der Marineinfanterie nicht vergessen, stimmt's, Pat? Das Überraschungsmoment ausnutzen. Heute ist Ihnen das jedenfalls gelungen, Sir. Wie um alles in der Welt konnten Sie so rasch auf die Christliche Koalition reagieren?«

»Mein Wahlkampfteam besteht aus erstklassigen Mitarbeitern, zu deren Spezialität die schnelle Reaktion gehört. Bevor ich meine Kandidatur bekanntgab, haben wir uns überlegt, daß Goodmans Organisation etwas in der Art versuchen könnte, und uns natürlich darauf eingestellt. Wenn man sich ansieht, wie positiv das gesamte Land zur Zeit darauf reagiert, haben wir uns offenbar richtig verhalten.«

»Wir haben ein Filmteam in Ihren Büros in Florida. Dürfen wir uns einen Teil dieser Reaktion ansehen?«

Der Prediger breitete die Arme aus. »Natürlich, herzlich gern.«

King sah in die Kamera. »Aus Florida zugeschaltet ist jetzt der Kandidat des Reverends für das Amt des Vizepräsidenten, John Reilly.«

Auf dem Bildschirm war die Kommandozentrale zu sehen. Reilly saß im Mittelpunkt eines riesigen Raumes. Reihenweise Menschen an Telefonen, andere bewegten sich durch die Gänge. In einem Computerraum liefen Meldungen aus der Telefonzentrale über Bildschirme. In einer riesigen Poststelle wurden die Anforderungen aus der Computerzentrale bearbeitet, hier machten noch mehr Menschen an einem Fließband stapelweise Broschüren, Heftchen und anderes Material versandfertig. Die Kamera rückte wieder Reilly ins Bild. Larry King sprach zu dessen Abbild auf dem Bildschirm.

»John, guten Abend. Da herrscht ja ein munteres Treiben.«

»Ich würde es eher hektisch nennen, Larry. Unsere Leute in der Telefonzentrale müssen nicht nur Unmengen Anrufe entgegennehmen, auch unsere Webside wird regelrecht belagert. Die automatischen Anrufbeantworter sollen einen Teil des Ansturms abfangen, jeder verfügbare Computer wird eingesetzt. Ich setze hier in unserem Hauptquartier und in den anderen Zentralen fünftausend zusätzliche freiwillige Helfer ein. Die Telefongesellschaften haben mich darauf hingewiesen, daß sämtliche Leitungen in den Staaten Florida, New York, Illinois, Kalifornien und Texas zusammengebrochen sind, weil so viele Menschen Kontakt zu uns aufnehmen wollen. AT&T und Bell beschäftigen die Nacht über Einsatztrupps, die zusätzliche Leitungen schalten. Ich möchte nur an alle appellieren, die versuchen, zu uns durchzukommen: Bitte haben Sie Geduld, Sie werden von uns hören.«

»Danke für Ihre Stellungnahme, John. Lassen Sie es mich wissen, sobald Sie die Reaktion in Zahlen fassen können?«

»Aber klar, Larry.«

»Danke sehr. Sieht ganz so aus, als hieße es jetzt: Lobet den Herrn – und tütet das Wahlkampfmaterial ein.«

King wandte sich wieder Collins zu.

»Kommt diese enorme Reaktion für Sie überraschend?«

»Nein, aber sie erfüllt mich mit Dankbarkeit. Für meine Kandidatur gibt es zahlreiche Gründe, aber kurz gesagt glaube ich, daß ich dem amerikanischen Volk etwas zu bieten habe, und ich glaube, daß viele Menschen das haben wollen, was ich zu bieten habe. Wie viele genau es sind, werden wir im November herausfinden, aber dieses momentane Informationsbedürfnis ist sehr ermutigend.«

King hakte nach. »Meines Wissens wurden Jay Goodman und die Christliche Koalition von Ihrer Taktik völlig überrumpelt. Ich kann keinen der führenden Leute dort zu einer offiziellen Stellungnahme bewegen, höre aber, daß sie wie benommen herumlaufen. Möchten Sie das kommentieren?«

»Ja. Fangen wir doch einfach mit dem Namen an, den sie sich gegeben haben – Christliche Koalition. Christliche Konfusion wäre vielleicht zutreffender. Ich sehe dort keine Schwarzen. Ich sehe kaum alleinerziehende Mütter oder Väter oder Homosexuelle. Vor Gott sind wir alle gleich, aber vielleicht sind vor Mr. Goodman und seine Freunden einige gleicher als andere. Ich bin kein Mitglied dieser Gruppe, war nie eins und werde nie eins werden. Sie hatten kein Recht, mich für sich zu beanspruchen.«

Während Collins seinen Angriff vortrug, saß King wie gebannt auf der anderen Tischseite.

»Wissen Sie, Larry, man kann sicherlich für das ungeborene Leben *und* für Abtreibung *und* für die Familie *und* für Schulgebete *und* für alleinerziehende Mütter und Väter *und* für Toleranz sein. Aber was diese Forderung nach Steuersenkungen angeht, ich bitte

Sie! Als nächstes hören wir sicher, die Christliche Koalition sei für Apfelkuchen und Mutterliebe.«

Im Laufe des Gesprächs flocht Collins mühelos Zahlen und Fakten ein, um seine Sicht zu untermauern. Er erinnerte King daran, daß sich die Anhängerschaft der Koalition fast ausnahmslos aus weißen Protestanten und traditionellen Katholiken zusammensetzte, daß sie zwar behauptete, überparteilich zu sein, aber fest in der Republikanischen Partei verankert war.

Larry King war offensichtlich begeistert: Über keine andere Sendung in den USA würde man so viel reden und diskutieren wie über diese.

Patrick Collins hatte sich eine seiner scharfsinnigsten Bemerkungen für das Ende der Sendung aufgespart:

»Ich bin in den fünfziger Jahren in einer katholischen Familie in Boston aufgewachsen, zu einer Zeit, als viele, auch meine Eltern, Senator Joseph McCarthy für einen großartigen Menschen hielten. Erst Jahre später wurde mir klar, wie wirkungsvoll McCarthy die Angst als Waffe in der politischen Arena eingesetzt hat. Ich sehe Anklänge davon heute in der gesamten sogenannten religiösen Rechten. Mir mißfällt, wie diese Organisationen, die Christliche Koalition, der Family Research Council, Focus on Family, die Free Congress Foundation, eine Politik der verbrannten Erde praktizieren; sie versuchen, die Gemeinsamkeiten zwischen den unterschiedlichen politischen Positionen auszuradieren. Alle Gemäßigten sollen durch Nötigung und moralische Erpressung eliminiert werden. Das ist mir wirklich zuwider.«

Auf Beaver Island hatten viele die Weisheit eines solchen Frontalangriffs auf die mächtige Christliche Koalition bezweifelt – auch der Kandidat selbst.

»Bist du dir da wirklich so sicher, Teresa?«

»Patrick, in meinem ganzen Leben war ich mir noch nie bei irgend etwas sicherer.«

Sie waren in ihrem Haus in Boston und packten seine Sachen, es war ein paar Tage vor Beginn der Konferenz auf Beaver Island.

»Aber diese Leute in der Christlichen Koalition. In mancher Hinsicht gehöre ich dahin, ich teile viele ihrer Ziele. Und was den Angriff auf Joe McCarthy betrifft – da würde sich mein Vater im Grab umdrehen.«

»Das haben wir alles schon mal an dem Tag durchgesprochen, als dich Sinclair in Florida aufgesucht hat. Weißt du noch? Draußen auf der Terrasse mit John?«

Daran erinnerte sich Collins nur allzu gut. Er wäre damals vor Schreck fast erstarrt, als Sinclair beiläufig erwähnte, daß Frasers Filmteam versehentlich sein Gespräch auf der Terrasse mitgeschnitten hatte. Er und Reilly waren mit Teresa auf die Terrasse zurückgekehrt, um Sinclairs Vorschlag zu besprechen. In ihrer anfänglichen spontanen Begeisterung hatten sie ihrer gemeinsamen Vision freien Lauf gelassen.

»Dieses Land muß endlich wieder von Christen mit christlichen Werten beherrscht und regiert werden. Die Liberalen, die einen Pakt mit dem Teufel geschlossen haben, sind für Amerikas Elend verantwortlich. Gott ist böse auf Amerika. Meiner Meinung nach hat er die Freitagsattentäter geschickt, um die Nation zu bestrafen; um das Land zu reinigen.«

Die Leidenschaft, mit der Collins sprach, riß nicht nur Teresa und John mit. Der Prediger hatte begonnen, über die große Terrasse zu schreiten. Sein Gesicht war gerötet, er fuchtelte mit den Armen. Reilly schlug gegen die Seite seines Rollstuhls.

»Pat, wir haben zwei großartige Geschenke bekommen. Die Freitagsattentäter haben ein Klima der Angst erzeugt. Sie haben Millionen Menschen zurück in die Kirchen getrieben. Das muß einfach gut sein. Und jetzt bietet dir Sinclair die Gelegenheit, diese Angst anzusprechen. Ich bin seiner Meinung. Der rechte Mann zur rechten Zeit.«

Collins war einen Augenblick lang wie angenagelt stehengeblieben.

»Wenn ich kandidiere, und wenn ich gewinne, müssen wir diesen inneren Feind jagen, nicht nur die paramilitärischen weißen Milizen. Wir müssen auch nach dem Feind in den Gettos unserer Städte suchen. Das Komitee für unamerikanische Umtriebe reaktivieren. Wir brauchen nicht nur Bürgerwehren. Wir müssen vor allem den Bürger überwachen.«

Teresa wollte etwas sagen, doch ihr Mann ließ sich nicht bremsen. »Und wir müssen das Komitee für innere Sicherheit reaktivieren. Feindliche Elemente greifen den Wirtskörper an. Sie gehören ausgemerzt. Wir haben mit der Sünde geflirtet, und Gott ist sehr böse auf uns. Homosexuelle ... Laßt uns diesen Sündern vergeben, aber laßt uns dafür sorgen, daß sie nicht mehr sündigen.«

Teresa Collins hielt eine Hand in die Höhe. »Und wenn du losziehen und auch nur eine dieser Ansichten vor dich hin murmeln würdest, Patrick, könntest du gleich einpacken. Man würde dich als rechtsradikalen Reaktionär und wahrscheinlich auch als ›Faschisten‹ abstempeln. Falls du beschließt, zu kandidieren – und ich sagte ›falls‹ –, dann sollst du auch gewinnen. Durch Verlieren änderst du gar nichts. Falls du kandidierst, mußt du Stimmen von rechts und links abwerben. Du mußt alles und jedes unterdrücken, was bei den Wählern links der Mitte nicht ankommt. Rechtsradikale können nicht gewinnen. Das beweist Pat Buchanan alle vier Jahre wieder.«

Die drei hatten auf der Terrasse stundenlang die Taktik durchgekaut. Falls Fraser wirklich etwas auf dem Band hatte, könnte Collins tatsächlich gleich einpacken, das wußte er.

Als er und Teresa jetzt den Inhalt seiner diversen Koffer durchgingen, hörte er der Frau genau zu, die von so vielen Menschen, einschließlich Andrew Sinclair und Adam Fraser, völlig unterschätzt wurde.

»Patrick, in ein paar Tagen wirst du von Beratern umgeben sein. Jeder von ihnen vertritt eigene Ansichten. Jeder hat irgendwelche Vorstellungen über deinen Wahlkampf, und möglicherweise hat jeder sein eigenes privates Programm.«

»Ich wünschte, du kämst mit. Bitte, laß dich umstimmen.«

»Nein, auf dieser ersten Konferenz hat die Frau eines Kandidaten nichts zu suchen. Beziehungen müssen geknüpft, Vertrauen muß aufgebaut werden. Jedes dieser eigenwilligen Individuen muß lernen, wie man mit anderen klarkommt und als Mannschaft harmoniert. In diesem Stadium wäre ich nur im Weg. Vielleicht später, aber diesmal mußt du ohne mich auskommen.«

Teresa beugte sich vor, bis sich ihre Gesichter beinahe berührten, und sah ihm in die Augen.

»Wenn du für das eintrittst, woran die Pat Buchanans und Jay Goodmans dieser Welt glauben, wirst du nie ins Weiße Haus einziehen. Du mußt den Platz links von der Mitte besetzen. Du mußt. So sicherst du dir die größtmögliche Unterstützung. Nach der Wahl werden die Karten dann neu gemischt.«

Sie wußte es zwar nicht, aber Teresa Collins hatte in dieser ideologischen Schlacht einen Verbündeten.

»Von der ersten Reaktion auf diese Strategie bin ich begeistert. Wir dürfen keine Gelegenheit auslassen, unseren Kandidaten in eine nichtreligiöse, gemäßigte Position zu bringen. Die Werbung, die ihn zusammen mit führenden Politikern der Welt zeigt, ist zufriedenstellend; aber sorgen Sie doch bitte dafür, daß er auch mit Mandela zu sehen ist.«

»Wie möchten Sie das unterschrieben haben, Mr. Rodriguez?«

»Ohne Name, Carlotta. Er weiß, von wem es ist. Nehmen Sie einfach die Fax-Nummer, die ich Ihnen genannt habe, und reichen Sie mir die amerikanischen Tageszeitungen herein, sobald sie eintreffen.«

In den Wochen nach Collins' Auftritt in der Larry King Show verflüchtigten sich die nagenden Zweifel des Predigers.

Nicht nur die traditionell liberalen Medien, sondern auch die eher konservativen Elemente zollten Collins für seine Haltung Beifall. Die vielleicht wichtigste Unterstützung stammte von den beiden Republikanern, die sich noch um die Nominierung durch ihre Partei bemühten. Beide gaben ihrer Dankbarkeit und Hoffnung Ausdruck, daß der Würgegriff der Christlichen Koalition um ihre Partei nun endgültig der Vergangenheit angehöre.

Die Reaktion der Öffentlichkeit fiel noch erstaunlicher aus. Tag für Tag, per Telefon, Brief, Fax und E-mail, wurde die Wahlkampfzentrale der Bewegung »Collins for President« nicht nur mit Bitten um Zusendung von Infopaketen bestürmt, sondern auch mit der Zusage, sich finanziell und persönlich zu engagieren. Pat Collins sah sich gezwungen, der Öffentlichkeit über Funk und Fernsehen zu verkünden, er wolle nicht nur keine Spenden für seinen Wahlkampf haben, sondern müsse diese Spenden strikt zurückweisen, schließlich habe er zugesichert, sein Versuch, die Präsidentschaft zu erlangen, werde die Öffentlichkeit keinen Cent kosten. Das war zwar ein zeitaufwendiges und kostspieliges Unterfangen, doch Zeit und Geld waren gut angelegt, da sich den Amerikanern dadurch eine erfrischend neue politische Position darbot.

»Dieser Beistand beschämt mich zutiefst, und ich danke Ihnen, aber ich will Ihr Geld nicht. Ich möchte von Ihnen, dem amerikanischen Volk, nur Ihre Stimme und sonst nichts.«

Dies ließ diejenigen Mitglieder des Wahlkampfteams verstummen, die die Weisheit eines Präventivschlags gegen die Christliche Koalition bezweifelt hatten.

Schon am Tag nach Collins' Auftritt in der Larry King Show zeugten erste Anzeichen von der Richtigkeit dieser Position. Eine Umfrage der Zeitung USA Today ergab, daß fünfunddreißig Prozent Collins unterstützten. Sein nächster Konkurrent, der amtierende Vizepräsident, lag nur bei dreiunddreißig Prozent, und die übrigen Wähler entschieden sich derzeit für mehrere republikanische Kandidaten oder waren unentschieden. Spätere Umfragen zeigten, daß Collins' Anteil auf vierzig Prozent zustrebte. Innerhalb eines Monats, nachdem Collins seine Kandidatur erklärt hatte, war er von einem Kuriosum zum heißesten Anwärter im Lande geworden.

Das politische Establishment trat bei seinen Versuchen, mit Collins' Kandidatur umzugehen, von einem Fettnäpfchen ins nächste.

Eine gemeinsame Kommission von Republikanern und Demokraten gab bekannt, man werde Collins die Teilnahme an den Fernsehdebatten der Präsidentschaftskandidaten verweigern. Die aus zehn Personen bestehende Kommission gründete ihre einstimmige Entscheidung auf den Rat eines »unabhängigen« Ausschusses, der (ohne Belege zu nennen) erklärte, Patrick Collins habe keine realistische Chance, ins Weiße Haus einzuziehen. Die Kommission fügte hinzu, man könne Kandidaten nicht einfach nur an Fernsehdebatten teilnehmen lassen, »weil sie interessant oder unterhaltsam sind«.

Um eine Stellungnahme zu diesem Boykott gebeten, blieb Collins betont gelassen. »Ich werde eine Weile darüber nachdenken. Meine Antwort erfahren Sie in der zweiten Augusthälfte.«

Die Reporter, die Pats Hauptquartier in Florida belagerten, warfen sich wissende Blicke zu: In der zweiten Augusthälfte hielten Republikaner und Demokraten ihre Wahlparteitage ab.

Am vierten Juli lag Collins mit seinen dreiundvierzig Prozent ein gutes Stück vor dem demokratischen Kandidaten Al Gore mit fünfunddreißig Prozent, und der republikanische Hoffnungsträger Trent Lott rangierte erst auf dem dritten Platz. Um den Schwung auszunutzen, verkündete Collins' Wahlkampfmannschaft am amerikanischen Nationalfeiertag, überall im Land würden eine Reihe von Veranstaltungen stattfinden. Sie sollten nicht die Herzen der Menschen dem Allmächtigen und der Heiligen Schrift öffnen. Vielmehr sollten sich die Köpfe der Menschen Patrick Collins und den Themen seines Wahlmanifestes öffnen.

Am letzten Tag des Wahlparteitages der Republikaner blieben die Stühle leer. Niemand – nicht einmal die ihm am nächsten stehenden

Mitarbeiter der Wahlkampfmannschaft – wird je erfahren, wie Andrew Sinclair das bewerkstelligt hatte; es wird ewig ein Geheimnis bleiben, welche Fäden er zog. Aber das Ergebnis war für alle sichtbar. Oder, genauer gesagt, unsichtbar. An dem Tag, wo man den Kandidaten der Partei vor den Getreuen der Partei aufmarschieren ließ, betete offenbar ein Gutteil der Getreuen in einer anderen Kirche.

Dort war das Stadion bis auf den letzten Platz gefüllt. Das Publikum hatte sich den tausendstimmigen Chor und die Redner angehört und dann mitgesungen. Jetzt war es Zeit für das Hauptereignis. Nicht zufällig hatten die Suchscheinwerfer den auf der Bühne stehenden Patrick Collins eingefangen, als aus der Abenddämmerung gerade Nacht geworden war. Bei einem Collinsschen Glaubensfeldzug war das Timing alles.

Die Scheinwerfer verharrten auf dem Prediger.

»Im Juni haben die Demokraten und Republikaner bekanntgegeben, man werde mich von allen Fernsehdebatten der Präsidentschaftskandidaten ausschließen. Man fragte mich nach meiner Antwort. Ich sagte, die würde ich Mitte August geben.«

Collins verstummte. Er hob die Arme und breitete sie langsam weit aus, ehe er die hohlen Hände wieder leicht zusammenführte, als wolle er die vor ihm versammelten hunderttausend Menschen umarmen.

»Das hier ist meine Antwort.«

Das gesamte Stadion brach in anhaltenden Beifall und Jubel aus. Collins bat um Ruhe.

»Und diese Antwort werde ich zwischen heute und dem Wahltag immer wieder geben.«

Erneut spendete das Stadion langanhaltenden Applaus.

»In diesem Land gibt es Leute, die Religion und Politik getrennt wissen möchten. Mir scheint das einer der Hauptgründe dafür zu sein, warum sich das Land gegenwärtig in diesem desolaten Zustand befindet. Religion ist nichts, was man nur sonntags morgens betreibt, auch nicht nur freitags abends oder samstags nachmittags. Man hängt sie nicht mit seinem Anzug oder Kleid in den Schrank zurück, wenn das Wochenende vorbei ist.«

Adam Fraser wunderte sich wieder einmal, wie der Prediger die Massen in der Hand hatte. Im Washingtoner RFK-Stadion hörte man jetzt nichts mehr außer der Stimme von Patrick Collins, die mal lauter, mal leiser wurde. Fraser bedeutete Leon, mit der Kamera über das Gesichtermeer zu schwenken.

Wieder einmal fiel Adam die unterschwellige Erregung auf, die sich ganz auf die in der Bühnenmitte stehende einzelne Gestalt konzentrierte. Dabei spürte er, welche Energie von diesem Mann ausging. Seine Gewißheit, etwas entscheidend verändern zu können, die das kleine, aus sechzehn Menschen bestehende Team auf Beaver Island gepackt hatte, ließ offenkundig auch das bis auf den letzten Platz gefüllte Washington Stadium nicht unberührt. Die Anzahl der Konvertiten nahm zu.

»Wir leben in seltsamen Zeiten, in denen einige von uns das Leben nur schwarzweiß sehen. Keine Graustufen, keine Zweifel, keine Unsicherheiten. Manche wollen ein Abtreibungsverbot durchsetzen, manche verlangen die Freigabe sämtlicher Beschränkungen bei Schußwaffen, und andere wieder fordern die Todesstrafe für jeden, der des Mordes schuldig gesprochen wird. Es soll keinen Totschlag, keine mildernden Umstände mehr geben. Vor ein paar Tagen bekam ich einen Brief von einer Frau aus Chicago. Vor zwanzig Jahren war sie vergewaltigt worden. In Folge dieser Vergewaltigung wurde sie schwanger und wollte eine Abtreibung vornehmen lassen. Ihr Pfarrer machte ihr klar, daß dies in Gottes Augen eine unverzeihliche Todsünde sei. Sie bekam also das Kind, einen Jungen: ohne Vater, ohne Hilfe, ohne irgend jemanden, mit dem sie sich die Last teilen konnte. Vor zwei Jahren marschierte der – inzwischen achtzehnjährige – Junge in ein Chicagoer Waffengeschäft und erwarb problemlos ein Sturmgewehr, eine AK 47, gegen Barzahlung. Der Junge zog los und überfiel einen Schnapsladen, erschoß den Besitzer, wurde erwischt. Letzten Monat hat man ihn hingerichtet. Geschah das nun für das Leben? Oder für den Tod? Ich behaupte nicht, ich wäre mir in allen moralischen Fragen ganz sicher. Aber ich gehöre ja auch nicht zum Politestablishment, zur Politmaschinerie, und ich gehöre auch nicht zur politischen Rechten.«

Wieder brach das Stadion in Beifall aus. Nach einer Weile beruhigte Collins sein Publikum, um es gleich darauf wieder aufzuputschen.

»Ich wünschte mir nur, o Gott, wie sehr wünschte ich mir, daß sich alle Probleme unseres großen Landes auf Schulgebete, Schwule und die Abtreibungsfrage reduzieren ließen. Glaubt ihr das etwa? Glaubt ihr's? Na?«

Ein vielstimmiges: »Nein, nein, nein, das tun wir nicht« rollte wie Donnergrollen durch die Arena.

Collins streckte den rechten Arm aus und deutete von einer Seite des Stadions zur anderen.

»Werden wir diesem Land Vollbeschäftigung bringen, indem wir die Homosexualität verbieten? Na? Na? Schaffen wir das?«

Wieder eine donnernde Antwort.

»Nein!«

»Werden wir ein ausgeglichenes Budget bekommen, indem wir jedes Kind in diesem Land dazu bringen, im Klassenzimmer dafür zu beten? Na? Schaffen wir das?«

Wieder fiel die Antwort einmütig aus.

»Nein!«

Was für eine seltsame Mischung, was für eine starke Kombination, dachte Adam: Nürnberg und Nazareth.

»Werden wir menschenwürdigen Wohnraum für alle bekommen, die Steuerlast verringern, Verbrechen abschaffen, die Umwelt schützen, der Wirtschaft helfen und den Weltfrieden sichern, indem wir alle Abtreibungen verbieten? Werden wir das schaffen?«

Diesmal übernahmen praktisch alle im Stadion den Ruf.

»Nein!«

Collins lächelte.

»Da habt ihr völlig recht. Ich begreife nur nicht, warum man den Garten aufräumt und die Rosen beschneidet, aber dabei ignoriert, daß das Haus in Flammen steht.«

Die unterschwelligen religiösen Töne dieser politischen Veranstaltung beeinflußten viele Zuhörer. Immer wieder riefen die Leute »Gott sei gelobt«, »Darauf ein Amen« und »Ja, o Herr, ja«. Adam Fraser fühlte sich mit Macht vorwärts gezogen, als viele nach vorn drängten, um Zeugnis ihres Glaubens abzulegen, daß sie in mancherlei Hinsicht von zahlreichen Pfaden abgewichen waren. Es war ein kalter Abend, doch Adam schwitzte.

Ihn packte der übermächtige Wunsch, eine Last abzustreifen, sich zu reinigen, Zeugnis abzulegen. Und mit einem Mal wußte er die Antwort auf seine eigene innere Unruhe. Sie war so einfach; etwas, das er völlig verdrängt hatte. In der Aufregung als Folge des Vertragsabschlusses mit Network One und der ständigen Hektik im Brennpunkt des Collinsschen Wahlkampfes war es ein leichtes gewesen, ein Kind zu vergessen, dessen Mutter er versprochen hatte, daß er es aus Kolumbien herausholen und zu ihr bringen wollte.

Er hatte nicht nur Mónicas Tochter Carla vergessen. Seit der Einigung mit Network One hatte er auch vergessen, bei seinen Dreharbeiten Regie zu führen. Für ihn hatte immer festgestanden, daß er nicht käuflich war, daß man ihn nicht von seinem einmal eingeschlagenen Weg abbringen konnte. In Wirklichkeit hatte er seit dem Abschluß mit Network One immer mehr Unverbindliches und nichts Kontroverses mehr gefilmt. Nimm das Geld, nimm die Macht und das Prestige; vergiß die dunkle Seite, die Kartellmitglieder beim Dinner, das Abhören, die Sicherheitschecks, das ganze Zeug; dreh einfach ein Stück nette ungefährliche Unterhaltung. Vielen Dank, Sir, einen schönen Tag noch. Susannas Wut am Neujahrstag war in jeder Hinsicht berechtigt gewesen.

Plötzlich merkte er, daß Leon, Barry und Susanna direkt vor ihm standen.

»Adam, ich habe gesagt: Alles in Ordnung?«

Leon schüttelte ihn heftig am Arm.

»Ja, alles okay. Warum filmt ihr nicht mehr?«

Seine Mitarbeiter warfen sich Blicke zu. Barry musterte ihn durchdringend. »Hast du was geraucht, Adam?«

Jetzt erst fiel Adam auf, daß er gar nicht mehr auf der Bühne und in der Nähe des Chores stand, sondern sich in einem Gang im Stadioninneren befand.

Susanna kam näher. »Fühlst du dich nicht wohl? Du siehst furchtbar aus und bist verschwitzt. Na komm, wir bringen dich ins Hotel zu Laura. Bestimmt hast du dir irgendwas eingefangen.«

Die Veranstaltung war längst zu Ende. Offenbar hatten die anderen beim Filmen nicht mitbekommen, daß er weggegangen war, und suchten ihn schon seit einer Weile. Das Ganze war merkwürdig; als sei jemand so im Autofahren aufgegangen, daß er sich hinterher an keine Umwege und Abzweigungen mehr erinnerte. Sein Kurzzeitgedächtnis hatte ausgesetzt. Er hatte sogar vergessen, daß Laura aus New York eingeflogen war.

Jetzt bot sich ihm die Gelegenheit, ihr gegenüber einige der Dinge anzusprechen, die er in letzter Zeit verdrängt hatte.

»Da habe ich zu ihm gesagt: ›Hör zu, tu mir einen Gefallen, ehe du Dustin besetzt. Ruf ein paar Regisseure an, mit denen er in letzter Zeit zusammengearbeitet hat. Mehr verlange ich ja gar nicht.‹«

Laura besetzte gerade eine große Hollywoodproduktion und war zu einer Besprechung mit dem Regisseur und den Produzenten in die Staaten geflogen. Adam hörte zu, wie seine Frau von den Intrigen und Mätzchen berichtete, die sich in ihrer Welt zutrugen. Normalerweise empfand er solche Geschichten als willkommene Abwechslung von seinen eigenen Problemen, aber nicht heute abend.

Sie aßen im Hay-Adams Hotel zu Abend. Sobald er von Network One die erste Rate seines Honorars bekam, hatte Adam sich und seinem Team für die Zeit der Dreharbeiten eine bessere Unterkunft besorgt. Nachdem er so viele Jahre lang auf Reisen gespart und jeden Penny dreimal umgedreht hatte, reizte ihn die Vorstellung sehr, sich schamlos im Luxus zu suhlen. Doch nun, nach der merkwürdigen Katharsis während der Collinsschen Veranstaltung, schämte sich Adam, in dem legendären Restaurant zu sitzen. Er erzählte Laura von allem, was er ihr bisher verschwiegen hatte. Er erzählte ihr von den Kartelleuten, die am Erntedankfestdinner teilgenommen hatten, von Mónica und ihrer Tochter Carla. Laura konnte genausogut zuhören wie reden. Sie saß stumm da, bis er fertig war.

»Susanna hat erzählt, dir sei im Stadion unwohl gewesen. Du hast dir zuviel zugemutet, Adam.«

Vergeblich bemühte sie sich, ruhig zu bleiben.

»Du leidest an einer Art Midlife-crisis oder so was. Diese Botschaften, die du während der Collins-Veranstaltung gehört hast. Waren das Stimmen?«

»Laura, ich habe dieser Frau versprochen, nach Cali zu fliegen und zu versuchen, ihre Tochter außer Landes zu schaffen.«

Sie zeigte mehrmals mit dem Zeigefinger auf ihren Oberkörper.

»Und *dieser* Frau hast du versprochen, nichts Dummes zu unternehmen. Wie zum Beispiel, es mit zwei Kartellmitgliedern aufzunehmen. Für eine Witwe ist es sinnlos, ein Haus auf dem Land zu bauen. Nur mal angenommen, du hast Glück und holst das Kind aus Kolumbien heraus. Wo willst du die Kleine unterbringen, bis ihre Mutter aus dem Gefängnis kommt ... Wann eigentlich?«

»In etwa vier Jahren, vielleicht weniger.«

Laura lachte grimmig. »Na toll. Was hattest du mit der Kleinen vor?«

Adam holte tief Luft. »Ich dachte mir, vorübergehend, nur bis ich diesen Film beendet habe, könnten wir uns um sie kümmern.«

Laura sah ihn überrascht an. Einen Augenblick lang schien sie zu glauben, das sei einer seiner Scherze, ein schlechter Witz. Als er sie mit besorgter Miene über den Tisch hinweg musterte, zerschlug sich diese Hoffnung.

»Adam!« Diesmal blieb ihre Stimme hart. »Schon vor Jahren habe ich deiner Karriere wegen Kinder ad acta gelegt. Ich habe mir also eine eigene Karriere aufgebaut, ohne Kinder. Jetzt verlangt deine Karriere ein Kind, das Kind einer anderen. Tut mir leid, aber ohne mich. Du bist dein eigener Herr und volljährig. Wenn du nach Kolumbien fliegst und dich umbringen lassen willst, kann ich dich nicht daran hindern! Aber vermach mir dieses Problem ja nicht in deinem Testament.«

»Soll das heißen, du hast ihn ermutigt, sich mit diesen Leuten zu beschäftigen?«

»Ja«, gab Susanna zu. »Stimmt.«

Laura hatte Adam allein gelassen und Susanna auf ihrem Zimmer ausfindig gemacht.

Die beiden Frauen sahen einander an. Um die peinliche Stille zu überbrücken, goß Susanna zwei Whisky ein, die beide nicht haben wollten. Endlich sprach Laura, beherrscht, vergaß auch Timing und Luftholen nicht.

»Susanna. In den letzten fünfzehn Jahren bist du genausooft morgens neben Adam aufgewacht wie ich. Vielleicht öfter.« Susanna wollte etwas sagen, doch jetzt war Laura an der Reihe. »Du kennst Adams Körper. Jede Ecke. Und jetzt stell ihn dir bitte vor, gefoltert und entstellt. Wie die Menschen in seinen Dokumentarfilmen. Deinen Dokumentarfilmen. Und jetzt leg die Leiche in einen Sarg.« Wieder wollte Susanna etwas sagen, und wieder ließ Laura es nicht zu. »Ich fürchte, dich beunruhigt das nicht übermäßig. Nicht so sehr wie mich. Du liebst nicht den wahren Adam, den, der morgens aufwacht. Du liebst nur Adam, das Ideal, Adam, den furchtlosen Helden, vielleicht noch Adam, den Daddy, den du nicht hattest. Aber nicht Adam, deinen Mann. Du hast kein Recht ...« Doch jetzt war es um Lauras Beherrschung geschehen. Sie rauschte aus dem Zimmer, bevor Susanna etwas sagen konnte.

John Reilly holte eine Flasche Bourbon aus seiner Schreibtisch-schublade, während Adam zu einem Regal in der Nähe ging und mit zwei Gläsern zurückkam.

»Aus rein medizinischen Gründen, Adam. Ich verstecke ihn vor Pat.«

»Danke. Zum Wohl, Johnny. Gibt's einen speziellen Grund, warum Pat so gar nichts von Alkohol hält?«

Reilly zuckte mit den Schultern. »Ist eine Droge. Seit Vietnam ist er sehr gegen Drogen eingestellt, jedenfalls gegen bewußtseinsver-ändernde Drogen. Cheers.«

»Nett von Ihnen, daß Sie mir ein wenig von Ihrer Zeit schenken, Johnny. Ich weiß, wie eingespannt Sie sein müssen.«

»Alles ist unter Kontrolle. Sinclair führt einen sehr effektiven Wahlkampf. Das ist ohnehin erst mal die Ruhe vor dem Sturm. So richtig heiß her geht's erst wieder, wenn in zwei Wochen die Demo-kraten ihren Parteitag abhalten.«

»Ich hatte gehofft, von Ihnen ein paar Hintergrundinformatio-nen über Material zu bekommen, das wir schon abgedreht haben. Ich weiß nicht recht, wen ich fragen soll.«

Reilly lehnte sich in seinem Rollstuhl zurück und hielt das Glas in der hohlen Hand. »Schießen Sie los.«

»Nur einige Infos für einen Kommentar aus dem Off, den ich zu Passagen sprechen will, die wir letztes Jahr bei dem Erntedankfest-dinner gedreht haben. Ein paar biographische Hintergründe zu zwei Gästen. Über die meisten anderen Leute am Tisch weiß ich genug. Die Kolumbianer, wieso waren die eingeladen?«

»Stimmt ja, ihr mußtet gehen, bevor der Truthahn angeschnitten wurde.« Reilly hielt inne, trank ein Schlückchen und fuhr dann ungefragt fort.

»Drogen, Rauschgift. Deshalb waren sie da. Wenigstens war das einer der Gründe.«

Einen Moment lang wagte Adam nicht, etwas zu sagen. Statt dessen trank er langsam einen Schluck Bourbon. Zum Glück redete Reilly weiter.

»Ist wohl schon, na, vier Jahre her. Victor Rodriguez, Ricardo und Alberto spendeten damals der Collins-Stiftung gewaltige Summen. Hunderttausende Dollar. Selbstverständlich kümmert sich entweder Pat, ich oder einer unserer Vorstände um so bedeutende Spender. Wir fanden heraus, daß diese drei Männer, vor allem Victor, sich seit langem dem Kampf gegen die Kartelle in ihrem Land verschrieben haben. In ihren Augen war Pat ein eifriger Kämpfer für das Gute. Jemand, der auf derselben Seite der Barrikaden stand wie sie. Im Laufe der Jahre hatten wir häufig mit ihnen zu tun.«

Seine nächste Frage stellte Adam betont beiläufig.

»Dann hat also Pat sie eingeladen?«

John runzelte die Stirn. »Nein, der Vorschlag kam von Andrew Sinclair. Er wußte, wie wild entschlossen Pat war, den Kampf gegen die Drogen zu einem zentralen Thema seines Wahlkampfes zu machen. Er hielt es für eine gute Idee, sie bei dem Essen dabeizuhaben. Sinclair wollte sie auch aus einem anderen Grund da haben.«

»Und zwar?«

»Wegen der spanischsprechenden Wähler. Sie könnten in drei Staaten den Ausschlag bringen – in Florida, Texas und Kalifornien. Das sind hundertelf Wahlmännerstimmen, Adam. Die drei Männer haben enormen Einfluß auf diese Wähler.«

»Verstehe. Ich dachte, Victor wäre vielleicht den beiden anderen vor diesem Abend noch nie begegnet.«

John lachte. »Wie kommen Sie denn auf die Idee? Die drei sind Busenfreunde.«

»Und sie spenden auch für den Wahlkampf?«

Reilly schüttelte lächelnd den Kopf. »Also wirklich, Adam. Sie wissen doch, daß keiner spendet. ›Ich will Ihr Geld nicht.‹ Schon vergessen?«

»Aber nein. Danke für die Informationen, John. Wann kommt die nächste Umfrage raus?«

John drückte beide Daumen. »Morgen.«

Bei Barrys elektronischen Überprüfungen waren seit letztem Sommer keine neuen Wanzen mehr in den Gästebungalows entdeckt worden, aber Adam war sich der Gefahren so bewußt wie noch nie seit Beginn der Dreharbeiten. Er fuhr nach Naples, machte einen Laden ausfindig, in dem man E-Mails senden und empfangen konnte, und ließ Oscar eine verschlüsselte Nachricht zukommen. Dann fuhr er zum Edgewater Hotel, saß genau wie schon einmal, ein leises Gespräch und zehn Dollar später, in einem Zimmerchen abseits des Empfangsbereichs und rief eine Nummer in Miami Beach an.

»Olaf. Hier ist Adam. Hör zu, lehn einfach ab, wenn es gar nicht geht, aber ich brauche Hilfe.«

Der Computer auf der anderen Seite des Zimmer summte. Oscar, der wieder einmal William Colbys Nachrufe gelesen und dabei abwechselnd geflucht und gelacht hatte, ging zu seinem Internet-Anschluß. Auf dem Schirm tauchte eine sinnlose Buchstabenreihung in Fünferblöcken auf. Oscar verbeugte sich spöttisch vor dem Bildschirm.

»Aha, der verlorene Sohn kehrt zurück.«

Während sich der Schirm immer weiter mit Blöcken und Spalten beliebiger Buchstabenkombinationen füllte, schlenderte Oscar zurück zu seinem Schreibtisch, schloß eine Schublade auf und entnahm ihr ein Büchlein. Davon gab es nur zwei Exemplare auf der Welt. Er hatte eins, und das andere der Ko-Autor, Adam Fraser.

Zwanzig Minuten später legte Oscar das Codebuch wieder in die Schublade und schritt auf und ab. Er war gründlich ausgebildet worden, Geheimdienstinformationen zu analysieren, jede denkbare Strategie zu berücksichtigen, alle Konsequenzen abzuwägen. Je mehr er über Adams Nachricht nachdachte, desto besorgter wurde er. Der Dokumentarfilmer hatte sich für eine gefährliche, eine hochriskante Strategie entschieden. Oscars Besorgnis löste heftiges Sodbrennen aus. Während er nach der entsprechenden Arznei suchte, heulte er vor Schmerzen.

»Du dämlicher englischer Blödmann! Wenn du dich in Cali ermorden lassen willst, ist das deine Sache. Aber wegen der Schmerzen, die du mir verursacht hast, mach' ich dir die Hölle heiß, falls du da je wieder lebend rauskommst.«

14. Kapitel
Pimpernell

Laura war nach New York zurückgekehrt. Adam hatte im stillen gehofft, daß ihn eine telefonische Nachricht von ihr erwartete, wenn er und das Team nach Florida zurückflogen. Doch er mußte alle Gedanken an Laura verdrängen. Vor zwei Stunden hatte er den Flughafen Miami verlassen, in vierzig Minuten würde er in Cali landen. Sein Team hatte er über alles informiert. Er wollte in einem, höchstens zwei Tagen zurück sein. Falls jemand fragte, hielt er sich zwecks Recherchen in New York oder Washington auf. Die drei wußten, was sie während seiner Abwesenheit drehen sollten; für das reibungslose Funktionieren der Filmerei war gesorgt. Dafür funktionierte seine Ehe mit Laura alles andere als reibungslos, aber das mußte warten.

Soweit er wußte, war man ihm nicht von Naples nach Miami gefolgt. Niemand hatte seinen Abflug nach Kolumbien beobachtet. Mit etwas Glück müßte er wieder zurück sein, bevor jemand merkte, daß er weggewesen war.

Bei einem Gin Tonic ging Adam die Probleme durch, auf die er sich zubewegte. Sie konnten ihm wenigstens dabei helfen, die Probleme zu vergessen, vor denen er wegflog.

Seit Adams E-Mail eingetroffen war, hatte Oscar seinen Getränkekonsum auf schwarzen Kaffee beschränkt. Er las die entschlüsselte

Botschaft immer wieder, als kämen durch ständiges Lesen neue Wörter, andere Erklärungen und Antworten aufs Papier. Er murmelte:»Theben kannte keine tödlichen Rätsel.« Dann nahm er seinen Kaffeebecher und sagte laut:»Glückliches Theben.«

Anschließend widmete er sich einem anderen Rätsel, das sich standhaft seiner Auflösung widersetzte. Auf Adams Rat hin hatte Oscar jedes greifbare Detail über Patrick Collins in den Computer gefüttert. Anschließend hatte er eine ganze Reihe von Disketten mit Einzelheiten über sein eigenes Leben eingegeben und den Computer so programmiert, daß er Gemeinsamkeiten suchte. Aber entweder funktionierte das Suchprogramm nicht, oder es gab nichts zu finden. Offenbar verband ihn mit dem Evangelisten nur, daß sie beide in Vietnam gedient hatten.

Während sich das American-Airlines-Flugzeug im Landeanflug befand, wurde Adams Blick von einem Privatjet angezogen, der kurz vor ihm gelandet war und nun zu den Hauptgebäuden rollte. Das gehörte zu den Privilegien der Superreichen, um die er sie am meisten beneidete. Es gab keinen Abfertigungsstreß – und natürlich auch kein Problem, zu zweit aus Kolumbien herauszukommen.

Erneut warf er einen Blick auf den stehenden weißen Privatjet. Ein großer Mercedes war vorgefahren und hielt daneben. Adam erschrak. Die Treppe des Privatjets hinunter kam Andrew Sinclair. Und der Mann, der dem Fond des Mercedes entstieg, um ihm die Hand zu schütteln, war Victor Rodriguez. Plötzlich wurde Adam von einem hinter ihm stehenden Passagier die Sicht genommen, der einen Kleidungsstapel auf ihn fallen ließ, als das Flugzeug abrupt bremste und zum Stehen kam.

Als Adam wieder freie Sicht hatte, war der Wagen verschwunden. Er fragte sich, warum der Mann, den man in der Wahlkampfmannschaft »Marionettenspieler« nannte, Victor Rodriguez besuchte. Am liebsten hätte Fraser sein Team in Florida angerufen, um zu hören, ob etwas passiert war. Diese Idee verwarf er sofort. Er hatte nicht vor, El Gordo und das Cali-Kartell sein Gespräch mithören zu lassen.

»Und der Grund Ihres Besuchs, Señor Ormond?«

»Ich mache Urlaub.« Adam dachte gerade noch rechtzeitig daran, sich einen zu seinem australischen Paß – einem Geburtstagsgeschenk Oscars – passenden Akzent zuzulegen. Er fragte sich, ob er mit beidem an dem Beamten vorbeikommen würde.

Der Zollbeamte tippte einige Angaben aus dem Paß in seinen Computer und wartete auf eine Antwort.

»Wie lange werden Sie im Land bleiben?«

»Einundzwanzig Tage.«

Der Zollbeamte gähnte. Er stempelte den Reisepaß ab und gab ihn Adam zurück.

»Einen angenehmen Urlaub, Señor.«

Als Mr. Ormond hatte Adam ein paar Stunden gewonnen. Er verließ das Abfertigungsgebäude und überquerte eine kleine Straße in Richtung Taxistand. Ein mit hoher Geschwindigkeit fahrender, silbrig glänzender Landrover kam direkt auf ihn zu. Hätte Adam mehr als nur den einen kleinen Koffer getragen, wäre er mit Sicherheit totgefahren worden. Er erreichte gerade noch die andere Straßenseite, als das riesige Fahrzeug vorbeipreschte. Der Taxifahrer an der Taxihaltestelle hatte den Zwischenfall beobachtet. Als Adam näher kam, schaute er auf. Sein Gesicht erinnerte Adam an das eines tieftraurigen Walrosses.

»Es war klug von Ihnen, aus dem Weg zu gehen, Señor. Nur ein Kratzer, und er hätte einen neuen Wagen verlangt.«

Adam sah den Fahrer an, ob er vielleicht scherzte. Das tat er nicht.

»Zum Interconti bitte.«

Der Taxifahrer verstummte. Adam sah aus den Fenstern, merkte aber, daß ihn der Mann im Rückspiegel anstarrte.

»Brauchen Sie einen guten sicheren Fahrer, solange Sie in der Stadt sind?«

»Schon möglich. Geben Sie mir Ihre Karte, wenn wir am Hotel sind.«

Das Walroß wurde lockerer und fing an zu plaudern. »Sehr klug, Señor. Nehmen Sie in dieser Stadt immer ein Taxi. Auf Fußgänger schießen sie.«

»Auch eine Möglichkeit, für leere Straßen zu sorgen. Wer schießt auf Fußgänger?«

»Die *traquetos*. Der vorhin im Landrover war einer. Nichts Persönliches, Sie verstehen schon. Nur Zielübungen. Sehen Sie.«

Der Fahrer fuhr sehr langsam durch den dichten Verkehr. Er zeigte auf zwei dümmlich grinsende Gipspolizisten, die Autofahrer vor Schlaglöchern und anderen Verkehrsgefahren warnen sollten. Von Einschußlöchern übersät, lächelten sie immer noch.

Das Hotel war das übliche intercontinentale Monument des schlechten Geschmacks: Chrom und Marmor zuhauf in einer fußballstadiongroßen Empfangshalle.

»Ich würde gern ein Auto mieten und wäre Ihnen dankbar, wenn Sie meinen morgigen Flug nach Bogotá bestätigen lassen könnten. Wir reisen zu zweit. Hier sind meine Tickets.« Ein Zehndollarschein half dem Portier hervorragend auf die Sprünge.

Allein auf seinem Zimmer, überprüfte Adam die Adresse, die er von Mónica bekommen hatte. Das Haus lag im Arbeiterbezirk Obrero. Carlas Verwandte erwarteten ihn nicht, und er hatte keine Ahnung, wie sie ihn empfangen würden. Und dann war da noch Carla selbst.

Der Portier rief an. Der Flug war bestätigt worden, Adams Mietwagen stehe vor der Tür, er müsse nur noch zum Empfang kommen und die notwendigen Papiere unterschreiben.

Als die Tagesschicht beendet war und der Nachtportier Dienst hatte, begab sich Adam wieder zum Empfang.

»Ich fahre morgen nach San Agustin. Für eine Straßenkarte und Fahrthinweise wäre ich Ihnen sehr dankbar.«

Wieder ließ ein Zehndollarschein einen wahren Brunnen an Hilfsbereitschaft sprudeln.

Um sechs Uhr morgens parkte Adam seinen Mietwagen im Bezirk Obrero vor einem Betonwohnblock, der vermutlich schon heruntergekommen ausgesehen hatte, bevor der Beton getrocknet war. Dieser Stadtteil war nicht besser als ein Elendsquartier. Er hatte sich vom Nachtportier eine große Thermosflasche Kaffee mitgeben lassen, eine Vorsichtsmaßnahme, um nicht irgendwas im Haushalt der Flores trinken zu müssen und sich dabei die Ruhr einzufangen.

Irene Flores war Mónicas Schwester. Weder sie noch ihr Mann waren willens, ihren frühmorgendlichen Besucher freundlich zu empfangen. Als er sich als Freund von Mónica vorstellte, wurde das ältere Paar fuchsteufelswild. Eine Hure! Eine Verbrecherin! Eine Schande für den guten Namen der Familie! Miguel unterstrich seine Ausbrüche durch regelmäßiges Ausspucken. Als Adam fragte, wo Carla sei, zerrte Miguel sie zu seiner Erleichterung aus einem Nebenzimmer.

Carla hockte sich in eine Ecke, während Miguel die nächste leidenschaftliche Attacke gegen ihre Mutter vortrug. Sie zuckte zusammen, als wäre jede neue Beleidigung ein Schlag. Adam brachte den Mann mit einem Kaffee zum Schweigen und schilderte rasch den Zweck seines Besuches.

»Ich will Carla mitnehmen. Ihre Mutter möchte, daß sie mich begleitet und bei mir wohnt, bis sie ihre Gefängnisstrafe abgesessen hat. Sie weiß, welche Belastung das Kind für Sie sein muß. Darum bin ich gekommen, um Sie von dieser Last zu befreien.«

Er zeigte ihnen Mónicas Brief, der seine Geschichte bestätigte. Doch plötzlich war die Last gar keine mehr. Ja, es war nicht einfach für sie, aber sich von dem Mädchen zu trennen, wäre für beide ein Verlust.

Adam sah, daß die Kleine nur ein zerlumptes Unterhöschen trug, ließ sich aber nichts anmerken.

»Ja, offensichtlich bedeutet Ihnen das Mädchen sehr viel. Natürlich möchte ich Sie gern dafür entschädigen, daß Sie sich um Sie gekümmert haben. Was halten Sie von fünfzig Dollar?«

Irenes Augen glänzten, als bekäme eine Elster einen glitzernden Gegenstand zu sehen. »Um die Wahrheit zu sagen, es interessiert sich noch jemand anderes für sie. Ein Onkel, der sie sehr mag. Wenn er vorbeikäme und sie wäre verschwunden, würde ihn das sehr betrüben.«

»Aber Señora, es ist der Wunsch ihrer Mutter. Sie haben den Brief gelesen. Schauen Sie, sagen wir hundert Dollar.« Er legte die Scheine auf seine ausgestreckte Handfläche und ließ Irene einen Blick darauf werfen.

Zehn Minuten später saß Carla auf dem Rücksitz des Wagens, und Adam verließ den Bezirk Obrero in einem Tempo, als würde er von Dämonen verfolgt. Für den Fall, daß die beiden es sich anders überlegten und hinter ihm herkamen, wollte er kein Risiko eingehen. Endlich kam er zur Avenida Colombia und hielt an. Er ging den Besuch noch einmal durch – Mónicas Brief hatte er wieder mitgenommen und den Flores' absichtlich nicht erzählt, wo er zu erreichen war. Gerade wollte er sich beruhigt umdrehen und nach dem Mädchen sehen, als er einen scharfen Gegenstand an seinem Hals spürte. Das Mädchen. Im Rückspiegel sah er das Messer in ihrer Hand. Er redete auf sie ein, langsam und beruhigend. Er erzählte von Mónica und sah, wie irgend etwas hinter ihren dunkelbraunen Augen darauf ansprach. Er versicherte ihr, er sei nicht wie ihr Onkel. Als er das sagte, zuckte sie, und das Messer drückte fester zu. Er betonte, er wolle ihr nichts tun. Sie rührte sich immer noch nicht. Da griff Adam sehr langsam und vorsichtig in seine Hosentasche.

»Das hat mir deine Mutter gegeben. Sie sagte, ich solle es dir geben. Dann würdest du besser verstehen.«

Er zeigte ihr das Goldkettchen mit dem baumelnden Kruzifix. Carla starrte es an wie hypnotisiert, streckte dann eine zitternde Hand aus. Adam ließ die Kette in ihre Hand fallen. Rasch schloß

sich ihre kleine Faust darum. Sie nahm das Messer weg, zog sich in die äußerste Ecke der Rückbank zurück, in das kleine Refugium, das sie sich geschaffen hatte, und sagte zum erstenmal etwas:
»Madre.«

»Natürlich könnte es ein Ausreißer sein, Andrew, aber ich finde einen neunprozentigen Rückgang in den Umfragen zum jetzigen Zeitpunkt sehr beunruhigend.«
Sie hatten bis tief in die Nacht miteinander geredet, doch Sinclair war sofort voll konzentriert, als er jetzt sein erstes Glas von Rodriguez' Orangensaft trank.
»Das war unvermeidlich, Victor. Wenn der Ball hoch geschlagen wird, muß er zwangsläufig ein wenig sinken.«
»Hat das Wahlkampfteam schon etwas Genaues herausgefunden?«
»Möglicherweise beruht es auf einem Zusammentreffen verschiedener Faktoren«, antwortete Sinclair. »Die großen Parteien decken Collins seit zwei Wochen mit schwerem Geschützfeuer ein, vielleicht zeitigt das allmählich eine gewisse Wirkung.«
»Ich fand seine Reaktion zufriedenstellend. Doch galt das auch für die Öffentlichkeit? Schaden diese Erweckungsfeldzüge ihm? Stellt sich sein Glaube zwischen ihn und die Wähler?«

Adam hatte noch nie als Modeberater für eine Zwölfjährige fungiert. Bevor er zu der Hütte nach Obrero gefahren war, war er zwar offiziell aus dem Hotel abgereist, hatte aber das Plastikkärtchen behalten, das seine Zimmertür öffnete. Sie hatten den Hintereingang und den Lastenaufzug benutzt, um vorsichtig in sein Zimmer zu gelangen. Dann hatte es noch eine Schrecksekunde gegeben. Sobald sie die Suite betraten und die Kleine das große Bett sah, hatte sie sich umgedreht und wegzulaufen versucht. Adam hatte sie packen und festhalten müssen, während er ihr wiederholt versicherte, er wolle sie nicht verletzen, er sei ein Freund ihrer Mutter und nicht irgendein »Onkel«. Schließlich hatte sie sich beruhigt. Er war anfangs versucht, alles wie ein Spiel aussehen zu lassen, doch das kam ihm jetzt unpassend vor. Er spürte, daß Carla schon seit langem alles Kindliche abgelegt hatte. Während sie ein Bad nahm, schlich er noch einmal aus dem Hotel und kehrte mit einem Arm voller Pakete zurück – Kleider, Schlüpfer, Strümpfe, Schuhe, belegte Brote und eine Cola.

Carla probierte jedes einzelne Kleidungsstück an und tauchte dann aus dem Badezimmer auf, um seine Reaktion zu testen; dabei erzählte sie von dem »Onkel«, der die Flores' so häufig besucht hatte, seit ihre Mutter verschwunden war. Er hatte Carla »mein kleines Spielzeug« genannt. Mónicas schlimmste Befürchtungen waren eingetroffen, denn »Onkel« hatte das Kind schon kurz nach ihrer Festnahme regelmäßig vergewaltigt. Von diesen Erfahrungen berichtete Carla emotionslos, fast so, als beschriebe sie etwas, das einer anderen zugestoßen war.

Während sie die schlechtsitzenden Kleider im Spiegel bewunderte, jagte sie Adam einen furchtbaren Schrecken ein.

»Er hat zu mir gesagt, wenn ich sehr brav bin, wird er mir bald helfen, daß ich meine Mutter wiedersehe.«

»Wie wollte er das tun, Carla?«

»Indem ich für ihn irgendwas nach England bringe. Genau wie's Mutter für ihn gemacht hat.«

»Weißt du das genau?«

»Aber ja. Ich hab' ihm doch zugesehen, wie er sie gezwungen hat, die vielen Ballons zu schlucken. Dabei hab' ich ihn kennengelernt.«

Adam bemühte sich nach Kräften, daß seine Stimme nicht zitterte.

»Und weißt du, wie dieser Mann heißt?«

»Na klar. Onkel Fernando. Fernando Salazar.«

»Die Attacken der Christlichen Koalition haben uns nur genützt, und meiner Überzeugung nach sollte das Anprangern der Korruption in Washington, wo die Politiker wie die Maden im Speck sitzen, nicht nur weitergeführt, sondern verstärkt werden.«

Rodriguez stand auf und ging zum Verandageländer.

»Übrigens, Andrew, ich möchte, daß er den Drogenhandel angreift, wenn er das nächste Mal zum Thema Verbrechen redet. Apropos – Ihr Vorschlag, daß unsere Fundamentalisten größere Anteile der New Yorker Bankgeschäfte übernehmen sollten, wurde umgesetzt. Hisbollah führt nun sechzig Prozent unserer Interbankenüberweisungen durch ... Verzeihen Sie.« Rodriguez verstummte, als ihm ein Bediensteter einen Anruf meldete.

Als Rodriguez auf die Veranda zurückkam, sah er beunruhigt aus. Sinclair, der sich wie immer nach den Launen des Vorsitzenden richtete, wartete stumm.

»Fernando Salazar hat angerufen. Wir haben ein Problem, Andrew. Ein schwerwiegendes Problem.«

Adam und Carla verließen die mehrstöckige Parkgarage im Zentrum von Cali und warteten darauf, daß ein Taxi vorbeikam. Er fühlte sich so lange angreifbar und ungeschützt, bis sie sicher unterwegs zum Flughafen waren. Carla hatte nicht gefragt, warum sie den Wagen mitten in der Stadt abgestellt hatten. Sie hatte schon in jungen Jahren gelernt, daß einem Neugier nicht weiterhalf, wenn man in Cali überleben wollte. Auf dem Flughafen reihten sie sich in die Abfertigungsschlange für den Flug nach Bogotá ein.

Fernando Salazar hatte Victor eine seltsame Geschichte von einem Engländer erzählt, der ausgezeichnet Spanisch sprach und frühmorgens aufgetaucht war, um sich die Tochter einer Drogenkurierin zu kaufen. Victor fragte nicht, warum Salazar solche Leute aufsuchte. Das brauchte er nicht. Er kannte Fernando seit vielen Jahren, wußte von seiner Vorliebe für »kleine Spielzeuge«. Der Engländer hatte einen Brief von der im Gefängnis sitzenden Kurierin mitgebracht. Er hatte den Brief samt Carla mitgenommen. Als Salazar bei den Flores' erfuhr, wer sein »Spielzeug« gekauft hatte – der Dokumentarfilmer, dem er auf Collins' Erntedankfestdinner begegnet war, der Mann, den er selbst hatte ins Grab schicken wollen –, ging er auf das verängstigte Paar los. Doch trotz aller Drohungen konnten ihm weder Irene noch Miguel verraten, wohin Fraser mit dem Mädchen verschwunden war. Jetzt, eine Stunde später, wußte Rodriguez die Antwort.

Victor hatte ein Telefon auf die Veranda geholt. Er legte den Hörer auf und trommelte mit den Fingern auf den Tisch.

Sinclair sah ihn fragend an.

»Andrew, Sie sollten diesen Fraser nicht unterschätzen.«

Sinclair blieb stumm.

»Meine Information lautet, daß er sowohl nach San Agustin fährt, was in der Nähe der ekuadorianischen Grenze liegt, als auch mit dem Mädchen nach Bogotá fliegt.«

»Das eine ist offensichtlich ein Ablenkungsmanöver, Victor. Er hat mit einer schnellen Reaktion gerechnet.«

»Die Frage ist, Andrew, welches ist die falsche Spur und welches die richtige?«

»Ich würde mein Geld auf Bogotá setzen. Er will bestimmt auf einen internationalen Flug umsteigen.«

»Aber welche Papiere benutzt er für das Mädchen? Kokain aus dem Land schmuggeln ist einfach. Ein Kind ohne ordentliche Papiere herauszuschmuggeln schon schwieriger.«

Rodriguez zeigte keine Panik. Statt dessen richtete er sein Fernglas auf einen kleinen Vogel im Garten.

Wieder klingelte das Telefon. Victor sagte lediglich: »Si«, hörte zu, sagte schließlich »Gracias« und legte auf.

»Er hat zwei Zimmer im Hotel Yalconi in San Agustin genommen. Außerdem hat er für sich und das Mädchen den Flug nach Bogotá gebucht. Ein einfallsreicher Mann. Wir werden beide Eventualitäten abdecken.«

»Und dann, Victor?«

»Andrew, Sie sind mein Berater. Beraten Sie mich.«

»Die wichtigste Frage lautet: Hat die Kurierin Fraser gegenüber schon eine Aussage gemacht, oder lautete die Vereinbarung: ›Hol meine Tochter raus, dann sage ich aus‹?«

»Das werden wir zu gegebener Zeit erfahren. Inzwischen bleiben uns aber nur wenige Stunden, egal ob er nach Bogotá oder San Agustin will.«

Sinclair stand auf und streckte sich, krümmte den Rücken, um den Schmerz zu vertreiben, der entstanden war, weil er zu lange in derselben Stellung gesessen hatte.

»Hat Fernando eigentlich schon die Bemerkung ›Hab’ ich’s Ihnen nicht gleich gesagt‹ von sich gegeben?«

»Mehrmals.«

»Hätten wir zugelassen, daß Fernando in Venezuela Frasers Tod arrangierte, wäre das zwar wegen seines Freundes Olaf wahrscheinlich mit dem Drogengeschäft in Verbindung gebracht worden. Aber verglichen mit dem jetzigen Problem wäre das tatsächlich die weitaus bessere Lösung gewesen.«

»Solange sie sich noch auf kolumbianischen Boden befinden, wird es nach einem Unfall aussehen. Ich werde den amerikanischen Medien ein paar inoffizielle Informationen zukommen lassen, aus denen hervorgeht, daß Fraser minderjährige Sexualpartner bevorzugte. Falls er aus Kolumbien herauskommt, besprechen wir die Problematik neu. Und Irene und Miguel Flores, das Paar, das sich um das Mädchen gekümmert hat?«

»Ja. Um sie muß man sich sofort kümmern.«

»Noch was, Victor. Fernando Salazar sollte bei alldem eine Schlüsselrolle spielen.«

»Eine ausgezeichnete Idee.«

Die beiden Männer beglückwünschten sich zu diesem Scherz. Dann ging Sinclair seine Kinder anrufen.

Im Flugzeug gaben sie ein ungleiches Paar ab. Er war völlig in sich gekehrt, sie ein junges Mädchen, das aus dem Staunen nicht mehr herauskam. Für Carla war alles wie verzaubert – die verstellbaren

Sitze, die Klapptische, sogar der obligatorische Imbiß. Adam, dessen Mund vor Angst trocken war, trank gierig die angebotene Dose Limonade und ließ sich noch eine bringen. Er mußte an Laura denken, und wie kalt sie Carlas Schicksal gelassen hatte. In ihm stieg Wut auf, die seine Angst überdeckte. Dadurch bekam er Kraft und die Fähigkeit, sein Entsetzen unter Kontrolle zu halten. Wieder warf er einen nervösen Blick auf die Uhr.

»Victor, noch mal zu Fraser.«

»Ja?«

»Er ist doch Filmemacher, oder? Das ist sein Beruf, seine große Liebe.«

»Und?«

»Nehmen wir mal an, er ist zufällig auf das gestoßen, was Salazar macht. Und daß er mit der Mutter in London eine Vereinbarung getroffen hat. Na schön, er bekommt also seine Aussage. Was macht er dann? Zur Polizei rennen? Das glaube ich nicht. Erstens wird es den Briten weitgehend egal sein, weil es nicht um britische Staatsbürger geht, sondern nur um eine kolumbianische Drogenkurierin, die in einem ihrer Knäste schmort. Zweitens ist dieser Mann gerade dabei, den wichtigsten Dokumentarfilm seines Lebens zu drehen. Und das weiß er auch. Also, was würden Sie tun?«

Victor überlegte kurz.

»Ich würde die Beweise in meinem Dokumentarfilm unterbringen.«

Sinclair lächelte. »Genau. Was aber nicht heißt, daß wir das Problem, wenn möglich, nicht schon heute aus der Welt schaffen werden.«

Der Flieger von Cali nach Bogotá landete absolut pünktlich und rollte über die Landebahn zum Abfertigungsgebäude. Unter den Wartenden befanden sich auf sieben verschiedene Bereiche des Gebäudes verteilte Männer. Beiläufig beobachteten sie, wie das Flugzeug zum Stillstand kam und die Fahrtreppe zu dem Flugzeug

gerollt wurde. Sie reagierten nicht, als ein Polizeiauto dem Boden-
personal folgte. Das Auto hielt an, und zwei Polizisten stiegen die
Treppe hinauf und verschwanden im Flugzeug.

Eine ganze Weile war niemand zu sehen, dann tauchten die beiden Polizeibeamten wieder auf und gestikulierten in Richtung
Haupthalle. Dieses Bild sahen sich die sieben Männer eine Zeitlang
an, dann verließ einer von ihnen die Halle, zog ein Mobiltelefon heraus und tippte eine Nummer ein.

Oscar, der seit mittlerweile zwei Tagen versuchte, Licht ins Dunkel
zu bringen, hatte ein weitmaschigeres Netz ausgeworfen. »Immer
dem Geld folgen« war ein Verfahren, das Oscar Jahrzehnte zuvor
entwickelt hatte, als er die Aktivitäten der Vatikanbank untersuchte.
In dem vorliegenden Fall hatte er dieses Motto schon viel zu lange
ignoriert. Wütend und hektisch hieb er auf die Computertasten und
hackte sich in die vertraulichen Konten von Handelsbanken und
Maklern sowie in die Wanderung von Aktienerwerbungen ein, die
mit dem Börsengang von Cybersafe zusammenhingen. Dann identifizierte er die Aktienkäufer, die Menschen, die Collins unwissentlich so reich gemacht hatten, daß er einen Präsidentschaftswahlkampf komplett aus eigener Tasche finanzieren konnte. Vielleicht
kam man damit auch nicht weiter, doch man sollte immer dem
Geld folgen.

Niemand hatte jemanden kommen oder gehen sehen. Es war, als
hätten Geister die Wohnung der Familie Flores heimgesucht. Die
Männer, die Fernando Salazar begleiteten, als er an diesem Tag zum
zweitenmal Irene und Miguel aufsuchte, hatten offenbar nichts
getan, das die Ruhe der Wohngegend störte. Anscheinend hatte
Miguel keinen Laut von sich gegeben, als ihm Fernando erst das
eine und dann das andere Ohr abbiß. Offenbar hatte sich Miguel
genauso stoisch verhalten, als man ihm die Finger abschnitt. Folgte
man den Aussagen der Nachbarn gegenüber den ermittelnden

Polizisten, so hatte auch Irene eine ähnliche Gelassenheit gezeigt. Jedenfalls hatte niemand einen Mucks gehört, als der Bohrer durch ihre Kniescheiben und dann durch beide Handflächen fuhr. Als Miguel kastriert wurde, hatte er eine ungewöhnlich hohe Schmerzschwelle demonstriert: kein Laut war durch die papierdünnen Wände gelangt. Angesichts entsetzlicher Folterqualen hatte das Ehepaar Flores Nachsicht, Ruhe und Fatalismus an den Tag gelegt ... Laut polizeilicher Ermittlung mußte die Folter beinahe eine Stunde gedauert haben, ehe die beiden ihre Schmerzen hinter sich hatten. Welches Motiv auch hinter der Tat stecken mochte, Raub war es nicht. Die Beamten fanden fünfzig Dollar bei Irene und fünfzig weitere bei Miguel. Irenes Geld war an ihre Brüste, das von Miguel an seinen Penis geheftet worden.

Wieder einmal legte Rodriguez den Telefonhörer auf und sprach einen Nachruf für zwei.

»Die Flores hatten nichts Interessantes zu sagen, und Fraser saß nicht in dem Flugzeug, Andrew.«

»Und dieser Ort an der ekuadorianischen Grenze, San Agustin?«

Rodriguez schüttelte den Kopf. »Glaube ich nicht. Meine Leute hätten den Wagen schon längst ausfindig gemacht. Er hätte nicht mal die halbe Strecke geschafft.«

Er nahm eine Liste der Flüge zur Hand, die am selben Vormittag Cali verlassen hatten.

»Diese vielen möglichen Flugziele. *Wir* verbringen immerhin einen Großteil unserer wachen Zeit damit, das Produkt aus Kolumbien herauszuschaffen. Wenn jemand weiß, wie man etwas Illegales über die Grenzen bringt, dann sollte ich das sein ...«

Er verstummte, als ihm etwas aus der Liste ins Auge fiel. Dann knallte er eine Handfläche fest auf die Tischplatte, griff nach dem Telefon und tippte eine Nummer ein. Gleichzeitig sah er auf die Uhr.

»Verdammt. Hoffentlich hat das Flugzeug Verspätung.«

»Welches, Victor?«

»Das von Cali nach Cúcuta.«

»Cúcuta? Warum sollte Fraser dahin fliegen?«

»Aus demselben Grund, aus dem wir dort unsere Hauptversammlung abhalten: es liegt nahe an der venezolanischen Grenze.
Sehr nahe ...«

Victor sprach hektisch in die Muschel.

Der Flug von Cali nach Cúcuta entlud seine Passagiere in der Nähe
des kleinen Abfertigungsgebäudes. Wie schon der Flug nach
Bogotá, so erregte auch dieser besonderes Interesse. Doch diesmal
das eines einzelnen Mannes, der beobachtete, wie die Reisenden die
Treppe herunterkamen. Sein Blick blieb an zwei Personen hängen –
einem großen blonden Gringo und seiner Begleitung, einem jungen
Mädchen. Der Beobachter begab sich in Richtung der Tür, durch
den diese Passagiere hereinkommen würden. Als Adam Fraser und
Carla die Halle betraten, trat der Mann näher.

»Willkommen in Cúcuta.«

»Olaf. Gott sei Dank. Wir haben nur unser Handgepäck.«

Irgendwo in den Vororten von Cúcuta hielt Olaf kurz darauf den
Wagen an. »Hast du die Fotos dabei?«

Adam reichte ihm zwei paßfotogroße Bilder von Carla, die er an
einem Fotoautomaten auf dem Flughafen von Cali gemacht hatte.
Fachmännisch befestigte Olaf eins in einem venezolanischen Reisepaß und das andere auf einer venezolanischen Ausweiskarte. Aus
dem Handschuhfach holte er einen offiziellen Stempel, den er auf
beide Fotos drückte, und gab die Dokumente dann Carla.

»Du bist jetzt Carla Nilsson, meine dreizehnjährige Tochter.«

Carla klappte den Paß auf und betrachtete lange ihr Bild.

»Ist das wegen Onkel Fernando?«

Adam drehte sich auf dem Beifahrersitz zu ihr um.

»Ja, Carla. Dank dieser Papiere mußt du nie mehr nach Cali
zurückkehren.«

Das Gesicht des Mädchens strahlte vor Freude, und sie schmiegte sich wieder in ihren Rücksitz, ohne den Blick von ihrem Foto zu wenden. Adam berührte seinen Freund am Arm.

»Wie lange bleiben diese Dokumente gültig?«

»Solange sie will. Kommt, verschwinden wir. Es sind nur ein paar Kilometer bis zur Grenze.«

Olaf legte den ersten Gang ein und machte sich auf nach Venezuela. Vorher hatte er den Wagen zufällig direkt neben dem Eingang zum Priesterseminar der Gnadenbrüder geparkt. Als Rodriguez dessen Bewohner alarmiert hatte und sie durch das hohe Doppeltor gebraust kamen, hatte Olaf bereits die kolumbianische Grenze überquert und war unterwegs nach San Cristóbal.

Rodriguez und Sinclair waren gerade intensiv mit der Planung geeigneter Strategien für den Präsidentschaftswahlkampf beschäftigt, als die Negativmeldung aus Cúcuta kam.

»Auf amerikanischem Boden kann man ihm nichts tun, Victor. Das ist viel zu riskant. Es braucht nur die *Washington Post* oder jemand von der *New York Times* herumzuschnüffeln ...«

»Schon klar, Andrew. Bleibt uns also nur diese Kurierin in dem britischen Gefängnis.«

»Was haben Sie vor?«

»Herauszufinden, wie es zwischen ihr und diesem Pimpernell genau steht. Und dann geeignete Maßnahmen ergreifen.«

Oscar kratzte und reckte sich, rieb sich die Augen, setzte sich auf. Er hatte sich nur für ein paar Minuten auf sein neben dem Computer stehendes Bett legen und ein Nickerchen halten wollen. Als er auf die Uhr sah, hatte er sechs Stunden geschlafen. Es waren vier Tage vergangen, seit Adams Nachricht Oscar veranlaßt hatte, am Computer hektische Aktivitäten zu entfalten. Er hatte dabei immer gehofft, daß der Engländer sich irrte. Oscar wollte nicht glauben, daß Victor Rodriguez mit den Drogenkartellen unter einer Decke

steckte. Diese Herausforderung hatte ihn bewogen, sich stundenlang in ein System nach dem anderen zu hacken und ungezählte
Male durch das Internet zu surfen.

Er ließ sich vom Bett rollen und stapfte zu dem Stapel Material
hinüber, das er sich heruntergeladen und ausgedruckt hatte. Er hob
die Papiere auf und las sie noch einmal durch.

Sein Urteil über Victor Rodriguez stand noch nicht fest. Oscar
hatte nichts entdeckt, was den Mann mit irgendwelchen kriminel-
len Machenschaften in Verbindung brachte. Allerdings hatte Oscars
intensive Suche ergeben, daß tatsächlich ein Dritter bei dem Erntedankfestdinner gewesen war, der bis über beide Ohren im Drogengeschäft steckte: drei Rauschgiftbarone am Tisch von Patrick Collins – und der eine hatte offenbar exzellente Beziehungen zum Weißen Haus.

Das war höchst mysteriös, auch wenn man Rodriguez keine Verbindungen zum Kartell nachweisen konnte. Wieso brachen diese
drei Männer ihr Brot mit Patrick Collins? Jenem Mann, der gelobt
hatte, nach seiner Wahl einen gnadenlosen Krieg gegen die Kartelle
zu führen.

15. Kapitel

Umfragen

In Collins' Wahlkampfteam flogen die Fetzen. Sinclair war wütend, und seine dreißig Mitarbeiter bekamen eine Abreibung. Ob Meinungsforscher oder PR-Leute, Marketingexperten, Rechercheure oder Redenschreiber: jeder einzelne wurde persönlich für Collins' zehnprozentiges Absacken in den Meinungsumfragen verantwortlich gemacht.

»Heute vormittag sind weder Pat noch Johnny anwesend, also verzichten wir auf das Gebet. Ich will kein Flehen, nur Antworten.«

Während die Wahlkampfmannschaft mit ihren Unterlagen raschelte, ging Andrew Sinclair hinüber zum Filmteam.

»Guten Morgen, Susanna. Heute werden Sie vermutlich sehr interessantes Material drehen können. Wo ist Adam?«

»Guten Morgen, Mr. Sinclair.«

Er fand ihre förmliche englische Art bezaubernd, die sie nach so vielen Monaten beibehalten hatte.

Sie sah ihn ernst an. »Es wäre ausgesprochen hilfreich, wenn Sie mir wenigstens andeutungsweise sagen könnten, wer in welcher Reihenfolge zu Wort kommt.«

»Kein Problem.«

Interessant, wie sie seiner Frage auswich. »Er ist doch nicht etwa schon nach Washington geflogen? Zu der zweiten Großveranstaltung?« Sinclair ließ sie nicht aus den Augen, während sie um eine Antwort rang.

»Noch bin ich gar nicht weg, Andrew, aber bald.« Adam kam herein und reichte Susanna einige Papiere. »Die habe ich aus dem Pressebüro. Die Tagesordnung für die heutige Sitzung. Sieht ganz so aus, als würde sie lange dauern.«

»Die bisher längste«, sagte Sinclair. »Könnte fast den ganzen Tag dauern. Wo soll's denn hingehen?«

»Das zweite Team in Paris bereitet mir Kopfschmerzen. Ich fliege rüber und mache den Franzosen Beine.«

»Wird auch Zeit, daß endlich mal jemand den Franzosen Beine macht.«

Sinclair ging über die Terrasse und war gleich darauf verschwunden.

»Gerade noch rechtzeitig, Adam«, sagte Susanna. »Mach dir wegen uns keine Sorgen. Wir wissen, was wir drehen müssen. Soll ich dich zum Flughafen bringen?«

»Ihr habt genug um die Ohren. In spätestens drei Tagen bin ich wieder da.«

»Ist anscheinend unterwegs nach Paris, hat irgendwas mit seinen Dreharbeiten zu tun, aber vielleicht ist das auch nur Tarnung. Vielleicht bringt er die Kleine zu seinem Freund Oscar?«

Bei seinem letzten Besuch in Kolumbien hatte Sinclair von Victor eine versiegelte Tüte mit Handys erhalten. Jedes war elektronisch mit einem Twin-Receiver verbunden.

»Für den Notfall. Zum einmaligen Gebrauch. Anschließend vernichten«, hatte Rodriguez empfohlen.

Sinclair hatte sich ein Stück weit von Collins' Anwesen entfernt und war zum Pavillon geschlendert, von wo aus er Bogotá anrief.

Victor sah in den großen Börsensaal von Andino Inc. hinab. »Meines Erachtens wird sich die Antwort auf dieses Problem sowohl in London als auch in Paris finden. Rufen sie mich später an.«

Zurück an seinem Schreibtisch drückte er auf den Summer. Als seine Sekretärin eintrat und näher kam, reichte er ihr ein Handy. »Oh, Carlotta. Suchen Sie doch mal die Abflugzeiten für alle heutigen Flüge von Miami nach Paris heraus. Ach ja, und das hier lassen Sie bitte verbrennen.«

Die hohe Stimme des Mädchens hallte durch den Besuchsraum des Gefängnisses. »Also, liebste Mutter, mach dir um mich keine Sorgen. Ich bin in Sicherheit. Mir geht es gut, ich bin glücklich und hoffe, dich bald wiederzusehen. In aller Liebe, deine Tochter Carla.«

Das Band drehte sich noch einen Augenblick weiter, dann machte es klick und blieb stehen. Von dem Augenblick an, als Francesca den Kassettenrecorder eingeschaltet hatte, waren Tränen über Mónicas Gesicht gelaufen. Das Band war am selben Morgen per Luftkurier eingetroffen, und Francesca hatte es unverzüglich ins Gefängnis gebracht. In wenigen Minuten voll ungebremster kindlicher Freude hatte Carla ihrer Mutter erzählt, wie Adam sie aus Cali geholt hatte, sie berichtete aber nicht, wo sie sich befand. Von dem, was ihr Fernando Salazar angetan hatte, machte sie keine Andeutung. In ihrer Nachricht ging es um die Gegenwart, nicht um die Vergangenheit. Adam hatte ein kurzes Begleitschreiben beigelegt.

»Liebe Fran, bislang ging alles gut. Wenn Sie dies erhalten, bin ich unterwegs, um Sie und Mónica zu besuchen. Ich habe Carla an einen sicheren Ort gebracht, bis der ganze Papierkram erledigt ist. Wie Sie auf der Kassette hören, ist sie wohlauf und glücklich. Sagen Sie Mónica, daß ich ihr alle Einzelheiten berichte, wenn ich sie diese Woche sehe. Ich melde mich telefonisch, um alles Nötige zu veranlassen. Adam.«

»Fran«, sagte Mónica. »Wenn Adam anruft, sagen Sie ihm, wie dankbar ich bin. Er hat sein Wort gehalten, jetzt werde ich meins halten. Wenn er diese Woche kommt, werde ich eine umfassende Aussage über Salazar machen.«

Francesca packte sie am Arm, als wollte sie die Frau in ihrer Entschlossenheit noch bestärken. »Behalten Sie die Kassette, Mónica.
Ein kleines Geschenk, bis Sie sich an dem großen erfreuen können.«
Francesca hatte Mónica noch nie lächeln sehen, doch am Ende
des Besuches lachte und kicherte sie wie ein junges Mädchen.

Sie küßten einander auf beide Wangen, und noch ehe Francesca
den Gefängnishof überquert hatte, saß Mónica schon in ihrer Zelle
und hörte sich wieder Carlas Nachricht an.

Als Francesca ans Gefängnistor kam und auf die Hauptstraße ein-
bog, sah sie den in der Nähe geparkten großen schwarzen Wagen
nicht. Sie fuhr in Richtung Archway und nach Norden aus London
heraus. Der schwarze Wagen fädelte sich hinter ihr in den Verkehr
ein und folgte ihr.

Die Wahlkampfbesprechung auf Collins' Terrasse hatte sich bereits
mit einer Zielgruppenanalyse und einer Meinungsumfrage beschäftigt, mit Collins' Image in den Medien, in der Fernsehwerbung
sowie mit den Zeitungskommentaren. Die Anwesenden erörterten
zudem, wie sein Auftreten beim Großkapital, den kleinen Ge-
schäftsleuten und dem Mann auf der Straße ankam, und was jede
ethnische Gruppierung, jede Farbe im amerikanischen Regenbo-
gen für den Kandidaten empfand.

Als die Abendessenszeit näher rückte, beschäftigten sie sich
damit, wie Collins auf Bauern, Veteranen, berufstätige Mütter
sowie Hunde- und Katzenbesitzer wirkte.

Auf den letzten paar Kilometern von der Autobahn bis zu ihrem
Häuschen am Dorfrand wurde Francesca unweigerlich lockerer.
Sie hatte das Gefühl, daß die Stadt an der Ausfahrt von der A-1 zu
Ende war. Die leicht hügelige Landschaft schien von der Aggres-
sion, von Streß und wachsender Entfremdung, wie sie zum Londoner Alltag gehörten, unendlich weit entfernt zu sein. Francesca froh-
lockte immer aufs neue angesichts der Entdeckung, daß es noch

eine Ecke in England gab, die ein wenig an ein liebenswürdigeres Zeitalter erinnerte. Sie bemerkte ein dicht hinter ihr fahrendes Auto und fuhr links ran, um es vorbeizulassen. Sie lachte, als die schwarze Limousine vorbeibrauste. Ausländer, die eine Abkürzung nahmen. Einheimische fuhren nie so schnell. Fünf Minuten später hielt sie an ihrem Häuschen, nahm die Aktentasche an sich und ging zur Tür. Sie hatte nicht bemerkt, daß der schwarze Wagen abseits der Straße zwischen den Bäumen stand. Er war leer.

Die Sitzung auf der Terrasse war nach dem Abendessen an dem Punkt angelangt, wo vorläufige Schlußfolgerungen gezogen werden konnten.

Die Medienberater waren zu dem Ergebnis gelangt, daß Collins' Fernsehpräsenz höchste Priorität gebührte. Sie wollten den Kandidaten in *Good Morning America, CBS This Morning,* der *Today Show,* bei Arsenio Hall, in jeder wichtigeren Talkshow und wenn möglich bis November mindestens zweimal wöchentlich in der *Larry King Show* sehen. Es kam dabei nicht so sehr darauf an, welche Themen er ansprach; Hauptsache, er sah dem Interviewer direkt in die Augen, hielt beim Reden die Hände nicht vor den Mund und lächelte viel.

Die von den längst verschwundenen Besuchern nicht verriegelte Hintertür klapperte leise im leichten Sommerwind. Francescas Katze, die vom Garten hereinkam, trottete rasch durch die rustikale Küche ins Wohnzimmer. Dort blieb sie stehen und betrachtete starr die Reste ihres Frauchens, dann schlich sie ein Stück vor und schnüffelte an der Pfütze aus schon teilweise geronnenem Blut.

Viele Stunden zuvor hatten die Besucher nach ihrem Verschwinden eine Kontaktperson in Amsterdam angerufen, den Besitzer einer vornehmen Kunstgalerie an der Spuistraat. Es war die erste einer Reihe von Relaisstationen, die schließlich bei Victor Rodriguez endete.

Was man erfahren hatte, war erbärmlich wenig, um dafür eine attraktive fünfzigjährige kolumbianische Witwe zu ermorden. Aber ehe sie starb, hatte sie ihnen alles erzählt, was sie wußte. So war es immer.

Zum zweitenmal an diesem Tag schaute Rodriguez in seinen Börsensaal hinab, ohne etwas zu sehen. Dann drehte er sich um, machte die Tür auf und winkte Carlotta heran. Erfreut bemerkte er, daß sie ihren Bildschirm löschte, bevor sie sich zu ihm gesellte. Eine wirklich diskrete Mitarbeiterin.

»Ich muß mit Fernando Salazar sprechen. Hält er sich gegenwärtig in Bogotá auf?«

»Meines Wissens ist er in Cali.«

»Dann kontaktieren Sie ihn bitte. Sagen Sie ihm, er soll mich über die sicheren Leitungen anrufen. Und er sollte Informationen über seine in London stationierte Einsatztruppe bereithalten.«

Rodriguez schloß die Tür seines Büros und ging auf und ab. Die Kurierin würde irgendwann im Laufe dieser Woche eine Aussage machen und Salazar belasten. Wie immer war der Filmemacher ein wirklich vielbeschäftigter Mann. Während das Observationsteam in London den ihm aufgetragenen Job erledigt hatte, hatte sich die Pariser Gruppe zum zweitenmal nicht mit Ruhm bekleckert. Fraser war allein auf dem Flughafen Charles de Gaulle eingetroffen und anschließend verschwunden. Wirklich schade, dachte Rodriguez, daß wir ihn in Cúcuta nicht erwischt haben. Für ihn stand fest, daß *seine* Mitarbeiter Fraser beträchtlich erfolgreicher aufgehalten hätten.

»Irgendwann in dieser Woche«, hatte Francesca gesagt. Jetzt war es in London Montag nachmittag. Das weiße Telefon auf seinem Schreibtisch klingelte einmal.

»Fernando? Ich möchte, daß Sie sich eines kleinen Problems annehmen.«

Sinclair hatte jedem Wahlkampfexperten zwei Minuten und sich selbst fünf Minuten für die Zusammenfassung zugestanden. Ihr dreiköpfiges Publikum war während der gesamten Präsentation stumm geblieben. Er kam zu seinen Schlußbemerkungen.

»Wir haben uns bemüht, das Abrutschen in den Umfragen zu kontern. Wir glauben nicht, daß unsere Wahlkampfführung schwere Mängel aufweist, sind aber der Meinung, daß die vorgeschlagenen Änderungen sicherstellen werden, daß wir die Initiative zurückgewinnen und behalten.«

Collins rieb sich nachdenklich übers Kinn. »Johnny?«

John Reilly drehte den Rollstuhl so, daß er Collins direkt ansah.

»Diese Leute sind Profis, Pat, aber ich kann mich des Gefühls nicht erwehren, daß wir eventuell auf einen Ausreißer in den Umfragen überreagieren.«

»Genau, Johnny.«

Das hatte Teresa Collins gesagt. Sie streckte die Hand aus und berührte Reillys Arm. Er verstummte sofort. Teresa faltete die Hände auf dem Schoß, eine schlichte Geste, mit der sie alle Blicke auf sich lenkte.

»Ich finde, Wahlkämpfe sollten Meinungsumfragen steuern und nicht umgekehrt. Eine Umfrage ist ein aktuelles Stimmungsbild der Wählerschaft und sonst nichts. Vielleicht hat die Kamera sie beim Stirnrunzeln erwischt, und einen Augenblick später lächeln sie wieder. Außerdem glaube ich, daß wir mit diesem Gerede von ›Zielgruppen‹, ›Umfragegruppen‹ und ›Werbestrategien‹ Gefahr laufen, uns genau die Krankheit einzufangen, die Pat nach Ansicht der Öffentlichkeit heilen soll. Die Wähler haben es satt, die Politiker zu führen. Sie wollen jemanden haben, der sie führt, und nicht einen, der ein Vermögen für Berater ausgibt, die ihm beibringen, das zu sagen, womit sie einverstanden sind.«

Sinclairs Miene verriet nichts, aber seine Gedanken überschlugen sich. Er hatte Teresa Collins völlig falsch eingeschätzt. Da er sie bislang für die ideale brave Kandidatengattin gehalten hatte, traf es ihn völlig überraschend, zu erleben, daß sie eine derartige Kompromißlosigkeit an den Tag legen konnte. Die Führungsqualitäten, die

Collins in erster Linie zu Amerikas beliebtestem Prediger gemacht hatten, hatten also mit seiner Frau Teresa zu tun. Sinclair merkte sich das. Der Dokumentarfilm sollte möglichst kein Filmmaterial von dieser Sitzung enthalten.

Einer warf dem anderen warnende Blicke zu. Die Meinungsforscher den Medienberatern, die Strategen den PR-Experten. Auch Teresa Collins sah diese Blicke, und ein knappes Lächeln huschte über ihr Gesicht. Dann fuhr sie fort:

»Ich glaube, Sie alle wollen den Wahlkampf so verändern, daß Pat und Johnny zu konventionellen Politikern werden. Wenn die Öffentlichkeit das bei dieser Wahl gewollt hätte, wäre Pat nie auch nur in die Nähe der neunundddreißig Umfrageprozente gekommen. Es ist eine hervorragende Idee, ihn zur Hauptsendezeit ins Fernsehen zu bringen, aber genauso wichtig ist, *was* er dann sagt.

Das amerikanische Volk will Lösungen, keine Präsidenten mit Saxophonen. Es will, daß jemand gegen Arbeitslosigkeit, Armut und Kriminalität vorgeht, und zwar nachdrücklich. Es will, daß jemand für Wirtschaftswachstum sorgt, damit ihre Kinder einen besseren Lebensstandard haben als sie selbst, verdammt noch mal!« Bei dem Fluch verzog keiner eine Miene. »Das alles war einmal Amerikas Geburtsrecht, aber jetzt ist es verspielt. Pat kann es dem Land zurückgeben – aber nicht, wenn Sie ihn zu einem Mann für alle Jahreszeiten machen, wenn Sie ihn zur Hauptsendezeit ins Fernsehen hieven, damit er heiße Luft von sich gibt.«

Teresa verstummte und sah sich im Zimmer um.

»Jetzt habe ich noch zwei bescheidene Vorschläge zu machen, und dann gehe ich und treibe ein paar Erfrischungen auf.«

Patrick Collins hastete hinter dem abziehenden Filmteam her.

»Haben Sie alles drauf? Alles?«

Leon nahm die Kamera von der Schulter. »Ja, Mr. Collins. Wir haben alles drauf.«

Collins strahlte. »Großartig. Mein Gott, war sie nicht einfach umwerfend? War sie nicht einfach klasse?«

Susanna nickte. »Hoffentlich verwendet Adam jedes einzelne Wort.«

Collins packte sie vor Begeisterung am Arm. »Das hoffe ich auch, Susanna. Übrigens, wo ist Adam eigentlich?«

Eine ganze Menge Leute stellten diese Frage. Als Susanna ihren Bungalow betrat, klingelte das Telefon. Es war Laura.

Das einzige Geräusch kam von den Vögeln am anderen Ende des Gartens und von den Papieren, die leise raschelten, wenn Adam eine Seite auf den Stapel schon gelesener Computerausdrucke legte. Gelegentlich brach er ab, schrieb eine Anmerkung auf eine Seite und eine Notiz auf seinen Block. Endlich hatte er den ganzen Papierstapel durchgeackert. Er drehte sich zu Oscar um, der auf der kleinen Terrasse saß. »Um es kurz zu machen ...«

Oscar machte eine einladende Geste.

»Edgar Lee Stratford besitzt also eine Geldwaschanlage«, sagte Adam. »Seit Jahren hat er Hunderte Millionen Drogengelder gewaschen, und ein Großteil der hektischen Cybersafe-Aktienkäufe wurde mit Drogengeldern getätigt, die aus Venezuela auf Stratfords Minibank nach Belize und dann weiter in die Zentrale seiner Union Bank nach San Francisco flossen.«

»Das sehen Sie richtig, junger Herr. Belohnen Sie sich mit einem Glas dieses hervorragenden kalifornischen Cabernet Sauvignon, die Trauben wurden etwa einen Kilometer von Stratfords Anwesen entfernt gelesen.«

Adam goß sich etwas Wein in ein Glas. »Das heißt, alle fünf Mitglieder von Collins' Wirtschaftskabinett gehören dem Kartell an, und Kartellgeld hat die Aktienpreise in die Höhe getrieben; somit wird Collins' Wahlkampf mit Kartellgeld finanziert.«

Adam schüttelte den Kopf und versuchte erneut, eine schreckliche Vorstellung loszuwerden.

Offensichtlich genoß Oscar diesen Gedanken.

»Es wird noch besser. Stratford ist einer der reichsten Männer Amerikas. Ein amerikanischer Held, wie er im Buche stand. Ein Selfmademan und Milliardär, der Präsidentenberater. Der lebende Beweis dafür, was einer mit seinen Ellenbogen in einer Ellbogengesellschaft erreichen kann.«

Er hob sein Glas und betrachtete das Glitzern der dunkelroten Flüssigkeit in der untergehenden Sonne.

»Bist du dir bei alledem absolut sicher, Oscar?«

»Aber ja. Die Schlüsselrolle spielt die venezolanische Banco Latino Grupo. Ich habe Tausende von Geldwäsche-Überweisungen aufgespürt, die knapp unterhalb des erlaubten Betrages von zehntausend Dollar lagen. Ein sicheres Zeichen für Drogengelder. Viele kleine Fische, die zu dem großen Fisch Drogengeld zusammenfließen. Die Latino Grupo ist die Korrespondenzbank von mindestens drei amerikanischen Großbanken, und natürlich von Stratfords kleiner Bank in Belize. Es paßt alles. Ich habe mich in die Bank in Belize und in die Latino Grupo eingehackt. Ein El Dorado, sage ich dir.«

Sie tranken ihren Wein und betrachteten die über den Bäumen fliegenden Mauersegler.

»Es war eine prima Idee, Sinclair gegenüber zu erwähnen, du müßtest nach Paris.«

»Gratuliere dir selbst, schließlich hast du im Januar vorgeschlagen, ich sollte dem Observationsteam, das mir gefolgt ist, eine kleine Stadtrundfahrt durch Paris gönnen, ehe ich es abschüttelte.«

»Sieh dich vor, mein junger Freund. Wenn du die französischen Kartellmitarbeiter verarschst, vergessen sie womöglich, daß sie die Aufgabe haben, dir zu folgen, bis du sie zu mir bringst.«

»Immerhin steht jetzt fest, daß Sinclair dem Kartell angehört. Er hat es denen offenbar sofort telefonisch durchgegeben. Die Kartelleute in Miami sind mir praktisch bis zur Treppe des Flugzeugs gefolgt.«

»Nenn mich ruhig egoistisch, aber mich interessiert immer noch ungemein, warum mich das Kartell unbedingt umbringen will.«

»Weißt du auch genau, daß du wirklich alles in diesen Computerabgleich eingespeist hast, Oscar?«

»Ganz genau. Was sollte man auch groß finden? Wir haben beide in Vietnam gedient. Das ist alles. Mehr gibt's nicht.«

»Laß doch deine Freunde in Langley mal einen Blick in seine Militärakte werfen. Vielleicht findet sich da die Antwort.«

»Falls sie je da war, Adam, hat sie mittlerweile irgendwer vernichtet. Aber in Ordnung, ich werde mal unsere beiden Militärakten ansehen. Ist einen zweiten Versuch wert. Apropos Computersuche. Schon mal jemanden in Collins' Villa vom Kolumbienprojekt reden hören?«

»Nicht daß ich wüßte, aber die Welt ist voller Kolumbienprojekte. Worum geht's bei dem hier?«

»Ich hab' keine Ahnung. Es ist ein Dateiname, auf den ich bei dem Versuch stieß, mich in Sinclairs New Yorker Firma zu hacken. Und in diese Datei komme ich nicht rein. Das sind immer die attraktivsten. Da gibt es garantiert ein von Sinclair handverlesenes Paßwort. Ich werd's weiter probieren. Über Victor Rodriguez habe ich auch noch nichts gefunden.«

»Hast du dich in Andino Inc. eingehackt?«

»Na klar. Nichts. Aber das stand ja auch zu erwarten, oder?«

Adam beugte sich zu Oscar vor. »Die Sitzordnung damals beim Essen, über die du dich gar nicht beruhigen konntest. Man hatte Rodriguez nicht ins Abseits gesetzt, um ihm irgendwann später mal am Zeug flicken zu können. Er hat sich selbst dorthin gesetzt, um sicherzustellen, daß Collins von Kartelleuten umgeben fotografiert wurde – Salazar, Pastrana und Stratford –, aber *nicht* neben Rodriguez oder Sinclair.«

»Und warum? Was steckt dahinter?«

Adam schüttelte den Kopf. »Es ergibt alles keinen Sinn. Vermutlich ist geplant, Collins irgendwann zu kompromittieren. Paradoxerweise ist er nämlich für das Wahlvolk so attraktiv, *weil* er sich so nachdrücklich gegen Drogen engagiert. Das ist ein zentrales Element seines Wahlprogramms.«

Oscar verschränkte die Finger ineinander und hakte sie unter seinen Bauch. »Aber stell dir doch mal vor, die Kartelle könnten so einen Präsidenten kontrollieren! Einen Mann mit einer blütenweißen Weste, ein frommer Christ, ein Kriegsheld. Einen Mann, der all das verkörpert, was gut ist in Amerika. Er wäre der ideale Strohmann!«

»Das Ganze hat nur einen Haken, Oscar. Er sitzt an einem Tisch mit dem Kartell, dieses finanziert seinen kompletten Wahlkampf mit gewaschenem Geld. Er wird also gewählt, und zur Feier des Tages richtet Sinclair eine kleine Feier aus, bei der er beiläufig erwähnt, es sei nun seine Pflicht, diese Wahrheit zu enthüllen, falls der Krieg des Präsidenten gegen die Drogen nicht umgehend zu einem bloßen PR-Gag erklärt wird. Was hindert aber Amerikas einzigen lebenden Heiligen in einem solchen Fall daran, einfach an die Öffentlichkeit zu gehen und die ganze Verschwörung aufzudecken? Das ergibt doch keinen Sinn.«

»Nein, mein Freund, da hast du wohl recht. Außer sie möchten Collins gern genauso weichkochen, wie damals Clinton weichgekocht wurde.«

Adam verschluckte sich beim Trinken, während Oscar freundlich fortfuhr.

»Wenn das Kartell hofft, Collins kompromittieren zu können, dann muß es irgendwo beginnen. Vier Jahre lang Collins' Evangelistische Gemeinschaft zu finanzieren, das ist immerhin ein Anfang.«

Oscar trank einen Schluck. »Aber andererseits, vier Jahre. Was ist das schon. Drei Männer – von denen zwei sicher, der dritte wahrscheinlich, an führender Stelle in kolumbianischen Drogenkartellen aktiv sind – spenden Collins mehrere Millionen Dollar. Komische Sache für drei offenbar fromme Katholiken.«

»Noch merkwürdiger ist, daß sie als Grund für ihre Wertschätzung des Predigers dessen Drogenbekämpfung angeben.«

Der Wein war vergessen.

Oscar wies mit dem Finger auf Adam. »Wettest du um Geld?«

»Nur bei Unwichtigem wie meinem Leben.«

»Ich setze hundert Dollar, daß die erste Spende dieser drei Männer nach der Präsidentschaftswahl floß. Damals haben die Dreckskerle garantiert angefangen. Sie wußten, daß sie diese Regierung noch vier Jahre im Würgegriff haben würden. Sie planten aber langfristiger. Ich muß unbedingt in Sinclairs Computerdatei reinkommen.«

»Augenblick mal. Denk doch an den amtierenden Präsidenten. Er war Gouverneur eines Bundesstaates, der zu einem Zentrum des internationalen Drogen- und Waffenschmuggels geworden ist. Mit Leuten wie Greg Rochford und seinem Frachtflugzeug, wie hieß es doch gleich?«

»Eine C-123 K.«

»Genau. Diese startete vom und landete auf dem Fisher Airport so regelmäßig wie ein Greyhound-Bus, mit tonnenweise Rauschgift an Bord.«

»Um genau zu sein«, warf Oscar ein, »mindestens sechsunddreißig Tonnen Kokain, drei Tonnen Heroin und vier Tonnen Marihuana. Worauf willst du hinaus?«

»In Fisher brauchte man keine kleinteiligen Überweisungen durch das Kartell, da dieser Präsident im Gouverneurspalast saß. Wenn man zehn, zwanzig, hundert Riesen transferieren wollte – kein Problem. Es gab keinen offiziellen Bericht, und Anklagejurys treten nur auf Anweisung des Gouverneurs zusammen. Ein Kokaindealer der ersten Liga wie Dan Hunt war sein enger Freund und spendete großzügig. Sein Bruder Alan hat nicht nur mit Kokain gedealt, sondern es sich auch selbst in die Nase gezogen.«

Oscar grinste. »Dazu hat sich auch der Gouverneur häufig ein Zimmer voller Damen bestellt, vergiß das nicht.«

»Oscar, wer erzählt diese Geschichte?«

»Tut mir leid. Red weiter, Adam.«

»Der Aufstieg des gegenwärtigen Präsidenten zur politischen Macht läßt sich zumindest partiell mit Spenden von Drogengeldern für seine Wahlkämpfe und mit dem Medellín-Kartell in Verbindung bringen. Ich fand schon damals verblüffend, daß er immer wieder persönlich auf dem kleinen Flugplatz in der Nähe der Grenze seines Bundesstaates auftauchte. Man kann aus gutem Grund annehmen, daß die Kartelle schon nach seiner Wahl die Sektkorken knallen ließen. Aber warum sollten sie so einen Mann durch jemanden ersetzen, der für Amerika fast so etwas wie ein Heiliger ist?«

Oscar betrachtete die Kleiber, die mit dem Kopf nach unten an den Meisenknödeln hingen.

»Besorg mit das Paßwort, und ich sag's dir.«

»Ich werd's versuchen«, versprach Adam. »Ich frag' mal, ob wir in seinen New Yorker Büroräumen drehen dürfen. Von wegen: das eigentliche Nervenzentrum des Wahlkampfes, irgendwas in der Art ... Dieses Material über Stratford. Daran halte ich fest. Ich verwende es im Dokumentarfilm neben allem anderen, einschließlich Mónicas Aussage. Du weißt schon.«

Oscar spreizte die Hände. »Hab nichts dagegen. Es ist deine Party. Wann willst du die Frau aufsuchen?«

»Morgen. Sobald ich in London ankomme.«

Erst am Flughafen fiel Adam ein, daß noch jemand in London darauf wartete, von ihm zu hören.

»Ich bin in Hamburg und warte auf den Flug nach London. Tut mir leid, Laura, daß ich mich nicht vorher gemeldet habe. Ich war die meiste Zeit auf Achse.«

»Um wieviel Uhr landet dein Flugzeug?«

»Och, so gegen Mittag.«

»Ich komme raus nach Heathrow.«

»Das ist doch nicht nötig.«

»Und ob.«

Kaum war er durch die Abfertigung, schloß sie ihn in die Arme. Sie war so aufgeregt und hektisch, daß sie ihn fast aus dem Gleichgewicht brachte.

»Immer mit der Ruhe, Laura. Sonst nimmt man uns noch fest.« Adam wollte sich von ihr lösen, doch Laura klammerte sich immer noch an ihn.

»Laura, die Leute stauen sich noch bis auf die Rollbahn, wenn wir noch länger den Ausgang blockieren.«

»Verzeihung. Laß uns im Café einen Tisch suchen.«

»Willst du das wirklich? Irgendwie erinnere ich mich daran, daß du schier ausgerastet bist, als wir uns das letztemal zum Essen zusammengesetzt haben. Mónica und ihre Tochter ... weißt du noch?«

Das hatte er locker dahingesagt, doch wie seine Frau darauf reagierte, beunruhigte ihn. Sie fing an zu weinen.

Er bugsierte sie in eine Ecke der Cafeteria und wollte gerade zum Tresen eilen, als sie ihn zurückhielt.

»Ist schon in Ordnung. Tut mir leid. Ich möchte nichts. Setz dich einfach hin.«

Laura legte die mitgebrachten Zeitungen auf den Tisch.

»Ich weiß nicht recht, wie ich es dir sagen soll. Ich hab' keine Ahnung, welches die richtigen und welches die falschen Worte sind. Das sieht mir ähnlich. Ich bin nun mal ein Feigling.«

Er glotzte sie verständnislos an. Sie wies auf die Titelseiten der Zeitungen. Von dort sahen ihn Francescas dunkelbraune spanische Augen an. Der Text war in jeder Zeitung anders, doch die wesentlichen Informationen blieben gleich. Fran war tot, ermordet. Ihre Verletzungen waren, in der Sprache des Boulevardjournalismus, »grauenhaft«, »entsetzlich«, »schaurig« oder »gräßlich«.

Die Presse spekulierte, Fran sei unerwartet nach Hause gekommen und habe Einbrecher überrascht. Man erwähnte einige wertvolle kolumbianische Indianerkunstgegenstände als wahrscheinliche Ziele eines »fehlgeschlagenen Einbruchs«.

Plötzlich merkte Adam, daß er in einigen Zeitungen auf ein zweites Foto starrte, aber keins von Francesca, sondern von Mónica. Am späten Abend hatte man sie in ihrer Zelle im Gefängnis von Holloway erhängt aufgefunden. Die Gefängnisleitung bestätigte, daß sie am selben Tag von Francesca besucht worden war. Die Presse vermutete, die Nachricht vom Mord an Francesca könnte den Selbstmord der Gefangenen ausgelöst haben. »Sie ertrug den Tod ihrer einzigen Freundin nicht«, lautete eine Schlagzeile. Die Boulevardzeitung *Sun* brüstete sich mit der Exklusivmeldung, Mónica habe sich mit ihrem BH am Fenstergitter erhängt.

Adam vergrub das Gesicht in den Händen.

»Liebling, es tut mir so leid. So leid.«

»Diese Dreckschweine.«

Laura packte seine Hände.

»Wer?«

»Die Kartelle, Laura. Die Männer, die diese Mordaufträge erteilt haben.«

»Aber die Frau im Gefängnis, diese Mónica. Sie wurde doch gar nicht ermordet.«

»Doch, Laura. Daran besteht für mich kein Zweifel.«

Er erzählte ihr von der Kassette, die er verschickt und die Francesca offenbar am letzten Morgen ihres Lebens ins Gefängnis gebracht hatte. Würde eine Frau, deren Leben auf einmal so viel Inhalt hatte, diesen Augenblick wählen, um Selbstmord zu begehen? Er berichtete von seinem Begleitschreiben, das die Kolumbianer entweder gefunden oder von Francesca bekommen hatten, als sie um ihr Leben flehte.

»Mónica wurde zum Schweigen gebracht, weil sie gegen ein führendes Mitglied des Kartells von Cali aussagen wollte. Ich wollte sie nachher besuchen. Laß uns nach Hause fahren, Laura. Ich muß darüber nachdenken. Ich fahre.«

Er schaute regelmäßig in den Rückspiegel. Wenigstens folgte ihnen niemand.

Die Heimfahrt war schwierig. Es gab so viel zu sagen, daß beide sich in Schweigen flüchteten. Erst kurz vor Camden ergriff er wieder das Wort. Er schaute sie von der Seite an.

»Ich muß zwei Männer anrufen, und den einen habe ich gerade in Deutschland besucht.«

»Aha, deinen Freund Oscar. Wie heißt der andere?«

»Olaf.«

»So ein Mist.«

»Was ist denn los?«

»Tut mir leid, Schatz. Mir ging so viel durch den Kopf, da hab' ich es glatt vergessen. Olaf versucht dich seit ein paar Tagen zu erreichen. Er sagte, du kennst die Nummer.«

Zu Hause angekommen, versuchte er zunächst einmal nicht, einen der beiden Freunde anzurufen, sondern ließ sich in einen Sessel fallen. Als er glaubte, eine geeignete Strategie ausgetüftelt zu haben, nahm er den Hörer ab, um Olaf in Miami anzurufen, legte aber wieder auf.

Laura sah ihn fragend an.

»Ich geh' nur mal eben spazieren. Bin gleich wieder da.«

»Soll ich mitkommen?«

»Im Augenblick bin ich kein sehr guter Gesellschafter. Muß über einiges nachdenken.«

Sie durchquerte das Zimmer und küßte ihn sanft. »Ich bin da, wenn du wiederkommst.«

Adam überquerte die Straße an der U-Bahnstation Camden und ging zu einer Reihe öffentlicher Fernsprecher. Ihm war gerade noch eingefallen, daß man seine Telefone zu Hause abhören könnte. Wenn diese Leute Fran und Mónica ermorden konnten, wäre es für sie ein leichtes, ein Telefon zu verwanzen. Ehe er Olaf die traurigen Neuigkeiten erzählte, hörte er sich an, was genau nach seinem Besuch bei den Flores' passiert war.

»Das war die Wut darüber, daß das Mädchen weg war. Außerdem wollten sie ihrer Mutter damit eine Botschaft übermitteln, eine Warnung. Typische Kartelltaktik.«

Während Olaf schilderte, was bei den Flores' geschehen war, dachte Adam sofort an das Grauen in dem reetgedeckten Landhäuschen in Hertfordshire. Er berichtete Olaf, was sich in der vermeintlichen Geborgenheit eines englischen Dorfes sowie in der angeblichen Sicherheit eines englischen Gefängnisses zugetragen hatte. Olafs Stimme versagte, als er antwortete.

»Wie sage ich das Carla?«

»Gar nicht. Wenn sie es erfahren muß, übernehme ich das. Was hätte man davon, es ihr jetzt zu erzählen? Hör mal, Olaf, kannst du dich bis November um sie kümmern?«

»Na klar, Adam. Sie gehört schon zur Familie. Arme Mónica. Was für ein jämmerliches Leben, immer nur auf der Verliererstraße.«

Sie unterhielten sich lange, wollten auf den Ruinen etwas Neues bauen. Dann unterhielt sich Adam ebensolange mit Oscar, den er fragte, ob er nicht die britische Polizei einschalten sollte.

»Na klar, tolle Idee, mit Scotland Yard zu reden. Ich kann mir gut vorstellen, wie sie reagieren, wenn du von kolumbianischen Kartellen plauderst, da kriegen die auch ohne Kokain glasige Augen. Vergiß es, mein junger Freund. Dir zur Seite steht nur ein kleiner dicker Mann, seine Hände und seine Fähigkeiten auf der Tastatur. Willst du's diesen Leuten heimzahlen? Dann raste jetzt nicht aus, sondern besorg mir das Paßwort. Noch was, Adam. Du mußt das nicht hören, weil du es schon weißt, aber ich sag's dir trotzdem: Sei sehr vorsichtig. Du hast es hier nicht mit der Mafia zu tun. Diese Leute töten gern, und ehe sie töten, fügen sie gern Schmerzen zu. Bei denen ist Töten keine lästige Pflicht, es ist Arbeit *und* Vergnügen.«

Nach seinem Gespräch mit Oscar kehrte Adam nach Hause zurück und setzte sich, als kauere er sich zum Schutz vor einem heftigen Sturm zusammen. Laura kam ins Wohnzimmer zurück.

»Komm mit und iß etwas. Ich weiß, daß du keinen Hunger hast, aber du mußt essen.«

Er begleitete sie in die Küche. Sie saßen einander an der Frühstückstheke gegenüber. Laura sah zu, wie er auf einen Teller mit Essen starrte.

»Kann ich dir helfen?«

Er sah sie an, zum erstenmal, seit sie sich am Flughafen getroffen hatten. Dabei wirkte er so verletzlich, daß sie instinktiv eine Hand ausstreckte und ihm übers Gesicht strich. Er küßte ganz zart ihre Hand.

»Du hilfst mir immer. Schon allein dadurch, daß du da bist.«

»Bring es in deinem Film, Adam.«

»Wie meinst du das?«

»Daß die vielen Leute ermordet wurden. Und erzähl dem Publikum, warum.«

»Daß Mónica ermordet wurde, kann ich nicht beweisen.«

»Das brauchst du auch nicht. Berichte einfach alles so, wie du es mir erzählt hast. Was ist übrigens aus der Kassette von ihrer Tochter geworden? Wäre ein interessantes Untersuchungsthema. Daß du nach London gekommen bist, um eine Aussage von ihr festzuhalten, die ein Kartellmitglied belastet hätte. Daß sie praktischerweise dem Kartell den Gefallen tut, sich in dem Augenblick zu erhängen, als du angeflogen kommst.«

»Hast du mir nicht genau diesen Weg ausreden wollen? Hast du nicht gesagt, liefere dem Sender einfach einen unterhaltsamen Film über Collins' Wahlkampf?«

»Jetzt ist doch alles ganz anders. Diese kleine Carla zum Beispiel. Ich bin zwar bis Mitte November in Los Angeles, aber wenn du sie dann nach London bringen möchtest, Adam ...«

Ihre Stimme erstarb, als sie versuchte, sich die Umwälzungen für ihr Leben vorzustellen. Er drückte ihre Hand, schüttelte aber den Kopf.

»Sicherer ist sie in ... Wo sie jetzt ist, Laura. Trotzdem vielen Dank.«

Er stand auf, ging zum Fenster und schaute hinaus, ohne etwas zu sehen. Plötzlich drehte er sich zu ihr um.

»Hast du Mitte November gesagt?«

»Ja. Weißt du nicht mehr? Wir haben in Washington darüber gesprochen. Du sagtest, da du bis November mit den Dreharbeiten für den Collins-Film beschäftigt bist, wäre es kein Problem. Ist es doch eins?«

»Nein, nein. Entschuldigung, Liebling, das hatte ich vergessen. Sorry.«

Laura lachte. »Sei nicht albern. So ist es doch immer, wenn du mitten in einer Arbeit steckst.«

»Und das heißt?«

»Das heißt, woran du gerade arbeitest, wird dann zum Zentrum des Universums, bis es im Kasten ist und gesendet.« Sie ging zu ihm und umarmte ihn. »So war's schon immer. Unter anderem deshalb bist du auch so verdammt gut. Und jetzt iß was zu Abend.«

Er hatte nicht vergessen, daß sie mehrere Monate lang in Kalifornien arbeiten würde. Er wollte nur sichergehen, daß ihn seine Erinnerung nicht trog. Er wollte nur die Gewißheit haben, daß sie sich wirklich nicht in London befand, bis sein Film fertiggestellt und ausgestrahlt war. Dafür gab es einen besonderen Grund, nämlich den schwarzen Mercedes, den er auf der Straße gesehen hatte, in dem offenbar ein Beobachtungsteam saß. Er hatte im stillen beschlossen, Laura nichts davon zu erzählen. Warum sie unnötig beunruhigen? Was hätte sie davon, wenn sie wüßte, daß sie nirgends vor den Kartellen sicher war? Aber es gab noch einen Grund für seine Schweigsamkeit. Nichts sollte ihn daran hindern, den sensationellsten Film seiner gesamten Laufbahn zu drehen. Nach der Anerkennung, die der Ausstrahlung folgen würde, lechzte er genauso sehr wie nach dem denkwürdigen Scheck des Senders, der ihm gehörte, sobald er den Film ablieferte.

Die letzten Worte, die Mónica in ihrem Leben gehört hatte, stammten von ihrer Tochter Carla. Die Kassette war mittlerweile unterwegs zu Victor Rodriguez. Sonst war in ihrer kleinen Zelle nichts von Bedeutung gefunden worden. Rodriguez hoffte, daß die Angelegenheit damit abgeschlossen war.

Es war Fernando Salazar nicht besonders schwer gefallen, das zu organisieren. Ein Anruf beim öffentlichen Fernsprecher im Holloway-Gefängnis, für ein Gespräch mit einer anderen Drogenkurierin. Salazar hatte der Frau nur erzählt, was den Flores' widerfahren war. Dann hatte er ihr gesagt, was den Mitgliedern ihrer eigenen Familie in Cali widerfahren würde, und zwar allen sechzehn, falls sie ihm nicht den einen Gefallen tat. Angesichts dieser Drohung konnte es die Frau kaum erwarten, auch noch das letzte bißchen Leben aus Mónica herauszuquetschen. Carlas Kassette war weitergelaufen, während die Frau Mónica zuerst erdrosselte und anschließend, als sie am Fenstergitter hing, ziemlich lange an ihren Beinen zog und zerrte, um sicherzugehen, daß die Bedrohung ihrer Familie auch endgültig aus der Welt geschafft war. Die Frau hatte den Zeitpunkt geschickt gewählt – es war die zur freien Verfügung stehende Zeit, in der sich die Gefangenen unterschiedlichen Aktivitäten widmen konnten. Einige sahen fern, andere plauderten.

»Ich habe ihn rund um die Uhr observieren lassen. Die Polizei unternimmt nichts.« Fernando Salazar saß Rodriguez an dessen Schreibtisch gegenüber.

»Die Mutter kann Mr. Fraser nicht mehr helfen. Und die Tochter?«

Victor sah, wie Salazars Knöchel an der rechten Hand weiß wurden.

»Carla ist spurlos verschwunden.«

Victor stand auf und ging zu seinem Beobachtungsfenster über dem Börsensaal. Er freute sich, daß die vielen Räder von Andino Inc. so reibungslos ineinandergriffen.

»Fliegen Sie nach Miami, Fernando. Unsere Freunde in der DEA werden Sie mit Winston Thomas bekanntmachen, einem Herrn aus Jamaika.«

Rodriguez ging wieder an seinen Schreibtisch und reichte Salazar eine dünne Akte. »Hieraus erfahren Sie ein wenig über ihn. Er ist ein führender Mitarbeiter der Yardies, den karibischen Drogenschmugglern. Die Drogenbehörde DEA in Miami setzt ihn zur Zeit als Undercover-Agent ein, um das Medellín-Kartell zu infiltrieren.«

Salazar runzelte leicht die Stirn.

Rodriguez fuhr fort: »Ich möchte Ihre persönliche Einschätzung darüber hören, ob er in der Lage ist, einen Auftrag für uns auszuführen.«

»Was für einen Auftrag?«

»Die Ermordung von Patrick Collins.«

16. Kapitel

Positionen

Patrick Collins war Teresas Rat gefolgt und hatte sich geweigert, sein Image zu ändern und sich den Launen von Zielgruppen, Umfragen und PR-Strategen zu beugen. Statt den Wählern weniger Religion vorzusetzen, hatte er ihnen mehr davon gegeben. Er hatte ihnen erzählt, welche Ansichten er zu wichtigen Themen vertrat; er hatte gar nicht erst versucht, seine politische Unerfahrenheit zu kaschieren, sondern sie eher noch herausgekehrt. Die Profis in seiner Mannschaft hatten aufgestöhnt, mit den Köpfen geschüttelt und prophezeit, nun ginge er vollends den Bach runter. Doch laut einer Gallup-Umfrage hatte Collins zugelegt. Mittlerweile lag er sogar bei dreiundvierzig Prozent. Daraufhin verpflichtete Sinclair Teresa Collins zur Teilnahme an sämtlichen morgendlichen Strategiesitzungen.

Adam Fraser hörte mit an, wie sie sich erneut gegen die Profis durchsetzte. Sie war dagegen, Stichwortgeber mit wohlwollenden Fragen bei Collins' großen Wahlkampfauftritten zu plazieren.

Nach Sitzungsende arbeitete sich Adam Fraser zu Sinclair vor.

»Andrew, haben Sie schon über meine Bitte um Dreherlaubnis nachgedacht?«

»Mitten im Herzen des Wahlkampfnervenzentrums?«

»In etwa, aber im Grunde ist das nur der Hintergrund für mein Interview mit Ihnen. Ich habe den Eindruck, daß weitgehend Sie das Nervenzentrum sind.«

Sinclair deutete eine Verbeugung an. »Wirklich zu freundlich, Adam. Hören Sie, warum drehen wir nicht ein bißchen bei mir im World Trade Center und nehmen dann das Boot flußaufwärts zu meinem Anwesen in Hamilton? Es wird Ihnen gefallen. Das gibt tolle Außenaufnahmen, und Mary würde zu gern das Filmteam kennenlernen. Dann essen wir und drehen das restliche Interview bei mir zu Hause?«

Fraser verbarg seine Enttäuschung gut. »Ausgezeichnete Idee.«

»Schön. Lassen Sie mir ein paar Tage Zeit, und ich mache Ihnen einen Terminvorschlag.«

»Danke sehr, Andrew.«

Sinclair sah dem Dokumentarfilmer nachdenklich hinterher. Wenn er dessen Bitte rundheraus abgelehnt hätte, wäre der Mann nur noch mißtrauischer geworden. Je schneller er also das Team raus aus seinem Büro und rauf nach Hamilton brachte, desto besser.

Fernando Salazar hatte seinen ersten Treffpunkt mit dem Jamaikaner sorgfältig und umsichtig ausgewählt – ein kleines diskretes Restaurant im Bezirk Coconot Grove, nicht weit vom Flughafen Miami entfernt. Salazar und Winston Thomas verstanden sich auf Anhieb ausgezeichnet. Sie hatten viele gemeinsame Interessen: Drogen, organisiertes Verbrechen, Mord, minderjährige Mädchen und Schußwaffen. Vor allem Schußwaffen. Die Praxistests kamen später, zunächst einmal stellte Salazar fest, welche technischen Kenntnisse Thomas besaß. Er fand rasch heraus, daß Winston Thomas sein Handwerkszeug ganz hervorragend beherrschte. Anschließend tauschen sie Meinungen aus wie zwei Männer, die sich über Wein unterhielten.

»Fernando, für mich ist das Modell 12 von Beretta neben der Skorpion eine der leistungsfähigsten automatischen Waffen überhaupt. Sie ist einfach, elegant, hat zwei Sicherungssysteme und liefert einem mit ihren vierzig Schuß fassenden Magazin eine wunderbar konzentrierte Kampfkraft im urbanen Umfeld.«

Vor dem Restaurant wartete Roberto und ein Kollege in einem sorgfältig geparkten Wagen. Sie hatten etliche hervorragende Fotos von Salazar und Thomas beim Betreten der Gaststätte geschossen. Ähnlich viele von den beiden beim Verlassen des Gebäudes, und sie hatten den Auftrag erfüllt, den Roberto von seinem Verbindungsmann in Washington bekommen hatte.

Roberto war längst nicht mehr irritiert wegen der Aufträge, die man ihm erteilte. In eine Werkstattgarage einbrechen, um ein wenig Industriespionage zu betreiben, auf Dächer klettern, um eine Abendgesellschaft zu fotografieren, und jetzt etwas Geknipse mit seinem Teleobjektiv – das alles sah er mittlerweile gelassen. Roberto hatte schon lange vor dem Börsengang erkannt, daß Cybersafe eine hervorragende Investition war. Er hatte die späteren Ereignisse mit steigendem Interesse und wachsender Zufriedenheit beobachtet.

Mehrere Stunden später hatte Roberto alle Fotos, die er brauchte. Sein Wagen reihte sich in den fließenden Verkehr ein, dann brauste er davon. Wäre Roberto geblieben, hätte er noch einige für Rodriguez höchst interessante Fotos schießen können. Salazar hatte gewartet, bis Winston Thomas ein Taxi bestieg, und sich dann für einen kleinen Bummel entschieden. In dieser Gegend gab es eine interessante Mischung aus Kunstgalerien und Boutiquen. Er betrachtete gerade das Schaufenster einer Galerie in der Nähe des Coconut Grove Theater, als er sie zum erstenmal sah. Carla, die zwischen Olaf und Isabella ging. In ihren brandneuen Kleidern und mit frisch frisierten Haaren sah sie vollkommen verändert aus. Die kolumbianische Blume war erblüht. Als das Grüppchen drei Stunden später aus dem Kino kam, folgte Salazar ihnen bis zu dem Wohnblock, in dem die Nilssons lebten. Seine Goldzähne glänzten, als er sich ihre Hausnummer notierte. Er würde noch eine ganze Weile in Miami bleiben und mit Winston Thomas arbeiten. Mit etwas Glück würde er Carla begegnen, wenn sie sich allein ins Freie wagte.

Wieder auf Teresas Rat hin und wieder über die Köpfe der Experten hinweg veranstaltete Collins mehrere »elektronische Bürgerversammlungen«: offene Auftritte mit Bürgerbeteiligung, die live im Fernsehen übertragen wurden und jedesmal in anderen Städten stattfanden. Aus den Bürgerversammlungen entstanden erfolgreiche halbstündige »Informercials«.

Der Ort der ersten Versammlung war sehr sorgfältig ausgewählt worden – Collins' Heimatstadt Boston. Gleiches galt für die Themen.

»Bevor das Publikum zu Wort kommt, möchte ich nur noch ein paar Themen ansprechen, mit denen wir uns als Nation beschäftigen müssen. Die medizinische Wissenschaft steht kurz davor, die spezifischen Gene zu identifizieren, die festlegen, wie lange jeder von uns zu leben hat. Sobald das geschehen ist, wird jedes Versicherungsunternehmen im Lande von potentiellen Kunden die Durchführung genetischer Tests verlangen. Denken Sie darüber nach. Malen Sie sich die Tragweite aus.«

Collins erhob sich von dem Schreibtisch im Studio, ging in Richtung Publikum und sprach weiter.

»Bei Ihnen, den hier Anwesenden, handelt es sich um einen repräsentativen Querschnitt der amerikanischen Gesellschaft. Ein Viertel von ihnen wird im Laufe ihres Lebens auf langfristige Pflege angewiesen sein. Nehmen wir einmal an, Sie alle hätten das Gen Apolipoprotein E, kurz: Apo E. Das bedeutet, Ihre Chancen stehen viermal so gut, hundert Jahre alt zu werden.«

Das Publikum klatschte und bejubelte sein Glück.

Collins strahlte zurück und hob eine Hand.

»Ein Studio voller Hundertjähriger. Herrlich.«

Dann änderte sich sein Gesichtsausdruck, und er wurde plötzlich sehr ernst.

»Mindestens zehn Prozent von Ihnen wird irgendwann nach dem fünfundsechzigsten Geburtstag an Alzheimer erkranken. Haben Sie immer noch ein gutes Gefühl? Fünfundfünfzig Prozent, also mehr als die Hälfte aller über Fünfundsechzigjährigen, werden sich chronische Krankheiten zuziehen, die sie in ihren Aktivitäten einschränken. Innerhalb von fünfzehn Jahren wird ein Viertel der Bevölkerung dieses Landes älter als fünfundsechzig sein. Wenn wir uns jetzt über bezahlbare Gesundheitsversorgung für alle unterhalten, sollten wir auch diese Fakten berücksichtigen.«

Er bearbeitete das Studiopublikum genauso wie die riesigen Menschenmengen, die sich im Stadion versammelten, so wie er auch die Zuschauer seines wöchentlichen Fernsehgottesdienstes bearbeitete ... Er schuf eine neue Sendeform, eine visuelle Ratgeberseite mit einem charismatischen Fernsehweisen als fester Größe. Er kam Teresas Forderung nach, kein Blatt vor den Mund zu nehmen, brachte aber dennoch jede Menge Sprechblasen unter.

»Aber natürlich bin ich für Abbau: Ich will das Haushaltsdefizit abbauen, ich will die Kriminalität, die Armut, die Arbeitslosigkeit und die Notwendigkeit abbauen, Lebensmittelmarken auszugeben.«

Damit brachte er die Menge auf die Beine, die Leute klatschten und jubelten. Gegen Ende der Veranstaltung trug er zwei Stühle auf die Bühne, stellte auf jede Seite von sich einen und sagte: »Der eine war Republikaner, der andere Demokrat. Meine Güte, wäre ich im selben Maße für das Elend verantwortlich wie diese beiden, würde ich vermutlich auch lieber auf eine Fernsehdebatte mit Patrick Collins verzichten. Gute Nacht Amerika, Gott segne dich.«

Nicht nur das Studiopublikum war begeistert. Bei der nächsten wichtigen Meinungsumfrage kletterte Collins auf siebenundvierzig Prozent; kein Kandidat der beiden großen Parteien kam auch nur auf fünfundzwanzig Prozent der Wählerstimmen. Und wieder einmal standen die Fachleute vor einem Rätsel.

Ohne es darauf anzulegen, stellte Collins sämtliche »Umfragegruppen«, »Wählersegmente« und »Zielgruppen« zufrieden. Irgendwie stellte er eine persönliche Beziehung zur jedem einzelnen Wähler her. Einer seiner Beiträge ließ sogar in Andrew Sinclairs knallharte Augen ein Tränchen treten. »Ich frage die Eltern unter euch: Liebt ihr eure Kinder? Natürlich liebt ihr sie, wahrhaft, zutiefst, von ganzem Herzen. Aber manchmal müßt ihr euren Kindern weh tun. Etwas auf die Wunde am Knie tupfen, das brennt. Sie vom Arzt impfen lassen. Es sagt sich so leicht: ›Keine Angst, es tut nicht weh.‹ Aber dann erleben eure Kinder etwas, das mehr schmerzt als das Brennen oder die Nadel, nämlich Eltern, die lügen. Können wir also etwas von unseren Kindern lernen? Aber ja. Lasset uns nicht die Lüge wählen, die lindert, sondern die Wahrheit, die brennt.«

Täglich arbeitete Fernando Salazar mit Thomas an einer Vielzahl von Tests. Sie probierten jede Menge Gewehre aus, und Salazar bewertete Winstons Schnelligkeit und Präzision.

»Und nicht vergessen, Winston. Sie haben nur einen einzigen Schuß durchs Herz.«

»Der Kopf wäre besser. Da ist es garantiert tödlich.«

»Das sehe ich genauso, aber der Kunde ist König. Jetzt versuchen Sie es mit einer Serie einzelner Schüsse aus dieser Armalite AK 18, bei Einzelfeuer beträgt die höchste Rate vierzig Schuß pro Minute, mal sehen, wie nahe Sie dieser Zahl kommen. Das Ziel befindet sich in der maximalen wirksamen Schußweite von fünfhundert Metern. Auf drei. Ein, zwei drei.«

Nach den täglichen Schießübungen nahm Salazar, sobald er alle Waffen in ein sicheres Versteck gebracht hatte, ein Taxi zu dem Wohnblock, in dem die Nilssons lebten, bezahlte den Fahrer und nahm im Halbdunkel auf der anderen Straßenseite Aufstellung. Und wartete. Neben dem Apartmenthaus befand sich ein kleiner Park, ein ideales Spielgelände für ein junges Mädchen. Die Frau sah er mehrmals kommen oder gehen, aber von Carla keine Spur. Salazar konnte nicht wissen, daß er für ihr Nichterscheinen außerhalb des Gebäudes direkt verantwortlich war.

Am Morgen nach dem Familienausflug ins Kino hatte Carla mit Isabellas Schminkutensilien gespielt. Während sie probierte, Lippenstift aufzutragen, zeugte ihre Miene von äußerster Konzentration. Die Augen halb zugekniffen, beugte sie sich dicht zum Spiegel vor, so daß das goldene Kruzifix um ihren Hals leicht gegen das Glas pochte. Sie griff danach und drehte sich dann zu Olaf um, der sie beobachtet hatte.

»Wann sehe ich Mama?«

Olaf wollte sich gerade zu einer Lüge aufraffen, als er merkte, wie er gegen den Ausdruck in den dunkelbraunen Augen ankämpfte, die ihn anstarrten. Er setzte sich auf einen Stuhl neben die Frisierkommode.

»Carla, deine Mutter war schon seit einiger Zeit krank. Vorige Woche hat sich ihr Zustand sehr verschlechtert. Sie wurde in ein Londoner Krankenhaus gebracht, dort konnte man aber nichts mehr für sie tun. So leid es mir tut, Carla, aber deine Mutter ist tot.«

Carla dachte gründlich darüber nach. »Heißt das, sie ist jetzt im Himmel?«

»Ja, meine Liebe.«

Sie schien es schon gewußt oder wenigstens gespürt zu haben. Olaf hatte erwartet, daß sie außer sich sein würde, doch als er und Isabella versuchten, das Mädchen zu beruhigen, war sie ruhiger als die beiden.

Plötzlich kam Carla ein Gedanke. »Heißt das, ich muß weg von hier? Daß ich nicht mehr bei euch bleiben darf?«

Isabella legte einen Arm um sie. »Du darfst so lange bei uns bleiben, wie du willst.«

»Immer?«

Isabella sah Olaf an.

»Ja«, bestätigte Olaf. »Immer.«

»Aber was ist mit Adam?«

»Er hat bestimmt nichts dagegen. Ich rufe ihn bald an. Und jetzt geh raus und spiel ein Weilchen im Park. Isabella begleitet dich.«

»Nein, ich will hier bleiben.«

Offenbar befürchtete sie, die beiden würde ihre Meinung ändern, wenn sie ins Freie ging, und sie vielleicht nicht mehr reinlassen.

Ohne zu ahnen, welches von ihm verursachte Drama sich in der Wohnung der Nilssons abspielte, trank Salazar zum Zeitvertreib aus einem Flachmann und wartete weiter auf eine Gelegenheit, seine kleine Freundin abzufangen.

»Du machst dich ausgesprochen rar, Adam.« Olaf rief aus Miami an. »Die Nummer deines Hotels in Boston habe ich von Collins' Villa in Florida bekommen. Das Hotel in Boston hat mir die Nummer des New Yorker Hotels gegeben. Ein Leben auf der Überholspur?«

»Tut mir leid, Olaf. Zur Zeit könnte ich einen Dreißigstundentag brauchen. Wie geht's Carla?«

Olaf gab sein Gespräch mit der Kleinen wieder, und berichtete, wie sie auf die Nachricht vom Tod ihrer Mutter reagiert hatte.

»Adam, sie möchte bei uns bleiben, bei Isabella und den Kindern. Das heißt auf Dauer. Was hältst du davon?«

»Olaf, die Frage ist, was du davon hältst.«

»Wir sind einverstanden. Sie ist ein liebes Kind, kommt mit allen großartig aus. Wir würden uns sehr darüber freuen, und vergiß nicht, laut venezolanischem Paß ist sie schon meine Tochter.«

»Meinen Segen hast du. Sag Carla, sobald dieses Land einen neuen Präsidenten und die Lage sich etwas beruhigt hat, komme ich vorbei und besuche euch alle.«

»Kauft ihr mir bitte so was, wenn ich ein ganz braver Junge bin?«

Die Bitte kam von Leon. Mit »so was« meinte er das Sinclairsche Anwesen, einschließlich sanft gewellter Rasenflächen und Seeblick. Die heiße Wahlkampfphase war seit zwei Wochen im Gang, und Adam und das Filmteam hatten die Erlaubnis bekommen, in Collins' Wahlkampfnervenzentrum im hundertsten Stock des World Trade Centers zu filmen und Interviews zu führen. Adams diskrete

Suche nach etwas, das sich als Paßwort für das geheimnisvolle Kolumbienprojekt deuten ließ, war ergebnislos geblieben. Sinclair und seine Mitarbeiter waren mit den Dreharbeiten betont locker umgegangen. Das Filmteam durfte durch sämtliche Bürosuiten schlendern, aber Sinclairs persönliche Assistentin Clare hatte Adam auf Schritt und Tritt begleitet. Daß er die von Oscar benötigten Informationen finden würde, war von Anfang an sehr unwahrscheinlich gewesen. Der Hamburger Buddha mußte also weiterhacken.

Sinclair war in einem Zustand unterdrückter Erregung, als sich das Boot seinem Grundstück näherte. Adam spürte, wenn überhaupt, dann würde sich hier die Bresche in den emotionalen Verteidigungslinien dieses Mannes finden.

Adam ging von Bord, stand auf dem kleinen Kai und betrachtete die makellos gepflegten Grünanlagen. Als er gerade ein Kompliment machen wollte, wurde er von Sinclairs beiden Kindern unterbrochen, die ihren Daddy mit Entzückensschreien begrüßten. Sinclair stellte sie vor, woraufhin sie das Team mit Fragen bombardierten. Kathy eifrig, Peter eher schüchtern.

»Großartige Kinder, Andrew«, sagte Adam. Einen Augenblick lang strahlte sein Gastgeber, dann hatte er sich wieder im Griff.

»Sie können überall filmen, Adam. Vielleicht möchten Sie und das Team erst einen Schluck trinken und sich dann nach dem besten Drehort umsehen. Und Mary begrüßen.« Adam fiel die winzige Pause auf, die aus den letzten drei Wörtern einen Satz machte.

Mary Sinclair war die perfekte Gastgeberin. Sie hatte das Abendessen auf einer seitlich der Villa gelegenen Rasenfläche servieren lassen, sie war charmant, humorvoll und offenbar begeistert davon, daß ein Filmteam ihr Familienleben so gründlich durcheinanderwirbeln würde. Als sie nach einer Besichtigung des Hauses mit Mary auf den Rasen zurückkehrten, flüsterte Leon in Adams Ohr:

»Ich schätze, die hat einen Narren an dir gefressen, Adam.«

»Nun mach mal 'n Punkt. Sie ist freundlich, weiter nichts.«
»Aber ja. Darum läßt sie dich keinen Moment aus den Augen.«
»Vielleicht hat sie Schwierigkeiten mit ihren Kontaktlinsen.«
»Ja, und vielleicht bin ich der Mann im Mond.«
Mary Sinclair kam über den Rasen auf sie zu.
»Haben Sie entschieden, wo Sie es machen wollen, Adam?«
Leon blickte krampfhaft in Richtung Fluß, einen Lachanfall
unterdrückend.
»Wie wär's mit der Bibliothek?«
Leon hatte recht gehabt, was Mary Sinclair betraf. Sie hatte es
nicht so deutlich zeigen wollen, aber sie wollte Adam, seit sie ihn
zum erstenmal sah.

Ihre Ehe mit Andrew bereute sie nicht; letztlich war es ihre Idee
gewesen. Aber sie hatte nicht geahnt, wie wenig von seiner Energie
und Leidenschaft für sie übrigbleiben würde. Etwas Energie hatte sie
sich anderswo gesucht, aber nie genug Leidenschaft, um sich von
Sinclairs Haus und Geld zu verabschieden. Sie fragte sich, ob er
gemerkt hatte, daß ihre zahlreichen Kurse ausnahmslos von jungen
Männern unterrichtet wurden; wahrscheinlich nicht. Vielleicht war
er sogar froh darüber, daß sie ihn nicht mehr so häufig beanspruchte
wie zu Beginn ihrer Ehe.

Adam zeigte ihr jetzt noch eine ganz andere Möglichkeit auf: ein
gefährliches Leben, kompromißlos und spontan. Sie lächelte, als sie
zusah, wie Susanna in der Bibliothek alles für die Dreharbeiten vorbereitete. Vielleicht sollten wir die Partner tauschen, dachte sie;
Andrew wäre genau der Richtige für diese kleine Perfektionistin,
und Adam bekäme eine Frau statt einer Tochter …

»Möchten Sie etwas aus dem Weg geräumt haben?« fragte sie
ihn und stand dabei so dicht vor ihm, daß er nicht sah, was er unter
Umständen aus dem Weg geräumt haben wollte. Doch bevor er
etwas erwidern und damit ein Stichwort für ihre nächste vorbereitete Antwort liefern konnte, kam Andrew Sinclair in das Zimmer
geschlendert.

»Auf diesen Stuhl?« Er folgte Susannas Geste und nahm Platz. Adam setzte sich ihm gegenüber und begann. »Andrew, die meisten Präsidentschaftskandidaten halten im wesentlichen immer nur eine einzige Rede. Diesen Wahlkampf habe ich nun vom ersten Tag an begleitet, aber daß Ihr Kandidat zweimal dieselbe Rede hält, habe ich bislang nicht erlebt. Ist der Mann ein erfrischend innovativer Mensch oder einfach nur vergeßlich?«

Sinclair ließ nicht einmal andeutungsweise durchblicken, daß er sich schon über die erste Frage ärgerte.

»Es zeigt nur«, sagte er, »wie einzigartig dieser Kandidat ist. Daß ein Politiker im Verlaufe einer Rede jedes wichtige Problem dieses Landes ansprechen könnte, ist eine gefährliche Vereinfachung. Immer nur nichtssagende Sprechblasen, und wir würden über kurz oder lang alle in der Klapsmühle landen.«

»Aber dennoch tauchen verschiedene Themen häufiger auf als andere, Andrew. Kriminalität, Drogen, die Festung Amerika. Was die Warnungen betrifft, die Collins ausspricht ... beispielsweise vor dem inneren Feind. Stimmen Sie dem zu? Nehmen Sie die elektronische Bürgerversammlung gestern abend aus Orange County. Da hat Reverend Collins eine deprimierend trostlose Zukunft gezeichnet. Die Vereinigten Staaten mit Jugoslawien zu vergleichen und vor einer Gefahr zu warnen, die der Situation vor dem amerikanischen Bürgerkrieg entspricht, das hätte in seiner apokalyptischen Dimension auch aus der Offenbarung des Johannes stammen können. Terroristen führen Krieg gegen den Staat; sogenannte ›Milizen‹, deren kollektive Paranoia in Gewaltexzesse umschlägt. Seit dem letzten Anschlag der Freitagsattentäter sind fünf Monate vergangen ...«

Plötzlich klingelte das Telefon auf Sinclairs Schreibtisch, und alle zuckten zusammen. Sinclair entschuldigte sich.

»Ich dachte, die wären alle ausgestöpselt. Entschuldigen Sie mich kurz. Hallo? Ja, am Apparat.« Er hörte kurz zu. »Danke sehr.« Als er den Hörer auflegte, schaute er Adam an.

»Klingt ganz so, als hätte jemand Ihre Fragen schneller beantwortet, als ich es konnte, Adam. Soeben ist in Miami Beach eine Bombe explodiert.«

Aus Adams Blick sprachen Entsetzen und Unglaube. Mary Sinclair, die stumm im Hintergrund gesessen hatte, schrie auf. Bald bestätigte das Fernsehen, daß der Anrufer recht hatte. Mitten im Herzen des restaurierten Art-déco-Districts von Miami Beach war eine Bombe explodiert. Die Fernsehbilder zeigten Menschen voller Angst, traumatisiert und aufgelöst.

Leon sah vom anderen Ende des Zimmers aus Adam an, der fast unmerklich nickte. Leons Blick hieß: »Soll ich weiterfilmen?« Und Fraser reagierte wie ein typischer Dokumentarfilmer: auf das Blut draufhalten. Für die Tränen bleibt später noch Zeit.

Sinclair war der stumme Dialog entgangen. Er sah Adam an.

»Ich muß Pat anrufen. Damit er von diesem schrecklichen Ereignis erfährt.«

Er nahm den Hörer ab und tippte eine Nummer ein. Adam streckte den Arm aus, um ihn davon abzuhalten, und deutete auf den Fernsehschirm. Dort war Collins zu sehen, offenbar blutbeschmiert, wie er gerade einem Fernsehjournalisten antwortete.

»Als ich die Sondermeldung hörte, war ich zu Hause in Collinsville. Ich bin rasch hergeflogen, um zu sehen, ob ich irgendwie helfen kann.«

»In manchen Berichten heißt es, eine Miliz sei verantwortlich. Glauben Sie, wir sollten zu einem Vergeltungsschlag ausholen?«

»Wir sollten vor allem vermeiden, ein übereiltes Urteil zu fällen. Laßt uns als erstes die Toten begraben, die Verletzten versorgen und die Überlebenden trösten.«

»Mr. Collins, gestern abend haben Sie erklärt, derartige Anschläge seien zu erwarten. Glauben Sie, das war nicht der letzte?«

»Dies ist jetzt wirklich nicht die Zeit oder der Ort für derartige Spekulationen. Ich versuche, trauernden Angehörigen Beistand zu leisten. Wenn Sie da nicht mithelfen können, gehen Sie wenigstens aus dem Weg.«

Das Fernsehteam richtete die Kamera auf ein teilweise zerstörtes Gebäude, während Collins wieder in dessen Inneres stieg, vorbei an Feuerwehrmännern, Polizisten und Notdienstleuten.

Während die Zahl der Todesopfer weiter anstieg, traf dieses Bild des blutbespritzten Collins, der wütend eine Reporterin anfuhr, Amerikas Gemütslage genau. Es war ein weiterer Schlüsselmoment: diese Fernsehbilder von Collins in Miami Beach und seine Worte vom Vorabend im Orange County gruben sich unauslöschlich in Amerikas Gemüt ein.

Die Übertragung aus dem Orange County wurde komplett in den Radio- und Fernsehnachrichten ausgestrahlt. Die *New York Times* druckte einen Leitartikel mit der Überschrift: »Ein Prophet im eigenen Land«.

»Patrick Collins hat uns vor dem inneren Feind gewarnt. Er sprach von den bösen Kräften, die sich in einigen Teilen dieses Landes versammelt haben. Während andere der Öffentlichkeit versicherten, die Freitagsattentäter hätten aufgehört, ihre unmenschlichen Taten zu begehen, warnte Collins die Nation vor bevorstehenden Gefahren. Keine vierundzwanzig Stunden nach seiner beredten Warnung vor Entfremdung und Boshaftigkeit, die er in unserem Land sah, liegen achtzehn Menschen – viele davon Kinder – tot in ihrem Blut, weitere dreiundsiebzig sind verletzt, und eine große amerikanische Stadt ist furchtbar geschändet.

Collins' schnelles und mitfühlendes Handeln spricht Bände über diesen Mann, der so gern Präsident wäre.«

Die *New York Times* kommentierte nicht, daß kein anderer Kandidat es für nötig gehalten hatte, nach Miami Beach zu fliegen, und daß der amtierende Präsident nur in seinem kalifornischen Feriendomizil vor die Fernsehkamera getreten war. Andere Zeitungen waren weniger zurückhaltend. Als feststand, daß auch diesmal eine selbstgemachte Rohrbombe die Katastrophe verursacht hatte, und

daß alles auf die Beteiligung einer radikalen Privatarmee, einer sogenannten Miliz, selbsternannten paranoiden Verteidigern der Freiheit, hindeutete, schwollen die Medienanfragen um Interviews mit
Collins zu einer regelrechten Flut an.

Als Sinclair diese Entwicklungen Victor Rodriguez mitteilte, erhielt
er eine knappe Antwort: »Sehr gut! Aber warum Miami Beach statt
wie verabredet das Magic Kingdom in Disneyworld?«
»Das Magic Kingdom hätte meine Kinder zu sehr mitgenommen«, sagte Sinclair.

Anfang Oktober waren praktisch alle Themen im Präsidentschafts-
wahlkampf nur noch innenpolitischer Natur. Iran, Libyen, sogar
China waren an den Rand gedrängt. Die Wähler wollten über den
Feind im Inneren reden.
»Hören Sie, wenn Sie Mr. Collins interviewen wollen, und Mr.
Fraser möchte Sie dabei filmen, dann wird das so gemacht.«
Sam Barnes legte den Hörer mit dem Schwung und Selbstver-
trauen eines Pressesprechers auf, dessen Kandidat in der letzten
Gallup-Umfrage bei zweiundfünfzig Prozent lag.
»Danke, Sam.«
Adam hatte im Wahlkampfpressebüro auf das Tagesprogramm
gewartet.
»Natürlich haben sie's akzeptiert. Es wird Ihnen gefallen, dieses
Interview zu filmen. Es ist von der BBC.«
»Sam, sie werden Pat stundenlang in Beschlag nehmen und nach-
her nur ein paar Minuten verwenden.«
»Das weiß ich, Adam. Aber wir wollen die Wahlberechtigten im
Ausland ansprechen. Und dieses Interview wird überall in Europa
verkauft.«
»Noch drei Wochen bis zum Wahltag, Sam. Ich brauche ein
Exklusivinterview mit Collins. Ich will ihn auf die Veränderungen
beim Wahlkampf und die landesweite Konzentration auf innenpoli-

tische Themen ansprechen. Ich will mal meine eigenen Fragen stellen! Ich drehe noch durch, wenn ich andere Fragen stellen höre, die er schon hundertmal beantwortet hat. Ich will lieber durch das Innere Amerikas wandern, geführt von Pat Collins.«

Barnes warf einen Blick auf seinen Terminplan. »Können Sie's auf eine Kurzwanderung beschränken? Sagen wir eine Stunde?«

»Klar.«

»Am neunzehnten Oktober, einem Donnerstag, werden Pat und Johnny an einer Wahlkampf-Strategiebesprechung bei Andrew Sinclair zu Hause teilnehmen. Falls Mary Sinclair nichts dagegen hat, trage ich Sie zur Sitzungspause am Nachmittag für eine Stunde bei Pat ein. Das schiebe ich rein, vorausgesetzt, keiner bekommt dadurch irgendwelche Schwierigkeiten.«

»Wir sollten zunächst einmal die Untermenschen in Libyen und die Würmer, Schmeißfliegen und den menschlichen Abfall in Teheran bombardieren. Machen wir es wie die Texaner. Erst gibt's eine ordentliche Hinrichtung, dann einen fairen Prozeß.«

Susanna drückte auf einen anderen Knopf des Autoradios.

»Wenn sie die Dreckskerle zu fassen kriegen, die die Bombe in Miami gelegt haben, sparen wir uns am besten die Bewährungsauflagen und Gefängnisstrafen. Wir bringen sie einfach um. Wenn ihr ...«

Adam legte eine Hand auf Susannas Arm. »Su, du wirst keinen Sender finden, auf dem sie über etwas anderes reden. Im ganzen Land wird in über tausend Talkshows der blanke Haß gepredigt.«

Sie waren unterwegs in das Schnittstudio an der West 43rd Street. Das Präsidentschaftsrennen ging nun in die Zielgerade, und Adam hatte sich dafür entschieden, den Rohschnitt in New York fertigzustellen.

Um für etwas lockerere Stimmung zu sorgen, suchte Susanna nach einem Musiksender. Plötzlich drang Patrick Collins' Stimme aus dem Lautsprecher.

»Ich halte nichts von der Theorie, diese Greueltaten beruhten auf irgendeiner großen internationalen Verschwörung. Die Antwort findet sich vielmehr in diesem Land und in uns selbst.«

»Reverend Collins, glauben Sie, daß wir uns in der Endzeit befinden?«

»Diese Frage kann Gott allein beantworten. Niemand weiß, wieviel Zeit uns noch bleibt. Unterdessen sollten wir aber die Fülle von Problemen in diesem Land angehen. Wir sollten wieder mehr an uns selbst glauben, den Haß durch Liebe ersetzen. Glauben Sie mir, Nietzsche hat sich geirrt. Gott ist nicht tot. Nietzsche ist tot, aber Gott lebt, und zwar sehr. Laßt ihn in euer Leben, das bringt dauerhaftes Heil.«

»Schön, Reverend. Aber was ist mit kurzfristigem Schutz?«

»Wir befinden uns im Kriegszustand, soviel steht fest. Aber hier handelt es sich nicht um irgendeinen fremden Feind aus einem entlegenen Land, von dem wir kaum etwas wissen. Es ist ganz sinnlos, nach einem ausländischen Sündenbock zu suchen. Diesmal stehen keine Barbaren mehr vor den Toren. Sie befinden sich bereits innerhalb der Stadtmauern, und diese Barbaren reden mit amerikanischem Akzent. Zum erstenmal seit der Unabhängigkeitserklärung schleicht ein feindliches Heer um unsere Siedlungen, Dörfer und Städte, das Böses im Schilde führt. Wir müssen uns so verhalten, wie es die Bürger eines besetzten Landes immer getan haben, nämlich wachsam sein. Terroristen sind die schlimmsten Feinde. Sie kennen keine Moral, keine Ethik, keinen Mut. Sie sind nicht nur geborene Feiglinge, sondern auch geborene Versager.«

Erstaunt stellte Susanna fest, daß sie angekommen waren und Adam schon auf sie wartete. Sie schaltete das Radio und den Motor aus, sah dann zu ihm rüber.

»Er wird gewinnen, stimmt's?«

Ein Achselzucken. »In drei Wochen kann viel passieren.«

Noch ehe der Tag zur Neige ging, sollte Adam seine beiläufig hingeworfene Bemerkung verfolgen. Mark, der Cutter, mit dem er immer zusammenarbeitete, war aus London eingeflogen, wo er sich um den Rohschnitt gekümmert hatte. Jetzt hatten er, Adam und Susanna den ganzen Tag ununterbrochen geackert. Müde, aber zufrieden, daß sie beim Endschnitt Fortschritte gemacht hatten, schlossen sie endlich den Kellerraum ab und betraten die dunklen Straßen New Yorks.

»Als ginge man aus einem kleinen Schneideraum in einen großen«, sagte Adam. »Auf geht's. Ich spendiere euch ein Abendessen.«

Auf der Suche nach einem Restaurant sprangen die drei ausgelassen über die Straße. Am Abend ist New York ein lärmender Moloch; doch selbst gemessen an dem, was in der Stadt an akustischer Umweltverschmutzung üblich ist, herrschte diesmal eine ohrenbetäubende Kakophonie aus Sirenen, Hupen und Gebimmel. Die drei kamen an einer schluchzenden Frau mittleren Alters vorbei. Sie hätte eine der Hunderten von Gestörten sein können, die hier auf den Straßen herumliefen. Der in New York noch unerfahrene Mark ging auf sie zu.

»Was ist los? Alles in Ordnung? Können wir Ihnen helfen?«

Die Frau drehte sich um und sah Mark an, ohne ihn wahrzunehmen.

»Wissen Sie es denn nicht? Man hat die Grand Central Station in die Luft gejagt.«

Diesmal gab es siebenundvierzig Tote und über zweihundert Verletzte. Das gleiche Muster: eine Rohrbombe in einer Mülltonne. Es hatte wieder keine Warnung gegeben, und keine Gruppe übernahm die Verantwortung; Forderungen wurden keine erhoben.

Zwei Tage nach dem Gemetzel zur Hauptverkehrszeit in New York fand Collins' elektronische Bürgerversammlung in Greensboro, North Carolina, statt. Ein ernster Patrick Collins sprach direkt in die Kamera.

»Vor dem feindlichen Angriff auf Grand Central hatte ich geplant, heute mit dem hier anwesenden Publikum über die Wirtschaftslage zu sprechen. Sieht so aus, als müsse die Wirtschaft noch eine Weile warten. Die momentane Lage ist zu ernst, zu gefährlich, um sie ein andermal zu behandeln.«

Statt der üblichen dreißig Minuten dauerte die Sendung diesmal eine Stunde.

»Das ist unser Amerika, meine Freunde. Die Festung Amerika. Jedes Zuhause eine Festung, jeder Bildschirm in jedem Zuhause eine Festung, doch in jeder Festung haust eine fünfte Kolonne aus Phantasien und Schmutz ...« Collins sprach von sichtbaren und unsichtbaren Feinden, Geheimarmeen, unbekannten Generälen, von Umweltverschmutzung, Pornographie, Vergiftung ...

Nachdenklich ging Adam zu seinem am Wagen stehenden Filmteam.

»Das Interview ist für heute nachmittag angesetzt. Wir fahren ganz gemütlich rauf nach Hamilton, essen zu Abend und interviewen dann Collins in Sinclairs Villa. Keine Sorge, wenn wir uns verlieren, Leon, bleib einfach auf dem Broadway.«

»Die ganze Strecke?«

»Klar. Er wird irgendwann zum Highway Nine. Kurz vor Hamilton steht Janson's Fischrestaurant. Kann man nicht verfehlen.«

Barry griff sich einen großen Kassettenrecorder. »Also, Leon, wenn du in Kanada einrollst, bist du eindeutig zu weit gefahren.«

Mit weiterem Wortgeplänkel sammelten sie ihre Ausrüstung ein und gingen zu ihrem eigenen Auto. Susanna wollte sich ihnen gerade anschließen, als Adam sie zurückhielt.

»Möchtest du mit mir fahren?«

»Na klar.«

Gedankenverloren nickte Adam und machte ihr die Beifahrertür auf. Als er einstieg, sah Susanna, daß er unverwandt zur Park Avenue blickte. In Richtung Grand Central Station.

»Wir haben ganz in der Nähe der Bombe gearbeitet«, sagte er. »Manche Leute haben ihr Leben verloren, andere Arme, ein Bein oder Auge. Menschen wie du und ich, die nur mal eben mit dem Zug fahren wollten. Und wir haben einfach weitergearbeitet!«

Sie beugte sich rüber und rüttelte ihn an der Schulter. »Adam, Liebster. Wir haben doch gar nichts davon mitbekommen. Natürlich haben wir gearbeitet.«

»Nach so etwas wird alles bedeutungslos, Su. Absolut wertlos. Weißt du, als die Bombe losging, hab' ich mir wahrscheinlich gerade den Kopf darüber zerbrochen, ob ich ein paar Bilder mehr aus Collins' Wahlkampfveranstaltung herausschneiden oder in der Sequenz am Boston College mehr O-Ton drüberlegen soll. Solche Sachen. Und am Ende des Tages ist das Ganze nur noch feuchter Kehricht.«

Susanna wollte etwas erwidern, doch er winkte ab.

»Nein, Su. Ich muß mir nicht beweisen, was für tolle Sachen ich mache. Im Augenblick würde ich das alles in den Fluß da drüben schmeißen, wenn dadurch die Bombenattentate aufhörten.«

Schweigend fuhren sie aus der Stadt. Sie waren schon mitten in Yonkers, als Susanna sich wieder zu Wort meldete.

»Irgendwie ist es absurd. Eben noch fahren wir durch ein elegantes Millionärsviertel, dann durch eine Art Getto. Und kurz darauf riecht es wieder nach Geld.«

Adam warf einen Blick durchs Fenster. »Stimmt. Je weiter wir nach Norden Richtung Sinclair kommen, desto mehr dieser hektargroßen ›Festungen Amerika‹ wirst du sehen, von denen Collins immer erzählt.«

Sie streckte die Hand aus und berührte ihn leicht am Arm. »Können wir unterwegs haltmachen?«

Bei Hastings-on-Hudson hielten sie vor dem Ort, in der Nähe des Flusses.

»Na komm schon«, sagte Adam. »Suchen wir uns ein Café.«

Susanna hielt eine Tüte hoch. »Die habe ich vor unserer Abfahrt mitgenommen. Ist immer noch heiß. Gutes altes amerikanisches Know-how, Styropor und so.«

Kurz darauf hielten sie ein kleines improvisiertes Picknick am Fluß ab. Kaffee und Bagels für zwei.

»Du täuschst dich, was deine Arbeit angeht, Adam. Sie ist wichtig. Weil jemand einen Bahnhof in die Luft jagt, wird dadurch das übrige Leben nicht bedeutungslos. Wenn das der Fall wäre, hätten die Attentäter wirklich gewonnen.«

Er musterte sie eingehend. »Der Zucker auf deiner Nasenspitze steht dir sehr gut.«

»Na prima. Ich dachte schon, du bemerkst es nie«, entgegnete sie und rieb sich über die Nase.

Er stellte seinen Becher ins Gras und wandte sich ihr halb zu. Beide saßen dicht nebeneinander.

»Su, ich halte es für besser, wenn ich den Schnitt allein mit Mark fertigstelle.«

»Du weißt wirklich, wie man einer Frau beim Picknick eine Freude macht, stimmt's?«

»Ich will dich bei diesem Film keinen weiteren Risiken aussetzen. Ich will im Feinschnitt noch gewisse Dinge hinzufügen, zusätzliches Material.«

»Und?«

»Und es könnte nach der Ausstrahlung eine Reaktion geben, und zwar eine heftige Reaktion. Falls du dann noch hier in New York bist, bist du vielleicht in Gefahr.«

»Und was ist mit Mark und dem Team?«

»Die fliegen noch vor der Ausstrahlung nach London.«

»Na schön. Dann fliege ich mit ihnen zurück.«

»Aber ...«

»Adam, ich bleibe. Spar dir deine Energie für den Film. Und jetzt nimm dir noch einen Bagel.«

Eine seltsame Stimmung unterdrückter Erregung lag in der Luft, als das Filmteam im Haus der Sinclairs eintraf. In Adams Augen war das enorm unpassend. Viele der Toten vom Bombenanschlag auf die Grand Central Station waren noch nicht unter der Erde.

Während das Team alles für das Interview mit Collins vorbereitete, redete Sam Barnes mit Adam.

»Zwei Informationen, die Sie eventuell bei Ihrem Interview mit Pat verwenden möchten. Morgen werden drei Umfrageergebnisse veröffentlicht, wir haben eben erst unter der Hand davon erfahren. Sowohl bei Harris als auch bei Gallup und Time hat Pat dreiundsechzig Prozent. Das heißt, Demokraten wie Republikaner müssen sich jetzt an jeden Strohhalm klammern. Sie haben endlich nachgegeben und drei Fernsehdebatten zugestimmt: eine für die potentiellen Vizepräsidenten, zwei für die Präsidentschaftskandidaten.«

Sam schlug Adam auf die Schulter und gesellte sich wieder zu den anderen im Garten. Adam blieb eine Weile in Gedanken versunken stehen.

»Adam, Sie sehen so verloren aus. Kann ich Ihnen irgendwie helfen?«

»Ja, Mary. Kann ich mich irgendwo umziehen? Für das Interview ein sauberes Hemd anziehen?«

»Aber natürlich. Kommen Sie, ich bringe Sie hin.«

Sie gingen durch das Haus zur Treppe.

»Woran haben Sie eben gedacht? Sie wirkten völlig entrückt.«

»Ich mußte an die Anschläge von Miami Beach und New York denken. Morgen besuche ich die Totenmesse in der St. Patrickskirche.«

»Ach ja? Filmen Sie?«

»Nein, Mary. Nur um den Toten die letzte Ehre zu erweisen.«

»Aber natürlich. Gräßliche Geschichte. Wissen Sie, unser Gärtner Jed, er wohnt in Dobbs Ferry, er kannte eins der Opfer. Er hat den Mann bei seinen Sträuchern beraten, wohnte nur zwei Straßen von Jed entfernt. Gräßlich. Wir sind da. Falls Sie etwas brauchen – ich bin direkt gegenüber.«

Adam sah sich in der Gästesuite um, legte dann sein frisches Hemd auf das Bett. Das Hemd, das er trug, knöpfte er auf, schmiß es in die Ecke und ging ins Bad. Als das Wasser ins Becken lief, betrachtete er sein Spiegelbild. Er galt als nüchterner harter Hund. Wenigstens sagte man ihm das oft bei Dreharbeiten. Er bat den trauernden Vater in Gaza, die unter Schock stehende Familie in Tel Aviv, die Polizistenwitwe, die Mutter des Selbstmordattentäters, er bat sie alle, es nur noch ein einziges Mal zu wiederholen, nur noch für eine einzige Einstellung. Damit es stimmig war. Damit es perfekt war. Um sicherzugehen, daß das Publikum an den Bildschirmen ein Maximum an Gewalt, Entsetzen oder Schock mitbekam. Er sprach laut mit seinem Spiegelbild.

»Herrje, Jeds armer Nachbar. Ich kannte ihn, Horatio; ein unendlich vergnüglicher, ein überaus gutherziger Bursche – allerdings ließ sein Strauchwerk zu wünschen übrig.«

»Mit wem *reden* Sie da eigentlich?«

Adam fuhr herum. Im Schlafzimmer stand Mary Sinclair. Ein Kleid hielt sie vor ihren Körper, ein zweites in der anderen Hand.

»Äh, och, nur ein Selbstgespräch. Tut mir leid, wenn ich Sie verunsichert habe.«

»Adam, Sie haben ja keine Ahnung, wie sehr Sie mich verunsichern. Also, welches soll es sein? Soll ich dieses hier tragen? Oder das andere?« Mary hielt das zweite Kleid vor das erste.

»Beide sehen sehr hübsch aus.«

»Hübsch? Bei Valentino kauft man keine ›hübschen‹ Klamotten. Also los, soll ich das gelbe oder das blaue nehmen?«

Sie breitete die Arme aus, um beide Kleider zur Schau zu stellen. Außerdem stellte sie zur Schau, daß sie nackt war.

»Mrs. Sinclair, Mary. Sie haben unten das Haus voller Leute. Jeden Moment könnte jemand hereinkommen.«

Mary lachte. »Vielleicht helfen Sie mir ja ein andermal, dieses Problem zu lösen?«

»Aber natürlich.«

»Sie rufen mich an?«

»Ja, und ob.«

»Bald?«

»Ja, bald, Mary. Und jetzt gehen Sie bitte und ziehen Sie eins dieser Kleider an.«

Er wusch sich, zog sich um und blieb auf dem Bett sitzen, bis er sie wieder nach unten gehen hörte. Nicht auszudenken, um was Sinclair seinen Kollegen Victor Rodriguez gebeten hätte, wenn er zufällig die Treppe raufgekommen wäre.

Adam Fraser gewann bei seinem letzten Interview mit Patrick Collins den Eindruck, daß er tatsächlich mit dem zukünftigen Präsidenten gesprochen hatte. Er bemerkte keine Spur von Zweifel oder Unsicherheit bei dem Prediger. Zwei Wochen vor der Wahl war aus Patrick Collins' verrücktem Traum eine realistische Erwartung geworden.

»Im Unterschied zur religiösen Rechten glaube ich daran, daß jeder Mensch seine Entscheidungsmöglichkeit hat, aber – und das darf man nie vergessen: Niemand sollte eine Entscheidung treffen, ohne vorher sein Gewissen zu befragen.«

Damit hat er die Homosexuellen, die Abtreibungsbefürworter, die Radikalen und Liberalen auf seiner Seite, dachte Adam. Kein Wunder, daß er in den Umfragen bei dreiundsechzig Prozent liegt.

Dann fragte er: »Hat sich Ihre Einstellung zu illegalen Drogen, zu Rauschgift im Laufe dieses Wahlkampfes irgendwie geändert?«

Die stechenden grünen Augen richteten sich auf Adam: »Ja, Adam. Man kann mit Fug und Recht sagen, daß sich meine Einstellung geändert hat.«

Adam konnte nicht anders, er mußte sich vorbeugen. Sollte sich die vier Jahre anhaltende Investition des Kartells nun amortisieren?

»Die Fakten, die Zahlen und Statistiken, die mir in den vergangenen neun Monaten zur Verfügung gestellt wurden, haben mich davon überzeugt, daß ich bisher sogar noch unterschätzt habe, wie brisant dieses Problem wirklich ist.«

»Sie haben es unterschätzt?«

»Aber ja, ich habe das Drogenproblem in diesem Land gewaltig unterschätzt. Bei meiner letzten Wahlkampfveranstaltung am dritten November werde ich eine große Rede zu diesem Thema halten. Sollte man mich zum Präsidenten wählen, werde ich denen gegenüber keinerlei Nachsicht zeigen, die das Gefüge des amerikanischen Way of Life komplett zerstören. Derzeit macht sich Verbrechen bezahlt. Aber nicht mehr lange.«

»Weißt du auch genau, daß du von einem nicht verwanzten Telefon anrufst?«

»Das wüßte ich gern von dir, Oscar. Hat das Kartell auch das Lincoln-Center verwanzt? In deinem Fax stand ›sofort‹ anrufen. Da konnte ich bei der Telefonauswahl wohl kaum wählerisch sein. Was übrigens die Spenden an Collins' Evangelistische Gemeinschaft angeht, hattest du recht. Die ersten Gelder gingen zwei Wochen nach der letzten Präsidentschaftswahl ein. Jeweils hunderttausend Dollar von Rodriguez, Salazar und Pastrana. Leider bin ich dem Paßwort zu dieser Datei kein Stück näher gekommen, falls du mich deswegen sprechen willst.«

»Vielleicht brauchst du das Paßwort gar nicht. Ich bin nämlich auf Gold gestoßen: Collins war in Vietnam bei der CIA! In einer Sondereinheit, die verdeckt neben regulären Marines agierte.«

Adam hörte nun gebannt zu, als Oscar erzählte, wie er auf Drängen des Dokumentarfilmers immer wieder aufs neue analysiert hatte, was ihn selbst offenbar mit Patrick Collins verband: der Einsatz in Vietnam.

»Diese gesamte Episode, die damit endete, daß Collins und Reilly verwundet und der Rest ihrer Patrouille ausgelöscht wurde, die ist irgendwie eigenartig. Die Größe der Patrouille ist seltsam, es waren dreimal soviel Leute wie üblich. Und es existiert nur der Bericht der beiden Überlebenden. Jede Bestätigung durch unabhängige Quellen fehlt, und merkwürdig ist auch diese Empfehlung, für ihre Tapferkeit mit den höchsten verfügbaren Orden ausgezeichnet zu werden, die ihnen von Präsident Johnson verliehen wurden.«

»Was ist daran so ungewöhnlich? Johnson hat jede Menge Soldaten ausgezeichnet.«

»Die Empfehlung kam aber nicht von ihrem befehlshabenden Offizier oder von Westmoreland. Sie kam von Botschafter William Colby, der bekanntlich nicht nur unser Spitzendiplomat in Vietnam, sondern auch CIA-Chef war!«

Oscar wußte, daß vor ihm jemand die Akten durchgekämmt hatte.

»Sie haben jede verdammte Akte gereinigt! Ich kam drauf, als ich meine Post aus den Staaten zur Hand nahm. Dabei lag auch meine Gehaltsabrechnung von der Firma. Nun ist das Finanzamt die einzige Regierungsbehörde, an der garantiert keiner herumpfuscht. Ich ließ also durch die Buchhaltung in Langley eine unauffällige Durchsuchung vornehmen. Und – Volltreffer!«

»Welche Aufgaben hatte er?«

»Mach mal 'n Punkt, Adam. Hier geht's nur um Buchhaltungsressorts. Er wurde im September 1967 zugeteilt und am zweiundzwanzigsten März 1968 seiner Pflichten entbunden. Sofort nach besagter Aufklärungspatrouille.«

»Das ist zwar faszinierend, Oscar, aber bringt es uns wirklich weiter? Ich sehe keine düsteren Geheimnisse.«

»Hör zu, mein Freund, die CIA war nicht zum Angeln in Vietnam.«

In Adams Kopf entstand eine Idee.

»Oscar, bis zur Wahl sind es nur noch zwei Wochen. Ich kann nicht an zwei Orten zugleich sein. Ich habe aber jede Menge Kontakte in Hanoi, und die Chancen stehen gut, daß der Vietcong Geheimdienstberichte über diese Patrouille in seinen Unterlagen hat. Aber es muß jemand hinfliegen und die richtigen Leute fragen, und wenn dieser Jemand Glück hat, kriegt er irgendwas auf Film. Sag mal, Oscar, hast du schon mal eine High-8-Kamera bedient?«

Als die potentiellen Vizepräsidenten im Fernsehen diskutierten, war John Reilly nicht nur der ruhigste Mensch im Studio. Er hatte sich während des monatelangen Wahlkampfes mit Bedacht im Hintergrund gehalten, konnte sich jetzt jedoch dem Rampenlicht nicht mehr entziehen. Immer wieder bewies er ein Verständnis für die Diskussionsthemen, das seinen beiden Konkurrenten abging. Schließlich war Reilly über die offensichtlichen Ausreden des Demokraten und des Republikaners so verärgert, daß er die später meistzitierte Bemerkung des Jahres von sich gab:

»Aus diesen beiden Stühlen hat Pat mehr vernünftige Sachen gehört als ich heute von Ihnen.«

»Manche schlagen vor, eine dreitausend Kilometer lange Mauer zu bauen, die unser Land von Mexiko trennt. Ich erinnere mich, daß Buchanan davon sprach. Aber das sind nur Halbheiten. Als erstes müssen wir zehn Jahre lang jede Einwanderung unterbinden, das bringt uns eine kleine Atempause. Als nächstes folgt eine freiwillige Rückführung ins Heimatland, von finanziellen Anreizen unterstützt, das kommt uns billiger, langfristig betrachtet. Baut meinetwegen eine Mauer im Süden, aber ein Schießbefehl käme verdammt viel billiger. Seht euch doch Florida an, das ist auch nicht besser als ein Dritte-Welt-Land. Kuba hat uns Castros Bodensatz geschickt, und von Venezuela und Kolumbien kriegen wir kleine Gangster, Drogenbarone und moralisch Degenerierte.«

Collins stand auf und reckte sich. Um sich auf die bevorstehenden Fernsehdebatten der Präsidentschaftskandidaten vorzubereiten, hatte er gerade seine Notizen durchgelesen, als Teresa das Problem der illegalen Einwanderer ansprach.

Sie lächelte ihren Mann an. »Und wenn das Thema während der ersten Debatte angesprochen wird?«

Collins gab das Lächeln zurück. »Dann werde ich die jetzige Regierung kritisieren, der es nicht gelungen ist, das Problem zu lösen, und versprechen, die beteiligten Regierungsstellen finanziell besser auszustatten, neue und schärfere Gesetze einzubringen, die gesamte geltende Politik zu überprüfen, etc. pp.«

Nach den Fernsehduellen der Präsidentschaftskandidaten war man allgemein der Ansicht, daß Collins den besten Eindruck hinterlassen hatte, weil er als einziger der drei Kandidaten höflich, charmant und allgemeinverständlich blieb. Hinzu kam, daß er sich als unabhängiger Kandidat an dem Gerangel der beiden anderen beteiligen konnte oder auch nicht, als stünde er über ihrem kleinlichen Gezänk. Am Morgen des dritten Novembers, dem Tag von Collins' letzter großer Wahlkampfveranstaltung, lag der Prediger in den Umfragen bei fünfundsechzig Prozent, und seine Konkurrenten stritten sich offensichtlich nur noch um Platz zwei.

Am selben Morgen hatte Fernando Salazar eine Reihe gründlicher Schießübungen mit Winston Thomas abgeschlossen.

Nach Salazars Ansicht hatte Victor Rodriguez eine hervorragende Wahl getroffen. Die logistische Planung war beendet. Thomas hatte einen detaillierten Lageplan des Madison Square Garden bekommen, alles Nötige über eine sichere Unterkunft in New York erfahren und genaue Anweisungen zu jedem einzelnen Aspekt der Operation erhalten. Am Flughafen von Miami verabschiedeten sie sich voneinander; Thomas wollte einen Flug nach New York nehmen, und Salazar vertrieb sich die Zeit bis zu seinem Flug nach Cali.

Olaf, dessen Frau Isabella und Carla sahen zur Abflugtafel hoch. »Da steht es ja. Drei Stunden Verspätung! Nach der ganzen Hektik haben wir jetzt haufenweise Zeit.«

Es war ein spontaner Entschluß gewesen. Seit Olaf Carla von der tödlichen »Krankheit« ihrer Mutter erzählt hatte, war diese sehr verschlossen. Olaf hatte das Problem mit einer Kinderpsychologin besprochen, die den nützlichen Vorschlag unterbreitete, dem Kind einen Urlaub zu gönnen.

»Auf der zweiten Ebene gibt es ein Zeichentrickkino. Darf ich da hin?«

Olaf zog eine Grimasse. »Ich würde lieber was essen.«

»Das ist in Ordnung. Du gehst mit Isabella essen, ich gehe ins Kino. Das hilft mir, besser Englisch zu lernen.«

Bei der Vorstellung, wie Tom und Jerry einen Sprachkurs gaben, mußte Isabella lachen. »Na, dann komm, ich kauf dir was Süßes.«

Isabella sah zu, wie Carla durch die Türen ins Kinoinnere ging, ihr Handtäschchen und einen riesigen Popcornbecher an sich gedrückt. Dann ging sie zu dem wartenden Olaf zurück.

»Sie kommt schon klar. Sie zeigen zwei Stunden lang Filme. Ich habe mit ihr verabredet, daß wir uns draußen treffen. Also, wo wollen wir essen?«

Noch jemand anders hatte beobachtet, wie Carla im Zeichentrickkino verschwand. Jetzt erhob er sich von seinem Platz und begab sich langsam zur Kasse.

Im Dunkeln machte es sich Carla auf ihrem Sitz bequem. Sie wandte den Blick nicht von der Leinwand, während sie sich mit dem Deckel des Popcornbechers abmühte.

»Hallo, Carla. Wie schön, dich zu sehen.«

Sie erstarrte, unbeweglich vor Entsetzen. Sie mußte sich nicht umdrehen, um zu wissen, wer das war. Diese Stimme würde sie noch auf ihrem Totenbett erkennen.

»Hallo, Onkel Fernando.«

Salazar grinste, als er sich von der Reihe hinter ihr vorbeugte und auf das Kind niedersah.

»Na schön, versuchen wir jetzt mal die Sequenz mit Stratford und seiner karibischen Geldwäscherei, samt den neuen Schnitten und der Einführung aus dem Off.«

Es war sieben Uhr morgens, die Sitzung im Schneideraum dauerte schon über eine Stunde. Das Filmteam baute bereits im Madison Square Garden auf, wo Collins' letzte Wahlkampfveranstaltung stattfand. Vor Adam lagen noch neun Stunden im Schneideraum, gefolgt von Collins' Veranstaltung, die um sechzehn Uhr begann und nicht vor zehn Uhr abends enden sollte. Anschließend wollte Adam noch mal zwei Stunden lang in den Schneideraum, wo es dann um sechs Uhr morgens weitergehen würde. Die Arbeitszeiten seiner Kollegen sahen genauso aus.

»Film ab.«

»Wie aus diesen Flußdiagrammen hervorgeht, stammt ein Großteil der in Cybersafe investierten Gelder von den kolumbianischen Drogenkartellen. Das Geld wurde aus Venezuela auf die National Trust Bank in Belize transferiert, an der Edgar Lee Stratford die Aktienmehrheit hält. Von dort flossen die Drogenmillionen auf Stratfords Union Bank nach San Fancisco, wo sie mithalfen, den Preis der Cybersafe-Aktien in die Höhe zu treiben. Ein Mehrheitsaktionär von Cybersafe, der etwa in der Größenordnung von zweihundertsiebzehn Millionen Dollar profitierte, war Patrick Collins. Seinen Präsidentschaftswahlkampf bestritt er ausschließlich mit diesem Geld!«

»Gut. Markieren und auf dem Standbild des in seiner Kirche predigenden Collins lassen. Zwei Sekunden lang. So bleibt den Zuschauern Zeit, um zu merken, wo Collins sich befindet. Jetzt zurück zum Erntedankfestdinner, und laß mich das zusätzliche Material sehen.«

Susanna schaute von dem Tisch auf, wo sie saß und Laufzeiten berechnet.

»Welches zusätzliche Material, Adam?«

»Das eingeschnitten wird, nachdem wir Salazar und Pastrana als Kartellmitglieder identifiziert haben.«

»Ich kann mir nicht vorstellen, daß dir die Senderjuristen das genehmigen. ›Ungenannte Geheimdienstquellen‹ werden sie kaum akzeptieren.«

»Das stimmt, Su. Ich frage mich aber, ob das hier die Juristen überzeugt. Film ab, Mark.«

»Ich saß am Springbrunnen auf dem Hauptplatz von Cali. Es war im Sommer des Jahre 1999. Es war ein Sonntag ...«

»Augenblick mal, Adam. Anhalten.« Susanna hielt eine Hand hoch.

»Wer zum Teufel ist das? Dieses Interview haben wir nicht gefilmt.«

»Nein, das habe ich allein gemacht. Im Besuchsraum des Holloway-Gefängnisses.«

Susanna ließ das erstarrte Bild einer schönen jungen Kolumbianerin nicht aus den Augen. »Ist das Mónica?«

»Ja, genau.«

»Aber sie ist doch tot. Sie starb, bevor du sie filmen konntest.«

»Nein, Su. Als ich zu meinem zweiten Besuch bei ihr nach London flog, habe ich eine High 8 ins Gefängnis geschmuggelt. Unter meinem Mantel versteckt. Bevor ich sagte, ich würde versuchen, ihre Tochter Carla aus Cali rauszuholen, habe ich sie dazu gebracht, mir ihre Geschichte noch einmal zu erzählen. Nur eine Art Rückversicherung für den Fall, daß sie es sich anders überlegte, nachdem ihre Tochter nicht mehr in Kolumbien war. So was kommt andauernd vor, guck mich also nicht so an.«

»Du hattest das Interview die ganze Zeit über und hast es mir nicht gesagt!«

»Meine Güte, ich hab's keinem gesagt. Diese Leute, die wir hier entlarven wollen, die schneiden dich in so dünne Scheibchen, bis du durchsichtig bist.« Er deutete auf den Bildschirm. »Sie haben Mónica im Gefängnis umbringen lassen. Sie haben vier Menschen ermordet, damit Mónica nicht in diesem Film aussagt. Ich will nicht auch noch zu deiner Beerdigung gehen. Übrigens vorerst auch nicht auf mein eigene. *Darum* wollte ich dich in ein Flugzeug setzen und nach London zurückschicken.«

Susanna war merklich ruhiger geworden. »Tut mir leid. Ich hab' nur einen Mordsschreck bekommen, als mir klar wurde, wer das ist.«

»Dann stell dir mal vor, was erst in Sinclair und seinen Freunden vorgehen wird. Film ab, Mark.«

Obwohl Adam heimlich gedreht hatte, waren Bildeinstellung und technische Qualität hervorragend. Der Inhalt war ergreifend. Gelegentlich von einer vorsichtigen Frage Adams unterstützt, hatte Mónica unwissentlich ihren eigenen Nachruf gesprochen; komplett mit drei Zeichnungen von den Ringen an Fernando Salazars Fingern und einer vierten Zeichnung, einer Bleistiftskizze, die Salazar höchstpersönlich zeigte. Mark hatte die letzte Zeichnung ein zweitesmal zwischengeschnitten, zum Abschluß des Interviews. Dieses Bild ging in eine Nahaufnahme von Salazar über, wie er neben Patrick Collins saß. Bei der Wiederholung der Abendessensequenz wurde dann der Kommentar eingespielt.

»Patrick Collins muß zahlreiche Fragen beantworten, was die seltsame Mischung von Gästen an seinem Eßtisch und die enormen Spendengelder betrifft, die seine Kirche von den Kartellmitgliedern bekommen hat. Und die, wie dieses Dokument beweist, zwei Wochen nach der letzten Präsidentschaftswahl einsetzten. Dann wären da noch die Fragen zu Victor Rodriguez und dem Fotografen auf dem Dach ...«

»Genauso lassen, Mark. Wir wollen noch mal das Material durchgehen, das heute morgen vom Kopierwerk kam. Ich möchte einen Teil des zweiten Interviews mit Andrew Sinclair verwenden, das wir am Tag des Bombenanschlages in Miami Beach gedreht haben.«

Während der Rohschnitt auf dem zweiten Gerät nach der verlangten Sequenz durchsucht wurde, sah Adam zu Susanna rüber.

»Alles in Ordnung?«

»Mir geht's gut. Die Sache wird erst richtig losgehen, wenn das hier über den Sender geht. Wie willst du das durchdrücken? Der Sender wird das von einem ganzen Lastwagen voller Juristen prüfen lassen.«

»Darum muß es hundert Prozent sauber sein. Aber immer hübsch der Reihe nach, Su. Erst beenden wir den Film. Das wird am nächsten Mittwoch frühmorgens der Fall sein, sobald die Unterlegenen ihre Niederlage eingestanden haben und der Sieger die Wahl annimmt. Das wird das allerletzte Segment. Später am Mittwoch zeigen wir es dem Sender und schlagen vor, daß man das Programm kippt und die Doku am selben Abend ausstrahlt. Moment mal, Mark. Halt. Laß vorwärts rollen, Normalgeschwindigkeit. Jetzt anhalten. Das gibt's doch nicht!«

Auf dem Schirm sah man die Szene in Sinclairs Arbeitszimmer kurz nach dem Telefonat, bei dem Sinclair von dem Bombenanschlag in Miami Beach erfahren hatte. Gleich darauf richteten sich sämtliche Augen in Sinclairs Arbeitszimmer auf den Fernsehschirm, wo sie die entsetzlichen Bilder und einen blutbeschmierten Collins sahen. Alle Augen, nur die der Kamera nicht, die Leon hatte weiterlaufen lassen. Und die Kamera filmte einen lächelnden Andrew Sinclair.

Nachdem er mit ihr fertig war, hatte er sich sinnlos betrunken. Carla blieb regungslos liegen, bis sie sicher war, daß Salazar fest schlief.

»Und jetzt kommst du mit mir, Carla«, hatte er gesagt. »Und daß du ja nicht schreist oder sonst irgendwie die Aufmerksamkeit auf uns lenkst. Dann bringe ich dich hier auf der Stelle um. Auch die nette Dame und den netten Herrn bringe ich um, die auf der anderen Seite der Eingangshalle sitzen.«

Carla wußte, daß Salazar seine Drohung wahrmachen konnte. Das wußte sie aus seinen Erzählungen früher in Cali, wenn er sie bei ihrer Tante aufgesucht hatte. Sie konnte und würde Olafs und Isabellas Leben nicht in Gefahr bringen. Sie hatten ihr so viel Gutes getan. Salazar packte sie fest an der Hand und verließ mit ihr rasch Kino und Flughafen. Vor seinem Flug war noch reichlich Zeit.

Starr vor Angst hatte sie erlebt, wie er in der Nähe ein Motelzimmer nahm. Während er sie mißbrauchte, brüstete er sich, sie werde ihm niemals entkommen. Schon hatte er den Reisepaß in ihrer kleinen Handtasche gefunden.

»Wie aufmerksam von dir, mein Kleines. Das heißt, du kannst mit mir nach Cali fliegen. Du kannst nach Hause kommen. Wenn auch nicht zu den Flores'. Die liegen in ihren Gräbern. Du kannst bei mir wohnen.«

Ihren Paß und Zimmerschlüssel hatte er in seinen Koffer gelegt. Was für ein herrliches Geschenk, sein kleines Mädchen war zu ihm zurückgekehrt. Irgendwann schlief er sturzbetrunken ein. Still und vorsichtig rückte sie von ihm ab. Langsam stand sie auf und sah auf ihn herab. Carla überlegte, ob sie wohl seinen Koffer öffnen konnte, ohne ihn zu wecken. Was auch geschah, sie kam nicht mit nach Cali. Das machte sie nicht noch einmal durch. Ganz vorsichtig öffnete sie den Koffer. Da lagen der Zimmerschlüssel und ihr Paß. Sie nahm beide heraus und wollte gerade den Deckel wieder zuklappen, als ihr auffiel, daß etwas fehlte. Seine Pistole. Er hatte damit gedroht, sie zu erschießen, genau wie Olaf, Isabella und jeden anderen, der ihn daran hindern wollte, sie zu entführen. Rasch durchsuchte sie den Koffer. Da war keine Pistole. Sie sah auf den nackten Salazar hinab. In aller Eile durchsuchte sie einen Anzug, den er achtlos auf den Boden geworfen hatte. Reichlich Geld, aber keine Waffe. Natürlich, er flog ja nach Cali, da würde er nicht riskieren, bei den Sicherheitskontrollen am Flughafen mit einer Waffe erwischt zu werden. Sie dachte daran, was sie eben hatte erleiden müssen, weil er sie mit dem Tod bedroht hatte. Sie dachte daran, was sie in Cali erwartete. Ihr Blick wanderte zum Nachttisch, auf dem eine Bibel, ein Notizbuch und zwei metallene Kugelschreiber lagen, Geschenke des Hauses.

Gleichzeitig stiegen Angst und Wut in ihr hoch. Sie nahm die Kulis, steckte jeden in eins von Salazars Nasenlöchern und trieb sie mit der Bibel in sein Hirn hinauf. Er starb auf der Stelle, völlig geräuschlos.

Carla wollte gerade das Zimmer aufschließen, als ihr eine andere Möglichkeit in den Sinn kam. Sie legte den Schlüssel zurück in den Koffer und schloß dessen Deckel. Das Zimmer lag im Erdgeschoß.

Sie machte das Fenster auf, kletterte nach draußen und schloß es hinter sich.

In wenigen Minuten war sie zurück auf dem Flughafen Miami und saß wieder im Kino. Sie war ganz ruhig, entschlossen, ihr neues Leben durch nichts in Gefahr bringen zu lassen. Sie nahm Platz und betrat wieder eine Welt, in der die entsetzlichsten Verletzungen dreißig Bilder später wie von Zauberhand geheilt wurden.

»Unbegreiflich, Victor. Wirklich unbegreiflich.«

Sinclair war zu einem spontanen Treffen mit Rodriguez aus seiner Suite im World Trade Center herbeigeeilt.

Victor stützte sich auf das Geländer und schaute über den Hudson. »Das Morddezernat von Miami steht vor einem Rätsel. Auf eine so bizarre Weise in einem verschlossenen Zimmer zu sterben. Aber natürlich hatte Fernando viele Feinde.«

Obwohl sie auf der Flußpromenade allein waren, sah sich Sinclair um, ehe er antwortete.

»Wir haben uns solche Mühe gegeben, Salazar zu plazieren. Setzen ihn beim Erntedankfestdinner neben Collins, lassen ihn heimlich fotografieren, wie er mit dem nächsten Präsidenten zu Abend ißt, schützen ihn vor frühzeitiger Enttarnung, indem wir die Morde in England und Cali absegnen. Alles, um Collins später kompromittieren zu können. Und dieser dämliche Hund zieht los und läßt sich umbringen!«

»Keine Sorge, Andrew. Für uns ist er tot genauso wertvoll wie lebendig, und wir haben immer noch Pastrana. Nicht zu vergessen den Bankier. Und die anderen Daten aus den Akten ... Wir können immer noch ein volles Blatt Karten ausspielen, falls wir Collins zur Raison bringen müssen.«

»Ehrlich gesagt, glaube ich gar nicht, daß wir die erstklassige Rückversicherung brauchen, die wir um den Reverend herum aufgebaut haben. Wissen Sie, Victor, die letzten Monate waren für mich eine Offenbarung. Collins ist genau wie die

Klientel, die unsere Produkte kauft. Er ist genauso süchtig wie sie.«

Rodriguez starrte seinen Berater an.

»Nein, nicht nach einem unserer Produkte. Collins berauscht sich an Manipulation, an Macht. Ihn turnt es an, wenn er große Menschenmengen unter Kontrolle hat. Das ist für ihn das Größte. Wenn er ins Weiße Haus spaziert, wird er nie auf die Idee kommen, die Gelegenheit aufzugeben, kontrollieren und manipulieren zu können, die sich ihm von dieser speziellen Kanzel aus bietet. Sobald er merkt, daß er nur im Weißen Haus bleiben kann, wenn er Sie bei Laune hält – glauben Sie mir, Victor, dann wird er den nötigen Kompromiß mit seinem Gewissen schließen. Vielleicht helfen wir ihm dabei ein wenig, Victor, verringern kurzzeitig die Produktzufuhr, lassen vielleicht einige unserer weniger zuverlässigen Mitglieder über die Klinge springen. Dann freut er sich über seine Erfolge, und wir freuen uns über höhere Preise ...« Er schaute auf die Uhr.

»Ich muß los, Victor. Ich habe einen Termin mit Amerikas einzigem lebenden Heiligen.«

17. Kapitel

Bestrafung

»Wenn mir noch mal jemand Nudeln als Hauptgericht anbietet, leg'
ich ihn um, so wahr mir Gott helfe.« Man hörte Oscar an, daß er die
Reise nicht gut überstanden hatte. »Kannst du dir vorstellen, wie
ich mich in dieser Stadt fühle?«

Frisch geduscht und von amerikanischer Lebensart umgeben,
gestand Adam am Telefon, er könne sich tatsächlich nicht vorstellen, wie Oscar sich in Vietnam fühle.

»Hör zu, noch nie, wirklich noch nie, habe ich dieses Land ohne
ausreichende Feuerkraft betreten. Jetzt im Augenblick habe ich aber
nichts weiter als diese verdammte Kamera Panasonic DVC Pro und
einen Laptop. So kann man den Feind nicht bekämpfen.«

»Oscar, der Krieg ist aus. Weißt du nicht mehr? Ihr habt verloren.« Adam hielt den Telefonhörer und eine Flut von Beleidigungen
von seinem Ohr ab. Als sie versiegt war, fragte er: »Um wieviel Uhr
triffst du den General?«

»Morgen früh um neun vor dem Heeresmuseum.«

»Das wird dir gefallen, Oscar, laß dir von ihm den Panzer zeigen,
mit dem sie durchs Tor des Präsidentenpalastes gefahren sind. Und
Professor Nguyen, wann triffst du ihn?«

»Den habe ich immer noch nicht erwischt.«

»Viel Glück, und nicht vergessen, immer schön scharf stellen und
das Mikro in die Nähe des Generals halten.«

Es schien, als wäre das gesamte Sortiment des Ladens von Collins' Gemeinschaft aus Florida nach New York gebracht und im Madison Square Garden verteilt worden. Obwohl ein Teil des angebotenen religiösen Materials tatsächlich von dort stammte, hatte Collins' Firma keine Exklusivrechte für diese Örtlichkeit angemeldet. Gott wurde nicht von einem Monopol verkauft.

Von Alternativen zur Abtreibung und Antiquitäten bis zu Anwälten, Architekten und Autoreparaturen: jede Firma und jeder einzelne Händler hatte das Warenzeichen »Der Herr ist mein Hirte« erhalten. Es bedeutete, daß der Träger folgendes Glaubensbekenntnis unterschrieben hatte: »Ich habe Jesus Christus als meinen persönlichen Retter angenommen. Ich gelobe, mich bei meinen geschäftlichen Transaktionen streng an die ethischen Grundsätze der Bibel zu halten.«

Einige brachten Bibelworte auf ihren Plakaten unter. Die Firma »Schiffszubehör ›Galiläa‹, Motorreparaturen, Benzin und Diesel« warb mit dem 107. Psalm, Vers 23 und 24: »Die mit Schiffen auf dem Meer fuhren und trieben ihren Handel in großen Wassern; die des Herrn Werke erfahren haben und seine Wunder im Meer.«

Reporter christlicher Rundfunkstationen waren anwesend, die des Volkes Stimme erfragten, und Unmengen christliche Fernsehsender. Überall in den Fluren und auf den Gängen um den großen Innenraum herum waren Bildschirme angebracht. Da die Texte der geistlichen Lieder in großer Schrift auf den Schirmen zu sehen waren, konnten auch die Besucher mitsingen, die im großen Saal keinen Platz mehr fanden.

In einem Nebengebäude hatte ein fundamentalistischer Prediger aus Texas und seine Anhänger einen mobilen Swimming-pool aufgebaut. Darüber hing ein Schild mit der Aufschrift: »Sofortige Rettung. Laß dich heute taufen. Heiße Tücher erhältlich.« Die lauteste der Randgruppen war ein Transparente schwingender Haufen, der vom ungeborenen Kind sang und nach strikterem Einsatz der Todesstrafe schrie. Die Gruppe nannte sich »Die schweigende Mehrheit«.

Dann war da noch das Hauptereignis.

Im großen Innenraum war seit der Mittagszeit die Schlußveranstaltung von Patrick Collins' Präsidentschaftswahlkampf allmählich in Gang gekommen. Die Mischung aus geistlichen und profanen Elementen war immer mehr gesteigert worden, je näher das für acht Uhr abends geplante Auftreten des Kandidaten rückte. Macher und Prominente hatten einander auf dem Podium abgelöst und alle auf ihre Art dieselbe Bitte vorgetragen: »Wählt Patrick Collins.«

Genau vier Minuten vor der vereinbarten Zeit ging die Beleuchtung aus, nur die auf den »Amazing Grace« A-cappella-Chor gerichteten Scheinwerfer blieben an. Als der Gesang verstummte, erloschen nach und nach auch diese Lichter, bis nur noch eins übrig war: ein auf die erste Sopranistin gerichteter Scheinwerfer. Sie sprach leise, doch das Funkmikrofon um ihren Hals trug ihre Stimme bis in die entlegensten Ecken des Madison Square Garden.

»Bitte, lieber Gott, begleite Deinen Diener Patrick Collins auf dem letzten Stück Weges seiner Reise zum Gipfel des Berges.«

In diesem Augenblick ging auch dieser letzte Scheinwerfer aus, und dafür erstrahlte ein zweiter, der auf den mit einer Bibel in der Hand in der Bühnenmitte stehenden Prediger gerichtet war.

Als schließlich die gesamte Halle wieder erleuchtet war, erhob sich praktisch jeder klatschend und jubelnd im bis auf den letzten Platz gefüllten Auditorium. Der Jubel wurde lauter, als Collins ein paar Schritte in Richtung Chor ging und John Reilly aufforderte, sich zu ihnen zu gesellen.

Patrick Collins verwendete weder Notizen noch Teleprompter oder Texttafeln. Er sprach ohne zu stocken. Adam schüttelte bewundernd den Kopf. Niemals hatte er den Prediger stocken oder zögern hören.

»Folgende Wahrheiten erachten wir für selbstverständlich: daß alle Menschen gleich geschaffen sind, daß sie von ihrem Schöpfer mit gewissen unveräußerlichen Rechten ausgestattet sind, daß dazu Leben, Freiheit und das Streben nach Glück gehören ...«

Collins hielt inne. Seine dicht beisammen liegenden Hände trennten sich, er breitete seine Arme aus.

Daß der Prediger von Wahrheiten sprach, in diesem Fall mit dem Text der amerikanischen Unabhängigkeitserklärung, weckte in Adam eine Erinnerung: ihm fiel das Essen in Collins' Villa ein, an jenem ersten Abend, als er und sein Team aus England eingetroffen waren. Adam mußte an den merkwürdigen Augenblick denken, als er selbst aus der Bibel zitiert hatte und Collins und Victor abrupt verstummten. Jetzt verstand er plötzlich, warum! »Und werdet die Wahrheit erkennen, und die Wahrheit wird euch frei machen«, stammte nicht nur aus der Bibel. Es war auch eingemeißelt in Marmor auf dem Flur der CIA-Zentrale in Langley.

»Ich sage euch, dem amerikanischen Volk, daß diese Wahrheiten nicht mehr selbstverständlich sind! Vielen in diesem Land wurden und werden diese unveräußerlichen Rechte verweigert. Die Opfer in Miami Beach mußten darunter leiden. Die Opfer in der Grand Central Station mußten darunter leiden.

Ich sage euch, meine Landsleute, wir haben uns weit von Gott entfernt. Das Böse geht durch dieses Land. Das ist der genialste Schachzug des Teufels, und der kennt viele ...« Collins verstummte, fuhr dann langsam fort:

»Der genialste Schachzug des Teufels ist, daß er so viele Menschen davon überzeugt hat, daß es ihn nicht gibt! Denn damit das Böse blüht und gedeiht, ist es bloß erforderlich, daß die Guten untätig sind. Wenn wir untätig sind, werden noch mehr Flugzeuge in der Luft explodieren. Es wird noch mehr Bombenattentate geben, mehr Leichen, mehr Beerdigungen.

Deshalb wird es Zeit, in den Krieg zu ziehen. Die Kommunisten haben wir besiegt, jetzt müssen wir uns den neuen Feind vornehmen, den inneren Feind. Dieses Böse tritt in allen möglichen Gestalten und Verkleidungen auf, einige sind greifbarer als andere. Auch wenn wir immer noch bestrebt sein müssen, die Paranoiker, ihre Bomben und Schußwaffen zu verstehen; auch wenn wir immer noch bemüht sind zu begreifen, was solche Menschen zu solchen Taten treibt, so gibt es doch andere Manifestationen des Bösen in diesem Land, die nur allzu leicht verständlich sind: die Rauschgiftindustrie mit ihrer unheiligen Dreieinigkeit Marihuana, Kokain, Heroin. Dieser Feind ist leicht zu erkennen. Wir können sofort eingreifen. Da können *wir* zum Angriff übergehen.«

In diesem Moment dröhnte durch den Garden ein lauter Gewehrschuß, und Patrick Collins wurde nach hinten geschleudert. Als erster reagierte derjenige, der dem Prediger am nächsten war. Fast zugleich mit dem Gewehrschuß ertönte ein zweiter Schuß, als John Reilly eine Waffe aus der Seitentasche seines Rollstuhls gezogen und einen raschen Feuerstoß nach oben, auf die im hinteren Teil des Garden befindliche Beleuchtungsbrücke abgegeben hatte.

Leon sah die auf das Podium stürzenden Sicherheitsleute an. Er schaute durch das Okular und filmte weiter die Gruppe um den auf dem Boden liegenden Patrick Collins. Er sah, daß im rechten Schläfenbereich ein wenig Blut austrat. Ein Sanitäterteam hob den bewußtlosen Körper auf eine Trage und eilte damit von der Bühne. Überall im Land sahen sich Millionen die Veranstaltung im Fernsehen an; andere waren dem Drama näher und starrten gebannt auf die Bildschirme im Madison Square Garden, obwohl sie nur ein paar Meter weiter hätten mitansehen können, wie die Ereignisse tatsächlich abliefen.

Andrew Sinclair und sein gesamtes Wirtschaftskabinett hatten in einem nahe gelegenen Empfangsraum gewartet. Collins hatte sie alle auf die Bühne bitten wollen, er hatte dem Publikum erzählen wollen, daß er sich nach seiner Wahl an Männer wie diese halten würde, wenn er sein Kabinett zusammenstelle. Als Patrick Collins auf den Boden der Bühne fiel, war alles Blut aus Sinclairs Gesicht gewichen. Wie erstarrt hatte er auf seinem Stuhl gesessen, während um ihn herum das Chaos ausbrach.

Dann wurde ihm bewußt, daß jemand mit ihm sprach. Er drehte sich um. Es war Teresa Collins.

»Andrew, kommen Sie. Wir fahren ins Krankenhaus.«

Reflexartig kam Sinclair der Aufforderung nach, er stand auf und führte Teresa zur Tür. Zum erstenmal seit vielen Jahren sah er sich in einer Lage, die er nicht unter Kontrolle hatte.

Im großen Saal sorgte John Reilly für etwas wie Ruhe.

»Mit Panik erreichen wir gar nichts, liebe Leute. Laßt uns versuchen, durch Beten etwas zu erreichen. Als erstes möchte ich euch bitten, daß jeder einzelne mit einstimmt. Wir wollen unseren Stimmen Gehör verschaffen. Wir wollen die Köpfe erheben.«

Der Chor stimmte »Amazing Grace« an, und John Reilly forderte das Publikum auf, mitzusingen. Am Ende der zweiten Strophe sangen alle ohne Ausnahme.

Adam hatte während des ihn umgebenden Chaos fast ununterbrochen die Beleuchtungsbrücke im Auge behalten. Mitten im Lied wurde seine Wachsamkeit belohnt. Er stieß Leon gegen die Schulter und zeigte in die Richtung. Leon schwang die Kamera herum und filmte uniformierte Polizisten, die eine weitere Trage von der Brücke hievten.

Adam und sein Team arbeiteten sich zum nächsten Ausgang vor und liefen durch die Gänge. Sie konnten gerade noch filmen, wie die Polizisten ins Erdgeschoß hinabstiegen. Dem Mann auf der Trage würden sie aber über die Identität des Attentäters und dessen Herkunft nichts mehr entlocken können, denn John Reillys Feuerstoß aus seiner Heckler & Koch hatte dem Schützen die Schädeldecke weggerissen. Das Filmteam drehte weiter, als man den Toten schnell in Richtung Hauptausgang und zu den wartenden Krankenwagen brachte. Gerade wollten sie in die Halle zurück, als ein anderer Krankenwagen mit Sirenengeheul zum Stehen kam, aus dem Patrick Collins stieg, mit einem großen Verband auf der Stirn. Adam und das Team waren als erste bei ihm.

»Pat, sind Sie wohlauf?«

Collins drehte sich um und erkannte sie.

»Mir geht's gut. Wir unterhalten uns später. Das Publikum hat schon zu lange warten müssen.«

Collins eilte in die Halle. Diesmal hastete das Filmteam hinter ihm her. Aber wieder wurde es aufgehalten, diesmal von einem Polizeiwagen, dem Andrew Sinclair und Teresa Collins entstiegen.

»O Herr, erhöre unser Gebet und laß unser Flehen nicht unbeantwortet. Wache über Deinen Diener Patrick Collins. Wir flehen Dich an ...«

Ein ohrenbetäubendes Geschrei unterbrach John Reilly. Gleich darauf wurde er von einem vermeintlich Toten umarmt.

»Pat! Was ist passiert? Alles in Ordnung?«

»Mir geht's gut, Johnny, ziemlich. Gott sei Dank hat Andrew darauf bestanden, daß ich die kugelsichere Weste anziehe.«

»Aber das Blut?«

»Offenbar hat mich die Wucht der Kugel auf die Bretter geschickt. Mit dem Kopf bin ich seitlich gegen das Rednerpult geprallt. Nichts weiter, bloß ein Kratzer.«

Die beiden standen dicht beieinander, ihre Gesichter berührten sich fast, und doch mußten sie schreien, um die aus dem Publikum aufsteigende Kakophonie zu übertönen. Collins richtete sich auf und ging zum Podium. In der rechten Hand hielt er immer noch die Bibel. Er hob sie hoch. Viele weinten ungehemmt, überzeugt, soeben Zeugen des ersten Wunders der Ära Patrick Collins geworden zu sein.

Collins senkte die Hand. Aber diesmal jubelte das Publikum weiter, klatschte und rief laut. Collins mußte lachen. Das war neu für ihn. Es war schon viele Jahre her, daß er einmal die Kontrolle über sein Publikum verloren hatte. Schließlich wendete er sich an den Chor, der mit John Reilly das entsetzte und am Boden zerstörte Auditorium so heldenhaft beruhigt und getröstet hatte. Die erste Sopranistin schlang ihre Arme um ihn, fast als befürchtete sie, er könne wieder verschwinden, wenn sie ihn nicht festhielt. Collins drückte sie einen Augenblick an sich und flüsterte ihr etwas zu.

Kurz darauf begann sie zu singen. Collins hatte das Lied verlangt, das die Leute auf jeden Fall zur Ruhe bringen würde. Er begab sich zurück ans Rednerpult, mit der rechten Hand die Bibel aufs Herz gepreßt, während laut und deutlich die Worte von »God Bless America« durch die Arena schallten.

Als sich das Publikum nach dem Lied sammelte, schaute Collins über das Gesichtermeer.

»Was ich gerade sagen wollte …«

Das nahm die Anspannung, sie pfiffen und jauchzten und verstummten schließlich, um zu hören, wie Patrick Collins eine Breitseite gegen die illegale Rauschgiftindustrie in Amerika abfeuerte.

Später am selben Abend besuchten Adam und sein Team einen Empfang bei Patrick und Teresa Collins. Es war ihr persönliches Dankeschön an die Wahlkampfmannschaft. Mit Teresa am Arm hielt der Prediger ein kurzes Gebet und eine liebenswürdige Dankesrede. Persönlich dankte er unter anderem Adam Fraser und dessen Team.

»Obwohl ich mir das Dankeschön aufheben sollte, bis ich die fertige Sendung gesehen habe.«

Als Adam durch die Zimmer schlenderte, entdeckte er den Pressesprecher Sam Barnes, wie gewohnt ein Handy in der einen und einen Drink in der andern Hand.

»Was gibt's Neues über den Attentäter, Sam?«

»Er ist – oder besser gesagt: war – Winston Thomas, ein größeres Licht der Yardies.«

»Die Yardies. Karibische Yardies? Drogen? Organisiertes Verbrechen?«

»Genau die. Offenbar wollten die Drogenbarone Pat fertigmachen, bevor er gewählt wird und dann sie fertigmacht. Es ist einfach ein Wunder.«

»Ja wirklich, Sam. Ich war mir sicher, daß er Pat getötet hat.«

»Das natürlich auch, Adam, aber ich meinte, daß Johnny ihn erwischt hat. Der Mistkerl hatte da oben genügend Artillerie, um massenhaft Leute zu erledigen. Er hatte offenbar ein Massaker geplant.«

»Aber wo waren die Sicherheitsleute? Ich meine nicht nur Pats normale Leibwache, sondern der Personenschutz von der Regierung, der CIA oder so was?«

Sam nahm ihn energisch am Arm. »Irgend jemand hat Scheiße gebaut. Es dauert eine Weile, bis man weiß, wo genau. He, entschuldigen Sie mich, ich muß Johnny Reilly erwischen.«

Barnes stürzte sich in die Menge und quer durch den Raum.

»Sie wollten mich anrufen.«

Es war Mary Sinclair. Von wem auch immer sie sich diesmal bei ihrer Kleidung hatte beraten lassen, derjenige hatte ausgezeichnete Arbeit geleistet. Adam fiel spontan das Wort »aufreizend« ein.

»Mary, zur Zeit habe ich einen Sechzehnstundentag.«

»Das ist jammerschade. Ich bin an diesem Wochenende ganz allein in Hamilton.«

Susanna hatte seit einiger Zeit versucht, seine Aufmerksamkeit auf sich zu ziehen. Er winkte sie zu sich.

»Verzeihung, ich habe das Kopierwerk am Telefon. Sie kopieren das Filmmaterial von heute auf die Schnelle. Sollen sie den Film per Kurier in den Schneideraum schicken?«

»Ich werd' mit ihnen reden. Tut mir leid, Mary. Ich rufe Sie sobald wie möglich an.«

Als er zum Telefon eilte, murmelte er Susanna zu: »Schönen Dank auch, Su.«

»Wofür denn?«

»Vergiß es. Wo ist das Telefon?«

Die Fahrt mit der Fahrradrikscha von seinem Hotel zum Heeresmuseum an der Dien Bien Phu Straße weckte traumatische Erinnerungen in Oscar. Im Krieg wurden Fahrradrikschas intensiv vom Vietcong eingesetzt, häufig mit Zeitbomben statt Passagieren. Er ließ kurz vor dem Museum halten. Das war die Macht der

Gewohnheit: den Treffpunkt in Augenschein nehmen und Flucht-
wege erkunden. Nach ein paar Schritten fing er aufgrund der Luft-
feuchtigkeit stark an zu schwitzen, während er sich mit der Ausrüstung abplagte. Der General wartete bereits.

»Guten Morgen, Mr. Lear. Es ist mir eine Freude, Sie endlich kennenzulernen.«

Nach dem Mordanschlag in Amsterdam war Oscar gezwungen
gewesen, für seine Auslandsreisen eine neue Identität anzunehmen.
Wieder hatte er sich bei Shakespeare bedient. Der General und
Adam kannten sich schon seit vielen Jahren, nämlich seit der Dokumentarfilmer zum erstenmal mit seinem Filmteam nach Hanoi
gekommen war. Adam bemühte sich gewissenhaft, seine Kontakte
– von denen viele, so auch der General, Freunde geworden waren –
nicht aus den Augen zu verlieren. Fraser hatte also Kontakt zu zwei
Männern in Hanoi aufgenommen und Oscar die Türen geöffnet.
Trotz seiner Freundschaft mit Adam war der General zunächst ausgesprochen vorsichtig gewesen. Oscar billigte diese Umsicht. Sie
erklärte wahrscheinlich, warum der Mann auf seine jetzige Position
im Verteidigungsministerium gelangt war. In mehreren Telefonaten
hatte er Oscar gründlich befragt. Offenbar wollte er über Collins'
letzten Kriegseinsatz jedes auch noch so kleine oder unbedeutende
Detail wissen. Er schlenderte jetzt mit Oscar durch das Museum
und zeigte dem Amerikaner unaufgefordert den Panzer, der beim
Hindurchfahren das Tor des Präsidentenpalastes beiseite geschoben und so den Krieg beendet hatte.

»Unsere Unterlagen wurden noch nicht in Computer eingegeben. Eines Tages vielleicht, doch gegenwärtig beschränken wir
uns noch auf traditionelle Archivierungsmethoden. Deshalb findet man eine bestimmte Akte um so eher, je mehr Einzelheiten
man kennt.«

Sie machten bei einem B-52-Bomber halt, über dem eine MIG 21
hing.

»Und war Ihre Suche erfolgreich, General?«

Der General grinste breit. »Ja, das kann man wohl sagen.«

Oscar erwartete, daß der General ausführlicher wurde, doch der betätigte sich statt dessen als begeisterter Führer durch die übrigen Räume des Museums. Nachdem sie jedes einzelne Stück betrachtet hatten, strahlte ihn der General wieder an.

»Es wäre mir eine Ehre, wenn Sie zum Frühstück mein Gast sein wollten.«

Wie es sich gehörte, nahm Oscar die Einladung an. Bei Vietnamesen mußte man warten, bis sie soweit waren, man durfte nicht drängen. Er unterdrückte ein Stöhnen, als sie auf einen Nudelstand zugingen; nachdem der General einen äußeren Tisch gewählt hatte, wandte er sich Oscar zu.

»Eine Schale Phô und ein Bier aus Hanoi?«

»Genau das richtige für mich.«

Oscars massige Gestalt ließ sich auf einem knapp siebzig Zentimeter hohen Stuhl nieder.

Als die Eßschalen geleert und entfernt worden waren, lehnte sich der General zurück.

»Ich habe eine Reihe Berichte ausfindig gemacht, die sich ganz speziell mit dem Sie interessierenden Zwischenfall beschäftigen.«

»Ausgezeichnet. Bekomme ich Kopien?«

»Nein, das ist leider nicht möglich.«

»Dann werden Sie mir offiziell eine auf diesen Berichten beruhende mündliche Zusammenfassung geben?«

»Nein, das ist leider nicht möglich.«

»Dann inoffiziell. Kommen Sie, General, das ist für Adam Fraser sehr wichtig.«

»Das ist mir bewußt, aber leider, nicht einmal inoffiziell.«

»Sie kennen die amerikanische Version dieses Zwischenfalls. Bestätigen Ihre Berichte diese Version, oder widersprechen sie ihr?«

Der General sah die Straße rauf und runter. Als er überzeugt war, daß sie nicht beobachtet wurden, beugte er sich zu Oscar hinüber.

»Sie widersprechen der amerikanischen Version. Das ist inoffiziell.«

Oscar war verärgert.

»Hören Sie, General, vor gar nicht so langer Zeit hat mein Land noch gegen Vietnam gekämpft. Wir waren die Yankee-Imperialisten, wissen Sie noch? Ich hätte gedacht, Sie wären von dieser neuen Gelegenheit begeistert, uns zu zeigen, was für schlechte Menschen wir waren.«

»Auch dies ist inoffiziell: Es liegt nicht im Interesse unserer künftigen Beziehungen zu den Vereinigten Staaten, daß diese Information öffentlich gemacht wird.«

Oscar musterte den General aufmerksam. »Also das Waldheim-Gambit, stimmt's?«

Der General schien ehrlich verwirrt. »Waldheim-Gambit? Tut mir leid, ich spiele nicht Schach.«

»O doch, General, das tun Sie.«

Beim Duschen hörte sich Adam die Fünf-Uhr-Nachrichten an. Der Präsident zeigte sich über die wundersame Rettung des Mannes erleichtert, der in einigen Tagen zu seinem Nachfolger gewählt werden würde.

»Soeben erreichen uns erstaunliche Neuigkeiten. Die DEA in Miami hat bestätigt, daß Winston Thomas für sie als verdeckter Drogenermittler tätig war. Ein Sprecher der DEA sagte, die Behörde sei sich durchaus bewußt gewesen, daß Thomas vor seiner Verpflichtung in Westindien mindestens zehn Menschen ermordet habe und außerdem in der Karibik im illegalen Rauschgifthandel tätig gewesen sei.« Dann spekulierte der Fernsehnachrichtensprecher über das mögliche Motiv des Attentäters. Thomas hatte auch in Detroit tief im Drogenhandel gesteckt, er mochte Collins' Krieg gegen die Drogen persönlich genommen haben.

Adam dachte immer noch über die Bedeutung des Ganzen nach, als ihn sein Taxi an der West 43rd Street absetzte. Er hastete aus der frühmorgendlichen Kälte in das Haus, wo sich sein Schneideraum befand. Sein Cutter Mark und Susanna warteten am Securitycheck in der Nähe des Empfangs.

»Nun macht mal hin, ihr beiden, ich dachte, ihr hättet den Film schon längst eingelegt.«

Susanna eilte ihm entgegen. »Man läßt uns nicht rein. Der Wachmann hat von den Besitzern des Gebäudes Anweisung erhalten, uns den Zugang zu unserem Schneideraum zu verwehren.«

Der Wachmann sah so aus wie Himmler, nur daß er weniger freundlich war.

»Adam Fraser?«

»Da ich während des letzten Monats jeden Tag für mindestens sechzehn Stunden täglich hier hereingekommen bin und Sie mich mit ›Guten Morgen, Mr. Fraser‹ begrüßt haben: Sagen Sie mir doch, wer ich bin!«

Der Wachmann sah ihn scharf an. »Wollen Sie mich verarschen?«

»Würden Sie das merken?«

Der Wachmann drückte Adam ein Klemmbrett in die Hand.

»Unterschreiben Sie gegenüber von Ihrem Namen.«

Als Adam gehorchte, bekam er einen unförmigen Umschlag ausgehändigt. Er riß ihn auf und las die erste Seite eines langen Briefes. Er sah Susanna und Mark an.

»Laßt uns irgendwo in aller Ruhe frühstücken, während ich dieses Machwerk durchlese.«

Mark sah auf seine Uhr. »Adam, zum Frühstücken haben wir keine Zeit. Wir sind mit dem Arbeitsplan sowieso schon im Rückstand.«

»Heute arbeiten wir nicht, Mark. Genauer gesagt, wir werden weder heute noch sonstwann wieder arbeiten. Jedenfalls nicht an diesem Film.«

Susanna packte ihn am Arm. »Was soll das heißen?«

Adam las laut vor: »›Daher hat Network One beschlossen, dieses Projekt nicht weiterzuführen, und wir bekräftigen, daß es nicht ausgestrahlt werden wird.‹«

»Die Schweine! Das können sie nicht tun.« Susannas laute Stimme ließ den Wachmann aufspringen.

Adam sah sie an. Er fühlte sich mit einem Mal völlig ausgebrannt. »Ach Su, leider können sie doch. Diese netten New Yorker Anwälte haben mir eine überall markierte Kopie meines eigenen Vertrages geschickt, um zu demonstrieren, daß sie voll und ganz im Rahmen ihrer verbrieften Rechte handeln. Na los, verschwinden wir hier.«

Als sie schließlich frühstückten, zeigten Susanna und Mark alle Anzeichen eines fortgeschrittenen Schockzustands. Das half Adam, sich auf das Wesentliche zu konzentrieren.

»Sie betonen mehrfach, wie sehr alle im Sender meine Arbeit schätzen. Aber: ›Kürzlich erfolgte Veränderungen in der Zusammensetzung des Vorstandes haben Network One veranlaßt, etliche seiner langfristigen Verpflichtungen zu überdenken ...‹« Wut stieg in ihm auf. »›Wichtige Werbekunden haben ihr beträchtliches Unbehagen angesichts einer möglichen kritischen Betrachtung eines neuen Präsidenten so kurz vor der Wahl bekundet ... Mögliche negative Reaktion der Öffentlichkeit ...‹ Leider haben sie sich rundum abgesichert. – Das wird mich zukünftig lehren, die Weltrechte nicht an ein einzelnes Unternehmen zu verkaufen, stimmt's?«

Mark schüttelte immer noch ungläubig den Kopf. »Das war's dann? Einfach so? Du arbeitest seit zwei Jahren an diesem Projekt, und jetzt stehst du mit leeren Händen da?«

Adam hielt einige Papiere hoch. »Mit leeren Händen würde ich nicht gerade sagen. Sie wollen nur den Film nicht ausstrahlen, alle anderen Punkte meines Vertrages erfüllen sie, sogar den Bonus, der nur fällig wird, wenn Collins Präsident wird. Ich habe hier Schecks im Wert von vier Millionen Dollar. Das deckt auch die zehnjährige Exklusivitätsklausel ab und geht davon aus, daß Collins bereits gewonnen hat. Alles bezahlt, und ich darf alles, was ich in Zukunft mache, frei nach Belieben jedem anbieten. Der

Haken? Der Collins-Film wird niemals das Licht der Öffentlichkeit erblicken. Und falls ich diese Schecks einlöse, erkläre ich mich dadurch mit ihrem Angebot einverstanden, werde auf rechtliche Schritte verzichten, et cetera, pp. Ein langes Schreiben dieses Inhalts liegt bei, das ich unterschreiben und persönlich bei der Bank abzugeben habe, falls ich besagte Schecks einlöse. Das war's dann so ziemlich.«

Susanna sah Adam über den Frühstückstisch hinweg an.

»Was hast du jetzt vor?«

Adam hielt ihrem Blick stand.

»Ich gehe in mein Hotelzimmer und lese mir diesen ganzen Papierkram durch. Vermutlich haben sie mir kein Schlupfloch gelassen, aber ich werde nach einem suchen. Wenn ich einen Ausweg finde, um den Film zu retten, brauchen wir noch ein paar Sitzungen im Schneideraum. Ich will den Film auf dem Bildschirm sehen. Amerika soll wissen, was es durch die Wahl von Collins bekommt. Falls einer von euch beiden ausgeht, wäre ich für einen Anruf dankbar, nur für den Fall, daß ich diesen Karren durch irgendein Wunder wieder flott kriege.«

»Word Trade Center bitte.«

Adam saß versunken auf der Rückbank des Yellow Cab und überlegte, was er zu Andrew Sinclair sagen würde.

Anschließend weiter zum Wahlkampfbüro in der Nähe des Central Park, um Collins und Reilly zu finden, dann ... Er gab sich einen Ruck. Er war so sehr auf dieses spezielle Projekt fixiert gewesen, daß er eine seiner Grundregeln des Überlebens vergessen hatte: Schenk deinen Feinden nie Siege, von denen sie nichts wissen.

Sinclair war gar nicht im World Trade Center. Nicht an einem Samstagmorgen. Schon gar nicht so kurz vor der Wahl. Und da die letzte Wahlkampfveranstaltung gelaufen war, würde mit Sicherheit auch kein Collins oder Reilly im New Yorker Wahlkampfbüro sein.

Er mußte wieder zur Ruhe kommen. Setzt dich einfach ans Telefon und ruf ein paar Leute an. Immer hübsch cool bleiben. Tu so, als käme es jeden Tag vor, daß die schwere Arbeit eines Jahres in den Mülleimer wandert. »Fahrer, Kommando zurück. Bringen Sie mich zum Broadway Ecke 48th Street. Ins Renaissance.«

Es war erstaunlich, wie viele Leute auf einmal offenbar spurlos verschwunden waren. Jedenfalls waren sie unter keiner Nummer mehr erreichbar. Adam saß in seinem Hotelzimmer und erstellte eine immer länger werdende Vermißtenliste. Er schaltete die Nur-Ton-Kassette ein, die Barry damals auf Collins' Terrasse in Florida aufgenommen hatte. Am selben Tag, als Sinclair den Prediger aufgesucht und ihn mit dem Einzug ins Weiße Haus gelockt hatte. Seit einem Monat spielte Adam sich die Kassette immer wieder vor. Die Rufe von Spottdrosseln und Kardinalvögeln riefen mühelos die Erinnerung an einen herrlichen Sommertag wach. Er hatte seine Liste der Abgetauchten um den Namen Sam Barnes ergänzt. Allerdings bestand immer die Möglichkeit, daß das Wahlkampfteam eine der von Sinclair so geliebten inoffiziellen Besprechungen abhielt. Und Andrew Sinclair, wo mochte der stecken? Jedenfalls nicht zu Hause, Mary hatte gesagt, sie sei an diesem Wochenende allein. Sinclair würde also dort sein, wo Collins gerade war. Aber wo war Collins? Hier biß sich die Katze in den Schwanz. Er nahm die Unterlagen von den Anwälten des Senders in die Hand, ging zu seinem Schreibtisch und las alles noch einmal gründlich durch.

Wenn er doch nicht so scharf darauf gewesen wäre, den Vertrag zu unterschreiben! Aber egal wie lange er verhandelt hätte, so etwas hätte er nie vorausgesehen. Es ergab einfach keinen Sinn. Das Telefon klingelte. Susanna war dran.

»Ich habe mich schlau gemacht.«

»Und?«

»Ich habe einen Kontaktmann beim *Wall Street Journal* gefragt. Auf die Idee brachte mich die Bemerkung im Brief des Anwalts, es seien kürzlich Veränderungen in der Zusammensetzung des Vorstandes bei Network One erfolgt.«

»Ah ja. Ich erwische Ralph Phillips nicht, mit dem ich damals verhandelt habe.«

»Den wirst du auch nicht mehr erwischen. Er ist vor einem halben Jahr ausgeschieden.«

»Weißt du das genau, Su? Wenn das so wäre, dann hätte sich jemand vom Network-One-Vorstand doch schon früher bei mir gemeldet.«

»Es gab keine Publicity wegen einer Vertraulichkeitsklausel. Das gehörte zum goldenen Handschlag. Und alles auf Empfehlung der Unternehmensberatungsfirma, die Network One berät: Sinclairs Firma, Corporate America. Die hat der neue Mehrheitsgesellschafter vor fast einem Jahr mitgebracht. Der neue Mehrheitsgesellschafter ist eine Firma namens Mill Valley Holding, ein Tochterunternehmen von General Systems. Hallo, Adam? Adam, bist du noch dran?«

Er kämpfte wieder gegen die aufkommende Wut.

»Aber ja, ich bin dran. Ist ja toll! Der verdammte Sender gehörte also schon Edgar Lee Stratford, bevor man mich verpflichtet hat. Ist ja toll. Darum haben sie darauf bestanden, das gesamte Filmmaterial in einem gesicherten Lager unterzubringen. Diese Leute wollten den Film niemals ausstrahlen. Eines muß ich Mr. Andrew Sinclair lassen: Er hat mich nach allen Regeln der Kunst verarscht ...«

»Adam? Hallo?«

»Ist schon gut, Su. Bin noch da. Damit ist der Dokumentarfilm gestorben. Er wird nicht gesendet. Auf keinen Fall. He, wenn du früher nach London zurück willst – einverstanden. Ich werde wohl nichts mehr filmen. Ist jetzt witzlos.«

»Wenn du nichts dagegen hast, würde ich gern noch bis Mittwoch warten.«

»Na schön. Eventuell bin ich eine Weile unerreichbar. Keine Sorge. Und noch was, Su.«

»Was denn, Adam?«

»Danke für die Information. Du warst schon immer die beste Rechercheurin in der Branche. Paß auf dich auf.«

Während im Hintergrund die Vögel Floridas vergnügt weitersangen, ging Adam seine Möglichkeiten durch. Er nahm den Telefonhörer ab.

»Hallo Mary. Wie geht's denn so? Ja. Ich habe mich entschlossen, heut mal blauzumachen. Wollen Sie mich immer noch sehen? Ich kann noch vor der Mittagszeit bei Ihnen sein.«

Nachdem er sich alles noch einmal überlegt hatte, schüttelte er den Kopf. Sinclair wäre viel zu clever, um zu Hause etwas Belastendes herumliegen zu lassen. Adam legte den Hörer wieder auf. Sofort klingelte das Telefon.

Oscar hörte so lange zu wie noch nie.

»Du siehst also, Oscar, dem Sender gehören die Rechte an allem, was sich in der jetzigen Fassung des Filmes befindet, außerdem natürlich an sämtlichen Schnittresten. Und kein anderer Sender wird es riskieren, in einem Millionen-Prozeß wegen Copyrightverstoß pleite zu gehen. Ich habe zwar noch eine Kopie meines Interviews mit Mónica in London. Aber was beweist das schon, für sich allein genommen? Daß ein mittlerweile totes Kartellmitglied mit Collins gespeist hat. Er wird behaupten, nichts davon gewußt zu haben.«

»Wieviel von dem, was wir rausgefunden haben, ist in deinem Film?«

»Alles, Oscar. Um das sicherzustellen, haben sie natürlich bis zum letzten Augenblick gewartet.«

»Das war nicht die einzige schlechte Neuigkeit heute.«

Jetzt war Fraser mit Zuhören dran, während sich der Buddha merklich bemühte, ruhig zu bleiben, als er die Einzelheiten seines Gesprächs mit dem General weitergab.

»Ich war verdammt nah dran, Adam. So nah, daß ich es förmlich riechen konnte: die hiesige Regierung hat Gold entdeckt. *Unser* Gold. Wir haben sie auf etwas gestoßen, für das sie mit der nächsten US-Regierung Handelserleichterungen, zinsfreie Kredite oder ähnlich bedeutsame Dinge aushandeln können. Am liebsten hätte ich ihn am Hals gepackt und es aus ihm rausgeschüttelt.«

»Und was ist mit Professor Nguyen?«

»Der ist anscheinend auf Dauer unerreichbar. Ich versuch's weiter. Ich geh' jetzt in mein Hotel zurück. Falls es was Neues gibt, ruf ich dich an oder nehme übers Internet Kontakt zu dir auf.«

Adam ging in seinem Hotelzimmer auf und ab und überlegte, wie er mit diesen neuen Hindernissen fertigwerden konnte. Sämtliche von ihm mühsam zusammengetragenen Beweise befanden sich in einem von dem Sender kontrollierten Lagerraum. In einer Diktatur wäre er bei der Arbeit vorsichtiger zu Wege gegangen, hätte vor allem ein zweite Kopie anfertigen lassen. Doch dies hier waren die Vereinigten Staaten von Amerika, die Zitadelle der freien Welt! Eine Nation unter Gottes Führung.

Das nun endgültig außerhalb seiner Reichweite befindliche Beweismaterial bewies, daß es eine Verschwörung mit dem Ziel gab, die Macht in Amerika zu ergreifen; und zwar nicht durch einen blutigen Umsturz oder einen Aufstand, sondern mittels der Wahlurne. Er hatte zunächst erwogen, sich direkt an Patrick Collins zu wenden, doch nach Oscars Bericht über sein Treffen mit dem General war auch diese Möglichkeit verbaut. Was war auf Collins' letztem Einsatz Anfang 1968 wirklich passiert? Jemand hatte Collins' Akten gereinigt, bevor Oscar und Adam sie zu sehen bekamen. Dieser Jemand war aller Wahrscheinlichkeit nach Sinclair. Wenn der etwas gefunden hatte, war es entfernt worden. Nicht nur die Vietnamesen spielten das Waldheim-Gambit.

Plötzlich fiel ihm Oscars letzte Bemerkung über das Internet ein. Wäre er nicht so mit seiner Wut beschäftigt gewesen, hätte er schon früher daran gedacht. Professor Nguyen hatte einen Internetzugang. Adam schaltete sein Laptop ein, ging das Register durch und gab die E-mail-Adresse des Professors ein. »Ich muß unbedingt mit Ihnen reden«, tippte er ein, gefolgt von seinem Namen und seiner Internet-Adresse.

Kaum hatte er beim Zimmerservice etwas zu essen bestellt, da vernahm er schon die Antwort. Als Adams Nachricht kam, hatte der Professor gerade seine E-mails durchgesehen.

»Sie sollen *zu was* ernannt werden?«

Victor Rodriguez war abrupt stehengeblieben und hatte Sinclair ungläubig angestarrt. Victor war gerade auf dem Weg zur Bar in seiner Bostoner Hotelsuite gewesen, als ihn Sinclairs Worte aufhielten.

»Collins will mich zu seinem Nationalen Sicherheitsberater ernennen, mit einer Sonderaufgabe als – ich zitiere wörtlich – ›oberstem Drogenberater‹.«

Wieder einmal hatte der Vorsitzende einen seiner Lachkrämpfe. Schließlich bekam er sich in den Griff und sagte: »Überaus zufriedenstellend.«

Eines der Telefone in seiner Suite klingelte. Victor demonstrierte seine gewohnte Sprachökonomie, wenn er sich gezwungen sah zu telefonieren.

»Ja. Danke.« Er legte den Hörer auf und wandte sich wieder Sinclair zu. »Unser Mr. Ruby ist wohlbehalten in den Schoß seiner Familie zurückgekehrt.«

»Ich muß Ihnen gestehen, Victor, ich wäre fast vor Schreck gestorben. Als ich Collins umfallen sah, dann das Blut. Ich dachte, Thomas hätte ihn in den Kopf getroffen oder die kugelsichere Weste wäre durchschossen worden. Ich dachte, er wäre tot.«

»Das dachte auch der Rest der Welt, bis Collins dann das tollste Comeback seit Lazarus hinlegte. Thomas war ein erstklassiger Schütze, auch deshalb wurde er ausgewählt. Die Weste? Glauben Sie mir, mein Freund, die haben wir äußerst gründlich getestet. Ein Freiwilliger, der sie trug, wurde von einer RPG-7-Panzerabwehrrakete getroffen. Die Rakete ist zwar nicht explodiert, aber die Wucht des Aufpralls hat den Freiwilligen durch eine Mauer geschleudert. Er hat den Test unverletzt überlebt.«

Sinclair runzelte die Stirn. »Ein Freiwilliger?«

Rodriguez zuckte mit den Achseln.

»Denken Sie«, sagte er, »Thomas' Verbindung zu unserer Branche könnte sich als nützlich erweisen, wenn Sie Ihren Regierungsposten antreten?«

»O ja, sehr nützlich. Und daß er für die DEA tätig war, ist eine ausgezeichnete Dreingabe. Dadurch springt diese Behörde für mich durch jeden Reifen. Jetzt zu Mr. Adam Fraser.«

»Gibt es Neues von unserem Filmemacher?«

»Unser Filmemacher hat heute morgen um zehn seine Schecks zur Bank gebracht und dafür bezahlt, daß möglichst schnell überprüft wird, ob sie gedeckt sind. Offenbar haben die auf Ihren Vorschlag hin in den Vertrag eingebauten Klauseln ihren Zweck erfüllt.«

»Nicht die Klauseln, Andrew, sondern das Geld. Jeder hat seinen Preis, man muß ihn nur kennen. Sein Dokumentarfilm?«

»Da ich ihn gesehen habe, Victor, schlage ich vor, daß Sie dasselbe tun und anschließend jedes Fitzelchen Material vernichten lassen. Dieser Vertrag war die beste Investition, die Sie je getätigt haben.«

»Nun denn, mein Freund, wir müssen jetzt nur noch drei Tage warten, bis wir den erfolgreichen Abschluß des Kolumbienprojekts feiern können. Bitte speisen Sie heute abend mit mir zusammen im Harvard Club. Sagen wir um acht?«

Professor Nguyen war der Leiter des Fachbereichs Geschichte an der Universität von Hanoi, aber Adam suchte den Kontakt zu ihm wegen seines Spezialgebiets in Kriegszeiten: Militärische Feindaufklärung. Nach einem ausführlichen Gespräch mit dem Professor hatte Adam Oscar im Hotel Metropole angerufen.

»Er erwartet dich während der nächsten Stunde.«

»Wird er mitspielen?«

»Weiß ich noch nicht, Oscar. Er holt sich die Akten aus den Archiven und sieht sie durch. Ich habe einen Schneideraum samt Computer gemietet. Ich gebe dir mal die E-mail-Adresse. Und Oscar, ich sitze neben diesem Computer und warte, bis ich von dir höre.«

Seine Ausrüstung an sich gedrückt, betrat Oscar durch den Torbogen den zentralen Innenhof der Universität, ein ockergelbes Relikt aus der französischen Kolonialzeit. Professor Nguyen hauste in einem sehr großen, hohen Raum. Aber jeder Eindruck von Macht und Einfluß, den dieses Zimmer verbreiten mochte, verflog rasch: der große Ventilator in der Mitte funktionierte seit vielen Jahren nicht mehr, die durchbrochenen Bücherregale und die Wände konnten dringend einen Zimmermann und einen Maler gebrauchen. Große Teile des riesigen Schreibtisches waren von Bücherstapeln bedeckt. Wie vieles in seiner Umgebung hätte wohl auch der Bewohner dieses Raumes eine Generalüberholung vertragen können. Der Professor war aber mit Abstand der größte Vietnamese, dem Oscar je begegnet war, mindestens einsfünfundachtzig groß. Seine Schuhe waren stark abgewetzt, seine Hose war viel zu kurz, und ihr schwarzer Stoff glänzte im Licht. Genau wie das Jackett: es war vom Tragen so dünn, daß es wie zarte Seide auf der Haut des Trägers lag. Der Mann stand auf, als Oscar in das Zimmer geleitet wurde, und gab seinem Besucher die Hand. Nachdem er ihm einen Stuhl angeboten hatte, legte er eine – verglichen mit dem General – erfrischende Direktheit an den Tag.

»Ich habe die Einzelheiten sehr sorgfältig geprüft. Ich finde die Unterschiede faszinierend.«

»Die Unterschiede?«

»Ja, zwischen der Version, die mir Adam über das Internet geschickt hat, also der Version der amerikanischen Armee, und den Berichten des Vietcong.« Er zählte an seinen Fingern ab. »In dem amerikanischen Bericht ist von einer sechsköpfigen Patrouille und einem Zwischenfall die Rede, der sich am 21. März 1968 sechzehn Kilometer südlich von Khe Sanh ereignete. Vier an der Patrouille Beteiligte wurden getötet. Die beiden Überlebenden töteten mindestens achtzehn Mitglieder des Vietcong, ehe sie von einem Hubschrauber gerettet wurden. Unsere Berichte stimmen nur in zweierlei damit überein: im Datum und der Anzahl der überlebenden Amerikaner.«

Der Professor stand auf, ging zu den Fenstern und schloß sie, was den ständigen Lärm der Autohupen auf ein erträgliches Maß reduzierte. Oscars Blicke folgten ihm zu seinem Schreibtisch. Als der Professor Platz genommen hatte, zählte er weiter an den Fingern ab.

»Die amerikanische Patrouille bestand aus zweiundzwanzig Männern. Keine Vietcong wurden getötet, und der Zwischenfall fand keine sechzehn Kilometer südlich, sondern über sechzig Kilometer westlich von Khe Sanh statt. Nicht in Vietnam, sondern in Laos, auf dem Ho-Chi-Minh-Pfad.«

»In Laos? Was taten sie in Laos?«

Der Professor stützte die Ellbogen auf den großen Schreibtisch und beugte sich zu Oscar vor.

»Haben Sie schon einmal von einer CIA-Operation namens *Long Silver Train* gehört?«

Wie sehr sich Adam auch dagegen sträubte, er ertappte sich dabei, daß er wieder mal auf die Wanduhr im Schneideraum starrte. Oscar war jetzt seit fast zwei Stunden bei dem Professor. Neben dem bereitgestellten Computer saß Adams Filmteam und sein Cutter Mark. Die fünf hatten den besten Dokumentarfilm geschaffen, den Adam je gemacht hatte. Diesen Film würde nie jemand sehen, das war ihnen allen klar. Das Original, die Schnittreste, Susannas Unterlagen – vertragsgemäß befand sich alles in den Händen des Senders.

Adam hatte keine Skrupel gehabt, die vier Millionen von Network One anzunehmen. Es hatte keine Kompromißmöglichkeit gegeben. Mit den Kartellen schloß man keine Kompromisse. Sie verhandelten nicht. Vier Millionen war großzügig. Unter Umständen hätte Adam sich schon mit einem kompletten Satz innerer Organe zufriedengeben müssen.

Der Computer begann zu arbeiten. »Adam, bist du da?«

»Ja.«

»Nenn die Paßwörter.«

»Die Wahrheit wird euch frei machen.«

»Gut. Ich habe das, was wir suchen, und ich werde es dir in Kürze übermitteln. Es sind zwei Teile. Verwende beide. Ich wiederhole: Verwende beide.«

»Verstanden.«

»Ich werde hier abreisen, sobald ich die Übertragung beendet habe.«

»Verstanden.«

Kurz darauf gab der Computer einen hohen Ton von sich, ein Zeichen dafür, daß er Daten empfing.

Susanna sah die anderen irritiert an. »Es kommt nichts an. Haben wir die Verbindung mit Hanoi verloren?«

»Es wird digital übertragen, Su. Was Oscar aufgenommen hat, wird von seinem Laptop über den Computer des Professors via Internet hierher übermittelt, zu einem Computerprogramm, das Ton und Bilder neu zusammensetzt. Wir bekommen erst etwas zu sehen, wenn die Übertragung beendet ist. Dann kann Adam es vorspielen.«

Diese Erklärung stammte von Barry.

Schließlich hörte das Geräusch auf, und auf dem Bildschirm war eine letzte Zeile zu sehen. »Das war's. Nichts wie ran, junger Freund.«

Adam sah die anderen an. »Dann wollen wir mal sehen, was uns der Mann geschickt hat. Zuerst sehen wir es uns von vorne bis hinten an, dann lassen wir es zurücklaufen, um es zu säubern, schneiden heraus, verschieben vielleicht das eine oder andere, überprüfen Bild- und Tonqualität. Film ab, Mark.«

Nun erschien auf dem Monitor die Nahaufnahme eines ruhig und deutlich und in perfektem Englisch redenden Professors Nguyen Tran Minh. Die technische Qualität war hervorragend.

»Im Gegensatz zu der damals vom Pentagon veröffentlichten Version, befand sich die von Major Patrick Collins befehligte Patrouille nicht auf einem Geheimdiensteinsatz in der Nähe von Khe Sanh. Vielmehr traf sie sich mit einer Gruppe von Meo-Stammeskriegern in Laos, in der Nähe der Stadt Ban Nabo. Ihr Ziel war nicht das Sammeln von Informationen, sondern der Tausch einer großen Menge Kalaschnikow-Gewehre gegen fünfhundert Kilogramm Heroin.«

Adam stieß einen Begeisterungsschrei aus.

Die ruhige, beinahe trockene Art des Professors verlieh der ohnehin eindrucksvollen Geschichte noch größere Kraft. Jetzt sah Adam, was Oscar und der Professor getan hatten, während er händeringend im Schneideraum saß. Die Präsentation war phantastisch: Hier die Nahaufnahme eines Dokuments, da die Hundemarke eines toten Soldaten, Übersetzungen abgefangener Funkbotschaften von John Reilly, des Funkers der Patrouille, Fotos eines großen Stapels von Kalaschnikows und ein ebenso großer Stapel reinen Heroins. Hier wurde die ganze Geschichte, die Geschichte des *Long Silver Train* noch einmal vor dem fünfköpfigen Publikum ausgebreitet. Oscar hatte den Professor nicht nur überredet, systematisch die Regierungsarchive zu durchforsten, er hatte das Interview auch vorher mit ihm geprobt. Es beschäftigte sich nahtlos mit einem Aspekt nach dem anderen. Und auf den gräßlichen Bericht, wie die Leichen von GIs benutzt worden waren, um Heroin in die Vereinigten Staaten zu schmuggeln, und die darauffolgende Erläuterung, welche Rolle Einsätze wie der von Collins befehligte bei dieser Operation spielten, kam noch eine weitere verheerende Enthüllung.

Professor Nguyen berichtete, wie die CIA-Gruppe und die Meos während ihres Treffens von dem 514. Vietcong-Bataillon überfallen worden waren.

»Als der Vietcong das Feuer eröffnete, entledigten sich Major Collins und sein Funker, Leutnant John Reilly, des Heroins, das sie trugen, und ließen ihre Kameraden im Stich. Sie liefen in den Dschungel und flohen in Richtung Süden. Diese Information erhielt der Zug des Vietcong von zwei verwundeten Amerikanern, John Drummond und Paul Taylor. Drummond starb noch vor Eintreffen der Sanitäter, und Paul Taylor starb drei Tage später in einem Hanoier Krankenhaus, als dieses von einer B 52 bombardiert wurde. Ein Teil der Vietcong-Einheit verfolgte Collins und Reilly und holte die beiden drei Kilometer weiter südlich ein, wo sie auf ihren Hubschrauber zuliefen. Als der Hubschrauber abhob, wurde einer der Amerikaner in den Rücken geschossen. Heute weiß ich, daß es sich um John Reilly handelte.«

Auch diese Darlegungen wurden durch Abschriften abgefangener Funksprüche Reillys an den Suchhelikopter belegt. Der Codename von Collins' Patrouille lautete »Pilger«.

Oscar hatte die ganze Zeit über kaum eine Frage gestellt, doch das holte er jetzt nach.

»Professor, warum haben Sie sich entschieden, diese Informationen öffentlich zu machen?«

Der Wissenschaftler dachte über die Frage nach.

»Bis zum heutigen Tag wußte ich nichts von der Existenz dieser Dokumente. Warum also die Öffentlichkeit? Am Ende des Krieges gab es in diesem Land, genau wie in Ihrem, viele viele Drogensüchtige. Allein in Saigon waren es über zweihunderttausend. Während der letzten beiden Jahrzehnte hielten wir das Problem aber für gelöst, die Zahl der Süchtigen war auf einige hundert im Land gesunken. Da nun aber durch Vietnam ein größerer Handelsweg zwischen dem Goldenen Dreieck und den Vereinigten Staaten verläuft, fällt unterwegs zwangsläufig auch ein Teil des neuen Heroins bei uns herunter. So wie Stroh vom Karren fällt, wenn der zum Markt rollt. Ich bekämpfe aber diese Branche, wo ich sie finde. Und das Volk der Vereinigten Staaten sollte endlich erfahren, was der Hauptgrund für das Drogenproblem in seinem Land ist.«

Jetzt wurde Professor Nguyen auf dem Bildschirm durch Oscar ersetzt.

»Ich kann die Details nicht verifizieren, die Sie soeben über die von Patrick Collins geleitete Mission gehört haben. Aber ich kann all das bestätigen, was Sie soeben über die sogenannte Operation *Long Silver Train* gehört haben.«

Während Oscar nun seine eigene Beteiligung an dieser Operation darlegte, hielt er eine ganze Reihe von Reisepässen und Dokumenten vor die Kamera, die ihn als CIA-Agenten auswiesen.

Susanna murmelte Adam zu: »Das darfst du nicht benutzen. Damit unterschreibt er sein eigenes Todesurteil.«

»Oscar weiß das so gut wie wir. Darum hat er zu Beginn gesagt, wir sollten beide Teile verwenden. Wenn wir das ausstrahlen, ist Oscar zu Hause und in Sicherheit.«

»Aber wie lange?«

»Ich weiß es nicht, Su. Wir werden aber dafür sorgen, daß es sich für ihn gelohnt hat, ein derartiges Risiko einzugehen.«

Adam und sein Team arbeiteten schnell, sie schnitten, montierten, korrigierten das Bild, verbesserten den Ton. Während komplette Kopien fertiggestellt und ausgewählten Medienvertretern zugestellt wurden, fertigten sie weitere Kopien an. Bis zum Mittag waren hundert Videos ausgeliefert worden. Und in gerade einmal drei Tagen würde die Nation einen neuen Präsidenten wählen.

Der Filmmacher ging davon aus, daß die meisten davor zurückschrecken würden, sein Filmchen zu senden, bis irgendwer irgendwo die Schleusentore öffnete. Den Gefallen tat ihm dann ein Skandalmoderator namens Big Al, bisher einer von Collins' größten Fans. Kaum wagte ein Kabelsender diesen Schritt, hatten es die anderen Medien ebenfalls furchtbar eilig, die Nachricht als nächste zu verbreiten.

»... Ihr Ziel war nicht das Sammeln von Informationen, sondern der Tausch einer großen Menge Kalaschnikow-Gewehre gegen fünfhundert Kilogramm Heroin.«

In der Nachrichtenredaktion der *New York Times* war es an einem Nachmittag unter der Woche noch nie dermaßen still gewesen. Auf dem Computer des stellvertretenden Herausgebers empfahl ein noch nicht fertiggestellter Leitartikel den Lesern des Blattes, Collins zu wählen. Der Computer fragte:»Speichern?« Der stellvertretende Herausgeber löschte den Text, ein für allemal.

Landesweit wurde in Supermärkten, Einkaufszentren, Geschäften, Kneipen, Aufzügen und Restaurants jede Tätigkeit unterbrochen, überall hörten und sahen die Leute zu.

»Als der Vietcong das Feuer eröffnete, entledigten sich Major Collins und sein Funker, Leutnant John Reilly, des Heroins, das sie trugen, und ließen ihre Kameraden im Stich. Sie liefen in den Dschungel und flohen in Richtung Süden ...«

Collins' Wahlkampfmannschaft setzte sofort alle Hebel in Bewegung, um die alles verschlingende Flut aufzuhalten, die sich über das Land ergoß. Sie gaben Dementis heraus, sie drohten, sie machten Ausflüchte, sie stritten alles ab. Doch der Film wurde immer und immer wieder gesendet.

»Ich kann bestätigen«, hörte man Oscar sagen,»daß Reverend Collins an die CIA abgestellt worden war und während der letzten acht Monate seines Dienstes in Südostasien für sie arbeitete. Ich kann außerdem bestätigen, daß die Details über die Operation *Long Silver Train*, die der Professor soeben nannte, absolut korrekt sind. Ich habe selbst ebenfalls an dieser Operation teilgenommen. Zu meinen Aufgaben gehörten sämtliche Aspekte dieser Mission, einschließlich des Verpackens von Heroin in die Leichen amerikanischer Soldaten.«

Collins hatte gerade in einer prunkvollen Bostoner Villa Edgar Lee Stratford und die anderen Mitglieder seines Wirtschaftskabinetts empfangen, als die erste Welle von Reportern über die Telefone herfiel und den Kandidaten um eine Stellungnahme bat. Das Schattenkabinett saß wie erstarrt da und sah gebannt auf den Fernseher. Sinclair hockte in seiner Kommandozentrale im hundertsten Stock des World Trade Center. Auch im Mai hatte er hier gesessen, kurz nachdem Patrick Collins seine Kandidatur verkündet hatte. Damals wie heute konnte man auf jedem Bildschirm im Raum miterleben, wie die Worte des Predigers in den letzten Winkel der USA getragen wurden.

Clare kam herein, ein Bündel Mitteilungen in der Hand.

»Die Telefonzentrale bricht vor lauter Anrufen zusammen, Andrew. Sind Sie immer noch nicht zu sprechen?«

»Für keinen außer Victor Rodriguez.«

Sie wollte gerade wieder gehen, als ihr auffiel, daß keiner der Fernseher einen Laut von sich gab. »Soll ich die Lautstärke aufdrehen?«

»Nein danke, Clare. So ist es genau richtig.«

Leise schloß Clare die Tür hinter sich.

Sinclair betrachtete noch ein Weilchen die stummen Bilder, drückte dann auf einen Knopf, der alle Schirme ausschaltete, und ging zurück in sein Büro. Zum erstenmal seit vielen Jahren registrierte er bewußt die Skyline auf der anderen Seite des Hudson. Schon verzog sich die Novembersonne und ließ die Wolkenkratzer am anderen Ufer im Schatten versinken. Blutorange Strahlen hingen über der New Yorker Skyline. Sinclair lächelte. Im stillen hatte er versucht, der Situation etwas Erfreuliches, etwas Positives abzugewinnen. Und wie immer war es ihm gelungen. Sie waren so nah, so ungeheuer nah dran gewesen, das Machtzentrum der demokratischen Welt zu übernehmen – und den besten Präsidenten zu bekommen, den man für Geld kaufen konnte. Wäre bloß dieser kleine dicke CIA-Agent eliminiert worden, dann hätten sie alle Ziele erreicht. Oscar hatte der Nation mitgeteilt, was Sinclair mühsam aus den Sicherheitsakten des Predigers hatte entfernen lassen.

Das Telefon klingelte.

»Victor? Ich habe eine Presseerklärung vorbereitet. Die wollte ich mit Ihnen abstimmen, bevor ich sie an die Öffentlichkeit gebe.«

Collins ging zu dem großen Fernsehgerät und schaltete es ab. Stratford betrachtete ihn kurz. Es war schwer zu sagen, was der Prediger dachte. Er schien geistesabwesend.

»Pat, wir müssen eine Erklärung abgeben. Wir müssen diese Behauptungen zurückweisen. Das ist offensichtlich eine Schmutzkampagne, um das Land am Vorabend deiner Wahl zu destabilisieren. Niemand hier wird einem kommunistischen Professor und einem CIA-Agenten glauben. Niemand wird deren Wort statt Ihrem Glauben schenken.«

»Ich habe nichts getan, wofür ich mich schämen müßte, Edgar. Nichts. Ich habe meinem Heimatland nach bestem Wissen und Gewissen gedient. Ich habe meine Pflicht getan.«

Als das Telefon klingelte, nahm Teresa Collins ab.

»Hallo? Welche Erklärung? Nein, er hat nichts zu sagen.« Sie knallte den Hörer auf und schaltete den Fernseher wieder ein. An die Stelle von Oscars Film war ein Nachrichtensprecher getreten, in der Hand ein einzelnes Blatt Papier, von dem er ablas.

»... Daher glaube ich nicht, daß wir uns unter den gegenwärtigen Umständen weiterhin als Kandidaten zur Verfügung stellen können. Ich werde nicht tatenlos zusehen, wie das höchste Staatsamt einer solchen Kontroverse unterzogen wird. In meinem Leben als Zivilist und während meines Dienstes in der Armee der Vereinigten Staaten war ich immer und jederzeit bestrebt, dem amerikanischen Volk zu dienen. Das werden John Reilly und ich auch weiterhin tun. Danke. Gott segne Amerika.«

Niemand in dem Salon hatte sich gerührt, außer Teresa, die den Apparat wieder ausschaltete.

»Er hat dich abserviert, Patrick.«

»Wer?«

»Andrew Sinclair. Er hat soeben deinen Rücktritt als Kandidat bekanntgegeben.«

»Dann dementiere ich, daß ich zurücktrete. Ich bestehe auf einem Widerruf. Wir haben damals lediglich Befehlen gehorcht, mehr nicht. Im Krieg gelten andere Maßstäbe, andere Werte. Schließlich haben wir den gottlosen Kommunismus bekämpft. Johnson hat das begriffen, genau wie Nixon. Und für die Vertuschungsaktion war die Regierung verantwortlich, nicht ich. Die Öffentlichkeit versteht das. Sie wird mich nicht verurteilen.«

Teresa ging zu ihm und ergriff zart seine Hände. »Nein, Patrick. Sinclair hatte recht, dich aus dem Rennen zu nehmen. Stell dir doch nur Tag für Tag die Vorwürfe vor. Deine Regierung wäre nicht funktionsfähig. Es wäre wieder wie damals bei Watergate. Vergiß nicht, was sie mit Richard Nixon gemacht haben. Monatelang ging das so, eine zwei Jahre dauernde politische Kreuzigung. Bis er lieber zurücktrat, als sich einem Amtsenthebungsverfahren auszusetzen. Ich lasse nicht zu, daß du auch so etwas auf dich nimmst. Wenn du nicht gewählt wirst, Patrick, wenn du als Kandidat zurücktrittst, jetzt, dann können wir den Schaden eventuell begrenzen.«

Andrew Sinclair saß immer noch in seinem New Yorker Büro, aber seine Stimmung besserte sich von Minute zu Minute. Es war ein vorübergehender Rückschlag, mehr nicht. Die amerikanischen Wähler bekamen lediglich eine vierjährige Atempause. Nichts war geschehen, was einen neuen Anschlag auf den demokratischen Ablauf verhindern könnte. Der von Sinclair für das Kolumbienprojekt entwickelte Plan hatte weiter Bestand. Im Kopf hakte er die anderen Namen auf der Liste der Kandidaten ab, die er für diese Wahl noch in Betracht gezogen hatte. Glücklicherweise war sein komplettes Wirtschaftskabinett in Boston, wo er in ein paar Stunden zu Abend speisen würde. Wenn Victor Rodriguez anrief, würde er vorschlagen, aus dem Dinner für zwei ein Dinner für sechs zu machen.

Oscar saß im Puppenhaus. Buddha war im Nirwana angelangt. Er hatte jedes Fernseh- und jedes Rundfunkgerät im Haus auf amerikanische Frequenzen eingestellt. Eine Kakophonie, die in Oscars Ohren wohlklingender war als alles, was er je gehört hatte. Wie ein stolzer Vater zündete er sich eine kubanische Zigarre an, öffnete eine Flasche ganz besonderen Wein und schlenderte durch sein Heim. Er machte halt, um mit einem Foto von Collins zu reden, der wieder einmal auf dem Titelbild des Nachrichtenmagazins *Time* zu sehen war. Die Schlagzeile lautete: »Ruft das Schicksal?«

»Das Schicksal hat's dir besorgt, Prediger. Weißt du, vielleicht bummele ich später ein bißchen über die Reeperbahn.«

An der Bar in der Abflughalle des JFK-Flughafens hatten sich viele Menschen um den Fernseher versammelt. Von einer Seite sahen und hörten auch Adam und sein Filmteam zu, nippten dabei an ihren Getränken und warteten, daß ihr Flug aufgerufen wurde. Der Filmemacher wandte sich an Susanna.

»Weißt du noch, wie alles anfing? Als ich Mitch die Idee für einen Film über Collins schmackhaft machte und ihm sagte, jeder hätte eine Schattenseite, sogar jemand wie Patrick Collins. Was haben wir danach gesucht, stimmt's? Recherchen ohne Ende, Unmengen von Fragen. Weißt du noch, wie ich Collins in dem Flugzeug von Florida nach Boston dazu gebracht habe, über sein Evangelium nach Elmer Gantry zu sprechen? Über die drei gefährlichsten Fallen, die ein Evangelist meiden müsse: Geld, Sex und Hochmut. Auch Elmer Gantry war ein entsetzlicher Heuchler. Jetzt haben wir Collins fertiggemacht, indem wir seinen Hochmut und seine Heuchelei aufdeckten; jetzt kennt das gesamte Land, die gesamte Welt, die Schattenseite des Predigers.«

»Verschafft dir das ein Gefühl der Befriedigung?«

»Nein, Su. Ein Gefühl der Verbitterung. Ich fühle mich wütend, betrogen.«

»Weil die Dokumentation nicht ausgestrahlt wird?«

»Das spielt vermutlich auch eine Rolle, aber es geht um mehr. Bis vor ganz kurzem dachte ich wirklich, Collins sei die Ausnahme von der Regel. Daß bei ihm die äußere Wahrheit auch die innere Wahrheit wäre. Aber das stimmt nicht. Er ist genau wie alle anderen ein Gefangener des inneren Feindes.«

Epilog

Post mortem

»Fast auf den Tag genau vor einem Jahr haben wir den Beschluß gefaßt, die Vereinigten Staaten von Amerika zu erwerben. Die Ereignisse kurz vor der Präsidentschaftswahl sollten in keiner Weise die Erfolge unseres Unterfangens trüben. Natürlich gilt es, Lehren daraus zu ziehen, aber ich glaube, wir sollten auch unsere Leistungen herausstellen.«

Die alljährliche Generalversammlung des Vorstandes des Kartells der Kartelle diskutierte den ersten Punkt auf der Tagesordnung: das Kolumbienprojekt. Andrew Sinclair hatte das Wort. »Wir hatten uns für den idealen Kandidaten entschieden. Für Collins sprach alles, einschließlich eines verhängnisvollen Makels in seiner Biographie. Wenn dieser Makel geheim blieb, konnten wir den Kandidaten damit hervorragend kompromittieren und manipulieren; hätte nicht ein abtrünniger Mitarbeiter der CIA dazwischengefunkt, wäre der Reverend heute Präsident Collins.

Der fragliche Makel betraf praktischerweise auch den Vizepräsidentschaftskandidaten John Reilly. Wäre es einmal notwendig geworden, sich beider gleichzeitig zu entledigen, wäre ihr verfassungsmäßiger Nachfolger, der Sprecher des Repräsentantenhauses, auf andere Weise noch mehr kompromittiert gewesen.

Die Kokainspur, die wir direkt bis zur Tür des Oval Office gelegt haben; die Spenden von Kartellmitgliedern an Collins' religiöse

Stiftung; die Fotos von Collins beim Dinner mit eben diesen Personen; die Mittel für die Übernahme und den Börsengang von Cybersafe, die sich bis zu Stratfords Geldwäschebanken zurückverfolgen lassen; die Verbindung zwischen dem verstorbenen Fernando Salazar und dem Attentäter Winston Thomas – jeder einzelne Widerhaken befand sich an seinem Platz. Unser Beitrag zu dem Unternehmen war – mit Ausnahme unserer französischen Kollegen – fehlerlos. Aufgrund deren Unvermögen, einen Mordauftrag in Amsterdam zu erledigen oder den Aufenthaltsort der Zielperson in Paris herauszufinden, war uns kein voller Erfolg beschieden. Ich bin jedoch der Auffassung, daß wir die gesamte Operation als Generalprobe für *die nächste* Präsidentschaftswahl in vier Jahren verstehen sollten. Sämtliche eben erwähnten Techniken lassen sich dann erneut anwenden.

Ein weiteres wiederverwendbares Konzept ist die Strategie der Verunsicherung. Die Zerstörung von ›Cola One‹ in der Luft, die Bombenexplosionen in der Chicagoer Bank und in Miami Beach sowie das Attentat auf die Grand Central Station haben eindrucksvoll demonstriert, daß sich selbst ein mächtiges Land wie die USA nervös machen läßt. Dadurch wurde die perfekte Angststimmung für unseren Kandidaten geschürt. Ich bin überzeugt, daß Collins' großer Vorsprung während des gesamten Wahlkampfes darauf zurückzuführen ist, daß die Öffentlichkeit ihn für den geeigneten Mann hielt, um die Nation in diesen Stunden der Gefahr zu führen, daß er also die Antwort auf diese innere Bedrohung finden würde.

Ich bin mir klar darüber, daß die Entscheidung, einen scheinbaren Attentatsversuch auf Collins zu unternehmen, unter Ihnen auch Kritiker fand. Aber: Collins hatte zwar zum Zeitpunkt der Wahl einen offenbar uneinholbaren Vorsprung; dennoch kann man sich nie gut genug rückversichern. Und durch den Einsatz von Winston Thomas hat unser Vorsitzender obendrein erreicht, daß nicht nur die DEA kompromittiert, sondern gleichzeitig die öffentliche Meinung gegen unsere Branche aufgebracht wurde. Wir dürfen nämlich nie vergessen, meine Herren, der Erfolg unserer Branche beruht in erster Linie darauf, daß unsere Produkte illegal bleiben! Würden unsere Produkte der Öffentlichkeit legal verfügbar gemacht, wäre unsere Macht schlagartig vorüber. Genau deshalb haben wir uns für Collins entschieden: einen Präsidenten, dessen religiöse Überzeugungen es nie zugelassen hätten, diesen – eigentlich logischen – Schritt der Legalisierung unserer Produkte zu unternehmen.

Ich kann es gar nicht oft genug wiederholen: Vergessen Sie niemals, was damals geschah, als die Prohibition und der *Volstead Act* aufgehoben wurden und Alkohol in den Vereinigten Staaten plötzlich wieder legal erhältlich war.«

Victor Rodriguez hatte viele Jahre lang das Image und den Ruf eines Mannes kultiviert, der im Krieg gegen das Rauschgift an vorderster Front kämpfe. Deshalb waren ihm vielfältige Informationen über die illegale Drogenindustrie zugänglich: Streng geheime Regierungsberichte, die vertraulichsten DEA-Akten, sogar solche, aus denen die Identität geheimer Informanten hervorging; Berichte des Mossad, der CIA, von Interpol, des britischen Geheimdienstes ... Auf der Liste der führenden Behörden, die Rodriguez regelmäßig auf den neuesten Stand brachten, befand sich beinahe jedes Land der Erde.

Oscar war es bei seiner Computerhackerei nicht gelungen, in den geheimsten Bereich des Kartells der Kartelle vorzustoßen. Die amerikanische National Security Agency hat eine umfassende Analyse der »Legalisierungslobby« vorgenommen, also derjenigen Persönlichkeiten, die für eine gesteuerte Legalisierung von Drogen eintreten, um der Rauschgiftkriminalität den Boden zu entziehen. Die Namen werden für jedes Land einzeln aufgelistet: der Leiter von Interpol, führende britische Richter, Polizisten und Beamte des Innenministeriums; der ehemalige US-Außenminister George Shultz, die ehemalige US-Gesundheitsministerin Jocelyn Elders;

führende Mediziner in vielen Ländern, darunter die der British Medical Association; einflußreiche Printmedien wie die *New York Times*, der *Independent* und der *Economist;* der kolumbianische Generalstaatsanwalt Gustavo de Greiff; der milliardenschwere Finanzier George Soros, Milton Friedman; Richter aus den USA und einem Dutzend weiterer Staaten, die Ford- und die Mac-Arthur-Stiftung. Die komplette Liste umfaßt über dreihundert Namen. Für das Kartell der Kartelle besonders beunruhigend war die Tatsache, daß dazu Premierminister, Staatsoberhäupter und die Leiter eben jener Behörden gehört, die die illegale Drogenindustrie bekämpfen mußten. Diese Interessengruppe der Legalisierer war äußerst gut bei Kasse: Milliardär Soros und der Multimillionär Richard Dennis hatten, wie die NSA-Analyse feststellte, dem Kampf zur Entkriminalisierung von Drogen viele Millionen Dollar gespendet. Für sie war das eine »Menschenrechtsfrage«. Der Bericht schloß mit den Worten: »Kalifornien und Arizona haben bereits Gesetze eingebracht, die den Gebrauch von Marihuana legalisieren und Kokain und Heroin entkriminalisieren. Und wenn Kalifornien vorangeht, folgt der Rest des Landes unweigerlich nach.«

Es existieren Auszüge aus einem FBI-Bericht, dessen Titelseite zwar fehlt, auf dem Verteiler und Titel angeben werden; es handelt sich aber eindeutig um einen Versuch, Größe und Kosten einiger Aspekte des Drogenproblems in den USA zu quantifizieren. »Der US-Rechnungshof schätzt, daß der Drogenmißbrauch die Nation jährlich 350 Milliarden Dollar kostet.« Es folgen ein Großteil der furchtbaren Kosten, die der Nation entstehen:
»Aufgrund des Rauschgiftverbotes sitzen in Amerika 1,6 Millionen Menschen im Gefängnis. Dreiundsechzig Prozent aller Insassen in Bundesgefängnissen sitzen dort wegen Drogenvergehen ein. Die meisten davon haben niemals ein Gewaltverbrechen begangen, aber gemäß dem 1986 vom Kongreß verabschiedeten Gesetz über ›vorgeschriebene Mindeststrafen‹ ist ihre durchschnittliche Strafe

heute länger als die von Mördern und Vergewaltigern. Die Inhaftie-
rung aufgrund von Drogenvergehen ist mittlerweile die Hauptursa-
che für die Existenz alleinerziehender Eltern und den Zerfall von
Familien unter der schwarzen Bevölkerung. Von den finanziellen
Belastungen dieser Politik einmal abgesehen, war das harte Durch-
greifen bislang ein überwältigender Mißerfolg. Heute ist der Dro-
genkonsum viel weiter verbreitet als in den sechziger Jahren. Mari-
huanamißbrauch unter Heranwachsenden hat sich beispielsweise
während der letzten vier Jahre verdoppelt. *Fest steht, daß sich annä-
hernd siebzig Prozent der weltweiten Verbrechen durch die Legalisierung von Marihuana, Kokain und Heroin eliminieren ließen.*«
    Nach den steuerlichen Aspekten des Problems beschäftigt sich
der Autor des Berichts dann mit den Vorteilen einer Legalisierung
der, wie er es nennt, »großen Drei«.

»Drogen zu legalisieren, würde eine bedeutende neue Quelle
öffentlicher Einnahmen erschließen. Man schätzt diesen
Betrag auf ein potentielles zusätzliches Steueraufkommen
von mindestens zwölf Milliarden Dollar jährlich.«

Der Verfasser untersucht weiter, wie sich der Straßenverkaufspreis
von Kokain entwickelte, als die Regierung härter gegen die Droge
vorging.

»New Yorker Behörden berichten, daß binnen drei Wochen
nach der Regierungsoffensive gegen die Kartelle der Groß-
handelspreis um beinahe fünfzig Prozent und der Einzelhan-
delspreis um fast drei Fünftel anstieg. Zur Zeit der Erstellung
dieses Berichts sind die New Yorker Preise von 18 000 auf
26 000 Dollar pro Kilo gestiegen.«

In Rodriguez' Computerdateien befinden sich auch Exzerpte aus
einem Dokument des US-Außenministeriums. Die mit »Weltpoliti-

sche Realität und Realpolitik« betitelte Schrift enthält Details über die »intensive Verwicklung hoher Regierungsstellen« zahlreicher Länder in die illegale Rauschgiftindustrie. Syrien, Burma, Iran, Italien, Belgien, Pakistan ... Die Vereinten Nationen des Drogenhandels. Aus dem Bericht geht hervor, daß es unmöglich ist, jemals den Krieg gegen die Drogen zu gewinnen, ohne die auswärtigen Beziehungen zu diesen Ländern zu ruinieren. Er führt an, wie abhängig diese Länder von der besagten illegalen Industrie seien: »Pakistan bezieht neunundzwanzig Prozent seines Bruttoinlandsprodukts aus der illegalen Drogenindustrie.« – »Syriens anhaltende Besetzung des Libanon wird ausschließlich mit Produktion und Verkauf illegaler Betäubungsmittel finanziert.« – »Die italienische Bauindustrie ...« – »Die Tourismusbranche in der Karibik ...« – »So viele Staaten sind auf Drogengelder angewiesen, daß ein Versiegen dieser Einkünfte katastrophale Folgen für ihre Volkswirtschaften hätte.«

»Die geheime Studie über gewisse Aspekte der beiden Amtszeiten Präsident Clintons, die unser Vorstand in Auftrag gegeben hat, ist beinahe fertig. Der Vorsitzende würde Ihnen gern vorab einige Beobachtungen und Erkenntnisse mitteilen.«

»Danke, Andrew.«

Im Gegensatz zu seinem an der Universität Stanford ausgebildeten Berater hatte Rodriguez niemals an Seminaren über Rhetorik teilgenommen. Er wußte nie so recht, ob er aufstehen oder sitzenbleiben sollte. Da vor ihm etliche Druckseiten ausgebreitet waren, entschied er sich fürs Sitzenbleiben.

»Ich denke, bereits einige Auszüge aus diesem Bericht werden uns für die Beschäftigung der Zukunft hilfreiche Anregungen geben.

Tatsache ist: Im Verlauf von Clintons beiden Amtszeiten wurde kein ernsthafter Versuch unternommen, sich der Möglichkeiten der Satellitenaufklärung zu bedienen. Wenn die USA es mit dem von der Regierung erklärten Krieg gegen die Drogen ernst gemeint hätte, besäßen sie die technischen Möglichkeiten, um ganz präzise jedes Marihuana-, Koka- oder Mohnfeld auf der Welt zu lokalisieren. Dies geschah nicht.

Tatsache ist außerdem: In Großbritannien wurde von der Regierung nicht ein einziger Fall von Geldwäsche vor Gericht gebracht – obwohl pro Jahr mindestens einhundert Milliarden Dollar in London gewaschen werden.

Tatsache ist weiter: Die großen Tabakkonzerne in den Vereinigten Staaten treffen zur Zeit Vorkehrungen, um offiziell den Vertrieb von Marihuana zu übernehmen. Meines Erachtens sollten wir dieser speziellen Bedrohung unter anderem dadurch begegnen, daß wir dann den Vertrieb von Tabak übernehmen können, wenn dessen Verkauf demnächst für illegal erklärt wird. Unser Jubeltag, an dem wir durch den Verkauf des dann kriminalisierten Tabaks gewaltige Profite einfahren werden, ist in greifbare Nähe gerückt, seit der Vatikan zum Tabakverbot aufgerufen hat und die suchterzeugenden Eigenschaften mit denen von Heroin verglich.

Sämtliche Vorhersagen unserer Berater in ihrem letzten Bericht sind eingetroffen. Einige Beispiele: Der Präsident hat zwar dem Nikotin den Krieg erklärt, aber nicht unseren Produkten. Achtzig Prozent der Stellen im Office of National Drug Control wurden in den letzten vier Jahren gestrichen. In derselben Zeit hat die US-Zollbehörde fast sechzig Prozent ihres Etats für die Drogenbekämpfung verloren, die Drogenbehörde DEA mußte auf 533 Planstellen verzichten, dem Bekämpfungsbudget der Küstenwache fehlen fast fünfzehn Millionen Dollar. Dem Pentagon wurde der Etat für den Drogenbereich um 300 Millionen Dollar gekürzt. Schlußfolgerung: Es wurden die nötigen Vorkehrungen getroffen, damit die nächste Administration Marihuana, Kokain und Heroin legalisieren kann.«

Rodriguez sammelte seine diversen Notizen und Unterlagen ein und häufte sie zu einem akkuraten Stapel auf.

»Natürlich gibt es in zahlreichen Regierungsstellen weltweit immer noch Personen, die glauben, man könne uns schlagen, wenn

411

der Krieg gegen uns fortgesetzt wird. Außerdem liegt es tatsächlich im Interesse diverser Abteilungen der CIA, der britischen Geheimdienste und anderer Dienste, dafür zu sorgen, daß unsere Produkte auch weiterhin illegal bleiben. Dadurch wird nämlich sichergestellt, daß sie ihre ›grauen Aktivitäten‹ mit Geldern finanzieren können, die sie durch Drogenverkäufe erzielen. Wir sollten uns allerdings nicht zu sehr darauf verlassen, daß solche Elemente die gegenwärtige Illegalität auch für die Zukunft sichern.«

Rodriguez hielt inne und musterte nachdenklich seine am Tisch sitzenden Vorstandskollegen.

»Wir waren nur um Haaresbreite davon entfernt, die Vereinigten Staaten zu kaufen. Denn wie schon früher stehen sie tatsächlich zum Verkauf, und der Erwerb Louisianas, Floridas, Alaskas und sogar New Yorks sind eindrucksvolle historische Vorbilder. Aber wir wollen lediglich das Zentrum der Macht. Während des Präsidentschaftswahlkampfs im Jahre 1991 wurden von Drogenkartellen Hunderttausende Dollar für Clintons Wahlkampf gespendet. Vier Jahre später flossen erneut große Summen an Präsident Clintons Kampagne. Später wurden diese Spenden zu den Spendern zurückverfolgt. 1994 ließ Südostasiens erfolgreichster Drogenschmuggler der Konservativen Partei Großbritanniens eine Spende von einer Million Pfund zukommen. Auch dieses Geld wurde schließlich bis zu seinem Spender zurückverfolgt. Das Schönste an dem, was wir vor zwölf Monaten beinahe erreicht haben, ist, daß jeder einzelne aufgebrachte Cent absolut sauber und legal war. Und was uns einmal gelungen ist, können wir jederzeit wieder tun.

Ich schlage vor, daß wir uns für Andrews Lösung dieses Problems entscheiden und jetzt mit den Planungen für die nächste amerikanische Präsidentschaftswahl beginnen. Wer dafür ist, hebe bitte die rechte Hand.«